KB118682

신의 마지막 아이

신의 마지막 아이

이선영 장편소설

자음과모음

차례

1

어머니의 추도식

"넌 마귀 새끼다."

목사가 나를 이르는 말이다. 목사는 나의 법적 아비다. 순전히 당신이 저 마귀 새끼를 키운 거요! 목사가 어머니에게 했던 폭언 중 하나다. 그 말을 들은 지도 삼 년이 지났다. 어머니가 살아생전 목사에게 들은 폭언은 그뿐이 아니다. 목사 입에서는 거룩하고 성스러운 설교만 나올 거라는 생각은 오산이다. 거룩함이나 성스러움은 강대상(講臺床)에코에 지나지 않는다. 책 만드는 일이 업인 내가 표준어만 구사할 거라는 생각과 거리가 먼 것처럼. 그런 점에서 나는 이상한 쪽으로 목사를 닮았는지도 모른다.

어머니의 삼 주년 추도식인 오늘도 무테안경 너머 나를 칩떠보는 목사의 표정은 여전하다. 저놈의 마귀 새끼 같으니라고. 나를 바라보는 목사의 눈빛에는 경멸과 치욕이 서려 있다. 그 눈빛에 무감각해질 만도 한데 쉽지 않다. 젠장, 길을 막고 물어보라. 나같이 잘생긴 마귀가 있나. 거울을 볼 때마다 머리칼을 넘기며 하는 혼잣말. 자식, 생긴 거 하나는 끝내준단 말이야, 라고. 하긴 마귀라서 잘생겼을 수도 있다.

추도예배에 참석하는 게 아니었나 보다. 교회 어르신들이 나를 바라보는 눈도 목사와 크게 다르지 않았다. 작은 사업체를 운영하며 꼬박꼬박 십일조를 낸다는 이 장로와 원로 권사 세 분, 몇몇 집사들이 나를 아래위로 훑어보는 시선이 어딘가 모르게 껄끄럽다.

하지만 어머니 추도식에 외아들이 불참하면 더 욕을 먹을 것 같아서 버티기로 했다. 그들에게는 지난 이 년 동안의 불참을 만회하려는 행동으로 비쳐질 수도 있겠지만 나에게는 부득이한 이유가 있었다. 첫해는 출판사 햇병아리 수습 시절이었다. 그때 나는 몸을 둘로 쪼개서 일을 해도 모자랄 지경이었다. 다음 해는 외국에서 열리는 국제도서전에 출장 중이었다. 그러니 저들 눈에 내가 곱지 않게 보일 수밖에. 두 번씩이나 추도식에 코빼기도 비추지 않다가 뜬금없이 얼굴을 들이밀었으니, 마귀 새끼 이전에 후레자식으로 낙인찍힐 만도 했다. 목사가 내 불참과 부재에 대해 합리적인 변명을 해주었을 리도 없었다.

목사가 이 장로를 지목하며 대표 기도를 하라고 시켰다. 이 장로는 몇 번의 헛기침을 하며 눈을 감았다.

"영적인 어머니가 우리 곁을 떠난 지 어언 삼 년이란 시간이 흘렸습니다. 사모님은 주님 곁으로 가셨고 우리에게는 빈자리로 남았습니다. 아버지가 그 자리를 대신해주시고 있음을 믿습니다. 주여, 이제 목사님도 칠순을 바라보고 있나이다. 목사님의 노후를 아버지가 지켜주시옵고 목사님의 외로움도 아버지가 굽어살펴주시옵소서."

영탄조의 기도가 이 장로의 입에서 짜랑짜랑하게 울렸다. 나는 칠순을 바라본다는 목사의 얼굴을 찬찬히 훑어보았다. 목사는 정확히 예순여덟이다. 이제 퇴임할 연배다. 내 나이 서른이니까 목사와는 서른여덟 살 차이가 난다. 목사의 나이로 보면 나는 꽤 늦은 자식이다.

어머니는 결혼한 지 십 년이 넘어도 자식이 생기지 않았다. 목사는 병원에도 가보지 않고 신에게만 매달렸다. 두 사람 입장에서 볼 때 나는 기도의 응답으로 생겨난 하나님의 선물이었다. 백 살의 아브라함과 경수가 끊어진 아흔 살의 사라에게서 이삭이 태어났다. 불임 부부에게 희망을 주는 성경 이야기다. 목사는 나를 '이삭' 대신이라고 믿고 싶었을 것이다. 목사는 자신이 모리아 산에서 이삭을 제물로 바친 아브라함일지 모른다는 착각을 했을 수도 있다. 그래서 지어진 내 이름은 '조이삭'이다. 해도 너무했다. 나는 신에게 바쳐질 살아 있는 제물이었다. 부부는 강대상 앞에서 나를 목회자로 양육할 것이라고 신에게 서원했다. 내 생각과 상관없이 내 인생은 목회자로 낙점되었던 것이다. 결론적으로 나는 목회자가 되지 않았다. 그 때문에 목사는 어머니에게 모든 것을 전가하고 본인은 밤낮 하나님만 부르짖었다. 책임 전가. 그것은 나와 어머니, 모두에게 폭력과 다르지 않았다. 나는 가끔 생각한다. 목사야말로 신의 제자가 아니라 진짜 악마의 화신이 아닐까 하고. 목사에게 나는 벌레 같은 미물에 지나지 않았던 걸까. 내가 갓난아기 적에 운다는 이유로 목사가 나를 집어 던졌다는 말을 들었다. 그때부터 나는 내 자신이 하찮은 존재라는 생각에서 벗어나기 힘들었고 목사가 무작정 싫었다. 그것은 아비에게 갖는 외경심이나 오이디푸스 콤플렉스에서 오는 거세에 대한 두려움과는 다른 것이었다.

추도예배가 끝났다. 교인들이 십시일반으로 준비해 온 음식이 차려졌고 여담이 이어졌다. 교인들의 시시콜콜한 가정사와 교회 일에 관한 내용이 대부분이었다.

"목사님, 그거 아세요?"

갑자기 생각이 났다는 듯이 누군가가 목사에게 질문을 했다. 집사 직분을 맡은 교인이었다. 목사가 그쪽으로 부드러운 눈길을 던졌다. 날카로운 눈매에 단단히 박힌 저열함은 감춘 채다. 교인들은 목사의 저 눈매를 강단 있는 외모라 표현했다.

"성경에 나온 이야기가 인터넷에 연재되는데 인기가 좋다고 하던데요."

열 명 남짓한 사람들의 시선이 그 집사에게 일제히 쏠렸다. 자석에 이끌려 빳빳이 곤두선 철가루 행렬을 보는 것 같았다.

"목사님 아드님인 이삭 형제가 알 수도 있겠네. 책 만드는 회사에 다닌다면서?"

집사는 난데없이 나에게 시선을 던지면서 신학대에 다닌다는 딸에게서 들은 이야기라 했다. 나는 고개를 숙이고 젓가락질만 했다.

"성경 이야기? 무슨 얘긴데? 성경 이야기라면 좋은 말씀이겠지."

목사가 만면에 인자한 웃음을 띠며 반응했다.

"시대적 배경이 예수 탄생 시기와 맞물리는데, 성경과는 조금 다른 관점에서 쓴 소설이라고 하더라고요."

집사가 석연치 않은 낯빛으로 대답했다. 목사의 콧잔등이 살짝 구겨졌다. 일순간 목사의 뱁새 눈매가 더 가늘어지고 콧구멍도 벌름거렸다. 자기 속내를 감추지 못해서 뭔가 터지기 직전의 표정이었다.

"좋은 이야기인지, 어쩐지는 모르겠는데 암튼 조회수가 높다고 하더라고요."

집사는 머리를 긁적거리며 무안한 표정으로 말을 돌렸다. 다른 사람들이 어떤 소설이냐고 막 물어볼 찰나에 목사가 말을 막았다.

"성경에 예수님 이야기가 다 나오는데, 무슨 또 할 이야기가 있다고. 우리는 세상 속된 가십에 신경 쓰지 맙시다."

목사가 단호하게 묵살해버리자 교인들은 더 이상 말을 꺼내지 못했다. 목사에게 성경이 아닌 세상 이야기는 전부 거짓이었다. 참되고 진실하라고 누누이 강조하는 것이 성경의 가르침이다. 세상살이의 망상과 공상이 펼쳐지다가 헛됨으로 결말을 맺는 것은 삿됨이라고 여겼다. 목사는 텔레비전 드라마나 영화도 배척하는 위인이었다.

교인들이 돌아가자 목사가 내 방에 노크도 없이 문을 열었다.

"너도 아느냐?"

"뭘요?"

"아까 집사님이 얘기했던 거 말이다."

교인들 앞에서 관심 없는 척했지만 목사도 집사가 말한 소설이 어지간히 궁금한 모양이었다. 그렇지 않고서야 나한테 먼저 말을 붙일 목사가 아니었다. 내가 아직 목사와 같은 지붕 아래 살고 있는 것도 따지고 보면 순전히 어머니 유언 때문이었다. 목사 아버지와 신학대를 다니는 아들 콘셉트는 깨진 지 오래되었지만 홀아비와 외아들로 이루어진 가족의 무늬는 유효한 채였다.

"잘 모르겠는데요."

심드렁한 내 대답에 목사의 얼굴이 일그러졌지만 그대로 물러설 사람이 아니었다.

"컴퓨터에서 지금 한번 찾아봐라."

목사는 단도직입적이었다. 목사는 전자메일조차 없는 컴맹이다. 집사가 인터넷을 운운했을 때부터 지레 움츠러들었을 목사였다. 내가 미적거리자 목사는 내 방을 나가지 않고 서 있었다. 스무 살 이후 목사에게 끊임없이 반항을 해왔으면서도 내 저변에는 그에 대한 부채 의식이 깔려 있었다. 어쨌든 목사가 핏덩이였던 나를 거두어서 키웠다는 것은 부정할 수 없는 사실이었으니까. 목사가 나를 조율해왔던 보이지 않는 끈이기도 했다. 그 끈을 끊고 싶었다. 잽이 아닌 훅 한 방으로. 나는 마지못해 컴퓨터 앞에 앉았다. 내 등 뒤에서 넘겨다보는 목사의 눈초리가 따가웠다.

검색창에 몇 가지 단어를 쳤다. 예수, 예수 소설 논란, 기독교, 신학대 등등. 자판을 두드리는 내 손가락 끝에 머무는 목사의 희번덕거리는 눈길이 느껴졌다. 나에게 친숙한 단어들이었다. 내가 졸업한 신학대학교 이름도 떴다. 목회자가 되는 길은 거부했지만 내 밑바닥에 흐르는 기류조차 완전히 부정하기는 힘들었다. 기류는 습관에 의해 이루어졌고, 습관이 반복되면 인성으로 굳어지기 마련이다. 그것은 목사와 무관한 내 방식의 감정이었다.

전혀 몰랐던 세상의 특정 부분에 대해 전문가 수준으로 만들어준다는 점에서 인터넷 서평만큼 신속하고 정확한 것이 없다. 삼십분이 채 걸리지 않아 그 소설에 대한 모든 자료가 떴다. 예수의 어린 시절 이야기를 소설로 형상화했는데, 인터넷에서 서서히 확산되고 있어 흥미를 유발하고 있다는 개인 블로그의 글이나 소논평을 검색할 수 있었다. 자료가 모니터에 뜰 때마다 목사의 눈동자가 움직였다. 목사는 간간이 좀 천천히 해라, 라는 말을 넣었다. 나는 마우스를 느릿느릿 움직였다. 컴퓨터에 익숙하지 않은 목사가 화면으로 글을 읽는다는 것은 어려울 것이다. 몇 단계를 거쳐서 소설의 두 챕터를 다운받았다.

작가의 본명과 프로필은 없었다. '글잡'이라는 인터넷 문학 동우회 카페 회원이라는 것이 작가의 유일한 정보였다. '파르헤지아.' 작가의 닉네임이었다. 미셸 푸코가 주장한 '진실의 용기'라는 뜻의 그리스어였다. 소설 1장의 제목은 '두 번째 별이 뜨다'였다.

목사가 소설 윗 부분에 써 있는 네 개의 음절을 가만히 읊조렸다. '암.살.자.들.' 소설 제목이었다.

두 번째 별이 뜨다

> 베들레헴 에브라다야 너는 유다 족속 중에 작을지라도
> 이스라엘을 다스릴 자가 네게서 내게로 나올 것이라
> 그의 근본은 상고(上古)에, 영원히 있느니라.
> ─「미가」5장 2절

궁의 침실로 빛이 스며들었다. 모자이크로 장식된 바닥과 회반죽으로 부조된 벽화가 그려진 침실은 대낮처럼 환했다. 화려한 침상에 잠들어 있던 헤롯2세 안티파스는 몸을 뒤척였다. 빛이 눈꺼풀을 찌르자, 잠이 완전히 달아났다. 안티파스는 이불을 걷어차고 몸을 일으켰다. 금실로 테를 두른 보랏빛 이불이 침상에서 미끄러졌다. 창을 통해 내쏘는 빛이 안티파스의 얼굴을 정조준했다. 틀림없이 또 그놈의 별빛일 게야. 안티파스가 중얼거리며 상을 찌푸렸다. 벌써 몇 번째인지 모른다. 한밤중에 무서운 광채로 빛을 뿜어내는 별은 이제 새벽과 낮에도 수시로 떴다.

처음에는 무심히 여겼다. 아니, 내심 길성(吉星)이라고 단정했다. 배다른 두 명의 형이 죽는 바람에 자신에게로 권좌가 이어지게 된 것을 여호와도 인정하고 있다는 증험이라고.

안티파스는 어린 시절을 로마에서 보냈다. 부친인 헤롯 1세가 로마의 황제 아우구스투스에게 아부하기 위해 그를 인질로 보냈던 것이다. 기원전 1세기 로마의 세력은 유럽 전역에 이르렀다. 율리우스 카이사르가 원로원에서 암살당한 후, 그의 양아들 옥타비아누스와 부관 안토니우스에 의해 로마제국은 둘로 나뉘었다. 옥타비아누스는 로마를 포함한 서쪽을 맡았고, 이집트와 동쪽은 안토니우스가 통치했다. 이집트를 관할하던 안토니우스는 클레오파트라와 사랑에 빠졌다. 로마를 혼자 통치하려는 야망을 가진 옥타비아누스는 두 사람의 염문을 핑계로 안토니우스를 공격했다.

기원전 31년 악티움에서 내전이 일어났을 때, 안토니우스와 클레오파트라는 옥타비아누스에게 참패를 당했다. 옥타비아누스는 스스로 존귀함을 받는 자라는 칭호인 '아우구스투스'로 이름을 바꾸고 황제 자리에 올랐다. 그로 인해 안토니우스가 다스리던 팔레스타인은 아우구스투스의 휘하에 넘어갔다.

헤롯1세는 정치적으로 영리했고 전장에서 용맹을 떨쳤으며 건축에는 귀재였다. 유대의 총독으로 있을 때 집정관 안토니우스의 신임을 얻어 권좌에 오름으로써 부와 명예를 거머쥐게 되었지만 곧 그의 정치 인생에서 최대 위기가 찾아왔다. 바로 악티움해전이었다. 전투에서 패한 안토니우스는 자살을 했고, 아우구스투스는 승자가 되었다.

헤롯은 위기를 기회로 만들기 위해 발 빠르게 아우구스투스를 찾아갔다. 그에 대한 증거로 헤롯은 유대 땅 곳곳에 웅장한 건축물과 도시를 건설하고 로마제국을 본뜬 경기장에서 운동경기를 할뿐 아니라 로마인의 사원을 지었다. 로마황제 아우구스투스를 기쁘게 했을지는 몰라도 유대인에게는 민심을 잃었다. 이를 염려한 헤롯은 유대인에게 가장 신성한 장소인 예루살렘에 제2성전을 짓기도 했지만, 그는 여전히 피도 눈물도 없이 포악한 왕으로 유대 민족에게 낙인이 찍혔다. 아내와 아들들까지 죽이는 패륜을 저질렀던 탓이다.

헤롯의 포악성은 열등감에서 비롯되었다. 그는 에돔 출신이었다. 지금의 이두매다. 반쪽짜리 유대인. 그것이 그의 족보였다. 혈통과 혈족을 생명처럼 여기는 유대인에게 반쪽 유대인 왕은 빈축을 사기에 충분했다. 헤롯은 그것을 감추기 위해 더 유대인인 척했다. 유대인이 삼가는 돼지고기나 비늘 없는 생선을 누구보다 혐오했다. 유대 권력의 가장 핵심이 되는 바리새파와 사두개파와는 친분을 돈독히 하는가 하면 세가 약한 에세네파를 탄압하고 열혈당인 젤롯당을 억압했다.

헤롯은 정통성을 확립하기 위해 유대 왕가인 하스몬가의 공주 마리엠메와 혼인했으나 그의 뿌리 깊은 열등감은 사라지지 않았다. 마리엠메를 끔찍이 사랑했던 헤롯은 출정을 나갈 때마다 심복에게 아내를 감시하라고 시켰지만 결국 아내를 죽이고 말았다. 그후 마리엠메의 소생이자 하스몬가 혈통인 아들들도 의심하다가 처형하기에 이르렀다. 안티파스가 로마에 있을 때 일이었다. 로마 황제 아우구스투스는 헤롯의 아들로 태어나기보다 차라리 헤롯의 돼지가 되는 편이 나을 것이라며, 헤롯의 포악성을 대놓고 비아냥거렸다. 그 말을 들은 안티파스는 치욕감에 낯을 붉혀야 했다. 친부라는 사실을 부정하고 싶을 만큼 부끄러운 순간이었다. 그러나 안티파스는 알고 있었다. 부친의 포악함이 자신의 뜨거운 피 속에서도 꿈틀거리고 있다는 것을.

안티파스는 유대의 왕자이면서도 로마의 교육을 받고 자랐다. 유대에서 자랐다면 토라 오경*을 혀가 닳도록 암송하고 모세의 계명을 생명처럼 받들라는 랍비의 가르침을 받았을 것이다. 그러나 안티파스는 유대에 대해 깊이 알지 못했다. 그래서였을까. 억지로 외운 옛 선지자의 예언서 몇몇 구절조차 마음에 와 닿지 않았다.

저 별빛은 대체 무엇이란 말인가? 침상에서 몸을 일으킨 안티파스는 창을 열었다. 검푸른 하늘에 박힌 별빛의 광채는 예루살렘 도성을 비껴 나 있었다. 안티파스는 별이 뜬 곳을 가늠해 보았다. 별이 뜬 위치가 조금씩 이동하고 있었다. 처음 새벽녘에 별빛을 보았을 때는 분명 베들레헴 쪽이었다.

"저건, 헤브론 쪽이 아닌가."

안티파스가 미간을 찌푸리며 혼잣말을 했다. 자신이 유대의 권좌에 오른 것을 여호와가 인정하는 길성이라면 예루살렘을 비춰야 하는 게 마땅했다. 길성이 아니라면 흉성일까?

안티파스는 헤롯 1세의 다섯 번째 아들이다. 안티파스의 어머니

---

* 모세 오경. 구약 성서의 「창세기」, 「출애굽기」, 「레위기」, 「민수기」, 「신명기」를 이른다.

말다케는 사마리아 여인이었다. 두 아들이 죽은 후 헤롯왕은 나머지 세 명의 아들에게 팔레스타인을 나누어 주었다. 안티파스는 그에 만족할 수 없었다. 모든 지역을 자신의 손아귀에 넣어 명실상부한 유대의 왕이 되고 싶은 욕망으로 들끓었다. 천지에 여호와가 유일신이라면 유대왕은 오직 안티파스 자신뿐이어야 한다.

날이 밝자 안티파스는 대제사장과 바리새파와 사두개파 대표를 불러들였다. 그들은 토라 오경 해석에 능통할 뿐 아니라 선지자들의 예언에도 박학다식한 자들이다. 바리새파는 성서를 생활과 신앙의 최고 규범으로 받들면서 천사, 내세의 상벌을 믿는 율법주의자다. 그에 비해 사두개파는 정치적으로는 친로마파였다. 바리새파와 달리 천사나 마귀의 존재뿐만 아니라 내세의 보상도 믿지 않았다.

"그대들도 지난밤 별을 보았겠지."

긴 의자에 비스듬히 누운 안티파스는 세 사람을 내려다보며 입을 열었다. 왕 못지않게 화려한 토가를 두른 제사장이 왕을 응시하며 되물었다.

"왕께서도 보신 일을 어찌 하문하시는지요?"

왕은 대제사장의 꼿꼿한 응대에 아랑곳하지 않고, 눈을 가늘게 뜨고는 창 쪽을 바라보았다.

"별이 뜬 일이라면, 새삼스러운 일도 아니지 않습니까?"

사두개파 대표가 머리를 조아리며 한 말이다.

"내가 본 것만도 서너 번이지요."

바리새파가 사두개파의 말에 맞장구를 쳤다. 평소 서로의 주장을 내세울 때는 첨예하게 각을 곤두세우던 바리새파와 사두개파였다. 하지만 자신들이 유대의 정신적 지주이며 상류 계층이라는 자긍심을 내세울 때만큼은 끈끈하게 뭉쳤다.

　"나는 그대들에게 징조를 묻는 거요, 징조!"

　검지를 뻗어 그들 한 사람 한 사람을 지적하며 안티파스는 조금 격앙된 목소리로 말했다.

　"징조라고 하심은? 그야 이를 말씀이겠습니까, 별은 곧 왕의 등극을 의미하는 것이지요."

　흰 수염을 매만지는 바리새파 대표의 얼굴에 간특한 미소가 번졌다.

　"그렇다면 별의 징조는 나를 이른다는 말이오?"

　안티파스는 엄지로 자신을 가리키며 반색하는 표정으로 의자에서 일어났다.

　"선대왕께서도 이미 겪으신 바 있긴 하지만……."

　대제사장이 말끝을 흐렸다. 사두개파 대표가 대제사장에게 눈을 꿈쩍했다.

　"내 선친이 겪은 바 있다고? 바른대로 고하시오. 추호의 거짓이라도 내게 아뢴다면 목숨을 내놓아야 할 것이오. 그대들이 입을 다문다고 하더라도 조사하면 다 드러날 일이오. 그때 가서 그대들에게 죄를 물을까?"

　검은 눈썹을 꿈틀대는 안티파스의 얼굴에 냉소가 흘렀다.

"대제사장이 고하시지요."

사두개파 대표가 슬쩍 한발 물러섰다. 정치적 처세에 발 빠르게 대처하는 사두개파다웠다. 그를 흘겨보는 대제사장의 얼굴이 일그러졌다. 대제사장은 숨을 한 번 몰아쉬었다.

"선대왕 때도 별이 떴습니다. 누가 보아도 유대왕 탄생의 징조를 알리는 별이었습니다."

"왕자가 태어났다는 말인가?"

긴 의자에 다시 몸을 눕힌 안티파스가 심드렁한 목소리로 물었다.

"그해 선대왕에게 후사는 없었습니다."

아까와 달리 대제사장의 태도는 느긋했다. 갈 데까지 가보자는 체념이 묻어 있었다.

"그러면?"

"선지자들이 선포한 예언의 증표였지요."

"예언의 증표?"

"메시아 말입니다."

"메시아라고?"

세 사람은 일제히 머리를 끄덕였다. 엉겁결에 대답은 했지만 말을 아끼는 낌새였다. 왕실에 잠시 무거운 적막이 흘렀다. 누군가 적막을 깨야 했다. 대제사장이 무겁게 입을 열었다.

"성서의 선지자들이 유대의 메시아를 예언한 바 있습니다."

안티파스도 유대 민족의 오랜 염원을 알고 있었다. 그것이 이제 극에 이르렀다는 것도. 유일신인 여호와의 선택을 받은 민족이라고 자처해온 유대는 오랜 세월 강대국의 속국이었다. 로마의 폭정에서 그들을 자유롭게 해줄 메시아는 목마른 사슴이 시냇물을 찾아 헤매듯 간절히 기다려온 구원의 이름이었다. 메시아의 히브리어 뜻은 '기름 부은 자'이다. 존귀한 자에게만 붙이는 그것은 왕에 버금가는 호칭이다. 헤롯 왕가는, 왕과 다르지 않은 그 이름이 자신들의 왕조에서 나오리라 굳게 믿었다. 헤롯1세도, 지금의 안티파스도.

"선지자들이 뭘 예언했지?"

안티파스는 평소에는 관심조차 갖지 않았던 예언서를 물었다. 유대 정통파들이 율법과 쉐마와 토라로 언쟁이 붙을 때면 지레 머리가 아팠던 안티파스였다. 유대의 3대 명절인 초막절, 유월절, 오순절 행사도 제사장들에게 일임하고 참석하는 수준에서 진행해왔으리만큼 유대교에 관심이 없었다.

"미가 선지자는 메시아의 출생 장소에 대해 예언한 바 있습니다."

대제사장이 마른 입술을 혀로 축였다.

"출생 장소까지? 하긴 그쯤이야 나도 예언할 수 있겠소이다. 왕족이라면 당연히 예루살렘이겠지."

안티파스는 빈정거렸다.

"틀리셨습니다."

안티파스는 대제사장의 말에 조롱기가 담겨 있음을 간파했다. 로마에서 성장한 당신이 뭘 알겠냐는 비웃음이 분명했다. 안티파스의 얼굴이 일순간 달아올랐다. 안티파스는 어금니를 지그시 깨물었다.

"베들레헴 에브라다야. 너는 유다 족속 중에 작을지라도 이스라엘을 다스릴 자가 네게서 내게로 나올 것이라. 그의 근본은 상고에, 영원히 있느니라."

대제사장이 읊어대자 바리새파와 사두개파 대표도 입속으로 그 예언서 말씀을 읊조렸다. 대제사장은 거기에서 멈추지 않았다.

"보라. 젊은 여자가 잉태하여 아들을 낳을 것이요⋯⋯."

"대제사장은 왕께 똑바로 아뢰시오! 젊은 여자는 숫처녀를 뜻하는 '알마(alma)'라고."

율법주의자 바리새파 대표가 대제사장의 말을 끊었다.

"알마라고? 남자를 모르는 처녀가 임신을 한다고?"

안티파스가 바리새파의 말을 받았고 곧이어 웃음을 터뜨렸다.

"그걸 지금 말이라고 하는 거요?"

안티파스가 웃음을 겨우 거두고 재차 물었다. 정치적인 성향이 현실주의자인 사두개파 대표가 정정하고 나섰다.

"히브리어로 '알마'라면 그리스어로는 '파르테노스(parthenos)'겠지요. 파르테노스는 혼기가 찬 여자를 가리키기도 하는 말이지요. 그러니까 꼭 남자를 경험하지 않은 숫처녀만을 의미하지는 않습니다."

왕의 비위를 상하지 않게 하려는 사두개파의 설명에 바리새파 대표는 끄응, 하는 신음을 내뱉으며 흰 수염을 쓰다듬었다. 안티파스는 콧방귀를 뀌었다.

"여자가 잉태해서 아들을 낳는 것이 뭐 그리 대단한 일이라고.

그다음은 또 뭔가? 들어나 보지."

그때까지 가만히 있던 대제사장이 다소 경직된 목소리로 입을
열었다.

"그의 이름을 '임마누엘(immanuel)'이라고 하리라. 여기서 임마
누엘은 '여호와가 우리와 함께 계시다'라는 의미입니다."

안티파스의 얼굴이 굳어졌다. 걸핏하면 들먹거리는 여호와에 진
저리가 났다.

"그뿐만이 아니지요. 이사야 선지자는 결정적인 예언의 말을 남
겼습니다."

사두개파로부터 한 수 뺐겠다고 생각한 바리새파 대표가 은근
슬쩍 대화에 끼어들었다. 안티파스가 턱에 손을 괴고는 딴청을 부
리는 척하자 바리새파는 무르춤한 표정으로 쉽사리 다음 말을 잇
지 못했다. 안티파스는 이렇게 가다가는 세 사람의 종교 지도자들
에게 우스운 꼴이 되는 것은 시간문제라는 생각이 들었다. 그러나
물이 오른 세 사람은 왕의 기분에 별로 개의치 않는 표정들이었다.
바리새파의 닫힌 입을 열게 할 사람은 안티파스뿐이었다. 선대왕
도 겪은 일이면 결국 자신도 알아야 할 일이었다.

"계속해보오."

왕의 허락이 떨어지자 바리새파 대표는 가슴을 내밀고는 안티파
스 앞으로 나섰다. 목소리가 준엄했다.

"이는 한 아기가 우리에게 났고 한 아들을 우리에게 주신 바 되
었는데 그의 어깨에는 정사를 메었고 그의 이름은 기묘자라, 모사

라, 전능하신 여호와라, 영존하시는 아버지라, 평강의 왕이라 할
것임이라……."

바리새파 대표가 채 말을 끝맺기도 전에 안티파스가 팔을 허공
으로 들어 바람을 가르듯 아래로 내렸다. 그만하라는 명령이었다.
세 사람은 눈과 입을 동시에 다물었다.

"그래서 나의 선친은 그 사태를 어떻게 수습하셨는가?"

왕을 넌지시 올려다보는 대제사장의 얼굴에 결기가 내비쳤다.

"차마 제 입으로 발설치 못하겠나이다."

"바로 고하지 못할까!"

안티파스의 눈동자에 핏발이 섰다.

"선대왕은 그 일을 누군가 언급하는 걸 지극히 싫어하셨습니다.
그 일로 유대인의 원성이 자자했으니까요."

"어서 고하라 하지 않더냐. 명령이다."

안티파스는 이상한 두려움이 자신을 엄습하고 있음을 느꼈다.
목소리가 높아지고 있는 것도 그 때문이었다. 선친의 온몸에 돋아
난 욕창이 생각났다. 저주받은 죽음이었다. 살이 썩는 냄새는 왕궁
전체로 퍼졌다. 로마에서 급히 환궁한 안티파스였지만 심상치 않
은 분위기를 느낄 수 있었다. 선친은 세 아들에게 유대를 분봉하는
유언을 남기자마자 숨이 끊어졌다. 헤로디온으로 향하는 선대왕의
장례는 성대했지만 유대 어디에서도 애끓는 곡소리는 들리지 않
았다. 건축물 설계의 귀재였던 헤롯은 살아생전 헤로디온에 자신
의 사후를 웅장하게 만들어놓았던 터였다. 헤롯의 시신은 화려하

게 장식되었다. 금으로 만든 관대는 보석으로 꾸몄고 그 가운데 보랏빛 수의를 입은 시신을 안치했다. 선대왕을 모셨던 친위대와 왕궁 나인들의 얼굴에는 슬픔의 그늘이나 눈물 한 방울도 보이지 않았다. 무표정하게 장례를 치르는 그들은 하나같이 홀가분한 표정이었다. 화려한 운구가 무색할 지경이었다. 아비가 폭군이었다는 소문은 익히 들어 아는 바였지만 그 정도일 줄은 몰랐다.

"미가 선지자가 예언한 바 있는 베들레헴…… 영아들을……."

대제사장은 그때 일을 떠올리는 것만으로도 괴로운지 얼굴에 수심이 깃들었다.

"영아들을?"

"그때 그 일을 선두 지휘했던 친위대 대장을 불러 하문해보심이 좋을 듯합니다. 그가 상세히 아뢰리라 사료됩니다."

곤혹스럽게 일그러졌던 대제사장의 얼굴에 차츰 핏기가 돌기 시작했다. 결정적인 이야기를 친위대 대장에게 떠넘긴 것에 사뭇 안도하는 기색이었다. 안티파스는 그들에게 나가라는 손짓을 했다. 그들에게 더 이상 들을 말은 없는 듯했다.

친위대 대장 헤로디그만이 알고 있었다니. 안티파스는 충격에 휩싸였다. 자신을 근위해온 그가 한마디 언질조차 하지 않았다니 괘씸함을 넘어 충성심마저 의심스러울 지경이었다. 이글이글한 회색 눈동자에 굵은 눈썹과 사각턱에 부글부글하게 돋아난 수염의 헤로디그만이 눈에 그려졌다. 사 규빗* 반을 웃도는 큰 키와 단단한 근육질 몸매의 그는 천생 군인이었다. 입이 돌처럼 무거워 침묵을 미덕으로 아는 사내란 것을 익히 알고 있었지만 배신감이 느껴지는 것은 어쩔 수 없었다. 왕은 그의 피와 살과 뼈의 근본을 알고 있었다. 뿌리 깊은 유대 근원을 가진 자였다. 반쪽 유대인인 자신과는 달랐다. 앞에서는 우직한 척하지만 그의 꿍꿍이는 알 수 없다. 경계해야 할 자임이 분명했다. 미루어 짐작하거나 에둘러 알아내려고 하면 좀체 입을 열지 않을 작자다. 직설로 정곡을 찌르는 것만이 그 입에 채워진 자물쇠를 푸는 방법일 것이다.

안티파스는 헤로디그만을 급히 불렀다. 왕 앞으로 달려온 헤로디그만이 왼쪽 무릎을 꿇고 오른팔과 손으로 제 얼굴을 가려 경의를 표시했다.

"사 년 전, 베들레헴의 영아 사건을 어떻게 처리한 것이냐?"

거두절미하고 물었다.

"선대왕의 명령이었습니다."

얼굴도 들지 않고 대답하는 헤로디그만의 목소리가 미세하게 떨렸다.

"모조리 죽였더냐?"

"……."

"모조리 학살했구나."

"선대왕이 하명하신 일이었습니다."

"원성이 자자할 만도 했겠구나."

---

* 규빗. 성인의 팔꿈치에서 중지까지의 길이. 약 45센티미터의 길이다. 4규빗 반이면 약 2미터가 넘는 키를 이른다.

헤로디그만은 왕 앞에서 어떤 말도 할 수 없는 처지였다. 그러나 머릿속에서는 사 년 전 그때 일이 피로 얼룩진 장면으로 선명하게 되살아나고 있었다.

그날은 파란을 예고하는 피의 저녁이었다. 헤로디그만은 군사를 이끌고 선봉에 섰다. 군사들은 집집마다 돌아다니며 왕의 명령을 앞세워 아이를 내놓으라고 소리쳤다. 아이가 없는 집은 없었다. 시기도 묘하게 맞물렸다. 베들레헴은 유대 땅 각처에서 조상의 고향으로 호적을 올리러 온 사람들로 다른 어느 때보다 북적거렸고 갓난아이의 울음소리가 끊이지 않았다. 속국의 호적을 정비해서 세금과 군역을 더 거두어들이려는 로마의 명령이었다. 유대는 자신들의 신인 여호와를 섬기는 대신 로마의 법률을 따라야 했다. 속국의 의무이자 비애였다. 더군다나 베들레헴은 유대 조상의 원조로 불리는 다윗의 고향이었다. 각지에서 몰려온 다윗의 후손들로 여관은 물론이거니와 여염집 헛간까지 꽉 차 있었다.

"아이라뇨? 무슨 아이를 말씀하시는 겁니까?"

가솔을 거느린 남자가 자신의 가족을 지키고자 용기를 내어 집 안에 들어선 헤로디그만에게 물었다. 장막 너머로 어린아이의 소스라치는 울음소리가 들렸다. 장막 안 침상에는 아기를 안은 여자가 퉁퉁 불은 젖을 내놓은 채 누워 있었다. 헤로디그만이 이 규빗의 글라디우스*를 직선으로 뻗어 장막을 가리켰다. 뾰족한 날이 남자의 어깨를 아슬아슬하게 지나 장막 자락에 닿는 순간 장막이 발기발기 찢어졌다.

유대는 전통적으로 남녀 구별이 철저했다. 집안 여자들은 외간 남자와 얼굴을 대면하지 않는 것이 규범이다. 그 규범에 따라 여인들은 아마포로 만든 면박(베일)으로 얼굴을 가리는 차림으로 외출을 했으며, 아무리 누추하고 비좁은 집일지라도 여인이 거처하는 곳은 장막을 쳤다. 광야에서 유목 생활을 하던 시절에도 천막 안에 장막을 쳐서 여인들의 거처를 반드시 마련했다. 외간 남자가 그 장막 안으로 침입하는 일이 발생했을 시에 주인 남자는 그의 생명을 위협해도 죄가 되지 않았다.

가슴을 채 여미지 못한 여자가 새파랗게 질려 아기를 끌어안고 있었다. 사태를 파악한 남자가 두 팔을 벌려 헤로디그만을 막았다.

"예가 아닙니다. 가족을 지킬 임무가 있는 가장의 권한과 여호와의 이름으로 당신 심장에 칼을 꽂을 수 있습니다."

남자는 목소리를 떨고 있었지만 태도는 의연했다. 그러나 남자의 저항은 거기서 끝이었다. 헤로디그만은 칼을 들어 남자의 갈비뼈 아래를 뚫었다. 남자의 배에서 뿜어진 피는 천장을 향해 솟구쳤다. 여자의 비명과 아이의 자지러지는 울음이 동시에 터졌다. 헤로디그만은 여자의 팔에서 아기를 낚아챘다. 통통하게 살이 오른 아기가 손아귀에서 버둥거렸다. 아기를 놓친 여자의 팔이 허우적거리는 순간, 칼끝이 아기의 심장을 찔렀다.

* 라틴어로 '검(劍)'을 뜻하는 '글라디우스(gladius)'는 기원전 753년에서 기원후 476년까지 계속된 로마 시대 동안 로마 군단의 주력 무기이며 거의 모든 로마 시민이 사용했던 검의 총칭이다. 다양한 형태의 글라디우스가 사용됐지만 90센티미터를 넘지 않는 길이와 근접 전투에 특화된 사용 목적 등은 변화하지 않았고 후대까지 그대로 계승됐다.

마을은 비명과 애곡으로 넘쳤다. 머리가 쪼개져 골이 쏟아지고, 가슴이 뚫려 내장이 튀어나온 아이들의 시체가 집집마다 뒹굴었다. 어린 자식을 보호하려고 섣불리 막아서는 부모들도 여지없이 베어졌다. 누군가가 죽기 살기로 외쳤다.

"무슨 이유로 아이를 죽이는 겁니까?"

헤로디그만이 할 수 있는 대답은 똑같았다.

"왕의 명령이다. 두 살 이하 남자아이를 내놓아라. 아이를 감추는 자는 죽음을 면치 못할 것이다."

그러나 군사들의 칼 아래 죽은 아이는 두 살 아래의 남자아이뿐이 아니었다. 군사들의 칼날 아래 남녀노소 구분 없이 숱한 사람들이 주검으로 널브러졌다. 도륙은 밤새도록 그치지 않았고, 마을에는 피비린내가 진동했다. 어느덧 새벽별이 떴다. 뜨거운 피를 머금은 군사들의 창과 칼이 아침 햇살에 은빛으로 번뜩였다.

철수를 명령하는 헤로디그만의 등 뒤에서 누군가가 피울음을 토하며 외쳤다. 라마에서 슬퍼하며 통곡하는 소리가 들리니 라헬이 그 자식 때문에 애곡하는 것이라며 정녕 유대인이라면 이럴 수는 없다며 악을 썼다. 뒤통수를 한 대 얻어맞은 것 같은 충격으로 허청거렸다. 아직까지도 헤로디그만의 가슴에 대못으로 박혀 있는 예레미아 예언의 말씀이었다.

"그래서? 베들레헴에서 태어난 메시아로 지목된 아이는 죽었더냐?"

왕의 하문이 이어졌다. 헤로디그만은 피의 기억들을 털어냈다.

"아기들 시신에서는 어떤 증거도 발견하지 못했습니다."

"증거? 메시아라는 증거 말이냐?"

"……."

"선친이 그냥 넘어가지는 않았을 텐데."

"따로 사람을 보내어 처단한 걸로 알고 있습니다. 그때 영아 시신을 제가 처리했습니다."

"따로 사람을 보냈다? 어디로?"

"선대왕께서는 동방박사와 목동들이 베들레헴의 어느 마구간으로 찾아가서 그 아이에게 경배한 사실을 알고 계셨습니다. 동방박사가 먼저 선대왕을 찾아와 그곳으로 가서 경배한 후 성으로 돌아오겠다고 했으나 끝내 돌아오지 않았습니다."

"베들레헴 마구간이라고? 그러면 거기에 사람을 보냈다는 거냐? 그자가 누군가? 암살자? 역시 네가 물색한 작자겠지?"

안티파스는 틈을 두지 않고 연거푸 재우쳤다. 헤로디그만은 침묵으로 대답을 대신했다.

안티파스의 말은 틀리지 않았다. 헤롯의 명령을 받아 저잣거리에서 칼을 잘 쓴다는 사내를 찾아낸 것은 그였다. 그 사내와 함께 베들레헴 마을에 잠입했다.

두 사람은 빠르지만 소리 없는 몸짓으로 마구간을 뒤지고 다녔다.

"마구간의 구유를 샅샅이 찾으라. 아기의 시신을 가져오지 못하면 너와 사내, 또 사내의 아내까지도 죽은 목숨이다. 오늘 밤 안으로 반드시 찾아와야 한다."

늙고 병든 헤롯왕의 목소리가 헤로디그만의 귓바퀴에 소용돌이 쳤다. 헤로디그만은 사내에게 왕의 명을 전했다.

"너의 계집까지 살아남지 못하리라."

사내의 눈동자가 흔들렸다.

"먼 나라 계집입니다. 이 땅에서 아무도 의지할 사람이 없는 불쌍한 계집입니다. 오직 이놈만 믿고 산 여잡니다. 그 여자만은 살려주십시오."

"네놈 하기에 달렸다."

헤로디그만이 일갈했다. 사내의 볼이 경련으로 떨렸다.

마구간 격자창으로 여명이 비쳐 들었다. 곧 날이 밝을 것이다. 사내의 관자놀이에서 땀 한 줄기가 흘러내리는 게 보였다. 칼을 움켜쥔 헤로디그만의 손바닥에도 땀이 배어났다. 시간이 촉박했다. 인기척이 들린 것은 그때였다. 두 사람은 벽에 몸을 붙였다. 마구간 문이 열리자 둥근 배가 보였다. 만삭의 여인이었다. 노새가 울음소리를 냈다. 노새에게 여물을 주는 여인의 엉덩이가 낙타의 그것처럼 몹시 뒤뚱거렸다. 두 손으로 허리를 짚은 여인은 금방이라도 아이를 낳을 듯 숨을 헐떡거렸다. 그 순간 헤로디그만의 머릿속으로 유성이 꼬리를 끌며 지나갔다. 헤로디그만이 사내에게 신호를 보냈다. 사내는 잠시 움찔했지만 곧이어 여인의 뒤로 다가가 잽싸게 그녀의 목을 오른팔로 두르고 왼손으로 입을 막았다. 사내는 버둥거리는 여인을 단칼에 해치웠다. 사내는 여인의 튜닉을 벗겨냈다. 여인의 허연 배는 산처럼 부풀어 있었다. 사내는 여인의 음부에서부터 아랫배까지 칼로 갈랐다. 자궁이 벌어졌다. 헤로디그그만이 자궁에 손을 넣었다. 웅크린 태아는 미끌미끌했다. 눈과 귀가 닫힌 채 꿈틀거리는 피투성이 아기는 깃털이 뽑힌 날짐승과 다를 바 없었다. 사내가 여인과 연결된 태를 칼로 끊고 있는 동안 헤로디그그만은 아기의 목을 눌렀다. 울음소리 한 번 질러보지 못한 아기의 팔과 다리가 잠시 버르적거렸지만 이내 잠잠해졌다. 아기의 몸은 주글주글하고 파르스름했다.

헤로디그그만은 금실로 수를 놓은 강보에 피 묻은 아기를 싸서 품에 안았다. 아기의 몸이 아직 따뜻했다.

"여호와여, 나를 용서치 마소서."

헤로디그그만은 작은 목소리로 기도했다. 마구간을 나온 두 사람은 각기 다른 쪽으로 발걸음을 틀었다. 사내는 아내가 있는 마을로 향했고, 헤로디그그만은 마을 초입에 매어놓았던 말에 올라타자마자 예루살렘 궁으로 쏜살같이 달렸다.

"그 작자와 같이 일을 도모했느냐?"

안티파스 입가에 실기죽거리는 미소가 감돌았다. 헤로디그그만은 잔기침이 새 나왔지만 간신히 참았다.

"아닙니다. 선대왕께서 은밀히……."

"되었다. 그자부터 속히 찾아라!"

"하명 받들겠습니다."

헤로디그그만은 몸을 일으켰다. 막 나가려는 헤로디그그만의 등 뒤로 안티파스가 외쳤다.

"메시아라고 지목된 아이는 죽지 않았다. 걸핏하면 뜨는 저 별이 그걸 말해주고 있다. 나는 선대왕의 과오를 범하지 않을 것이다. 그 아이는 반드시 내 손으로 처단할 것이다. 선대왕의 명령을 어긴 그자부터 잡아들여라. 내가 직접 그를 문초할 것이다."

헤로디그만이 나가자 모자이크 창으로 예의 그 별빛이 비쳐 들었다. 햇빛과 견주어도 결코 뒤지지 않는 그 별의 광채는 찬란했다. 안티파스는 나인을 불러 모자이크 무늬의 창을 장막으로 가리게 했다. 올리브유로 등불을 밝힌 왕실이 어둑했다. 노란 불빛이 은은하게 비추는 의자에 앉은 안티파스는 허공을 집요하게 응시했다. 헤로디그만은 끝내 말하지 않았다. 그가 사내와 함께 그 일을 도모했고 선대왕을 속였다고. 한 번 배반한 자가 두 번 배반하지 말라는 법은 없다. 선친을 배반했던 헤로디그만을 믿을 수 없다. 그러나 아직은 그가 필요했다. 그때 상황을 누구보다 잘 꿰고 있는 자이므로. 아랫사람을 부리는 것도 윗사람이 해야 할 몫이다.

안티파스는 장막에 희미하게 비치는 광채를 바라보며 미간을 모았다. 그의 머릿속을 지배하는 생각은 오직 하나다. 유대왕은 나 안티파스 외에는 있어서도 안 되고, 있을 수도 없다는 것. 안티파스는 두 주먹을 꽉 움켜쥐었다.

피의 향연장

원형경기장 소음이 산발적으로 퍼졌다. 카르모스는 복부에 힘을 주었다. 심장이 두 배로 부풀어 오르는 것 같았다. 생채기가 몸 곳곳에 남아 있었고 근육이 욱신거렸지만 통증은 느껴지지 않았다. 이 싸움에서 살아남는다면 자유의 몸이 된다. 상대를 찌르지 않으면 자신의 목숨이 위태로웠던 결전들. 이제 최후의 싸움만 남겨놓고 있다.

카르모스는 피의 향연장으로 성큼 발을 내디뎠다. 석양이 글라디우스와 방패에 부딪혀 번쩍거렸다. 경기장에는 관중의 뜨거운 열기가 느껴졌다. 카르모스는 경기장 중앙으로 걸어갔다. 원형 좌석에 빽빽하게 들어찬 인파가 카르모스를 향해 달뜬 함성을 토해냈다. 카르모스의 등장만으로도 그들은 열광했다. 그는 전승무패 검투사로 알려져 있다. 반듯한 이마로 흑갈색 머리칼이 휘날렸고 그 아래 검회색의 눈동자는 또렷했다. 살짝 휘어진 콧날과 두툼한 입술이며 햇볕에 그을린 다갈색 근육질 몸은 조각과도 같았다. 때문에 관람객 중 몇몇 여성으로부터 노골적인 추파를 받기도 했다. 자신을 향한 기대와 바람이 카르모스의 온몸을 휩싸고 돌았다. 잠시 몸이 붕 뜨는 기분이었다. 미망의 묘약을 깊이 빨아들였을 때와 다르지 않았다. 멀리 높은 단상에는 유대왕 안티파스가 좌정하고 있었다. 눈부시도록 하얀 토가를 몸에 두른 왕은 그 옷차림만으로도 단연 돋보였다.

예루살렘의 소규모 원형경기장은 로마의 콜로세움을 그대로 본
떴다. 이뿐이 아니었다. 예루살렘 곳곳에는 로마 사원이 세워져 있
었다. 안티파스의 선대왕인 헤롯1세의 업적이다. 로마제국에 대한
충성으로 세워진 건축물들. 로마의 외형에 대한 동경과 답습은 유대
의 정신까지 깊이 병들게 하고 있었다. 예루살렘 원형경기장에서는
하루가 멀다 하고 노예로 결성된 검투사들의 혈전이 벌어졌다. 살인
하지 말라는 유대의 계명은 모세의 돌판 속에서 침묵했고, 의례적인
종교 행사에서만 사용되는 죽은 경구에 지나지 않았다.

반대편에 설치되어 있는 나무 문이 위로 올라갔다. 카르모스가
상대해야 할 적수가 곧 모습을 드러낼 것이다. 각고의 싸움을 치러
전승무패로 올라온 자리다. 단 한 번의 패배도 목숨과 맞바꿔야 하
는 결전이었다. 카르모스가 쓰러뜨린 적수들은 검붉은 피를 뿜으
며 거대한 짐승처럼 쓰러졌다. 그럴 때마다 관중은 미친 듯이 열광
했고 휘파람을 불어댔다. 안티파스의 호탕한 웃음소리가 귓전에
들리는 것 같았다. 살육의 쾌감으로 흥분하는 인간들. 그들은 피
맛에 중독되어가는 악귀였다.

반쯤 열린 문 안에서 형체가 어른거렸다. 카르모스 못지않게 싸
움에 능통한 또 한 명의 노예 검투사일 것이다. 저들 앞에서 두 마
리 짐승으로 엉켜 결국 누군가는 죽어 나자빠져야 했다. 저들의 한
순간 쾌감을 위해서. 두 사람 중 누군가는 반드시 피값을 지불해야
하는 순간이 다가오고 있었다.

카르모스가 미간에 힘을 주자 눈동자가 튀어나올 것같이 붉어졌

고, 쇠뭉치 같은 근육도 꿈틀거렸다. 문이 다 열리기 무섭게 쏜살같이 튀어나오는 그것을 보자, 카르모스의 동공은 한껏 벌어졌다. 그와 동시에 군중의 힘찬 함성이 황혼의 하늘로 치솟아 올랐다. 검투사가 아니었다. 흑갈색의 무성한 갈기를 휘날리며 카르모스를 향해 돌진하는 그것은 네발 가진 짐승, 수컷 사자였다. 사람의 몸체보다 족히 두 배 크기인 사자는 쭉 뻗은 앞발을 내밀기가 무섭게 뒷발로 땅을 박찼다. 두 눈에서 뿜어지는 광채는 글라디우스의 칼날이 무색하리만치 번쩍거렸다. 쩍 벌어진 아가리 사이의 날카로운 이빨은 카르모스를 통째로 집어삼킬 듯이 곤두세워져 있었다.

살기등등한 놈의 몸체가 육박해왔다. 순간 카르모스는 두어 발자국 뒷걸음질을 쳤다. 머릿속에서 자신의 육체는 사람들의 환호와 웃음소리에 이미 갈기갈기 찢어지고 있었다. 방패로 몸을 가린 카르모스는 글라디우스의 자루를 다시금 움켜쥐었다. 전의를 가다듬고 상대의 허점을 노려야 하리라. 새로운 상대와 싸움에 임할 때마다 뇌리에 새겼던 지침이다. 녀석의 허점은 무엇일까. 카르모스가 잠시 생각을 굴릴 때였다. 몸을 길게 쭉 뻗은 놈이 앞발을 들어 카르모스 정수리 부근까지 선제공격을 해왔다. 방심할 틈이 없다. 카르모스가 숙련된 몸놀림으로 방패를 치켜들었다. 퉁! 놈의 앞발이 방패와 부딪히며 둔탁한 소리를 냈다. 크르릉, 사자의 포효가 천지를 진동했다. 그와 함께 군중의 함성도 지축을 울렸다. 카르모스는 사자와 일정한 거리를 두고 몸을 사렸다. 방패를 들고 있던 손아귀에 땀이 배어나왔다. 사자의 불꽃같은 눈에 살기가 번뜩였다. 사자는 게으른 맹수다. 배가 부르면 꼼짝을 하지 않고 길게 드러누워 잠만 늘어지게 자는 것이 수컷 사자다. 지금 녀석의 위장은 텅 비어 있을 터였다. 저놈의 눈에 카르모스는 제 배 속을 채워줄 먹잇감에 지나지 않을 것이다. 배고픈 맹수는 성급하기 마련이었다. 그것이 허점이다!

카르모스는 시간을 끌었다. 놈의 성급함이 결국 스스로의 기운을 뺄 때까지. 그때를 노려야 한다. 카르모스는 사자의 뒤꽁무니 쪽으로 몸을 돌렸다. 사자가 카르모스를 따라 육중한 몸을 바꾸기 전에 카르모스는 사자의 꼬리와 엉덩이를 향해 글라디우스를 휘둘렀다. 크아아, 소리를 내지르던 사자가 검붉은 갈기를 곤두세우며 눈알을 부라렸다. 카르모스는 한사코 사자의 뒤쪽만을 쫓았다. 군중의 반응은 어느새 야유로 바뀌고 있었다. 피 맛에 중독되어 악귀가 된 사람들은 카르모스에게 정면 돌파를 외치고 있다. 그들은 카르모스의 목숨 따위는 아랑곳없었다. 카르모스가 다시 한 번 사자의 엉덩이에 칼날을 들이밀었다. 일 규빗 남짓 되는 놈의 꼬리가 카르모스의 허리를 휘감았다. 잠시 휘청했지만 카르모스는 놈의 꼬리를 팔뚝으로 휘감았다. 그러고는 글라디우스를 높이 들고 힘껏 내리쳤다. 잘린 꼬리에서 뿜어져 나온 뜨거운 피가 카르모스 얼굴에 튀었다. 순간 사자의 온몸이 공중으로 솟구쳐 올랐다. 사자의 두꺼운 살가죽이 출렁댔다. 성이 날 대로 난 사자의 코와 입에서 뜨거운 김이 확 뿜어져 나왔다. 무거운 몸체를 홱 돌린 녀석이 카르모스를 맹렬히 쫓아왔다. 위기일발로 놈의 공격을 피했지만 간

담이 서늘해지는 순간이었다. 카르모스의 공격에 놈은 끄떡도 하지 않았지만, 사자의 일격은 카르모스에게 치명적일 수 있었다. 그런 터에 단 한순간의 방심도 용납할 수 없다. 카르모스가 요리조리 몸을 피하자 사자의 몸은 더 거세지고 급해졌다. 놈이 갈기를 휘날리며 오른쪽으로 육중한 머리를 꺾으면 카르모스는 왼쪽으로 몸을 피했다.

관중은 어느 순간부터 사자를 연호하고 있었다. 카르모스가 요리조리 몸을 피하는 광경에 싫증이 난 것이다. 카르모스는 사자의 송곳니와 발톱이 자신의 심장을 관통하여 피가 낭자하길 기대하는 저들에게 맹렬한 독기가 올라왔다. 카르모스의 독기는 글라디우스 끝으로 전이되고 있었다. 왼편으로 고개를 돌린 사자의 오른편 옆구리에 칼날을 꽂았다. 예리한 칼날이 녀석의 흐벅진 살갖을 뚫은 것은 한순간이었다. 녀석의 커다란 몸체가 요동쳤다. 꼬리를 잘린 것과는 비교도 할 수 없는 고통이 사자의 온몸을 전율케 했으리라. 군중의 관심은 금세 카르모스에게로 쏠렸다. 피에 굶주린 유대의 늑대들. 원형경기장에 모인 그들의 벌린 입이 동굴같이 시커멓게 보였다. 육질의 피 맛을 본 글라디우스는 사자의 살갖을 후벼 팠다. 카르모스의 손끝에서 도륙의 쾌감이 진하게 전달되었다.

수없이 살과 피의 맛을 본 카르모스의 손이었다. 가책과 죄책감 뒤에 쫓아오는 칼 맛의 쾌감에 몸서리를 쳐야 했다. 그러나 사자의 살갖을 뚫은 지금은 사람의 살과는 분명 다른 느낌이었다. 가책과 죄책감 없이 느낄 수 있는 온전한 흥분과 쾌감이었다.

놈의 벌어진 아가리에서 혀가 쑥 빠졌다. 과다하게 흘린 피로 인해 헐떡거리는 모양새였다. 허기의 살기에서 난폭한 광기로 이어지다가 생명의 마지막 발악만 남은 녀석이었다. 혈기가 잦아든 놈의 포효에는 끈질긴 집요함이 깃들어 있었다. 몸놀림은 다소 둔해졌지만 카르모스를 공략하는 움직임에는 진중함이 묻어났다. 카르모스도 급격히 몸을 사리면서 최후 공격을 시도해야 한다. 옆구리에서 피가 철철 흐르는 놈에게 전장에서 최후의 공격을 당한 장수의 위엄이 느껴졌다. 앞발과 뒷발의 걸음걸이조차 예사롭지 않았다. 단지 먹잇감 하나를 얻기 위한 싸움이었던 녀석은 고작 먹잇감에게 기를 꺾인 셈이었다. 그로 인해 녀석의 허기와 아픔의 광기는 맹렬하고 난폭해졌지만 그조차도 여의치 않은 상황에 이르렀다. 이제 녀석에게 남은 것은 최후의 발악뿐이었다. 녀석은 사력을 다해 카르모스를 향해 온몸을 던졌다. 카르모스도 물러서지 않았다. 정면으로 공격해 오는 녀석을 향해 글라디우스를 힘차게 뻗었다. 마지막 남겨진 햇빛의 잔광이 글라디우스의 끝에 잘게 부서지며 사방으로 빛을 튕겨냈다.

출렁거리는 배를 드러내며 두 앞발을 치켜세운 녀석의 몸통이 카르모스에게 검은 그늘로 다가왔다. 글라디우스의 쩌억, 하는 소리가 원형경기장에 울려 퍼졌다. 녀석의 살과 뼈가 절단되는 소리였다. 아가리와 갈기와 뱃가죽이 동시에 갈라졌다. 육중한 사자의 몸뚱어리가 공중에서 땅으로 철퍼덕 곤두박질쳤다. 일순 장내는 찬물을 끼얹은 듯 조용했다. 사자의 최후 순간을 숨죽인 채 바라보던 관중의 긴장감이 고스란히 전해졌다. 멀리 흰 토가 자락이 몸을 일으켰다. 짝짝짝. 카르모스가 글라디우스를 하늘로 곧추세우는 순간 들린 왕의 박수 소리였다. 곧이어 보랏빛 하늘이 뒤집어질 듯한 함성과 박수 소리가 카르모스의 정수리로 쏟아졌다. 왕을 따라 기립한 관중은 카르모스를 연호하고 있었다. 수십만 마리의 새 떼가 날개를 퍼덕거리며 카르모스의 머릿속에서 일제히 날아올랐다. 마침내 자유의 몸이 된 것이다. 카르모스는 다시 한 번 칼을 높이 치켜세웠다. 그 끝은 애급 땅을 향하고 있었다. 사자의 피를 머금은 글라디우스는 황혼 속에서 붉게 빛났다.

애급. 꿈에서도 돌아가고 싶은 땅이었다. 그러나 다시 돌아갈 수 없는 땅이기도 했다. 애급에서부터 카르모스를 집요하게 쫓았던 발자국과 살기 서린 눈초리. 그것을 피하기 위해 유대까지 도망쳐야 했던 카르모스였다. 그들의 발자국과 살기에서 벗어나기 위해 스스로 노예가 되었다. 노예로 팔리는 순간 그들의 추격은 멈췄다. 카르모스는 검투사로 발탁되었다. 채석장에서 잔뼈가 굵은 그의 육체는 검투사가 되기에 맞춤했던 것이다. 사람을 죽이는 일에 진저리를 치면서 자유를 갈망했다. 추격에서 벗어났다는 안도감이 불러일으킨 안일한 욕망일지도 몰랐다. 스스로 노예 검투사가 되어 사람의 피 맛을 감수했던 지난 사 년의 세월 속에는 화인으로 남겨진 잃어버린 기억이 묻어 있었다. 그들의 추격은 멈추었고 이제 자유의 몸으로 사람답게 살아갈 수 있게 되었다. 카르모스의 가슴은 터져 나갈 듯 부풀었다.

2

○

어긋난 서원(誓願)

두 개의 챕터를 목사에게 프린트해 주고 나도 훑어보았다. 별다른 문제는 보이지 않았다. 사실 전혀 다른 이야기가 두 장에 걸쳐 이어지고 있어서 더 그렇게 느꼈는지도 모르겠다. 1장은 예수 탄생 시기와 맞물린 성경 지식 몇 가지로 이야기를 꾸민 것에 불과했다. 두 번째 장에서부터는 조금 흥미롭기 시작했다. 검투사 '카르모스'라는 인물이 등장하기 때문이다.

목사는 내 의견과는 반대인 듯했다. 오히려 첫 번째 장을 면밀히 읽은 눈치였다. 두 번째 장은 목사가 싫어하는 가상의 이야기가 펼쳐지고 있는 탓일 것이다. 목사는 언제부터 픽션에 대해 그렇게 진저리 친 걸까. 어쩌면 어머니의 과거와 연결된 것일지도 몰랐다. 어머니의 친정붙이로부터 들은 적이 있었다. 목사와 결혼하기 전 어머니가 사귀는 사람이 있었다고 했다. 그 사람이 당시 어른들에게는 빈축의 대상이 되는 데모꾼에다 문학청년이었다는 것까지. 거기에다 나의 방종한 대학 생활이 목사의 의심에 일조했던 게 분명했다.

목사에게 정면 도전을 했던 것은 대학 입학을 앞둔 고3 때였다. 스무 살 내 인생이 '신학도'로 규정된다는 것은 견디기 힘들었다. 나는 신에게 헌물 되기 이전에 자유의지를 지닌 인간이었고 무엇보다 목회자가 내 적성에는 맞지 않았다. 나에게 신앙은 습관이었고 생활일 뿐이었다. 더군다나 열아홉 살 때까지 목사라는 직업의 아비에게 차가운 시선을 받아왔다. 나는 용기를 내서 신학대에 가지 않겠다고 선언했다. 목사는 본색을 드러냈다. 당신이 데려다 키운 저 아이를 보라며, 표독한 눈빛으로 어머니에게 쏘아붙였다. 하나님의 진노를 운운했지만 내 귀에는 아무것도 들리지 않았다. 데려다 키웠다는 말을 듣는 순간 내 머릿속은 하얘졌다. 드라마의 단골 소재인 출생의 비밀이 내 인생의 출발점이었다는 것은 꿈에도 생각하지 못한 일이었다. 대꼬챙이처럼 마른 어머니는 두 손목에 정맥이 드러나도록 앙가슴을 움켜쥐었다. 나는 목사에게 그게 무슨 말이냐고 되물었다. 목사는 얼굴색 하나 바꾸지 않고 대답했다. 보육원에서 나를 입양했다며, 나는 기도의 결과로 생겨난 하나님의 섭리일 뿐이라고 했다. 하나님의 섭리를 일개 사람 따위가 거스를 수는 없는 거라며 목사 특유의 설교 목소리로 엄중하게 꾸짖었다. 나를 바라보던 목사의 차가운 시선에 대한 의문은 풀렸지만,

충격은 감당하기 어려웠다. 그러나 나 대신 쓰러진 사람은 어머니였다. 어머니는 가슴을 부여잡았고 숨을 쉬지 못했다. 내가 떨리는 손으로 119로 전화를 거는 사이에도 목사는 꿈쩍도 하지 않았다.

나는 그때 알았다. 목사는 나만 증오했던 게 아니라는 것을. 어머니를 향한 미움의 이유는 무엇일까. 의문이 생겼지만 오래 생각할 틈이 없었다. 구급차에 실려 간 어머니는 막힌 뇌혈관에 혈전용해제를 투입하는 응급처치로 위험한 고비를 넘겼다. 목사는 병원에 와서도 어머니를 들여다보지조차 않았다. 나는 입원실에 누워 있는 어머니에게 내 출생에 관해 더 이상 캐물을 수 없었고 어머니도 입을 다물었다. 그날 이후 나는 목사를 아비라고 생각하지 않기로 했다. 대신 현실적인 타협을 하기로 마음먹었다. 신학대에 원서를 냈던 것이다. 목사와의 대립이 날카로워질수록 어머니가 온전할 수 없겠다는 생각에서였다. 겉으로는 목사에게 순종했지만 내 마음 깊은 곳에서는 칼날 하나가 벼리어지고 있었다.

나는 대학에 입학하자마자 교회 다니는 일을 차츰 등한시했다. 목사는 어머니를 들볶았다. 어머니를 통해 나를 조종할 수 있다고 생각했겠지만 나는 점점 더 어긋났다. 그럴수록 목사는 어머니를 교묘한 방법으로 학대했다. 큰소리 한 번 지르지 않고 사람을 아래위로 훑어보는 차디찬 목사의 눈은 사람을 질리게 하는 구석이 있었다. 어머니는 목사가 설교 준비를 하거나 기도하는 시간에 발소리와 숨소리조차 죽여야 했다. 머리카락 한 올 흐트러짐 없이 어머니는 새벽예배에 참석해야 했고, 조금이라도 눈에 벗어나면 목사는 며칠씩 입을 다물고 어머니를 그림자 취급했다. 어머니의 심근경색증은 나날이 깊어져갔고 어머니의 죽음은 예정된 수순이었는지도 몰랐다.

목사는 입학금을 내준 것을 끝으로 사 년 내내 등록금을 주지 않았다. 어머니가 근근이 만들어준 돈으로 휴학과 아르바이트를 해가면서 간신히 졸업을 했지만 목사 시험에는 응시하지도 않았고, 신학대학원에 원서를 내지도 않았다. 그리고 그해 어머니는 세상을 떠났다. 어머니의 죽음에 뼈저린 가책을 느꼈지만 그렇다고 목사의 뜻을 따르기에는 너무 멀리 와버렸다.

대학에 입학하면서부터 신학과의 커리큘럼을 거의 이수하지 않고 다른 학과의 수업을 청강하고 다녔던 것이다. 학교 연극 동아리에 가입해서 희곡을 썼고 배우로 무대에 서기도 했다. 어느 날 내가 모르게 목사와 친분이 있던 교수는 목사에게 내 행적을 귀띔했다. 먼저 목사가 어머니를 들볶았고 그다음은 내가 목사의 심경을 긁었다. 술을 먹고 들어온 다음 날 어머니의 얼굴은 새파랗게 질려 있었다. 살얼음판을 걷는 악순환이었다. 대화도 타협도 없는 팽팽한 신경전 속에 어머니만 말라가자 나는 잠시 연극 동아리에서 손을 떼기도 했다. 어머니를 위한 내 나름의 배려였다. 어머니가 돌아가시고 취업 준비를 할 때 연극 동아리 선배의 주선으로 출판사에 이력서를 냈다. 글을 써본 경험과 영어 실력이 뒷받침되었겠지만 무엇보다 운이 좋아 입사할 수 있었다. 또 한 번 목사와 나는 사생결단할 듯 부딪쳤지만 더 이상 목사가 두렵지 않았다. 수컷들만의 본성일 수도 있었다. 내가 아이에서 남자가 되어가는 반면 목사는 남자에서 노인이 되어가는 자연의 속성이었다. 그런 두 남자의 마찰에 희생된 사람은 어머니였다.

나의 입양은 어머니의 적극적인 권유였다 한다. 나를 키워 신에게 바치기로 한 서원을 전제로. 아브라함이 백 살에 얻은 이삭을 제물로 바치는 순종으로 더할 수 없는 축복을 약속받았듯이 목사도 그것을 계산한 것이었을까. 순종이 제사보다 낫다는 성경 말씀이 있다. 목사가 설교에도 종종 사용하는 문구였다. 교인들에게 교회에 봉사하고 헌신하라는 말 대신으로 쓰이기도 했다. 세상 불의와 구제에는 눈을 감고 교회 건물만 높이 쌓아 올리며 교회에 충성하는 것이 마치 하나님과 소통하는 길인 양 가르치는 한국 목사의 전형이다. 그렇다고 우리 교회가 철탑만을 높이 쌓는 대형 교회도 아니라는 점이 나를 더 냉소적으로 만들었다.

"너는 정말 아무 생각이 없는 것이냐?"

목사는 내가 프린트해준 소설 더미를 쓰레기통에 쑤셔 박으며 물었다. 보란 듯이 하는 행동이었다. 무슨 생각? 나는 의문이 들었지만 잠자코 있었다.

"네가 졸업한 학교 이름을 두 눈으로 보고도 말이다. 쯧쯧. 지금이라도 생각을 바꿔라. 다시 신학을 공부한다면 내가 힘을 써줄 수도 있을 테니까."

세상에나. 내 입에서 탄식이 저절로 터져 나올 뻔했다. 목사는 나한테 아직도 미련을 버리지 못하고 있는 게 분명했다. 내 근본에 대해 깊이 불신하고 있으면서도 산 제물로 쓸 생각만 가득한 위인이다.

"더 궁금하지 않으세요?"

"뭐가?"

"암살자들, 소설이요."

목사가 콧방귀를 뀌었다.

"다운받아서 프린트해 드릴까요?"

"무에 그리 대단한 이야기라고. 순 거짓 나부랭이를 가지고."

"뒤에 예수 이야기가 나온다잖아요. 조금 더 읽어보시는 게 좋을 듯해서요."

"내가 무슨 이유로 그걸 더 읽어야 한다는 게냐?"

"논쟁의 소지가 있는 소설이라잖아요. 나중에라도 다른 목사님들은 다 아는데 너무 모르면 체면이 서지 않을 수도 있잖아요."

목사는 내 말에 반응을 보이지 않았다. 권위적인 목사의 성격으로 그 정도면 부정보다는 긍정에 가까운 응답이었다.

"너도 계속 읽어볼 생각이냐?"

웬일로 목사가 내 생각을 타진했다. 꼼수가 있을 터였다. 나는 목사의 다음 말을 기다렸다.

"너도 명색이 신학대 출신이라면 판단을 할 수 있겠지. 네가 계속 읽겠다고 하면 나도 한번 읽어보련다."

어련하실까 싶었다. 목사는 내심 반가웠던 것이다. 그동안 신학이나 성경에 일절 관심이 없었던 내가 소설이든 뭐든 일단 성경에 접근한다는 것만으로도. 좋다. 그 정도쯤이야 목사의 비위를 못 맞출 게 없었다. 나는 그렇게 하겠다고 대답했다. 어머니의 죽음 이후, 아니 고등학교 3학년 때 이후로 목사와 이렇게 긴 이야기를 나눈 것은 오랜만이었다. 목사의 얼굴은 여전히 냉랭했지만 나와 나눈 대화가 성경에 관계되었다는 것만으로도 매우 만족스러운 눈빛이었다.

컴퓨터 전원을 켰다. 손쉽게 3장과 4장을 프린트했다. 성경 관련 책이 아닌 이상 거의 읽지 않는 목사에게는 곤욕일 수도 있다. 그래도 목사는 군말 없이 소설을 받아 갔다.

3장을 열었다. '밀실의 사내'라는 소제목과 함께 뜬 글자들이 나에게 마구 달려드는 기분이었다. 낱낱의 글자들 사이에 길이 보였다. 소설의 길일 수도 있고 나의 길일 수도 있는. 나는 손바닥으로 얼굴을 쓸고는 출판사 전용 메일 창 하나를 더 열었다. 주소록에서 편집장 메일을 찾았다. 키보드에 올린 손가락이 미세하게 떨렸다. 썩 나쁘지 않은 떨림이다.

밀실의 사내

가로세로 사방 길이가 팔 규빗 정도 되는 사각 돌담이었다. 어른 가슴 높이까지 쌓아 올린 돌담 안은 웅숭깊었다. 돌 틈새에 낀 초록빛 이끼가 우물의 세월을 가늠케 했다. 그 안에서 날카로운 소리가 들렸다. 몸체는 작지만 그것들의 부산스러운 외침은 잔뜩 독이 올라 있었다.

카르모스는 돌담에 가까이 다가갔다. 소리가 차츰 선명해졌다. 그와 함께 악취가 났다. 목을 길게 빼고 들여다본 우물 안은 어림짐작으로도 어른 키의 두 배는 넘어 보였다. 어두운 밑바닥에는 작은 몸체의 것들이 제각각 몸을 뒤치고 있었다. 그것들의 형체가 얼른 눈에 들어오지 않았다. 입구 근처에는 걸레같이 늘어진 붉은 살점들이 꼬리를 늘어뜨리고 있었다. 악취의 진원지였다. 살과 피가 썩는 냄새가 났다. 카르모스는 입과 코를 막고 상체를 숙여 우물 안을 들여다보았다. 벽을 향해 끊임없이 기어오르고 있는 것들은 쥐 떼였다. 쥐들은 어두운 우물 속에서 눈을 빛내며 무섭게 돌진했지만 사각 우물 입구에 촘촘히 박힌 뾰족하고 날카로운 칼날에 몸이 찢기곤 했다. 족히 수만 마리, 아니 수십만 마리에 이르는 쥐들은 통통하게 살이 올라서 제 종족의 살까지 탐할 듯 표독스러운 몸짓으로 엉켰다. 설치류 특성상 벽을 타고 기어오를 수 있는 점을 감안하여 우물 입구에 칼날을 설치해놓은 듯했다. 칼날 근처까지 기를 쓰고 기어오르는 팔뚝만 한 크기의 몇몇 놈들의 기세가 만만치 않았다. 칼날에 몸이 베이기 무섭게 놈들은 찢어지는 울음을 토하고는 바닥으로 곤두박질쳤다. 피투성이로 내동댕이쳐진 놈을 향해 쥐들이 아가리를 벌리며 달려드니 한 놈이 결딴나는 것은 순식간이었다. 피 칠갑이 된 대가리와 뼈의 잔해들이 시커먼 놈들의 몸체 사이에서 휩쓸려 다녔다. 원형경기장의 혈투를 방불케 하는 광경이었다.

이 많은 쥐를 무엇에 쓰려고 사육하는 걸까? 왕의 애완용이라면, 악취미 중 악취미다. 수십만 마리의 쥐가 내뱉는 소리가 밀실을 에워쌌다. 카르모스는 온몸에 돋은 소름을 털어내기라도 하듯 몸서리를 쳤다. 밀실은 기온도 낮았고 습기도 우기 때와 맞먹었다. 쥐 떼를 키우기 위한 최적의 환경을 만들어놓은 셈이었다. 자기 손으로 처치한 사람도 여럿 본 카르모스였지만 제 종족의 살을 탐하는 쥐 떼의 광경에는 자연 눈살이 찌푸려졌다.

"볼만하더냐?"

크고 육중한 문이 열렸고 곧이어 준엄한 목소리가 들렸다.

"왕이시다. 머리를 조아려라."

카르모스는 그 자리에 납작 엎드렸다. 이끼가 낀 돌바닥은 축축했다. 얼굴을 살짝 치켜든 카르모스의 코앞에 샌들을 신은 두 사람의 발과 다리가 보였다. 굳은살이 박인 무지막지하게 큰 발에는 발목까지 올라온 신에 들메끈이 매여 있었다. 또 다른 하나의 발은 값비싼 가죽 샌들에 싸여 있었다. 여인네의 속살같이 분홍빛이 도는 작고 갸름한 발은 거친 광야와 계곡 따위를 한 번도 내딛어보지 않은 발이었다.

"일어나라."

카르모스는 몸을 일으켰다. 또 다른 남자는 카르모스를 찾아왔던 친위대 대장이었다. 얇은 쇠 갑옷에 번쩍거리는 투구를 쓴 그는 누가 보더라도 군인이었다. 화려한 튜닉과 눈이 부시도록 하얀 토가를 휘감은 사람은 유대의 왕 안티파스였다. 사자를 쓰러뜨렸을 때 멀리서 박수를 쳤던 왕을 지척에서 본다는 사실이 믿기지 않았다. 두 사람 뒤에 또 한 사람이 있었다. 재갈이 물리고 올무에 몸이 결박된 사내였다. 올무의 끈을 쥔 친위대 대장 뒤에서 축 늘어진 채 엎어진 그는 잿빛 눈만 껌뻑거리고 있었다. 붉은 머리카락을 산발한 사내의 얼굴은 알아보기 힘들 만큼 부어 있었다.

"나의 애완 쥐 떼다. 어떠하냐?"

듣던 대로였다. 헤롯1세 못지않게 성정이 괴팍하고 포악하다던 헤롯2세 안티파스에 대한 소문은 거짓이 아니었다. 카르모스는 왕을 만족시킬 말을 고르고 또 골랐다.

"보기에 좋았습니다."

"보기에 좋았다고? 역시 걸출인 놈이로구나. 경기장에서 사자를 해치우는 너의 모습도 참으로 보기에 좋았느니라. 네놈 눈깔에서 뿜어지는 광채가 제법 매섭더구나. 사자도 꼼짝 못 하게 할 만했어. 어떠냐? 내 수하로 들어온 기분이. 너한테도 광영이겠지."

"더없는 광영이옵니다."

카르모스는 최대한 몸을 낮추고 대답했다. 왕은 경망스럽게 킬킬거렸다. 왕의 배가 출렁거리자 토가 테두리에 금실로 자수를 새긴 장식이 찰랑댔다. 어디선가 향기로운 냄새가 코끝을 간질였다. 나드향이었다. 왕에게서 풍기는 향내였다. 카르모스는 재채기가 나오는 걸 간신히 참았다. 목구멍이 근질거렸다.

"좋은 구경 한번 할 테냐?"

웃음을 멈춘 왕이 카르모스의 코앞으로 얼굴을 들이밀며 은근한 말투로 말했다. 왕에게서 나는 향내는 미망의 묘약 이상으로 자극적이었다. 갑자기 미망의 묘약 연기가 몹시 빨고 싶어졌다. 왕은 무심히 엄지를 곧추세우더니 아래로 향했다. 친위대 대장은 붉은 머리칼 사내의 재갈을 풀었다. 사내 입에 엉겨 붙은 피딱지 사이로 신음이 터졌다. 친위대 대장은 사내의 몸을 번쩍 들어 우물 한가운데로 던졌다. 대장의 양쪽 손목에 감겨 있던 올무의 줄이 우물로 주르르 빨려 들어가다 이내 멈췄다. 손아귀로 줄의 끄트머리를 단단히 틀어쥔 탓이었다. 줄은 팽팽했지만 사내의 무게를 지탱할 만큼 대장의 악력과 힘은 만만치 않았다. 카르모스는 숨을 훅, 하고 내뱉었다. 곧바로 사내의 처참한 비명이 우물 아래에서 들려왔다.

"아아악!"

왕이 고개를 뒤로 젖히며 웃기 시작했다. 킬킬거리던 아까의 웃음과는 달리 통이 큰 웃음소리였다.

"진귀한 구경거리를 놓칠 수 없지."

왕은 성큼성큼 걸어와 돌담에 몸을 기댔다. 그러고는 손바닥을 위로 향하고는 검지를 들어 까딱거렸다. 대장은 일말의 주저함도 없이 우물 돌담 앞으로 나아갔다. 대장이 우물에 가까이 다가갈수록 올무에 결박된 사내의 몸은 우물 아래로 깊숙이 떨어질 터였다. 다시 처절한 비명이 터졌다. 카르모스도 돌담 아래로 시선을 던졌다.

사내의 옷은 이미 발기발기 찢어진 상태였다. 사내의 옷가지가 회색과 검정색의 쥐 떼 사이에서 떠다니고 있었다. 제 종족의 살까지 탐했던 녀석들은 새로운 먹잇감에 일제히 달려들었다. 뼈라도 갈아 먹을 기세로 녀석들은 아가리를 벌려댔다. 몇몇 놈은 사내의 겨드랑이와 사타구니를 파고들었고, 몇몇 놈은 사내의 눈과 귀와 코를 물어뜯었다. 사내의 비명과 버둥거림은 곧 멎었다. 급기야 피투성이가 된 사내의 몸은 붉은 내장과 흰 뼈를 드러내기 시작했다. 사내의 허연 몸은 조각조각 흩어져 녀석들과 섞이고 있었다. 카르모스는 뒷걸음질 쳐서 밀실을 빠져나왔다.

피 냄새와 밀실 특유의 축축한 비린내가 코끝에서 쉽게 가시지 않았다. 바람 한 점조차 없이 뜨겁고 건조한 공기가 신선하게 느껴졌다. 모래밭은 뜨거웠다. 카르모스는 헛구역질을 했다. 천지가 조용했다. 시간은 어느덧 시에스타(siesta)*에 접어든 모양이었다.

카르모스는 속의 것을 다 게워냈다. 점심에 먹은 보리빵과 말린 무화과 열매, 염소젖이 묽은 액체로 쏟아졌다. 카르모스는 튜닉 허리띠에 매달아놓은 양가죽 부대의 마개를 열어 들이켰다. 미지근한 물이 입안에 가득 찼다. 여러 번 입을 헹궜다. 그 사내는 누굴까? 얼마나 몹쓸 짓을 저질렀기에 저토록 끔찍한 형벌을 받는 걸까? 왕이 그 광경을 목격하도록 한 저의는 무엇일까? 의문들이 꼬리를 이었다.

카르모스는 허리띠에 매달린 다른 주머니를 꺼냈다. 주머니 안에는 양피지가 몇 겹으로 접혀 있었다. 카르모스는 침을 삼켰다.

* 날씨가 고온건조한 중동지역 사람들이 한낮 폭염을 피해 낮잠 자는 풍습을 이르는 말이다.

양피지를 한 겹씩 펼치는 카르모스의 손가락이 가느다랗게 떨렸다. 피를 본 때문이기도 했고 심약한 기질 탓이기도 했다. 혈투를 치르고 나면 의례적으로 해온 일이었다. 이것이 없었다면 검투사 생활을 버티기 어려웠을 것이다. 불그스름한 갈색의 가루가 소보록하게 쌓여 있었다. 신비한 열매를 곱게 빻아 만든 가루였다. 미망의 묘약이다. 한 번 그 연기에 취하면 잊을 수 없어 또다시 찾는다고 해서 붙여진 이름이라고 들은 바 있었다.

카르모스는 감람나무 잎에 가루를 적당량 넣고 길게 말아 불을 붙였다. 입으로 급하게 빨아들이자 잔기침이 나왔다. 묘약의 연기가 폐와 콧속으로 퍼졌다. 입안에 조금 남아 있던 메스꺼움이 깨끗하게 사라지면서 머리도 맑아졌다. 카르모스는 잎을 다시 입에 가져갔다. 이번에는 더 깊숙이 빨아들였다. 카르모스는 하늘을 쳐다봤다. 하늘이 오르내렸다. 몸이 땅에서 살짝 올라와 붕 뜨는 느낌이었다. 사방의 땅도 몸을 일으키며 카르모스를 둘러쌌다. 경기장 중앙에서 적수를 기다리던 순간마다 이런 기분이었다.

얼마나 앉아 있었던 걸까. 약에 취해 잠깐 정신을 놓은 것일지도 몰랐다. 밀실 문이 열리며 대장이 나오는 게 보였다. 대장은 태양빛이 눈부신지 손바닥으로 그늘을 만들었다. 그리고 다른 손을 들었다. 카르모스를 부르는 손짓이었다. 한낮의 열기로 모든 사물이 아른거렸다. 쪼그리고 있던 몸을 일으키자 휘청거렸다. 정수리에 내리쬐는 태양빛 때문만은 아니었다. 미망의 묘약이 아직 몸 안에서 부유하고 있기 때문이었다.

밀실에 들어선 카르모스는 등골이 오싹했다. 욕지기가 목울대 아래에서 치밀었다. 우물의 돔 모양 천장에 매달린 그것은 피 칠갑된 짐승의 잔해와 다르지 않았다. 우물 입구에서 썩고 있는 쥐들의 살덩이 수십 개를 합쳐놓은 것 같은 몰골이었다. 사내의 눈은 동굴처럼 퀭했다. 허옇게 드러난 광대뼈와 코뼈 아래 입술과 혀도 뭉크러져 있었다. 갈비뼈 밖으로 비어져 나온 시뻘건 창자와 내장도 곤죽이었다. 엉덩이도 허물어져 앙상한 뼈만 돌출되어 있었고 사타구니 터럭 사이 삐죽이 솟아 있어야 할 성기는 형체조차 없었다. 뼈만 남은 정강이를 타고 쥐새끼 한 마리가 찍찍거리며 기어 나와 우물 밑으로 툭 떨어졌다. 카르모스는 입을 굳게 다물고 눈을 똑바로 부릅떴다. 약한 모습을 보이고 싶지 않았다. 그 상대가 누구든. 카르모스는 전승무패의 검투사였다. 사자 몸뚱어리를 절반으로 쪼갠 일은 검투사들 사이에 전설로 남을 것이다.

"네놈도 저 꼴이 되고 싶지는 않겠지."

왕이 다짜고짜 한 말이었다. 쥐 떼에게 자기 살점을 도륙당하고 싶은 사람이 세상 천지에 누가 있겠는가. 카르모스는 아무 말도 하지 않았다.

"친위대 대장 헤로디그만이다."

왕이 대장의 이름을 가르쳐주었다.

"이제 너에게 헤로디그만의 명령은 곧 내 명령이다. 그의 말에 절대적으로 복종하라. 네가 네 임무를 완전히 수행한다면, 그 보상은 약속한 것 이상으로 줄 것이다. 하지만 그 반대라면, 너도 저놈과 같은 최후를 맞이할 것이다."

한 가지 의문은 풀렸다. 사내의 비참한 죽음을 카르모스에게 목도하게 한 이유 말이다.

사자와의 마지막 승리로 흥분이 채 가시기도 전에 헤로디그만이 노예 숙소로 카르모스를 찾아왔다. 읍한 자세의 카르모스 앞에서 헤로디그만은 카르모스의 노예 문서 양피지를 불에 태웠다. 양피지가 타면서 나는 노린내가 역겨웠지만 진정한 자유의 냄새였다. 카르모스는 오감으로 느끼고 있었다. 그동안 혈투를 치를 때마다 얻은 상처에서 새살이 돋아나는 기분이었다. 꿇어 엎드린 카르모스 앞으로 헤로디그만이 뭔가를 툭 던졌다. 양피지가 막 검은 재로 사라질 순간이었다. 카르모스가 손으로 그것을 집었다. 이 므나였다. 적지 않은 돈이었다. 이 므나는 약 사십 데나리온의 값어치다. 일꾼 일당으로 치면 한 달이나 사십 일 정도의 품값이었다.

"이 돈으로 자유의 몸이 되겠느냐? 아니면……."

헤로디그만이 잠시 말을 끊었다. 카르모스는 그의 다음 말을 기다렸다.

"아니면, 십 달란트를 받겠느냐?"

카르모스는 귀가 뻥 뚫리는 느낌이었다. 십 달란트는 어마어마한 돈이었다. 일 달란트가 육천 데나리온이었고, 약 삼백 므나의 액수였다.

"십 달란트라고요?"

카르모스가 재차 물었다. 그 돈을 입에 떠올리는 것만으로도 엄청난 부를 손에 쥔 기분이 들었다. 그러나 십 달란트를 거저 주지는 않을 터였다. 그런 엄청난 액수 뒤에 도사린 거래 또한 상상 그 이상일 것이다. 카르모스는 긴장감을 감추기 위해 눈을 부릅떴다.

"왕께서 너를 수하에 두기를 원하신다."

카르모스는 자신의 귀를 의심했다. 왕의 수하가 되는 일은 노예 신분에서 벗어날 뿐 아니라 영예로운 일이었다. 거기다 십 달란트의 돈까지 준다니. 그 정도의 돈이라면, 상황이 역전될 수도 있었다. 애급에서부터 집요하리만치 카르모스를 쫓던 발자국들을 역추적할 수 있지 않을까. 카르모스의 목숨을 노렸던 그들의 정체를 밝혀냄과 동시에 잃었던 기억의 복원도 가능하리라. 그런데 그 엄청난 돈을 주겠다는 이유가 뭘까? 카르모스는 땅바닥에 박고 있던 머리를 들어 헤로디그만을 올려다보았다.

"왕께서 너의 용맹을 사는 값이다. 왕께서 은밀히 사람을 처치하는 일로 너를 선택했다."

"처치해야 할 사람 수가 많습니까?"

"단 한 사람이다."

헤로디그만이 검지를 곤추세웠다.

"단지 한 사람만 처치하면 되는데 그렇게 많은 돈을 주겠다는 겁니까?"

"죽이면 안 된다. 반드시 생포해야 한다."

간단명료했다. 카르모스는 십 달란트의 값어치를 열 손가락으로 꼽으며 셈수를 헤아렸지만 얼른 계산이 되지 않았다.

"왕께 충성을 맹세하겠습니다."

카르모스는 머리를 조아렸다. 헤로디그만은 노예 숙소를 나가면서 카르모스에게 의미심장한 말을 던졌다.

"네가 애급에서 왔다는 말이 있던데, 사실이더냐?"

애급은 카르모스의 과거가 고스란히 있는 곳이다. 카르모스에게는 원한이 서린 곳이면서 돌아가고 싶은 땅이기도 했다. 다시 발을 디딜 수 없다고 생각했는데 서광이 비치고 있었다.

카르모스가 머리를 들었을 때 왕은 흰 토가 자락을 휘날리며 밀실을 나가고 있었다. 카르모스는 묻고 싶었던 말을 끝내 하지 못했다. 누구를 생포하란 말인가? 일을 성공했을 때 상응하는 보상과 실패했을 때의 형벌을 극명하게 보여주면서 목표 대상은 없는 거래였다. 아니, 일방적인 명령이었다. 카르모스는 그 질문을 목구멍 저 아래 꾹꾹 눌러 삼켰다. 왕에게 어떤 질문도 하지 말라던 헤로디그만의 마지막 경고가 카르모스의 혀뿌리를 단단히 틀어쥔 때문이었다.

"여기를 나가면 만날 사람이 있다."

왕이 나가자마자 헤로디그만이 카르모스에게 말했다. 카르모스는 궁금했지만 묻지 않았다. 왕보다 더 말을 아끼는 그가 쉽사리 말해주지 않을 것은 뻔했다.

마을로 들어서자 해가 서쪽으로 조금씩 비끼기 시작했다. 더운 열기가 식자 사람들의 발걸음으로 분주해지고 있었다. 저녁을 준비하는 발걸음이었다. 면박을 둘러쓴 몇몇의 여인이 물동이를 이고 우물로 향했다. 카르모스는 헤로디그만을 따라 골목 어귀로 들어섰다. 헤로디그만이 아담한 흙집 앞에서 걸음을 우뚝 멈춰 섰다. 구슬픈 피리 소리와 흐느낌이 문밖까지 희미하게 흘러나왔다. 흐느낌은 분명 여인의 것이었다. 문 앞에서 사람들이 수군거리다가 무장한 헤로디그만을 보고 뿔뿔이 흩어졌다. 카르모스가 격자 창문으로 집 안을 기웃거리는 동안 헤로디그만은 거침없이 문을 열어젖혔다. 여인이 혼자 있는 집에 외간 남자가 들어서는 것이 예가 아니었지만 헤로디그만은 전혀 망설이지 않았다. 카르모스도 어쩔 수 없이 헤로디그만의 뒤를 따라 집 안에 들어섰다.

등잔불이 꺼진 방 안은 난장판이었다. 깨진 집안 살림과 옷가지들이 마구 흐트러져 있었다. 한눈에 보기에도 한바탕 소란을 치른 것이 역력했다. 구석에 쪼그리고 앉아 있던 여인이 피리를 손에 들고 헤로디그만을 노려보았다.

"제 남편을 어디로 데려간 건가요?"

황갈색의 피부에 반달눈썹 아래 쌍꺼풀 없는 검은 눈동자가 인상적이었다. 조붓한 어깨와 아담한 몸피의 여인은 외국인이었다. 외모와 달리 여자의 목소리는 높고 앙칼졌다. 서툰 발음이었지만 독기가 서려 있었다. 음기를 품은 여인의 눈빛이 예사롭지 않았다.

"네 남편은 옥에 가두었다. 왕명이었다."

"살아 있었군요. 제발 내 남편을 살려주세요."

숨을 토해낸 여인의 낯빛은 금방 순해졌다. 무릎걸음으로 재빠르게 다가온 여인이 헤로디그만의 발에 입을 맞추었다.

"네 남편은 선대왕의 명령을 제대로 수행하지 않은 중죄인이다. 그러므로 죽음으로 그 죗값을 치러야 함이 마땅한 몸이다. 그러나 네가 왕명을 받들어 일을 제대로 수행한다면 남편의 목숨은 살려 줄 것이다. 하겠느냐?"

"하겠습니다. 무슨 일이라도 할 것이니, 남편의 목숨만 살려주십시오."

여인은 두 손을 모으며 머리를 연신 조아렸다.

"네가 사람의 흉금을 털어놓게 하는 비책을 쓴다고 하던데, 사실이냐?"

헤로디그만의 입에서 나온 말은 참으로 뜻밖이었다. 사람의 흉금을 털어놓게 하는 비책이라니. 세상에 그런 재주를 가진 사람이 있다는 게 신비했다. 카르모스는 여인을 다시금 쳐다보았다. 마술사처럼 보이진 않았다. 애급에 있을 때 여자 마술사를 본 적이 있었다. 눈가를 검게 칠하고 붉은 입술의 마술사는 기괴하고 관능적이었다. 그에 비한다면 카르모스의 눈에 비친 이 여자는 수수하다 못해 밋밋한 얼굴이다.

"제 고향인 동쪽 나라에서 가져온 이 피리가 그 비책입니다."

여인은 바닥에 떨어진 피리를 주워 두 손으로 받드는 시늉을 해 보이며 대답했다.

"이 물건이더냐?"

"네."

"너의 이름이 무엇이냐?"

"세령녀라고 합니다."

"세에려엉녀어."

헤로디그만의 읊조림에 이어 카르모스도 혀를 굴려 여자의 이름을 되새김질해보았다. 발음하기가 녹록지 않았다. 그러나 예쁜 이름이라는 생각이 들었다. 작은 몸피의 그녀와 딱 맞는 이름이었다. 작은 새 한 마리가 지저귀는 듯한 이름이기도 했다. 헤로디그만은 잠시 곰곰이 생각하는 표정이더니 이윽고 말문을 열었다.

"내일 이른 아침에 출발할 것이니 그렇게 알아라."

헤로디그만이 카르모스를 힐끗 쳐다보았다. 카르모스에게도 여자의 이름을 기억해두라는 눈빛이었다. 사람의 가슴속에 품은 이야기를 털어놓게 하는 피리란 어떤 걸까? 카르모스는 짙은 고동색 빛깔로 손때가 탄 나무 피리를 바라보았다. 짤막하고 투박한 그것에는 몇 개의 구멍이 나란히 뚫려 있었다. 평범한 물건이었다.

여인의 남편은 정말 살아 있는 걸까? 거기까지 생각이 미쳤을 때 쥐 떼 굴에서 비참하게 죽어간 사내가 떠올랐다. 카르모스는 고개를 휘휘 내저었다. 내가 지금 무슨 생각을 하는 걸까?

여자가 짐을 챙기면서 어지럽혀진 방 안을 치웠다. 카르모스는 격자창으로 스며든 일몰 속의 여자를 보는 순간 머릿속이 하얗게 바래지는 것을 느꼈다. 언젠가 저토록 작고 여린 여자를 본 적이 있다는 생각이 들었다. 꿈속에서였던 걸까. 카르모스는 머리를 갸웃거렸다.

길을 떠나다

카르모스는 세령녀의 집을 나와 저잣거리를 하릴없이 배회했다. 이제 카르모스가 돌아가서 밤을 지내야 할 곳은 검투사 처소가 아니었다. 그곳은 사내들 냄새로 퀴퀴했고 온갖 벌레와 쥐가 들끓었다. 혈전에 지친 검투사들이 고통을 호소하다가 죽어나가도 무심하게 눈길을 돌려야 했다. 스스로 노예가 되어 스며든 곳이지만 사년이란 짧은 시간이 아니었다. 애급에서 수없이 생명의 위협을 받았지만 이유조차 몰랐다. 함몰된 기억이 복원되면 그 이유를 알 수 있을까. 난데없이 날아오는 단도와 독화살을 피해 유대 땅까지 와서 검투사가 되었고, 그럴 때마다 미망의 묘약에 의지해왔다.

날이 저물었다. 팔레스타인은 일교차가 극심한 지역이었다. 살갗이 타들어갈 듯한 한낮의 열기는 해가 떨어지면서 혹한으로 바뀌어 찾아왔다. 어둠의 발바닥이 대지에 뿌리내리기 전에 추위를 피할 곳을 찾아야 했다. 카르모스는 헤로디그만이 준 이 나므를 만지작거렸다. 이 정도 돈이면 허름하지 않은 여관을 찾을 수 있을 것이다. 아니, 여염집에서 깨끗한 잠자리와 따뜻한 식사를 대접받을 터였다. 그러나 발길은 자꾸 인가에서 멀어지고 있었다. 마을 사람들과 자연스레 섞일 자신이 없었다. 염소와 양 가죽을 취급하는 무두장이 집보다 더 외진 곳까지 왔다. 카르모스에게는 생각을 정리할 시간이 필요했는지도 몰랐다. 노예 검투사에서 십 달란트라는 돈의 유혹과 함께 왕의 수하가 된 지 불과 한나절도 되지 않았다. 거기다 한 사내의 참혹한 최후를 자신의 앞날에 대한 경고로 받은 상태였다. 긴 하루였다. 이 모든 일을 하루 만에 겪었다는 것이 믿어지지 않을 만큼.

살인하지 말라. 여호와의 계명이다. 그러나 유대인들은 제 손에 피를 묻히지 않는 범위 내에서 살인을 목도하며 열광하기까지 했다. 카르모스는 그런 유대인의 열광과 쾌감에 이용된 도구에 지나지 않았다. 그 때문에 무두장이보다 더 미천한 업으로 제 목숨을 부지했다는 자책감이 카르모스를 이곳으로 내몬 것이었다. 다행히 다 쓰러져가는 흙집 한 채를 발견할 수 있었다. 가까이 다가가서 문을 열었다. 흙집 내부는 하룻밤 유하기에 쓸 만했다. 짚더미 사이에 털썩 주저앉았다. 오늘 일어난 일들이 카르모스의 머릿속에 펼쳐졌다. 사자와 막판 대결로 자유의 몸이 된 카르모스였다. 헤로디그만으로부터 갑자기 받게 된 제안과 붉은 머리칼 사내의 처참한 죽음까지.

카르모스의 손은 어느새 튜닉 아래 미망의 묘약을 찾고 있었다. 소량의 묘약은 큰 해가 되지 않는다고 들었다. 그러나 그 이름처럼 중독성이 문제였다. 머리가 아파왔다. 생각의 한 단계만 깊어져도 머릿속에 여러 마리 새가 부리를 콕콕 쪼아대듯 골이 패는 느낌이었다. 머리가 아플 때마다 떠오르는 애급의 채석장과 검은 복면의 사내들. 그리고 나신의 여자. 그 여자가 누굴까? 복면의 사내들이 카르모스의 생명을 노린 이유는 그 여자 때문인 것 같았다. 아직도 그를 쫓아오는 발자국을 잊을 수 없었다. 결국 그 발자국에서 도망치기 위해 헤브론의 시장에서 노예가 되어야 했다. 자세한 경로는 역시 기억이 나지 않았다. 결락된 기억은 사막의 모래가 한꺼번에 덮쳐 막혀버린 오아시스와도 같았다. 그 기억이 복원된다면 오아시스 물을 마신 것처럼 카르모스의 답답한 갈증이 해소될 수 있을까. 요원한 일이라고 체념했었다. 하지만 실현 가능한 현실이 될 수도 있다.

카르모스의 입에서 미망의 묘약 연기가 피어올랐다. 그제야 추위도 가시고 머리도 맑아졌다. 몸이 노곤해지고 정신을 몽롱하게 만드는 이 묘약의 원재료가 독특한 열매이며 힙노스(hypnos)*의 강이라고 불린다는 것을 안 것은 얼마 전이었다. 여러 지역을 돌아다니면서 물품을 교역하는 뜨내기 장사치에게 들은 말이었다. 연일 치러지는 혈투에 기진맥진해 있는 노예 검투사들에게 힘이 나게 할 수 있는 신묘한 약이 있다는 이유에서였다. 장사치는 지친 카르모스 코앞으로 돌돌 만 감람나무 잎을 내밀었다.

"아무리 사람의 목숨을 끊는 게 업인 검투사라 해도 쉬운 일이 아닐 거야. 이걸 좀 피우고 하게나. 없던 용기도 생기거든."

카르모스는 그가 내민 감람나무 잎을 펴보았다. 불그스름한 갈색의 가루. 카르모스가 익히 피우던 그것과 흡사했다. 혹시나 해서 손가락으로 찍어 혀끝에 대보았다. 혀끝에 번지는 독특한 향은 자신의 수중에 있는 것과 다르지 않았다. 그러나 카르모스는 장사치

---

* 그리스 신화에서 수면과 휴식의 신.

에게 섣불리 아는 척하지 않았다. 이게 무엇이냐고 묻는 표정으로 장사치를 건너다보았다. 카르모스도 내심 궁금했다. 오 년 전 애굽에서 나올 때 카르모스의 수중에 있었던 것이기에.

"힙노스의 강이라네. 사람에게 망각을 가져다주지. 한 모금 피우면 피가 철철 흐르는 상처의 아픔도 무디어지게 하는 진귀한 가루지. 두 모금 피우면 하늘이 열리고 땅이 꿈틀대지."

"세 모금을 피우면요?"

"킥킥, 여인네의 속살에 들어가는 딱 그 맛이라네."

헤벌린 장사치의 입안에는 이가 듬성듬성 빠져 있어 잇바디가 울퉁불퉁했다. 그나마 몇 개 남은 이도 시커멓게 썩어 지독한 입 냄새를 풍겼다.

"네 모금을 피우면요?"

"사람, 참. 천하라도 호령하고 싶은 것인가? 네 모금, 다섯 모금이 중요한 게 아니야. 이걸 입에 대서 중독이 되면 하루가 이틀이 되고, 일 년이 십 년이 되고……."

장사치는 거기까지 이야기하고는 자기 손으로 제 목을 긋는 시늉을 했다.

"피가 마르고, 골수가 뻥뻥 뚫리고, 내장이 썩고, 뼈는 녹아내린다네. 그래서 이 가루를 미망의 묘약이라고도 부르지. 자신의 모든 게 사라져도 잊지 못하거든."

장사치의 말을 듣는 순간 카르모스의 몸이 빳빳하게 경직되고 있었다. 함몰된 기억의 어디쯤 놓여 있는 미망의 묘약. 자신이 그것을 복용한 것은 언제부터였던 걸까. 벌써 몸속 피가 마르기 시작한 것은 아닐까.

"그렇다면 극약이 아니오? 아무리 우리가 노예 신분이고, 언제 개죽음을 당할지 모르는 미천한 몸이라고 해도 너무 심한 것 아니오?"

카르모스가 볼멘소리로 성을 냈다. 함몰된 자신의 기억에 대한 화였는지도 몰랐다.

"소량이면 괜찮아. 내가 아까도 말했지 않는가. 한 모금 정도는 고통과 두려움을 잊게 할 뿐 아니라 용기와 힘을 갖게 한다고 말이야. 근위병이 귀띔해주더군. 끝까지 살아남을 수 있는 검투사 중 자네가 가장 유력하다고. 힙노스의 강에 온몸을 적셔봐. 두려움을 잊어야 살아남을 수 있다면 중독되는 것이 무에 그리 대수겠는가?"

힙노스의 강, 일명 미망의 묘약이 위험하다는 것을 알게 되었지만 쉽게 끊기 어려웠다.

카르모스는 연기에 취해 잠에 빠져들면서도 마음 한구석이 묵직했다. 안티파스 왕과 헤로디그만이 자신에게 하명할 일에 대한 부담감 때문이었다. 자유의 몸이 된 것과 더불어 큰돈까지 주는 일인 만큼 카르모스가 치러야 할 대가도 만만치 않을 것이다. 그쯤은 감수할 각오가 되어 있다. 그러나 이 꺼림칙한 기분의 정체는 무엇일까?

흙집에 여명이 밝아왔다. 카르모스는 짚북데기에서 몸을 일으켰다. 이른 아침에 저잣거리에서 헤로디그만과 만나기로 했다. 카르모스는 약속 장소로 발걸음을 옮겼다. 동쪽 하늘 언저리에 태양이 막 떠오르는 참이었다. 오늘도 어김없이 태양은 뜨거운 숨을 토하며 대지를 달굴 것이다.

한적한 저잣거리에서 낙타를 부리고 있는 헤로디그만과 여인이 보였다. 카르모스는 여인을 흘낏 봤다. 여인은 살짝 눈을 내리까는 걸로 알은척을 했다. 베일로 눈 밑까지 가리고 있었지만 어제 그 여자임을 바로 알아차릴 수 있었다. 세령녀라고 했던가. 작은 새 한 마리가 지저귀는 듯한 이름의 여인. 여인의 외양은 어딘지 모르게 이름을 닮았다. 헤로디그만은 낙타 끈을 카르모스에게 넘겨주고 성큼성큼 앞서갔다. 뒤처진 세령녀와 카르모스가 나란히 걸음을 옮겼다. 어색한 분위기가 흐르는 가운데 세령녀가 말을 걸어왔다.

"이름이?"

"카르모스."

"카.르.모.스라고요."

세령녀는 서툰 발음으로 이름을 꼭꼭 씹었다.

"세에려엉녀어라고 했지요."

발음이 샜다. 세령녀가 쿡, 하고 웃었다. 카르모스의 얼굴이 확 달아올랐다. 세령녀 얼굴에 환한 웃음이 번졌다.

"제 이름을 기억하셨군요."

"발음하긴 힘들어도 이름이 예쁘다는 생각을 했소."

카르모스는 목에 가래가 걸린 듯 자꾸 헛기침을 했다. 그녀와 눈이 마주쳤다. 너무 깊어서 그 바닥이 보이지 않는 그녀의 까만 눈망울이 일렁거리는 게 느껴졌다. 카르모스는 그 눈을 바라보다가 재빨리 얼굴을 돌렸다. 헤로디그만이 저잣거리의 막다른 골목으로 바삐 사라지는 게 보였다.

"어릴 적 이름이에요."

세령녀가 뜻밖에 스스럼없이 던지는 말은 정감 있었다. 외모와는 달리 활달한 성격의 여자인 듯했다. 카르모스도 긴장이 풀렸다.

"어릴 적이라면? 어디, 고향이 먼 곳이오? 동쪽? 동양 사람? 그런데 어떻게 여기 사람과 결혼을 한 거요? 당신 남편은 이곳 사람이었을 것 아니요?"

남편 이야기가 나오자 세령녀가 입을 다물었다. 미소를 거둔 세령녀의 얼굴에 그늘이 드리워졌다.

"남편이 무척이나 잘해줬나 보군."

의도한 것은 아니었는데 카르모스의 목소리가 퉁명스럽게 나왔다. 세령녀가 길거리에 박힌 돌멩이를 에멜무지로 툭툭 차며 딴청을 했다. 카르모스는 세령녀의 남편을 확인하고 싶은 마음에 앞질러 간 자신에게 윽박지르고 싶은 심정이었다. 그의 외모에 대해서 슬쩍 묻고 싶은 마음을 애써 눌렀다. 붉은 머리칼과 잿빛 눈동자만이라도.

"고향이 동쪽이냐고요? 네, 맞아요. 그러고 보니 여기선 내 이름이 참 먼 나라 언어 같다는 생각이 드네요. 어릴 적에는 이런 나라가 있으리란 상상도 못 했거든요. 마찬가지로 당신도 내가 살던 곳은 상상도 하지 못할 거예요."

세령녀는 어두운 표정을 감추고 작은 새처럼 종알거렸다. 느리지만 분명한 발음으로 말하려는 듯 단어마다 힘을 주었다. 세령녀의 말은 알 듯 모를 듯했다. 카르모스는 세령녀의 고향이 더욱 궁금해졌다. 그 먼 나라는 어떻게 발음하는지 그녀의 작은 입을 통해 꼭 들어야만 할 것 같은 기분이 들었다. 그녀의 이름처럼 명랑하고 밝은 지명이 아닐까. 카르모스가 그 나라를 막 물어보려고 할 때였다. 저만치에서 앞서갔던 헤로디그만이 양식과 천막을 사라며 돈꾸러미를 던졌다. 세령녀가 손 빠르게 움직이며 가게에서 필요한 물품을 사고 카르모스는 낙타 등에 실었다.

광야에 들어서자 어스름 녘이 되었다. 서둘러 떠난 길이었지만 광야에서 밤을 지내야 했다. 카르모스가 기둥이 될 만한 사 규빗 높이의 나무 세 개를 가져와서 천막의 중심이 될 위치에 세웠다.

"세령녀 남편이 하지 못했다는 일을 우리가 대신하는 것입니까?"

카르모스의 물음에 헤로디그만은 묵묵부답이었다. 바윗덩어리 같으니라고. 카르모스는 목울대를 끌어올려 침을 뱉었다.

카르모스는 나란히 세운 기둥을 중심으로 각 방향에 삼 규빗 높이의 기둥을 몇 개 더 세운 후, 염소 가죽과 천을 끌어다가 지붕과 벽을 만들었다. 순식간에 천막이 완성되었다.

카르모스가 천막을 짓는 동안 세령녀는 식사 준비를 했다. 카르모스가 만들어준 삼각 지지대에 불을 지피고, 커다란 가죽 부대에 염소젖을 쏟았다. 헤로디그만이 저잣거리에서 사 온 것이었다. 세령녀는 불 옆에 쪼그리고 앉아 염소젖을 긴 나무 주걱으로 저었다. 염소젖 끓는 냄새가 고소했다. 카르모스는 손을 털고 헤로디그만 곁에 가서 세령녀 쪽으로 눈짓을 해 보였다.

"저 여자 남편이, 그 사람 아닙니까? 밀실의?"

좀체 표정 변화가 없는 헤로디그만의 낯이 험상궂게 일그러졌다.

"네까짓 게 뭘 안다고 함부로 입을 놀려, 놀리기를."

헤로디그만의 기세에 눌려 카르모스도 한발 물러서는 척하며 입을 닫았지만 기분이 나빴다.

"자기 남편이 그리된 줄도 모르고 여기까지 따라온 저 여자도 참. 끌끌끌."

"어허, 이놈이. 그 입 닥치지 못하겠어?"

헤로디그만은 한껏 목소리를 낮추었지만 일자로 된 눈썹 끝이 치켜 올라갔다.

"그러니까 말씀을 해주셔야 할 거 아닙니까. 세령녀 남편이 선대왕의 명령을 어긴 일이 무엇인지, 우리가 각자 대가를 받으면서 해야 할 일이 무엇인지. 아무것도 모른 채 일을 할 수는 없는 거 아닙니까?"

카르모스도 목소리는 낮췄지만 따지듯 물었다.

"시키면 시키는 대로 할 것이지 무슨 말이 그렇게 많아."

말은 그렇게 했지만 헤로디그만의 목소리는 한층 누그러져 있었다. 카르모스가 고삐를 단단히 틀어쥘 순간이 온 것이다.

"저도 꽤 근성 있는 놈입니다. 내 손에 죽어나간 목숨이 한둘인 줄 아쇼. 사람 목숨도 끊었던 놈이 입 한 번 나불대는 일이 뭐 그리 대수겠소. 여자에게 확 불어버리기 전에……."

카르모스가 채 말을 끝내기도 전에 헤로디그만의 눈에 푸른 불꽃이 튀었다.

"내 손에 죽고 싶어?"

씹어 뱉는 듯한 읊조림이 들렸다. 카르모스는 눈을 내리깔아야
했다.

밤이 되었다. 천막 자락이 바람에 휘날리며 펄럭이는 소리가 천
막 안까지 들렸다. 이글거리며 타오르는 모닥불 불빛이 천막에 어
른거렸다. 멀리 사막여우의 긴 울음소리가 간헐적으로 들렸다. 그
러나 헤로디그만은 깊은 잠에 빠져 있었다. 카르모스는 잠이 오지
않았다. 헤로디그만의 코 고는 소리 탓만은 아니었다. 지위 고하를
떠나 함께 일을 수행하기로 했다면 적어도 자기에게는 가르쳐줘
야 하는 게 아닐까. 지시와 명령의 모양새를 띠더라도. 카르모스는
몸을 뒤척였다. 또 다른 천막에서는 세령녀가 잠들어 있었다.

"피곤할 텐데, 왜 잠을 못 자는 거냐?"

언제 코를 골았나 싶을 만큼 헤로디그만의 목소리는 말짱했다.

"곤히 주무시는 줄 알았더니 깨셨습니까?"

헤로디그만이 천천히 몸을 일으켰다.

"따라 나와."

헤로디그만의 손에는 작은 양가죽 부대가 들려 있었다. 바깥은
생각했던 것보다는 환했다. 모닥불이 기세 좋게 타오르고 있었다.
황량한 광야에 드문드문 솟아난 삐죽한 나뭇가지들이 달빛 아래
괴상한 그림자를 만들었다. 띄엄띄엄 돋아난 수풀도 몸을 웅크리
고 있어 을씨년스러웠다. 구릉 꼭대기에 사막여우 한 마리가 몸을

돌리는 게 보였다. 탐스러운 놈의 꼬리가 구릉 너머로 사라졌다. 먹을 것을 찾아 척박한 광야를 어슬렁거렸지만 불빛을 보고 배회만 했을 터였다. 짙푸른 밤하늘에 별들이 총총했다.

카르모스와 헤로디그만은 외투를 몸에 휘감고는 머리까지 푹 눌러썼다. 헤로디그만이 부대의 마개를 따자 잘 익은 포도주 향이 코끝에 와락 끼쳤다. 헤로디그만이 카르모스에게 부대를 내밀었다. 포도주 맛은 기가 막히게 좋았다. 하루 동안의 피로가 일순간에 씻겨나가는 기분이었다. 목젖에서 트림이 날 때까지 몇 모금을 더 들이켠 후 헤로디그만에게 건넸다. 헤로디그만도 벌컥벌컥 들이켰다.

"거참, 포도주 맛 죽이는군."

헤로디그만의 입에서도 트림이 연거푸 터졌다.

"값을 꽤 주셨나 보군요. 내 입은 워낙 싸구려라서 이렇게 맛 좋은 포도주는 머리털 나고 처음 맛보았습니다."

헤로디그만은 묵묵히 포도주만 마셨다. 카르모스가 다시 입을 뗐다.

"속을 잘 내보이지 않아 무뚝뚝해 보일 뿐이지, 대장님은 속정이 깊은 분 같습니다. 이놈 말이 과히 틀리지는 않습죠?"

"내가 속정이 깊다고? 지나가는 노새가 웃을 일이군. 어쩐지 나한테 아첨하는 소리로 들리는군."

헤로디그만은 냉소적이었다.

"아부라뇨? 내가 이래 봬도 곧은창자랍니다. 열흘 굶으면 굶었지, 누구한테 혀 꼬부라진 소리해가면서 빌어먹지는 못하는 성정이라니까요.”

헤로디그만이 허공에 대고 너털웃음을 터뜨렸다. 힘을 주고 있던 동공이 약간 풀어졌다.

“네 손에 죽은 목숨이 어디 한둘이냐고 했느냐? 그건 너뿐만 아니다. 나도 내 손에 피를 묻힌 목숨이 셀 수도 없지. 그런데 속정이 깊은 사람이라니. 우리 그런 말은 삼가도록 하지. 여호와 앞에 가서 죗값을 톡톡히 받기 전까지는 말이야.”

여호와라고! 잠시 잊고 있었다. 헤로디그만이 여호와를 섬기는 유대인이라는 사실을. 헤로디그만이 자신의 손을 쭉 펴고 들여다보고 있었다.

“맞아, 네 말이. 네 눈썰미도 보통은 아니군. 눈치를 챈 걸 보면 말이야.”

“무슨 말씀이십니까?”

“아까 저녁나절에 네놈이 나를 겁박하지 않았느냐?”

밀실의 붉은 머리카락 사내가 세령녀의 남편이었던 것이다. 쥐떼에게 뜯겨 대롱대롱 매달려 있던 사내의 몰골이 새삼 떠올라 몸서리가 쳐졌다.

“그래도 내가 속정이 깊은 사람이더냐?”

헤로디그만의 입꼬리 한끝이 올라갔다. 붉은 잇바디가 드러났다.

“왕의 명령이라면 따르는 수밖에 없는 일이잖아요.”

카르모스가 정색을 했다.

“네 말이 맞다. 나는 왕의 사람이다. 그것도 왕을 보필하고 보호하는 친위대 대장이야. 선대왕도 모신 사람이지. 그런 만큼 내 뼈와 피와 살은 왕을 위해 존재했어. 왕이 나에게 죽으라고 명하면 그 자리에서 칼을 물고 죽어야 하는 게 내 운명이었다. 네가 십 달란트를 받는 대가로 이 일을 받아들인 것처럼. 왕과의 거래에는 명분이 작용한다는 걸 명심해."

"명분이라뇨?"

"너의 명분이 자유와 부라면 명령에 복종하는 게 나의 명분이지."

"그렇다면 세령녀, 저 여자는요?"

"남편을 살리고자 하는 게 명분이겠지."

"그렇게 따지자면 세령녀에게 명분은 애초에 없는 것이 아닙니까?"

헤로디그만이 검지를 들어 입술에 댔다. 카르모스는 세령녀가 자고 있는 천막을 건너다보며 입을 닫았다.

"명분이란, 우리 쪽에서 만드는 게 아니다. 왕이 만들어주는 것일 뿐이지."

카르모스는 헤로디그만과 이야기를 할수록 궁금증이 더 깊어가고 있었다.

"그래요, 다 좋습니다. 왕이 만든 명분이든, 우리 필요에 의해서 만든 명분이든. 그런데 그런 명분하에 우리가 대적해야 할 대상은 누구랍니까?"

"오십 줄에 접어든 사내야."

헤로디그만은 대수롭지 않게 말했다.

"그 작자가 대체 어떤 인물인데, 왕이 그토록 찾고 싶어 하는 겁니까? 그렇게 대단한 사람입니까?"

헤로디그만은 정면을 바라보았다. 고작 오십이 넘은 쭉정이 중 늙은이 하나를 생포하기 위해 건장한 사내 두 명과 홍금을 털어놓는 비법을 아는 여자 한 명까지 따라붙어야 하는가.

"사 년 전에도 그 사내를 놓쳤다. 왕의 친위대가 말이야. 나중에 은밀히 보내진 밀실의 그 사내도 결국 해내지 못했지."

헤로디그만은 허무와 자조가 뒤섞인 목소리로 말했다. 카르모스는 얼근하게 올라 있던 술이 확 깨는 기분이었다.

"전 도무지 알 수가 없습니다."

"너무 자세히 알려고 하지는 마라. 다만 그때 친위대도 하지 못했고, 왕의 특명으로 지명된 암살자도 하지 못한 일이라는 사실만 명심해. 그래서 안티파스가 다시 찾으려는 거야. 왕의 직속인 나와 검투사 최후의 일인으로 살아남은 너와 함께. 아무튼 기억해둬. 이번에도 실패하면 우리 모두 그 사내 꼴이 된다는 것을. 어떻게 보면 명분은 허울에 지나지 않는다. 하나뿐인 생명을 담보로 치르는 싸움이라는 게 더 맞을 테니까."

하나뿐인 생명을 담보로 치르는 싸움. 그런 싸움에서 최후까지 살아남은 카르모스였다. 그런데 이제 또 그런 싸움에 휘말리게 된 걸까. 상대의 실체조차 모른 채, 싸움의 결과에 따른 상과 벌만 제시된 원형경기장에 내던져진 기분이었다. 열광하는 관중도 없는 경기장이었다.

밀실의 사내를 떠올리자 헤로디그만도 목이 탔던 걸까. 헤로디그만이 포도주 몇 모금을 들이켰다. 카르모스도 긴장감으로 등골이 서늘해지면서 피비린내가 와락 났다. 보이지 않는 거대한 손이자기 목을 지그시 눌러오는 느낌도 들었다. 카르모스가 헤로디그만한테 술을 건네받아 막 한 모금 넘길 때였다. 천막 뒤에서 무슨소리가 들렸다. 바람 소리거나 지나가는 짐승의 몸짓이 내는 소리가 아니었다. 헤로디그만이 벌떡 몸을 일으켰다. 카르모스도 사방을 살폈다.

"누구냐?"

헤로디그만의 목소리가 어둠이 깔린 광야에 쩌렁쩌렁 울려 퍼졌다.

3

○

예수 프로젝트

아침에 출근하면서 목사의 방을 살폈다. 조용했다. 밤 늦게까지 불을 밝히고 있었던 걸 보면, 목사는 내가 프린트해준 『암살자들』을 읽는 것 같았다. 새벽예배를 마치고 나서야 잠이 든 모양이었다.

출근해서 사무실 문을 여는데, 정 편집장이 파티션 너머로 얼굴을 들어 보였다.

"조 팀장, 주간님 호출이야."

정 편집장의 곧추세워진 엄지 방향은 주간 방으로 휘어졌다. 소설 담당 편집장인 정은 나보다 세 살 위였다. 우리 출판사는 편집장이 여럿이다. 문학 총괄 편집장과 어린이 간행물 편집장, 또 자기계발서 및 실용서 편집장, 종교 담당 편집장 등등.

나는 종종 사석이나 술자리에서 정을 누나라고 호칭했다. 서른

세 살의 그녀는 결혼은 노, 연애는 예스다. 담배는 노, 술은 예스다. 주량은 세지 않다. 그리고 다른 무엇보다 봐줄 만하게 예쁘다. 여자가 예쁘다는 것에는 다른 말이 필요 없다. 세상의 모든 남자는 예쁜 여자에게 관대해질 만반의 준비를 갖추고 있다고 해도 과언이 아니다. 그 여자가 내 여자가 될 확률이 없다고 해도. 보고 있는 것만으로도 엔도르핀이 솟는다. 물론 정에게는 한 번도 말하지 않았다. 그런 말을 뻥긋하는 순간 나는 그녀에게 아웃일 것이다. 일도 똑 부러지게 하는 여자다. 카톡이나 문자메시지를 보낼 때도 맞춤법, 띄어쓰기, 문장부호조차 철두철미하다. 답답한 여자라고 생각했고, 그런 면이 없지 않다. 그러나 예뻐서 용서하기로 했다. 아니, 일상에까지 영향을 끼칠 만큼 직업의식이 투철한 프로라고 인정해주기로 했다. 그뿐이었다면 끌리지 않았을지도 모른다. 그녀에게 또 다른 매력이 있었다. 바로 투시력이다. 사람이나 상황을 꿰뚫는 능력이 생이지지인 여자였다. 성격이 까다로운 작가들을 만나야 하는 직업상 십분 활용할 수 있는 재능인 셈이었다. 아니면 다양한 사람을 만나다 보니 후천적으로 생긴 직업적 능력일 수도 있었다. 그녀 앞에 서면 엑스레이에 찍히는 기분이 들었다. 행여 내 마음을 들킬까 봐, 허둥댈 때도 있었다. 아니, 벌써 눈치챘는지도 몰랐다. 아무려면 어떠랴. 그녀에게 눈독 들이는 치가 한둘도 아닌 마당에.

　나는 정을 향해 입술을 동그랗게 말았다. 왜? 그녀는 어깨를 들썩거리는 제스처를 취하고는 자리에서 몸을 일으켰다. 대충 짐작은 갔다. 주간 방으로 가려고 몸을 트는데 정이 먼저 주간 방문을 노크했다. 두 사람을 함께 불렀군. 느낌이 좋았다. 칸칸이 쳐진 파티션 너머 불쑥 몸을 드러낸 또 한 사람이 있었다. 종교 담당 편집장 김이었다. 그가 손을 들어 보이며 알은체했다. 내가 예상했던 것보다 주간의 결정은 거의 빛의 속도일지도 모르겠다는 생각이 들었다. 그 또한 나쁘지 않다.

"자기네도 호출이야?"

김이 우리에게 물었다. 정과 나는 동시에 고개를 끄덕였다.

"전체 회의는 아닌 것 같고."

정이 중얼거리며 문을 열었다. 김이 뒤에서 헛기침을 하자 술 냄새가 와락 끼쳤다. 어제 마감을 하고 밤새 달린 게 분명했다.

"어서 들어와."

주간이 안에서 손짓을 했다. 김을 보자 주간은 어제 몇 시까지 술을 폈느냐고 의례적인 질문을 했다. 김도 만날 그렇죠, 라고 심드렁한 말로 얼버무렸다. 주간은 건강 생각해서 적당히 하라는, 하나 마나 한 말을 하고는 잠시 뜸을 들였다.

"주간님, 하실 말씀 있어서 부른 거 아니에요? 우리 바빠요."

정이 주간을 재촉했다. 주간이 끄응, 하는 신음을 내며 입을 열었다.

"다른 게 아니고, 어떤 종교소설이 인터넷에 뜬다고 하던데……."

주간은 말을 하다 말고 우리 세 사람 얼굴을 차례로 훑었다. 사십 중반이 훌쩍 넘은 주간의 외모는 많이 허물어졌다. 내가 처음

입사한 삼 년 전만 해도 꽤 짱짱했었다. 그런데 이제 어쩔 수 없는 중년의 사내다. 아랫배의 군살은 옷으로 감춘다고 하더라도 정수리에서 빠지기 시작하는 머리칼은 그 범위가 점점 넓어져갔다. 눈가와 입가의 깊이 파인 주름만 보더라도 빼고 더할 것도 없는 노땅 얼굴이다. 지금 자리마저 위태로울 수 있는, 벼랑 끝에 선 나이라는 의미이기도 했다.

예술계를 통틀어 한류 바람이 거세게 밀려와도 출판은 해를 거듭할수록 불황이었다. 그중 문학은 최악이라고 할 수 있다. 문학책을 죽어라고 사보지 않은 우리나라 독자층을 탓해야 하는 건지, 대중과 호흡하기보다 문단이라는 아성을 쌓고 자기네들 축제와 잔치를 주도하는 우리나라 문단 권력을 탓해야 하는 건지는 잘 모르겠다. 결국 닭이 먼저냐, 알이 먼저냐 식의 헛된 논쟁일 수밖에.

자구책으로 젊고 감각적인 저자를 섭외해서 책을 만들어 판매고를 올리지 않으면 살아남기 어려운 실정이었다. 그래서일까. 출판사의 문학 담당 편집자는 특히 젊은 사람을 선호했다. 상대적으로 편집장이나 주간의 연령대도 젊어지는 경향이다. 그런 세태에서 우리 주간은 퇴물에 가까운 나이였다. 파격적이고 이례적인 프로젝트로 판매 성과를 내지 못한다면 명퇴나 조퇴는 주간의 가까운 미래였다. 하긴 출판사에 몸을 담고 있는 내 미래에도 해당하는 상황이므로 남의 집 불구경할 만한 일은 아닐지도 몰랐다.

주간이 양 손가락을 깍지 끼고는 끌끌 혀를 찼다. 얼핏 보면 누군가를 질책하는 시늉이었다. 하지만 아니다. 중요한 사안을 놓고 고심할 때 나오는 주간 특유의 습관일 뿐이었다. 이런 주간의 행동 때문에 신참이었을 적에는 안절부절못했지만 이제는 목울대 너머 침부터 삼켰다. 그 역시 내 습관이다. 곧 어떤 일이 진행되리란 예감에서 오는 긴장감으로 각오를 새롭게 하겠다는 일종의 제스처였다.

"김 편집장은 알고 있었지? 암살자들."

주간이 내지른 폭탄선언에 나는 바짝 긴장했다. 외국 소설의 제목처럼 내 예감은 틀리지 않았다. 내가 주간에게 『암살자들』 소설과 함께 기획서를 메일로 보냈다. 기획서 제목은 '예수 프로젝트'였다. 주간이 이렇게 빨리 반응할 줄 몰랐다.

"그게 뭐요?"

김은 게슴츠레한 눈빛으로 물었다. 확실히 술이 덜 깬 얼굴이다. 주간이 쌩한 목소리로 김을 다그쳤다.

"그게 뭐라니? 종교 담당 편집자 맞아?"

"압니다, 알다마다요. 어제 술자리에서도 그 이야기로 설왕설래했다니까요."

급하게 변명하는 김은 약간 두서없이 소설에 대한 자기 견해를 말했다. 특이할 만한 소설이 아니다. 물론 아직 시작에 불과하고 일부분에 지나지 않지만 작품성은 없다. 굳이 찾는다면 예수가 태어났을 당시의 로마와 유대가 시대적 배경으로 나왔다는 것뿐이다 등등.

"그래도 역시 김이 종교 담당이라서 다르긴 하네."

주간이 손가락을 튕기며 금세 화희탈 표정을 지었다. 눈썹과 눈에 이어 입술도 덩달아 반달 모양으로 웃었다. 주간이 기분 좋을 때 짓는 표정 중 하나였다.

"무슨 얘긴데요? 자초지종을 말씀해주셔야죠."

정이 발끈하며 물었다. 주간 대신 이차저차 상황 설명을 하는 김의 이야기는 어제 추도식에서 나온 이야기보다 밀도가 있었다. 기독교에서 촉수를 세우고 지켜본다는 말이었다. 아직 별 내용은 없지만 교계는 특성상 자기네 끄트머리만 회자되어도 신경을 곤두세우는 곳이라고 덧붙였다. 그런 탓인지 인터넷 연재가 갑자기 끊어졌다고 했다. 그에 대해서도 네티즌 의견이 분분하다는 것이다. 나도 한마디 거들었다. 원고 일부분을 검토했지만 신학대나 기독교에서 논란이 될 만한 대목은 발견하지 못했다고 했다. 주간이 모른 척해주었다. 주간에게 소설을 첨부파일로 보내면서 요즘 이런 소설이 인터넷에 뜨고 있는데 진지하게 검토해달라는 게 기획서 내용이었다. 덧붙여서, 검토하더라도 내가 제안했다는 말은 하지 말아달라고 조심스럽게 덧붙였다. 조목조목 이유는 달지 않았지만 주간은 이해하는 눈치였다. 연차도 얼마 되지 않은 편집자가 말썽의 소지가 다분한 소설 기획을 주간에게 제안했다는 것은 두 사람 모두에게 득이 될 리 없을 테니까.

"그게 전부가 아니야, 이 사람아."

어제 밤새 푼 술로 눈자위가 아직도 벌건 김이 내 말에 반박했다. 『암살자들』의 작가가 그 소설을 연재하기 전에 작품의 변(辯)

을 통해 자신이 쓸 이야기에 대한 소회(所懷)를 밝힌 게 문제가 되었다는 것이다.

"어떤 내용이었는데요?"

정이 눈을 되록거리며 재우쳤다. 김이 검지를 들어 관자놀이를 긁었다. 김이 기억을 더듬고 있을 때의 제스처다. 그의 말인즉, 작가는 예수 출생에 관한 이야기를 실존에 근거해서 다룰 거라고 했단다. 그게 문제로 불거질 소지가 있다는 것이다.

"결국 그거 때문에 조회수가 올라가는 것 같더라고요. 예수 출생에서 덧입은 허구가 성경에 맞춰질 것인가, 아니면 전혀 다른 방향에 포커스를 맞출 것인지에 대해서⋯⋯."

김이 하품을 내뱉으며 말하자 주간이 그의 말을 끊었다.

"소설에서 아직 딱히 드러난 부분도 없잖아. 네티즌 반응은 어때? 악플이 많은가?"

김이 입을 내밀고는 어깨를 들썩해 보였다. 악플 달릴 만한 내용은 없지 않느냐는 뜻이었다. 주간이 나를 힐끗 넘겨보았다. 나는 고개를 돌려 딴청을 했다. 나는 제안만 할 뿐이지 주간님 판단에 따르겠다고 한 바 있었다. 그에게 칼자루를 넘기는 게 여러모로 모양새가 좋을 듯싶어서였다.

"우리 이 작품 추진해봅시다!"

김은 하품하던 입을 다물었고, 정과 나는 동시에 입을 벌렸다. 주간의 결의에 찬 결정 앞에서 주간의 절체절명의 위기가 느껴져서 안쓰럽다는 생각이 들었다. 젊은 감각이 우세한 출판업계에서 몇 년은 더 버텨야 하는 주간으로서는 지푸라기라도 잡고 싶은 심정일 것이다. 정은 황당했는지 더듬거리면서 반박했다. 출판사가 어려운 것은 사실이다, 그러나 살아남기 위한 자구책으로는 만용이다. 만약 그 소설이 교계를 조금이라도 건드린다면 출판사가 감당해야 할 후폭풍은 만만치 않다는 것이다.

"하이고, 주간님! 정 편집장 말이 백번 맞아요. 종교계, 걔들이 얼마나 철옹성인데요. 까닥하다간 돌 맞아요, 돌! 끽이에요, 끽!"

김은 머리를 절레절레 흔들면서 손바닥으로 자기 목을 긋는 시늉을 했다.

"자네는 어때?"

주간의 눈빛이 나를 향했다. 도대체 뭐가 어떠냐는 건가? 다른 때 같으면 날아온 주간의 화살을 맞고 가장 안전한 방향으로 픽 쓰러질 궁리를 했을 것이다. 제가 뭘 알겠어요, 수습 땐 지 삼 년 차인 풋내기인데, 하며 뒷머리를 긁었을 것이다. 그 정도면 맥없이 쓰러지는 수준일 뿐 아니라 몸을 빼겠다는 무언의 행동이었다. 그러나 지금은 그럴 수 없었다. 주간이 나에게 SOS를 보내고 있지 않은가. 자신에게 은밀히 제안한 나도 어느 정도 책임은 분담하라는 주간의 강력한 요구였다. 손발을 맞춰야 할 시점이었다.

"까짓거 해보죠. 노이즈 효과를 백분 살리는 방향으로다."

나는 기꺼이 주간의 의견에 한 표를 던졌다. 그 순간 어머니 추도식에서 나를 바라보던 교인들의 징글맞은 눈빛과 목사의 뱁새눈이 생각났다. 묘한 쾌감이 가슴 밑바닥에 번지고 있었다. 어깃장과 반발심으로 뭉친 내 나름의 성깔일 수도 있다.

목사와 나는 어디서부터 어긋난 걸까. 한국 기독교에 실망한 내가 교회를 등한시한 때부터였을까. 평범하게 살고자 한 나에게 신과의 약속이라는 올무로 사제를 만들고자 억지를 부리며 내 출생의 비밀을 까발린 순간부터였을까. 인간의 영혼은 자유로워야 한다는 치기 어린 기질이 보수적인 종교에 부딪혀 환멸을 느낀 탓일까. 아니다, 다 아니다. 목사의 이중인격이 나를 목 조르게 했던 것이다. 철저하게 이기적일 만큼 자기 잣대로 타인의 삶까지 좌지우지했던 목사의 못된 습성이 끝내는 어머니의 명줄을 단축했다고 믿어 의심치 않는다. 그러나 목사는 그런 자신의 오점은 철저하게 감추고 오직 내가 하나님과 부모의 뜻을 따르지 않아, 그 화병으로 어머니가 저세상에 갔다고 철석같이 믿고 있다. 우리 각자의 믿음은 바위처럼 견고했고 끝까지 으르렁거릴 것이다. 어머니의 죽음이 그 중심축이 되어서.

어머니는 숨을 거두는 순간 나에게 부탁했다.

"내가 죽더라도 집을 나가지 마라. 아버지 외로우시다. 알고 보면 불쌍한 양반이다."

그런 어머니와 달리 어머니의 부정을 끊임없이 의심하고 염탐하고 있는 것이 목사였다. 어머니의 말처럼 목사는 정말 불쌍한 사람일지도 모른다.

짝짝짝! 주간이 돌연 손뼉을 쳤다.

"이삭 씨, 아주 좋아. 그 패기와 열정. 젊어서 그런가. 난 이래서 젊은 사람이 무섭고도 좋다니까."

주간의 때 아닌 극찬이 쏟아졌다. 엉겁결에 김도 손바닥을 두어 번 쳤다. 정만이 팔짱을 끼고 관망하는 자세였다. 어디까지 가나 지켜보는 행동이었다. 김이 팔꿈치로 정을 툭 쳤다. 김을 밉지 않게 흘겨보는 정의 눈빛은 이미 체념으로 풀어져 있었다. 어쩌겠는가. 오랜만에 주간이 내놓은 기획안인데 아랫것들이 알아서 기는 수밖에. 주간이 빠르게 우리에게 할 일을 맡겼다. 나와 정 편집장은 최일선에서 총대를 메도록 지목받았다. 작가를 찾아서 작품을 계속 낼 수 있느냐는 타진에서부터 연재 청탁까지 하라는 것이다. 김 편집장은 종교 담당이므로 감수를 맡겼다. 두 사람은 극구 반대한 게 무색할 지경이었다. 나이 탓에 감각은 다소 떨어지지만 주간의 노련함과 추진력은 이 업계의 연륜을 짐작케 했다.

"이삭 씨는 신학대학 출신인 데다 아버님도 목사님이시지? 제격이지 뭐야."

넌지시 확인하는 주간은 역시 노회하다. 내가 그 소설을 자신에게 보내 추진하게 한 이유를 다 간파했다는 뜻 같았다.

주간 방을 나오면서 정은 '오 마이 갓'을 외쳤다. 우리 두 사람을 번갈아 째려보는 정의 얼굴이 여간 예쁘지 않았다. 토라진 저 표정이라니.

"몰라, 몰라. 당신들이 다 책임져. 골치 아프게 생겼네."

소설 내용도 모르는 것처럼 시치미를 뗀 사람치고는 지나치게 과민 반응이었다. 정은 역시 여우였다. 짐짓 모른 척했을 뿐이지다 알고 있었던 것이다. 그 소설에 대해 알고 있었냐는 내 물음에 정은 혀를 찼다.

"알고 있었다고 일을 이 지경으로 만들어야겠어? 내가 모르는 척하면 손발이라도 맞추어줘야지. 어휴, 내가 저걸 후배라고 아껴준 게 억울하다"

정은 나를 한 번 더 째려보았다. 김이 나에게 머리를 휘휘 내저으며 눈을 끔뻑했다. 그만 건드리라는 뜻이었다.

"조 팀장도 소설 읽은 거 같던데, 어디까지 읽어봤어?"

김이 정색을 하며 물었다. 어차피 발등에 떨어진 불이니만큼 적극적인 자세로 임하는 김 역시 프로는 프로였다.

"4장까지 읽었어요. 김 편집장님은 어디까지 읽으셨어요?"

"'길을 떠나다'가 4장이지? 나도 거기까지는 읽었어. 그다음은 인터넷에 없는 거 같더라고. 정 편집장은 작가부터 찾아야겠네."

정은 머리를 절레절레 흔들었지만 눈빛만은 살아 있었다. 이왕 맡겨진 일은 제대로 해내는 정이었다.

"글 수준은 어때?"

정이 나에게 물었다.

"다 알았다면서요. 읽어보셨으면 어느 수준인지 파악하셨을 거 아니에요."

나는 정에게 다시 바통을 넘겼다. 정에게 넘긴 바통을 김이 받았다.

"글 수준 끌어올려서 편집하는 건 정 편집장과 조 팀장 몫이고, 나야 종교 담당이니 감수하는 수준에서 조언할밖에."

"김 편집장님은 그것만 하시게요?"

정이 소리를 버럭 질렀다.

"나중에 돌 몇 개 맞는 것도 감수해야겠지."

김은 한숨을 내쉬긴 했지만 허밍으로 콧소리를 내는 걸 보면 내심 즐기고 있는 듯 보이기도 했다. 정은 머리카락을 넘기며 짜증스러운 목소리로 말했다.

"나 참, 골치 아프게 생겼네. 작가를 어떻게 찾는담. 주간은 어디서 그건 주워들어서. 조 팀장, 이제라도 우리 발 뺄 궁리 좀 해보면 안 될까? 작가를 찾을 수 없다고 보고하면 게임 끝나지 않을까? 어차피 인터넷에 유포된 소설 분량도 4회까지가 전부잖아."

정의 말에 나는 어깨를 들썩거리며 손을 들어 보였다. 만약 내가 주간에게 제안한 걸 알게 된다면? 나는 정에게 죽는다. 어디 그뿐이겠는가. 프린트된 『암살자들』의 5장과 6장이 내 책상 서랍에 있다는 것을 알게 되면? 그걸 주간에게 보고할 내 꿍꿍이까지 들키게 된다면? 나는 정말 정에게 영원히 퇴출일지도 모른다. 아무래도 당분간은 몸을 사려야 일상이 편하지 않을까 싶다. 나는 내 자리에 앉으면서 속으로 휘파람을 불었다. 요는 정에게 들키는 게 문제가 아니었다. 원고를 입수하게 된 경위를 주간에게 이야기할 과제가 남아 있긴 했지만 그 또한 문제 될 게 없었다. 내게는 히든카드가 있었다. 바로 '글잡' 문학 동아리 카페이다.

베들레헴에서 생긴 일

"거기 누구냐?"

헤로디그만이 칼로 천막을 가르면서 재차 소리를 질렀다. 천막을 받치고 있던 기둥 하나가 기우뚱하더니 천막이 반쯤 무너졌다. 천막 기둥에 매어 있던 낙타가 놀라서 앞발을 들어 올리며 우는 소리를 냈다. 카르모스도 단도 손잡이를 단단히 움켜쥐었다. 밖의 소란에 세령녀도 깼는지 인기척이 들렸다.

찢어진 천막 사이로 한 사람이 두 손바닥을 모으며 납죽 엎드려 있었다. 그 사람의 열 손가락 끝이 번쩍거렸다. 유리조각 같은 그것은 무척 위협적으로 보였다.

"항복, 항복이라니까요."

그 사람은 두 손을 높이 치켜세웠다. 헤로디그만은 막 칼을 던지려는 카르모스를 제지했다.

"무기부터 치워라!"

헤로디그만이 외쳤다.

"난 당신들을 해치러 온 사람이 아니라니까요. 아, 이거요. 이거야 빼면 되니까 걱정하지 마세요."

그때까지 납작 엎드리고 있던 사람은 어기적거리며 일어나서 손가락에서 하나씩 빼냈다. 그러고는 튜닉 허리끈에 매달려 있는 작은 주머니를 열어 그것을 넣었다. 그것들은 서로 부딪치면서 챙그랑, 소리를 냈다.

"이제 됐지요. 자, 봐요."

그 사람은 손바닥을 쫙 펴더니 헤벌쭉 웃었다. 턱이 뾰족한 역삼
각형 얼굴형에 웃는 낯이었지만 눈매만은 예사롭지 않았다. 앉은
키가 열서너 살 남자애 정도만 했다. 작은 몸피와는 달리 나잇살은
스물다섯 안팎은 돼 보였다. 카르모스 나이와 비슷해 보였다. 코밑
과 턱 밑에 거무스레한 수염을 보면 그랬다. 수염은 검댕이를 묻힌
것처럼 몰려 돋아나 있다. 얇은 양피지 같은 몸이 제법 날쌔 보였
지만 어딘지 아첨기가 묻어 있는 얍삽한 인상이었다.

"뭐 하는 작자인데 여기서 얼쩡거리느냐?"

헤로디그만이 칼끝을 들이대며 물었다.

"그 칼 좀 거두고 물으시지요."

그의 말소리와 억양은 유대의 것이 아니었다. 에돔 쪽보다 더 남
쪽으로 내려간 지방의 말씨였다. 그 사람도 처음보다는 긴장이 풀
렸는지, 능청을 떠는 양 어깨를 들썩해 보였다. 헤로디그만은 여전
히 미심쩍어 하는 낯빛으로 마지못해 칼을 거두었다.

"여기 오면 당신들이 있다는 말을 듣고 왔습니다."

"누가?"

"예루살렘에 계신 분입죠."

"안티파스께서 너를 보냈단 말이냐?"

"당연하죠."

"우리 임무를 알고 온 것이더냐?"

"당연하죠."

말투에도 경박함이 묻어났다. 카르모스는 헛웃음이 비어져 나왔다. 쥐 떼 밀실에서 보았던 안티파스의 모습이 떠올랐다. 얼굴과 풍채가 제법 꼿꼿한 왕이었다. 그런데 정신적으로 무슨 문제가 있는 걸까. 중늙은이 한 명을 잡기 위해 대장과 자신을 믿지 못해 또 한 사람을 합류시킨 것이다. 안티파스의 정신 상태가 적이 의심스러워졌다.

"나는 왕의 친위대 대장 헤로디그만이다. 이 임무의 총괄 책임자이기도 하다."

그가 헤로디그만에게 성큼 다가섰다. 그러더니 갑자기 헤로디그만의 팔뚝을 잡고 오른뺨과 왼뺨을 번갈아 돌려댔다. 딴에 유대인의 인사를 흉내 내는 꼴이었다.

"인사드립죠. 안디오라고 합니다. 저는 하늘을 나는 재주가 있습죠. 인간 날짐승이라고 보시면 됩니다. 헤헤."

그는 자랑을 한껏 늘어놓으며 너스레를 떨었다.

"왕이 너를 보냈다는 증표를 나에게 보여라."

날짐승을 운운하며 자기 특기를 자랑하던 그는 튜닉 자락 밑에서 반으로 접은 양피지를 꺼냈다. 헤로디그만이 양피지를 빼앗듯 낚아 일별하더니 다시 그에게 건네주었다. 그러고는 카르모스를 가리켰다.

"이쪽은 카르모스다."

헤로디그만이 대번에 카르모스를 소개한 걸 보면 그 양피지가 왕이 보낸 증표가 맞긴 맞는가 보았다.

"반갑습니다."

그는 카르모스에게도 서슴없이 다가섰다. 또 격에도 맞지 않는 그 우스운 꼴의 인사를 할 심산인 듯했다. 카르모스는 손사래를 쳤다. 카르모스로서는 강하게 거부할 수밖에 없었다. 애급 문화권에서 잔뼈가 굵은 카르모스에게 팔레스타인 문화가 낯선 탓이었다.

"우리 세 사람뿐인가요?"

카르모스에게 인사를 거부당해 잠시 어색해하고 있던 안디오가 주위를 둘러보며 말했다.

"아니, 한 명이 더 있소이다."

카르모스가 세령녀 있는 천막을 바라보며 말했다. 안디오의 표정이 밝아지며 눈을 찡긋했다.

"그 사람은 왜 다른 천막에 기거하나요?"

"여자인 줄 몰랐단 말인가?"

헤로디그만이 의심스러운 목소리로 들이댔다. 안디오는 크지 않은 눈을 홉뜨며 잠시 주춤했다. 천막에서 등잔불 빛이 희미하게 새어 나왔다. 밖의 소란이 잠잠해진 걸 듣고 등잔을 밝힌 것 같았다.

"여자라고요? 그런 자세한 이야기는 전해 듣지 못했습니다만, 여자가 있다는 것은 조금 납득하기 어려운데요. 여자가 무슨 일을 하겠어요. 거치적거리기만 하지."

안디오의 구시렁거림이 길어졌다.

"너 따위가 뭘 안다고 함부로 입을 놀리느냐."

헤로디그만이 더 두고 볼 수 없었는지 나지막하지만 위엄 있는 목소리로 안디오를 나무랐다.

"아니, 뭘 아는 건 아니지만 돌아가는 상황이 그렇다는 겁니다."

안디오는 작은 눈을 내리깔고 반박했다.

"안디오, 아랫사람 관리는 내 권한이다."

헤로디그만이 엄한 목소리로 일갈했다. 안디오가 입맛을 다시며 쩝쩝거리더니 눈알을 굴렸다.

"저 여자가 무슨 특별한 능력이라도 있는 겁니까?"

안디오는 끈질겼다. 세모진 턱을 치켜세우고 물었다.

"피리 부는 능력이 있다. 그 능력은 특별하다. 그 이유로 꼭 필요한 사람이다. 그러니까 차후에 다시 거론하는 일은 없도록 해라."

헤로디그만이 견고한 어투로 못을 박았다.

"왕께서도 허락하신 일이랍니까?"

안디오의 깐족거림은 지나쳤다. 그의 말이 채 끝나기도 전에 헤로디그만이 안디오의 멱살을 잡아 몸을 들어 올렸다. 사 규빗 반의 장신인 헤로디그만의 손아귀에서 삼 규빗을 겨우 넘을 성싶은 안디오의 몸체는 공중에 붕 떴다. 안디오의 몸뚱어리는 큰 나무에 대롱대롱 매달린 꼬락서니처럼 버둥거렸다.

"아이고, 목이야! 이러다 사람 죽이겠습니다. 제발 살려주시오."

안디오는 여전히 입을 놀렸다. 헤로디그만이 안디오를 내동댕이쳤다. 안디오는 말린 무화과 열매처럼 납작하게 뻗어버렸다.

"네가 어찌 감히 왕명을 입에 올리느냐. 여기서는 내가 왕명을 대신하는 사람이다. 입조심하거라."

안디오는 다 죽어가는 시늉을 하며 앓는 소리를 했다. 헤로디그만은 손을 탁탁 털며 천막 안으로 들어가버렸다.

"아까 그건 뭐요?"

카르모스가 안디오를 부축해주며 물었다. 안디오가 카르모스를 올려다보았다. 안디오는 카르모스보다도 사람 얼굴 하나는 작았다. 왜소한 사람이었다.

"뭘 말하는 겁니까?"

안디오의 말이 아까와는 달리 공손했다.

"아까 당신 손가락에서 반짝거렸던 것 말이오."

안디오가 가죽 주머니를 흔들더니 다시 상대방을 얕잡아보는 얼굴로 이기죽거렸다.

"왜 궁금하오?"

얼굴색이 수시로 변하는 카멜레온 같은 자였다. 자기보다 큰 사람 앞에서 작아졌다가도 자기 힘이 조금 세다 싶으면 으름장을 놓는 소인배였다. 동물적 감각을 빠르게 습득한 자일지도 몰랐다. 몸의 크기와 힘으로 먹이사슬을 결정하는 것이 동물의 본능 아닌가. 안디오는 카르모스의 물음에 끝내 답을 해주지 않았다. 작은 입을 한껏 벌리고 하품을 하면서 천막 안으로 기어들어갔다. 문득 건너다본 세령녀의 천막에서 그림자가 어른거렸지만 곧이어 불이 꺼졌다. 어느새 모닥불도 사위어가고 있었다. 얼마 있으면 날이 밝을 시각이다. 잠시라도 눈을 붙여야 할 것이다. 카르모스도 헤로디그만과 안디오의 발치 끝에 모로 누워 잠을 청했다.

잠이 설핏 깨자 빵 굽는 냄새가 났다. 오랜만에 맡는 아침을 짓는 냄새였다. 빵 냄새에 섞여 고소한 냄새도 풍겼다. 염소젖 향이었다. 카르모스는 눈을 떴다. 잠시 여기가 어딘가 싶어 주위를 둘러보았다. 그제야 천막에서 잠을 잤던 어제 일이 생각났다. 그때 장단의 고조가 물결치듯 허밍이 들렸다. 생소하지만 음률이 묘하게 사람의 귀를 끌었다. 딱히 노래라기보다는 흥얼거림에 가까웠지만 고소한 음식 냄새와 다르지 않은 따뜻한 목소리였다. 카르모스의 마음이 잠시 부풀었다 가라앉았다. 묘한 기분이었다. 천막 안에는 카르모스 혼자였다. 마침 안디오가 찢어진 천막 사이로 얼굴을 들이밀고는 카르모스에게 일어나라고 재촉했다.

네 명은 음식을 남김없이 먹어치웠다. 세령녀가 연신 구워대는 보리빵이 모자랄 지경이었다. 안디오는 어느새 세령녀와 수인사를 했는지 설거지를 돕겠다고 부산을 떨었다.

팔레스타인에서는 남자 일은 남자 일, 여자 일은 여자 일이었다. 아무리 물동이가 무거워도 물 긷는 일이나 집안 살림은 여자의 몫이었다. 남자가 여자 일을 손대는 일은 거의 없었다. 카르모스는 안디오의 부산스러움이 조금 낯설었다. 카르모스 눈에는 안디오가 세령녀 근처를 빙빙 돌며 희떠운 농을 건네는 모습도 거슬렸다.

헤로디그만이 사람들을 불러 모아놓고 목표물에 대해서 입을 열었다. 오십이 넘은 쭉정이 사내. 전날 밤 안디오가 나타나 소란을 떨기 전 헤로디그만이 카르모스에게 해준 말이었다. 헤로디그만은 헛기침을 하고는 그 사내의 외모는, 이라고 말해놓고 잠시 안디오를 쳐다보았다.

"머리가 벗겨졌다……."

헤로디그만의 말이 끝나지도 않았는데, 킥킥거리는 웃음소리가 났다. 안디오였다. 헤로디그만을 제외한 사람들의 시선이 안디오의 머리에 꽂혔다. 그 역시 대머리에 가까웠다. 양쪽 측면에 겨우 머리카락이 붙어 있을 뿐 이마가 훤했다. 헤로디그만이 안디오를 매섭게 쏘아보자 안디오는 헛기침을 하며 웃음을 삼켰다.

"그리고 얼굴은 온통 수염투성이다."

누가 먼저랄 것도 없이 와르르 웃음이 터졌다. 세령녀가 먼저 웃었고 곧이어 안디오가 몸을 접으며 웃음을 터뜨렸다. 헤로디그만의 얼굴을 빤히 쳐다보던 카르모스도 쿡, 하고 웃음이 비어져 나오는 걸 간신히 참았다. 헤로디그만의 얼굴 전체가 온통 수염투성이였다.

"대장, 더 찾을 것도 없겠습니다요. 나 대머리, 대장이 털북숭이. 둘을 합치면 딱 그 작자가 아닙니까?"

안디오가 용케 참는다 싶었다. 아침나절 내내 걸쇠를 채우고 있던 안디오의 입은 툭 터진 낡은 부대 속 밀가루처럼 쏟아졌다. 헤로디그만의 경직된 얼굴에도 설핏 미소가 번지는가 싶더니 본래 딱딱한 낯빛으로 돌아왔다.

"에세네파 사람이다."

헤로디그만의 말에 찬물을 끼얹은 것처럼 일순 조용해졌다. 에세네파는 수세에 몰리고 있는 파였다. 결국 또 약자 몰이던가. 검투사 시절 자신의 목숨 하나 부지하기 위해 남의 목숨을 빼앗아야만 했다. 그러면서도 생명과 생명이 부딪혀야만 했던 극한 대결은 자의가 아닌 타의에 의한 정당방위였다고 자위했었다. 카르모스가 죽였던 사람은 노예였다. 노예는 제명대로 죽기 이전에 세상에서 먼저 죗값을 받아야 할 극악무도한 악인이 대부분이었다. 그러나 노예 외에도 죄인은 숱하게 많았다. 같은 유대인이면서 동족의 피로 재산을 축적하는 세리들, 3대 명절 동안 성전에 바쳐야 할 예물을 환전해주면서 몇 배의 고리를 뜯어 제 이익만을 불리는 상인들, 아무 이유 없이 아내를 내쫓고 이혼을 일삼고는 여자를 갈아치우는 유대 남자들. 그들이 뒷구멍에서 저지른 악행은 말로 다 할 수 없을 지경이었다.

일찍이 여호와의 선택을 받았다는 긍지로 살아온 유대는 이제 곪아터지기 직전이었다. 썩은 물은 정수리에서부터 내려왔다. 로마황제에게 아첨하기 바쁜 유대 분봉왕 헤롯에서부터 그 왕을 떠받치는 율법주의자인 바리새파와 사두개파까지. 그들에게는 자신의 현재 위상과 권력을 유지시킬 명분만이 중요했다. 그 명분은 여호와의 참뜻을 넘어선 지 오래였다. 그렇게 유대가 곪아터지고 썩어가는 순간에도 여호와는 유대 민족을 완전히 저버리지 않았다. 그 증표가 바로 에세네파였다. 검소와 금욕, 기도와 수행으로 여호와를 섬기는 그들에겐 힘도 물질도 없었다. 그들이 오직 바라보는 것은, 여호와의 말씀을 받들었던 선지자들이 예언한 메시아를 기다리는 일뿐이었다.

그리고 또 하나의 파가 있었다. 모두 알고 있었지만 쉽게 입에 올리지 못했다. 로마에게는 골칫거리였고 유대의 지배계층에게는 껄끄럽기 짝이 없는 파. 바로 열혈당인 제롯당이었다.

헤로디그만의 말은 계속 이어지고 있었다. 오십 줄에 든 쭉정이 사내에게는 딸 같은 젊은 아내와 너덧 살 먹은 남자아이가 있다고 했다. 사 년 전 그 사내의 가족이 베들레헴에 있었지만 사라졌고, 지금은 헤브론 쪽에 살고 있을 가능성이 크다는 것이다. 어쩌면 애급으로 건너갔을 수도 있단다. 헤브론은 애급으로 가는 가장 가까운 길이었다.

헤로디그만에게서 애급을 듣는 순간 카르모스는 머릿속이 하얗게 바래지는 것을 느꼈다. 미망의 묘약이 간절히 피우고 싶어 못 견딜 지경이었다. 피가 마르고 골수에 구멍이 뚫리고 내장이 썩어 종내에는 뼈가 녹는다던 장사치의 경고가 귓가에 쟁쟁했다.

"이제 우리는 어디로 가야 합니까? 헤브론으로 가야 합니까?"

세령녀가 조용한 목소리로 물었다. 헤로디그만이 천천히 머리를 가로저었다.

"아니다. 일이 실패했던 사 년 전 그곳이 우리의 출발점이다. 그곳에서 단서를 먼저 찾을 것이다."

"그렇다면?"

안디오가 손가락으로 세모 턱을 톡톡 쳤다.

"그렇다. 바로 베들레헴이다."

세령녀의 눈 밑으로 그늘이 드리워졌다. 세령녀 남편의 일을 알고 있는 카르모스는 세령녀의 얼굴을 똑바로 쳐다보는 일이 곤혹스러웠다. 미망의 묘약에 대한 갈증이 차츰 잦아들고 있었다. 헤로디그만이 몸을 벌떡 일으키며 지금 곧바로 베들레헴으로 가자고 했다. 네 사람은 베들레헴으로 향했다. 베들레헴에 도착했을 때는 이미 어스름이 깔리고 있었다.

베들레헴 저잣거리는 발 디딜 틈 없이 북적거렸다. 저녁 장터가 열리는 시간이었다. 보릿가루와 밀가루를 파는 가게에서는 금방 빵을 구워주기도 했다. 호밀과 맥아가 발효되는 냄새가 구수하게 풍겼다. 유월절에나 먹는 무교병도 반 데나리온만 주면 몇 장씩 살 수 있었다. 그 옆에는 렌즈콩과 강낭콩에 여러 곡식을 갈아서 만든 붉은 죽 코올이 커다란 냄비에서 끓고 있었다. 유대의 조상 이삭의 아들인 에서가 야곱에게 판 장자권 일화에 나온 죽이기도 했다. 사람들은 가게에서 구입한 빵을 손으로 뜯어 먹거나 코올에 찍어 먹고 있었다.

아몬드와 피스타치오와 같은 견과류를 파는 가게에는 면박으로 얼굴을 가린 아녀자들이 아이의 손목을 잡고 줄을 서 있었다. 그 옆에는 종려나무 열매와 무화과와 포도를 말린 과자가 여러 가지 색깔로 진열되어 있었다. 일행은 저잣거리를 지나서 마을에 접어들었다. 맨 앞에서 성큼성큼 걸어가고 있던 헤로디그만은 지나가는 행인에게 여관을 물었다. 행인은 마을에 여관이 별로 없다고 일러주었다. 방 두 개가 있는 일반 가정집도 유사시에는 여행객에게 방 한 칸을 빌려주어서 따로 숙박업을 하지 않는다고 했다.

"마구간이 있는 집은 어디요?"

헤로디그만은 이번에는 마구간이 있는 집을 물었다. 옆에서 듣고 있던 카르모스는 헤로디그만을 쳐다보았다. 특별히 마구간을 찾는 이유를 알 수 없어서였다.

"마구간 있는 집이 어디 한둘인가요. 나귀나 노새가 있는 집이라면 다 마구간이 있지요. 그래도 마구간 있는 집이 없는 집보다 적겠군요. 아, 저기 저 집도 마구간이 있습죠. 예전에는 여관을 했었는데 지금은 어떤지 모르겠소이다."

행인이 한 집을 가리켰다. 일행은 행인이 일러준 집에 주인의 양해를 얻은 후 마구간에 들어섰다. 노새 한 마리가 여물을 우물거리고 있었다. 별다를 것 없는 평범한 마구간이었다.

"그 털북숭이가 이 마구간에 있었답디까?"

"대머리이기도 하지."

안디오의 말에 헤로디그만이 맞받아친 말이었다. 카르모스와 세령녀가 시선을 부딪치며 실소를 머금었다. 무뚝뚝한 헤로디그만이 던진 농담치고는 꽤 쓸 만했다.

"우와, 우리 대장도 농담을 다 하시네."

안디오가 손바닥을 마주치며 깔깔거렸다. 헤로디그만은 안디오의 말에 아랑곳하지 않고 마구간을 살펴보고는 밖으로 나가 주인을 불러 이것저것 물어보았다.

"젠장. 자기 혼자 다 할 거면서 우리는 왜 끌고 다닌담."

안디오가 헤로디그만의 하는 양을 지켜보면서 구시렁거렸다.

"안디오, 당신은 명분이 무엇이오?"

카르모스가 정색을 하며 안디오에게 물었다. 궁금했던 점이었다.

"명분은 무슨 개뿔."

"그래도 이 일을 하게 된 연유는 있을 것 아니오."

"대가야 받기로 했지. 여기 있는 사람들 다 대가를 받기로 한 것 아닌가."

안디오는 자기가 받은 질문을 교묘하게 카르모스에게 되묻고 있었다. 나에게 그것을 묻는 너는 무슨 대가를 받기로 했느냐고. 카르모스는 더듬더듬 자기 이야기를 했다. 노예 검투사로 지낸 지난 사 년간의 시간들. 오직 목숨 하나 부지하고자 살았다고. 마침내 최후의 승자가 되었고 자유와 함께 엄청난 부를 거머쥘 수 있느냐 없느냐 하는 갈림길에 있다고. 임무를 성공리에 수행한 대가로 주어진 부. 그것으로 자기 인생을 밑바닥으로 전락시킨 사람을 역추적할 수 있을지 모른다고. 정확하게 말하면 자신도 알지 못하는 이야기였다. 하지만 잃어버린 기억에 대한 복원이 최종 목표라는 말은 차마 할 수 없었다. 어느 면에서 보면 그것이 가장 큰 명분일 수도 있었다.

"뭐 그렇게 복잡해. 결국 돈을 받기로 했다는 것 아니오. 그것도 어마어마하게 큰돈을. 나도 그래. 카르모스 당신처럼 조금 거창한 이유를 대자면 날 무시했던 고향 놈들에게 보란 듯이 으스대보고 싶은 거지."

안디오가 카르모스의 두서없는 말을 무질렀다. 고향이라는 말에 세령녀의 눈빛이 반짝거리는 게 느껴졌다. 세령녀가 안디오에게 물었다. 고향이 어디냐고. 안디오는 심드렁하게 대답했다. 남쪽 땅 끝, 바닷가 마을이라고. 유대에게는 이방의 땅이었다. 갖가지 우상 (偶像)이 난무하는 곳이었다. 어릴 적부터 몸이 왜소하고 가난했던 안디오는 온갖 멸시를 받았다고 했다.

"당신같이 허우대가 훤칠한 사람은 이해조차 할 수 없을 거야."

안디오가 자조적으로 말했다. 두 사람의 대화를 가만히 듣고 있던 세령녀의 얼굴이 설핏 붉어졌다.

"세령녀 나라에도 바다가 있나?"

이번에는 안디오가 물었다.

"네, 우리나라도 바다가 있지요. 참 살기 좋은 곳이랍니다. 계절도 네 번으로 나뉘죠. 봄, 여름, 가을, 겨울이라고요. 사계절 경계가 뚜렷하고 햇볕과 바람은 온화하지요. 비와 눈은 시와 때를 따라 골고루 내리는 나라랍니다."

세령녀의 검은 눈망울이 촉촉이 젖어갔다.

"그 좋은 나라를 두고 왜 이 척박한 땅까지 온 거야?"

안디오의 퉁명스러운 대꾸에 세령녀는 잠시 뜸을 들였다.

"팔리고 팔려서 온 것이랍니다. 살림이 어려운 부모님이 나를 종으로 팔았고, 장사치는 코쟁이 뱃사람에게 팔아서 내 신세가 여기에 이른 것이지요. 그 후 나는 늘 허방에 발을 딛고 사는 사람 같았어요. 늘 어딘가로 떠나야 할 것 같은 불안감이 들었거든요. 아무도 모를 거예요. 타의에 의해 고향을 등진 나 같은 사람의 심정을……."

세령녀는 문득 입을 닫았다. 검은 눈망울에 회한의 그림자가 스몄다가 사라졌다. 안디오가 지푸라기를 바닥에 휙 내던졌다.

"에이, 그만둡시다. 좋지도 않은 신세한탄."

안디오는 헤로디그만을 부르러 밖으로 튀어 나갔다. 마침 헤로디그만은 밖에서 큰 소리로 외쳤다. 모두 나오라는 명령이었다. 헤로디그만이 이곳이 찾고자 하는 마구간이 아니라고 했다. 일행이 그 집을 나오는데 주인이 지나가는 말로 한마디 했다.

"사 년 전이라면, 베들레헴 호적 정리가 있었던 때겠군. 어휴, 소름 끼쳐. 그때 치른 난리라니……."

입을 다문 헤로디그만의 표정이 갑자기 어두워지는 것을 카르모스는 놓치지 않았다. 네 사람은 마구간이 있는 몇 군데 여관과 가정집들을 돌아다녔다. 네 사람이 터덜터덜 나오는 길목에서 쪼그리고 앉아 합죽한 입을 오물거리던 한 노파가 세령녀의 팔을 끌었다.

"대머리에 털북숭이 사내 이름이 뭐였어?"

세령녀가 고개를 가로저으며 카르모스를 쳐다보았다.

"왜요? 할머니, 그 사람을 기억하시오?"

카르모스가 노파 귀에 소리를 지르며 물었다.

"에구머니, 귀 따가워. 나 아직은 귀가 먹지 않았어. 웬 소리를 그렇게 크게 질러. 저 건너에 있는 집이 그 사람이 머물렀던 마구간이 있는 집 같아서 그래. 그때 그 남자의 아내인지 딸인지가 해산을 했어. 근데 그날 저녁에 동방에서 왔다던 세 사람이 뭘 잔뜩 싸들고 그 집 마구간에 가는 걸 봤지. 그때 그 사람들도 나한테 물었어. 그 가족들을 말이야. 자기네를 큰 별이 인도했다나 뭐라나."

노파는 입을 웅얼거렸다. 카르모스는 안디오의 작은 눈이 커지는 걸 놓치지 않았다. 그때 헤로디그만이 안디오를 제치고 노파에게 다가갔다. 헤로디그만은 쭈그리고 앉아 있는 노파의 코앞으로 얼굴을 들이댔다.

"동방에서 왔다고 했나? 혹시 유대왕에게 돌아가야 한다고 하지 않던가?"

대뜸 하대를 하는 헤로디그만이 못마땅했는지 노파는 입을 쩝쩝거렸다.

"유대왕에게? 난 그런 것까지는 모르겠고. 학식이 깊은 사람들 같기는 합디다."

헤로디그만이 몸을 벌떡 일으켰다. 그는 노파가 말해준 곳으로 뛰다시피 달려갔다. 나머지 사람들도 헤로디그만을 쫓아 그 마구간으로 갔으나 별다른 점은 없었다. 갑자기 몰려온 사람들에 놀랐는지 지푸라기 더미에서 나귀가 히잉거리며 긴 울음을 토했을 뿐이었다. 헤로디그만의 얼굴이 붉게 상기되었다.

"바로 이곳이로군."

헤로디그만은 혼잣말로 중얼거리며 사방을 살폈다. 마구간을 들여다보던 주인이 헤로디그만의 말을 거들었다.

"나이 차가 꽤 있어 보이는 부부였어요. 부인의 이름이 마리아였고, 남편 이름이 뭐라더라."

"요셉이 아니었나."

헤로디그만의 말에 주인이 자기 무릎을 치며 요셉이 맞다 했다. 헤로디그만의 눈썹이 위로 치켜 올라갔다.

"그 사람 직업이 혹시 목수라고 하지 않던가?"

"아, 네. 그랬던 것 같네요. 그 가족들은 바로 전날 떠나서 그때 베들레헴에서 있었던 참사를 용케 피할 수 있었지요."

참사라니? 사 년 전 이곳에 무슨 일이 있었던 것이 분명했다. 카르모스는 머리를 갸웃거렸다. 그때 밖에서 소란스러운 소리가 들렸다. 사람들의 발자국 소리가 요란했다. 곧이어 비명이 들렸다. 주인은 사람이 칼에 찔렸다고 다급하게 외쳤다. 네 사람은 마구간 밖으로 나왔다. 이웃집에서 난 소동이었다. 가족으로 보이는 사람들은 쓰러져 울고 있었고, 그들 옆에는 군인 하나가 피를 흘리며 고꾸라져 있었다. 신음 소리를 내는 것을 보니 생명에 지장은 없는 것 같았다. 구경하고 있는 사람들은 군인을 모르는 척하는 분위기였다. 설왕설래하는 이야기를 종합해보니, 칼에 찔린 군인이 세금을 내지 못해 사정하는 가족을 몹시 닦달했다고 했다. 집 안을 부수고 그 집 사람을 심하게 구타하는 중간에 어떤 사내가 나타나 군인을 칼로 찌르고 도망쳤다는 것이다. 조용하던 마을이 삽시간에 아수라장이 되었다. 몇몇의 무장한 군인들만 골목을 누비며 우왕좌왕했다. 헤로디그만이 골목으로 뛰어가는 군인 한 명을 붙잡았다. 군인이 헤로디그만을 알아보았는지 깍듯하게 예의를 갖추는 게 보였다. 어느 결엔가 일행은 분산되었고, 카르모스는 마구간 주인과 나란히 서 있었다.

"누가 군인을 찌른 것입니까?"

카르모스가 주인에게 물었다.

"젤롯 당원이 분명할 거요."

주인이 목소리를 낮추며 대답했다.

"젤롯당이 왜 유대 군인을……."

"흉흉한 세상 아닙니까. 요즘은 유대 군인이 로마 군인보다 더 무섭다니까요."

주인이 재차 혀를 찼다.

젤롯당은 로마에서 유대를 무력으로 독립시키고자 은밀히 조직된 열혈당이다. 모두 알고 있지만 입에 올리기 꺼리는 당파다. 초기에는 점조직으로 활동하면서 게릴라 전술로 로마군대를 와해시키거나 분산시키는 것으로 로마에게 해코지를 해왔다. 그런 까닭에 로마 당국은 젤롯당을 경계하는 터였다. 로마는 유대왕에게 젤롯당의 해산을 강력하게 요구했고, 유대도 젤롯당을 범죄자 집단으로 간주했다. 집권당으로 권력을 차지하고 있는 바리새파와 사두개파는 젤롯당을 여호와의 권위와 명예를 실추시키는 쥐새끼들이라고 공공연하게 떠들어댔다. 반면 젤롯당은 그들을 권력의 똥구멍을 빠는 개새끼들이라고 비아냥거렸다. 유대의 독립을 꾀하는 젤롯당에게는 로마만이 적이 아니었다. 유대 당국도 젤롯당에게는 위협적인 존재였다. 지금까지는 로마군만 공격해왔던 젤롯당은 형편이 어려워 세금을 내지 못하는 유대인을 과중하게 징벌하는 유대 군인에게도 칼과 창을 겨누기 시작했다. 베들레헴 마을에서 벌어진 오늘 사태도 그것과 무관하지 않았다.

"혹시 들어보셨수? 에세네파 사람들과 젤롯당이 은밀히 내통한다는 사실을."

주인은 눈이 가늘어졌다. 카르모스는 긍정도 부정도 하지 않았다. 검투사로 사는 동안 세상 돌아가는 일은 카르모스에게 먼 나라 이야기일 뿐이었다. 카르모스가 주인에게 질문을 던졌다.

"주인은 무슨 당이십니까?"

"그놈의 당 소리 하지도 마슈. 나는 아무 당도 아니요. 메시아도 물 건너간 것 같고, 여호와도 우리를 저버린 것 같은데 당은 무슨 당이겠소. 우리 같은 사람들이야 하루하루 먹고사는 일이 욕인 세상이라오."

주인은 손사래를 치며 한숨을 쉬었다. 군인을 찌르고 달아난 범인을 잡으려고 군인들이 들쑤시고 다니는 통에 거리는 북새통이었다. 그사이 일행은 뿔뿔이 흩어졌다. 카르모스가 사방을 둘러보았다. 세령녀만이 지척에 서 있었다. 헤로디그만과 안디오는 어디로 간 걸까? 그때 저만치에서 안디오가 휘적거리며 나타났다. 멀리서도 안디오의 눈동자는 쥐새끼의 그것처럼 할끔거리고 있었다. 안디오는 가죽 주머니에서 반짝거리는 조각을 꺼내 손가락 끝에 끼기 시작했다. 가까운 곳에서 보니 그것은 유리조각이 아니었다. 뾰족한 쇳조각에 가죽 골무가 붙어 있는 모양이었다.

"카르모스, 이게 궁금하다고 했지? 잘 봐."

카르모스와 안디오는 누가 먼저랄 것도 없이 말을 트고 지내는 사이가 되었다. 나이도 비슷하고 신분 차이도 나지 않는 두 사람에게는 자연스러운 일이었다. 안디오는 이를 드러내며 씩 웃고는 열 손가락을 카르모스 앞에서 활짝 펴 보였다. 맹수 이빨 같았다.

"으랏차!"

안디오의 입에서 기합이 터지더니 어느 틈엔가 사라졌다. 카르모스와 세령녀는 두리번거리며 안디오를 찾았다. 세령녀가 짧은 탄식을 지르며 손가락으로 담벼락을 가리켰다. 이층집 담벼락에 안디오가 딱 붙어 있었다. 안디오는 순식간에 벽을 타기 시작했다. 마치 거대한 곤충 한 마리가 벽을 기어오르는 것 같았다. 벽과 벽을 건너뛰며 집들의 옥상을 뛰어오르는 안디오는 정말 허공을 비상하는 새와 다를 바 없었다. 날렵한 동작으로 허공을 가르는 안디오는 우왕좌왕하던 사람들의 시선을 붙잡기에 충분했다. 여기저기서 목을 빼고 안디오를 구경하던 사람들이 환호성을 질렀다. 그러나 곧 안디오가 도망친 범인을 쫓는다는 것을 알고 난 후에는 야유를 퍼붓기 시작했다. 자국민의 민심이 유대 군인에게서 떠난 지 오래라는 증거를 여실히 보여주고 있었다.

벽과 벽 사이에서 사라진 안디오의 손에 범인이 끌려왔다. 범인은 척 보기에도 평범한 유대 사람이었다. 군인들은 범인을 짐승 후리듯 끌고 갔다. 안디오를 향한 마을 사람들의 눈총이 따가웠다.

"어서 이곳을 벗어나자."

일행에게 다가온 헤로디그만이 명령했다.

"요셉이 어디로 떠났는지 알아내지도 못했잖아요?"

카르모스가 물었다.

"알아냈다. 고향인 갈릴리로 돌아갔다고 했다."

일대 소란으로 정신이 없던 차에도 헤로디그만은 그들의 행방을 알아보고 다녔던 것이다.

"헤브론이 아닙니까?"

카르모스가 다시 물었다. 헤로디그만이 처음에 말한 것과 어긋나 있었다. 요셉이 헤브론을 통해 애급에 갈 것이라고 했다. 시간상으로 요셉이 애급에 도착하기는 아직 일렀다. 그래서 헤로디그만은 헤브론으로 가자고 했던 것이다.

"헤브론도 맞다."

"방금은 갈릴리라면서요?"

"그게 문제가 아니야. 얻어낸 소득이 두 가지가 있다는 게 중요하지."

헤로디그만은 카르모스의 질문은 무시하고 다른 쪽으로 말의 물꼬를 텄다. 카르모스는 헤로디그만과 대화를 하다 보면 실타래가 마구 엉키는 기분이었다. 곤란한 상황에서는 침묵으로 일관하는 헤로디그만은 생각지도 않았던 쪽으로 대화를 전환시키곤 했다. 헤로디그만의 화법이 그랬다. 그런 줄 번히 알면서도 카르모스는 헤로디그만의 화법에 말려들곤 했다. 헤로디그만은 요셉이 살아 있다는 것과 그의 아내 이름을 알아냈다고 했다. 카르모스는 요셉의 아내 이름이 얼른 생각이 나지 않았다. 유대의 흔한 여자 이름이었던 것만은 분명했다. 너무 흔해서 주의 깊게 듣지 않았던 것 같았다. 그 이름을 물어볼 찰나에 세령녀가 카르모스의 팔꿈치를 치며 물었다.

"만약 아까 도망친 범인이 잡혔다면 어떤 벌을 받게 되는 거죠?"

"십자가형을 언도받을 테지."

카르모스가 얼른 대답을 못 하자 안디오가 불쑥 끼어들었다.

"그렇게까지 심한 벌을 받나요? 군인을 죽이지도 않았잖아요."

눈을 동그랗게 뜬 세령녀가 인상을 찌푸렸다. 십자가형. 유대에서는 가장 최악의 형벌이었다. 죄인의 양팔을 벌려 양 손목과 발등에 못을 박아 공중에 매달아놓는 그 형벌은 만 하루 동안 피를 흘리는 고통 속에서 죽음에 이르게 된다. 극악무도한 살인자에게나 가하는 벌이었다.

"안디오, 자네는 그 사람이 십자가형을 받는 줄 알면서도 범인을 잡았단 말인가?"

카르모스는 안디오를 힐난했다.

"자네 지금 제정신이야? 그 사람은 유대 군인을 찌른 죄인이야. 우리는 유대왕의 특사로 파견된 사람들이라고. 왕의 군인이 위급한 상황에 처해 있는데 우리가 어느 편을 들어야겠어? 여호와를 유일신으로 떠받드는 유대왕을 거슬리게 하면 유대인도 용서하지 않는 게 유대의 칼과 창이 아닌가. 정작 여호와는 어느 편인지 모르겠지만."

안디오의 말이 냉소적으로 들렸다. 앞서가던 헤로디그만이 조용히 하라고 버럭 소리를 지르지 않았다면 안디오는 계속 입을 나불거렸을 것이다.

"왕의 친위대 대장이 뭐 저따위야. 혁혁한 공을 세운 부하에게 칭찬은 못 해줄망정. 흥."

역시 안디오였다. 기어이 불평을 했다. 헤로디그만이 듣지 못하게 작은 목소리이긴 했지만.

"자네는 사 년 전 베들레헴에서 있었던 일이 궁금하지 않아?"

구시렁거리며 불평을 하던 안디오는 언제 그랬냐는 표정으로 카르모스에게 캐물었다. 성격이 좋은 것인지, 철면피인지 헷갈렸다.

"마을 사람들한테 '사 년 전'이라는 말만 꺼내도 치를 떨잖아. 아까도 봤잖아. 난 사실 마을 사람들이 나한테 환호성을 지르며 갈채를 보낼 줄 알았어. 그게 아니더라고. 어휴, 분위기 장난 아니던데. 거기 더 있다가는 나도 칼 맞겠더라고."

안디오는 카르모스에게 말하고 있었지만 정작 헤로디그만을 겨냥하는 것 같았다. 헤로디그만은 좀처럼 입을 열지 않았다.

"베들레헴 사람들은 치를 떨 만도 하지요."

세령녀가 조용히 입을 열었다. 안디오가 세령녀 쪽으로 바투 몸을 들이댔다.

"세령녀는 뭘 알고 있군. 난 궁금한 것은 못 참는 성미라서. 대체 무슨 일이 있었던 거야."

"학살이요."

세령녀는 담담하게 말했다. 카르모스도 걸음을 뚝 멈췄다.

"오호! 학살이라고?"

안디오는 진귀한 구경거리를 본 사람처럼 목소리를 높였다. 맘에 들지 않는 작자였다. 세령녀는 그런 안디오를 전혀 개의치 않는 표정이었다.

"그것도 영아 대학살이었죠."

카르모스는 팔뚝에 소름이 돋았다. 그 순간 앞서 걸어가던 헤로디그만의 어깨가 움찔하는 것을 보았다. 잘못 본 것일까.

"아이들을 죽였단 말이야?"

카르모스가 미간을 찌푸렸다.

"두 살 아래의 남자아이를 죽이라는 헤롯왕의 명령이었대요."

"지금의 안티파스가?"

"아니요, 안티파스의 선친이요."

사 년 전이라면 카르모스는 헤브론에서 노예 검투사가 되었을 무렵이었다.

"나 같은 아녀자가 그 일의 이유를 어떻게 알겠어요. 그런데 문제는, 두 살 아래의 남자아이만 죽인 게 아니었어요."

"그러면?"

안디오가 작은 눈을 세령녀에게 홉뜨며 물었다. 세령녀는 입술을 깨물고는 말을 이어나갔다. 아이란 아이는 닥치는 대로 죽였다는 것이다. 자식을 보호하려는 부모들까지 살해한 것은 두말할 나위도 없었다. 카르모스는 세령녀의 이야기를 들으며 헤롯이 미친 왕이라는 생각이 들었다. 베들레헴 사람들은 헤롯왕과 그의 군대를 저주했단다. 그러나 그 일을 겪으면서 그들의 마음은 바뀌었다.

왕의 표적이 된 아이, 즉 두 살 아래의 남자아이에게 그 저주의 화살이 돌아간 것이다.

"헤롯왕의 광기를 잠재우는 방법은 오직 하나였지요. 피투성이 아이 시신을 헤롯왕 코앞에 내미는 것이었지요."

세령녀가 숨을 고르며 말을 잠깐 쉬었다. 잠자코 듣고 있던 카르모스는 숨을 골랐다. 보이지 않는 긴장의 끈이 팽팽해졌다. 그 긴장의 끈은 느리지도 빠르지도 않게 앞서 걸어가고 있는 헤로디그만의 등을 잡아당기고 있었다. 세령녀의 말을 들으면서 카르모스는 생각했다. 늙고 병든 헤롯왕의 눈에는 어떤 아이든 그 아이일 수밖에 없었을 것이라고. 무슨 연유로 그런 처참한 학살을 자행했는지 알 수 없으나 왕에게 그 아이 자체가 공포였던 것일지도 몰랐다. 공포를 느끼는 자는 진짜와 가짜를 구별하지 못하는 법이다. 죽을 날을 받아놓은 헤롯은 무차별하게 아이들을 학살함으로써 자신의 공포가 사라진다고 믿었던 걸까.

"누가 그 일을 했지?"

안디오가 물었다. 안디오의 눈빛이 헤로디그만의 넓은 등에 꽂혔다.

"누군가는 했어야 하는 일이었어요. 하늘에 있는 유대신의 심판은 멀리 있었지만, 예루살렘 성전에 있는 유대왕의 광기는 언제 또 난동을 부릴지 모르니까요."

"그나저나 세령녀는 어떻게 그 일을 그렇게 소상히 알고 있어? 사 년 전에 베들레헴에 살았나?"

안디오가 눈을 가늘게 뜨며 세령녀를 바라보았다. 그 눈빛이 예사롭지 않았다. 세령녀가 눈을 내리깔며 머뭇거렸다.

"아니요, 저는 죽 예루살렘에서 살았어요. 그냥 우연히 전해 들었을 뿐이에요."

세령녀는 미진한 기색으로 입을 닫았다. 안디오는 머리를 흔들었다. 카르모스도 의문이 쌓여갔다. 다 죽어가는 왕에게 두 살 아래의 남자아이가 왜 그렇게 공포였을까? 약해진 인간이 공포를 느끼면 포악해지는 것 같다는 생각이 들었다. 그 순간 불현듯 요셉이라는 털북숭이 사내의 아내도 해산을 했다는 말이 뇌리를 때렸다. 그 사내의 아내가 낳은 아이가 아들이라면, 그 아이도 헤롯왕이 명했던 두 살 아래의 사내아이와 맞아떨어졌다. 여관 주인은 그들이 그 전날 떠나는 바람에 참사를 피할 수 있었다고 했다.

카르모스는 앞서가는 헤로디그만을 쫓아가 왜 헤브론으로 가야 하느냐고 물었다. 카르모스에게 헤브론은 정말 기억하기 싫은 곳인 탓이었다. 사 년 전 카르모스가 쫓김의 공포와 두려움에서 벗어나기 위해 찾아갔던 곳이었다. 노예시장인 그곳에서 자신의 몰골은 짐승과 다르지 않았지만 그래도 죽음보다는 삶을 택했던 곳이기도 했다.

헤로디그만은 안티파스가 이미 갈릴리에 사람을 보내 알아냈다고 했다. 그렇다면 왜 군이 베들레헴에 들른 걸까? 바로 헤브론으로 직행해도 되는 게 아니었던가? 헤로디그만이 그 해답을 가지고 있었다. 왕이 알아낸 갈릴리 사내가 정작 베들레헴에 호적을 올리러 온 요셉과 동일 인물인지 알아보기 위해서라고 했다.

네 사람은 앞서거니 뒤서거니 하며 발길을 재촉했다. 자신들이 무엇을 목표로 하는지 정확히 알지 못한 채였다. 아니다. 오직 카르모스 자신만이 맹목적으로 무작정 앞을 향해 나아가고 있다는 생각이 들었다.

노예로 팔린 아이

헤브론의 저잣거리는 사람들로 넘쳐났다. 팔레스타인과 애굽을 잇는 길목인 헤브론은 무역의 중심지였다. 무역의 주요 거래는 물품이 아니었다. 사람이 그 대상이었다. 헤브론은 노예시장이 성행한 곳이었다. 노예를 구하려면 헤브론으로 가라는 말이 생길 만큼 헤브론은 각지에서 온 노예들로 북새통을 이뤘다.

노예라고 다 비천한 것은 아니었다. 노예는 크게 두 부류로 나뉘었다. 유대인 노예와 외국인 노예가 그것이다. 유대인이 노예로 전락하는 경우로는 두 가지 유형이 있었다. 첫 번째는 절도를 저질렀을 때다. 율법이 규정한 대로 도둑은 자신이 훔친 것을 네 배로 갚지 못하면 노예가 되었다. 이런 경우 법정은 도둑을 노예시장에 내다 팔았다. 이때 제한 규정이 있는데, 도둑은 반드시 성인이어야 하고 또 그 노예를 사들이는 사람 역시 유대인이어야 했다. 둘째, 스스로 노예를 자처하는 경우가 있었다. 집안이 매우 궁핍할 때 취할 수 있는 경제적 방도였다. 이 경우 역시 성인이 되었을 때나 가능하나 유대인이 아닌 이방인에게 팔리기도 했다. 유대인 노예는 말이 노예지 인간의 기본 권리가 보장되는 품삯꾼에 가까웠다. 거의 짐승 취급을 받는 외국인 노예와는 상당한 차이가 있었다. 다른 한 부류는 외국인이 노예가 되는 경우다. 외국인 노예들은 전쟁 포로나 외국 노예시장에서 팔려온 경우가 허다했다. 카르모스는 두 가지 경우에 모두 해당되는 자였다. 스스로 노예를 자처했지만 애급이라는 이방인 신분이라는 점에서 헐값에 팔려 검투사가 되었던 것이다. 카르모스를 쫓는 발자국으로부터 몸을 숨겨 목숨을 부지하는 방편으로 가장 안전한 방법이었다.

유대인 노예들은 대개 육 년이 지나면 자유인으로 돌아갈 수 있었다. 이 때문에 '히브리인 노예를 산 사람은 상전을 사는 것과 마찬가지다'라는 말이 유행어처럼 떠돌며 유대인 노예를 꺼리기도 했다.

외국인 노예와 유대인 노예는 그 거래부터가 달랐다. 손과 발을 쇠사슬로 묶는 외국인 노예와 달리 유대인 노예는 자신이 직접 나서서 자기 몸값을 흥정하기도 했다.

헤로디그만은 요셉과 그의 아내가 유대 사람이라는 것을 감안한다면 스스로 노예가 되었을 수도 있다고 했다. 호적을 올리기 위해 베들레헴에 왔다가 아들을 헤롯왕의 칼끝에서 보호하기 위해 이곳까지 왔다면, 경제적인 상황이 여의치 않았을 것이다. 유대인의 집에 들어가 육 년 동안 품삯 일을 하는 노예로 팔릴 가능성을 배

제할 수 없는 일이다. 헤로디그만이 지시했다. 각자 흩어져서 노예 리스트를 샅샅이 찾은 후 시에스타 직전까지 모이라고.

"저 여자도 동참하는 건가요? 여자가 무슨 일을 한다고. 나 원 참, 그러니까 여자는 데려오는 게 아닌데…… 이거 완전히 사내들 체면이 볼썽사나워서."

안디오가 또 구시렁거렸다.

"내 걱정은 하지 마세요. 안디오에게 민폐 끼치는 일은 없을 테니까요."

세령녀가 제법 되알지게 쏘아붙였다. 안디오의 눈도 만만치 않게 각이 졌다.

"안디오, 내가 경고했지. 다시는 내 수하에 대해 이러쿵저러쿵하지 말라고. 세령녀도 너와 똑같이 임무를 수행 중인 일원이라는 사실을 명심해라."

헤로디그만이 쐐기를 박았다. 카르모스와 세령녀가 한편이 되었고 자연 헤로디그만과 안디오는 반대쪽으로 발길을 돌렸다. 카르모스는 머리를 푹 숙이고 걷는 세령녀의 눈치를 살폈다.

"안디오를 너무 고깝게 생각 마요. 내가 보기에는 딱히 먹은 맘도 없이 함부로 말하는 친구 같으니까요."

세령녀가 얼굴을 들어 카르모스를 올려다보았다. 눈동자 밑바닥에 알 수 없는 우수가 깔려 있었다.

"함부로 지껄이는 사람이긴 해도 아주 속이 없는 사람은 아니에요. 내 생각에는 계속 주시해야 할 인물이 아닐까 싶네요."

"그게 무슨 말이오?"

"그냥 그런 느낌이 들어서요."

카르모스는 발걸음을 뚝, 멈췄다.

"어쨌든, 대장은 당신을 신뢰하잖소. 안디오에게 당신의 위상을 단단히 못을 박은 것만 봐도 알 수 있는 일 아니오. 그럼 된 거 아닌가?"

"무서운 사람이에요."

"무서운 사람이라니, 누가? 대장이?"

세령녀는 들릴 듯 말 듯 대답하고는 술이 많이 달리 토가를 두른 상인이 민머리의 애급 남자와 흥정하는 곳을 기웃거리고 있었다. 헤로디그만이 근엄하고 무뚝뚝한 사람이긴 하지만 무서운 사람 같지는 않았는데, 세령녀의 눈에는 그렇게 비쳤다는 게 이상했다. 세령녀가 카르모스에게 빨리 오라고 손짓했다. 애급인의 민머리가 햇빛을 받아 반질반질 윤기가 흘렀다. 상인 옆에는 청년이 고개를 쳐들고 서 있었다. 손목과 발목이 굵은 쇠사슬에 묶인 걸 보니 전쟁 포로가 분명했다. 두 사람은 옥신각신 값을 흥정했지만 서로가 맞지 않았는지 애급인이 다른 쪽으로 발길을 돌렸다. 카르모스가 상인에게 다가갔다.

"노예를 사시겠습니까?"

상인이 흰 이를 드러내며 카르모스와 세령녀를 쳐다보았다.

"중늙은이 남자 노예를 헐값으로 샀으면 하는데. 아, 꼭 유대 사람으로요."

"중늙은이 노예를 무엇에 쓰시게요. 게다가 유대인이라니. 상전을 부리시겠습니까?"

"나무를 잘 다루는 사람을 썼으면 하는데, 굳이 값이 비싼 젊은 노예를 부릴 필요가 없어서 그런다오."

카르모스는 베들레헴에서 헤로디그만이 마을 사람들에게 요셉을 물어볼 때 직업이 목수가 아니냐고 물었던 것이 떠올랐다.

"나무를 잘 다루는 사람이라면 목수겠군. 목수라, 목수……."

아랍 상인은 파피루스 두루마리를 펼치며 중얼거렸다. 두루마리에는 노예의 간단한 신상명세와 가격이 빼곡히 적혀 있었다. 카르모스는 상인의 어깨 너머로 눈을 빠르게 굴렸다. 행여 대머리 털북숭이의 이름인 요셉을 볼 수 있을까 싶어서였다.

"없는뎁쇼."

상인은 펼친 파피루스를 한쪽으로 말면서 목수 기술을 가진 유대인이 노예시장에 나오는 일은 없다고 했다. 목수는 생계에 좋은 직업이니 자청해서 노예가 되는 일은 없다는 것이다.

카르모스는 손으로 이마를 짚었다. 두통이 올 때마다 머리를 지그시 누르던 습관에서 비롯된 행동이었다.

"혹시 몇 년 전 파피루스도 보관하고 있나요?"

그때까지 조용히 지켜보고 있던 세령녀가 상인에게 물었다.

"몇 년 전 파피루스라니요?"

"노예를 사고 판 기록 말예요."

주인의 이마에 굵은 주름살이 깊게 파였다. 성가셔 하는 표정이 역력했다. 노예시장 중앙에서는 경매가 벌어지는지 여기저기에서 손가락을 치켜들며 값을 외치는 사람들의 목소리가 들렸다. 상인은 이미 그쪽으로 마음이 달려가고 있는 듯했다.

"보아하니 사람을 찾으시는 것 같은데, 저기 두 번째 막다른 골목에 있는 사람한테 가보시오. 그 양반이 여기서 가장 오래 터를 잡고 일을 해온 사람이니까 여기를 거쳐간 웬만한 노예는 다 알거요. 난 이만 바빠서요."

상인은 경매가 벌어지고 있는 곳을 향해 잰걸음으로 달려갔다. 카르모스와 세령녀는 상인의 뒤통수에 대고 인사를 꾸벅했다. 두 사람은 그가 일러준 곳으로 한달음에 달려갔다. 상인이 말한 곳에는 육십도 넘어 보이는 노인이 쪼그리고 앉아 꾸벅꾸벅 졸고 있었다. 입성도 꾀죄죄한 게 동냥아치로밖에 보이지 않는 노인이었다. 카르모스가 머리를 갸웃거리며 돌아 나와서 골목을 확인했다. 아랍 상인이 저렇게까지 추레한 노인이라는 말을 하지 않았던 것 같아서였다.

"카르모스, 여기가 맞아요. 두 번째 막다른 골목이라고 했잖아요."

세령녀가 카르모스의 팔을 끌어당겼다. 카르모스는 허리를 굽혀 노인에게 말을 걸었다. 노인은 좀체 눈을 뜨지 않았다. 카르모스는 노인의 귓가에 소리를 질렀다. 그제야 자글자글 주름이 잡힌 노인의 눈꺼풀이 떠졌다. 노인은 곱은 손가락으로 귀를 후비며 카르모스와 세령녀를 번갈아 쳐다보았다. 노인은 때가 새까맣게 긴 손톱을 합죽한 입으로 불었다. 노인의 눈동자는 홍채를 중심으로 하얀 테가 둘러 있었다. 눈동자가 뿌유스름했다.

"말 좀 물어보려고요."

"맨입으로?"

노인의 합죽한 입술 사이로 침이 비어져 나왔다. 노인은 손바닥으로 자기 입가를 훔쳤다. 카르모스는 얼른 가죽 주머니에서 일 데나리온을 꺼내 노인의 손바닥에 쥐어주었다. 말린 감람나무 열매같이 쪼글쪼글한 노인의 손이 일 데나리온을 잽싸게 움켜쥐었다. 동전을 움켜쥐는 악력은 노인의 그것이 아니었다. 노인은 동전을 입으로 가져갔다. 노인의 벌린 입은 시커먼 동굴 같았다. 썩은 입내가 확 풍겼다. 하나 남은 누런 어금니가 보였다. 노인은 그 어금니에 동전을 툭툭 두들겨보더니 미소를 지었다.

"물어봐, 뭐든."

"사람을 찾습니다."

"누구를 찾는데?"

"오십 중반의 늙은이로 외모는 대머리에 털북숭이입니다. 직업은 목수이고, 유대인입니다."

"그 사람이 여기 온 게 언제야?"

"정확하진 않지만 사 년 전쯤입니다."

사 년 전이라고, 라는 말을 중얼거리는 노인의 게슴츠레한 눈이 허공을 좇았다. 이내 노인은 꿈지럭거리더니 자기가 앉아 있던 자리에서 비켜났다. 그러고는 여태껏 깔고 앉아 있던 낙타털 방석 밑을 뒤졌다. 그곳에는 양피지가 두툼하게 깔려 있었다. 노인은 그중 하나를 꺼내 눈앞으로 바투 댔다. 노인은 목수의 이름을 물었다.

"요셉, 너무 흔한 이름이로군."

노인은 한참 동안 양피지를 살폈다. 카르모스도 노인의 옆에서 들여다보았지만 도무지 알아보기가 힘들었다. 노인이 자신만 알아볼 수 있게 기록해놓은 장부 같았다. 노인이 고개를 가로저었다. 그런 사람은 없다고 했다. 카르모스는 다른 양피지 장부를 가리키며 더 살펴보라고 채근했다. 노인은 부스럭거리며 다른 양피지를 꺼냈다. 노인은 몇 장의 양피지를 손가락으로 훑었다.

"아, 여기 있군. 채 한 달도 되지 않았는데."

"한 달이 안 되었다고요?"

카르모스는 깜짝 놀라며 양피지를 들여다보았다. 역시 알아보기는 힘들었다. 일이 너무 싱겁게 끝날 수도 있겠다 싶은 마음이 들었다. 노인이 석연치 않은 표정을 지었다. 요셉이라는 사람의 직업이 목수가 아니고 석공이라고 했다. 카르모스는 무엇인가 툭, 끊어지는 느낌이었다. 그러나 여기서 접을 수는 없는 일이었다.

"목수든 석공이든 간에 그 사람이 노예로 팔려 간 곳이 어딥니까?"

"이 사람은 노예로 팔려 가지 않았어."

카르모스는 다음에 무슨 질문을 해야 할지 막막했다. 카르모스는 세령녀만 멀뚱히 바라보았다. 세령녀 또한 무표정으로 일관했다. 노예도 아닌데 왜 그자는 노인의 치부책에 기록되어 있단 말인가. 찾는 사람이 아닌 걸까.

"노예를 팔러 온 사람이었는데."

노인에게 말을 들을수록 카르모스는 답답했다.

"노예를 팔러 왔다면, 혹시 젊은 여자를 팔러 왔던가요? 아, 이름이 뭐더라."

털북숭이 사내의 젊은 아내가 생각났지만 그 이름이 기억나지 않았다. 옆에서 세령녀도 잠자코 있었다. 아까와는 달리 노인은 세차게 머리를 가로저었다.

"아니야, 아이를 팔러 왔었어."

"아이라고요?"

카르모스는 힘이 쭉 빠졌다. 노인은 거래를 흥정한 상인에게 가보라고 했다. 카르모스가 자기가 찾는 사람이 아닌 것 같다고 하자 노인은 동전을 움켜쥔 갈퀴손을 사타구니 아래 집어넣었다. 노인의 하얀 테두리 속 홍채에서 희미한 빛이 났다. 카르모스는 동전은 돌려받지 않을 테니 안심하라고 노인에게 말했다. 두 번째 골목을 빠져나와 몇 군데를 더 돌아다녔지만 허사였다.

해가 하늘 한가운데 떠올랐다. 곧 시에스타다. 노예 상인들도 각자의 천막으로 기어들어갔다. 손발이 묶인 노예들도 자기 위치에서 편한 자세로 몸을 뉘었다. 모두 낮잠에 빠져들 시간이었다.

카르모스와 세령녀는 걸음을 빨리했다. 멀리 서성거리는 일행이 보였다. 모두 지친 얼굴이었다. 모두 모이자 헤로디그만은 차례로 보고를 받았다. 카르모스가 들어봐도 단서가 될 만한 정보는 하나도 없었다. 요셉이란 이름은 너무 흔했다. 털북숭이에 대머리라는 특징도 그를 찾는 데 도움이 되지 않는 조건이었다. 카르모스 차례가 되었다.

"한 달 전쯤 요셉이라는 사내가 여기 왔다고 하더군요."

일행은 카르모스의 입에서 요셉이라는 이름이 나와도 시큰둥했다. 헤로디그만은 요셉이라는 이름의 노예를 직접 보기도 했지만 찾고자 하는 사람이 아니었다고 했기 때문이었다. 카르모스도 그 요셉은 직업도 목수가 아니고 석공이라고 덧붙였다. 카르모스의 말에 안디오가 끼어들었다.

"그 사람이라면 나도 찾았어. 석공이 아니고 석공 일을 배울 거라고 했다더군. 사 년 전도 아니고 고작 한 달 전이라고 하니까 아닌 거지."

안디오가 말한 사람이 노인이 말한 그자와 동일인물 같았다.

"아이를 노예로 팔러 왔다고 했잖아요. 카르모스는 왜 그 말을 하지 않는 거예요."

세령녀가 목소리를 높이며 끼어들었다. 하품을 늘어지게 하던 안디오가 세령녀를 바라보는 눈매가 심상치 않았다. 헤로디그만의 눈에도 광채가 났다.

"세령녀, 다시 한 번 말해봐. 아이를 팔러 왔다고?"

헤로디그만의 목소리가 너무 커서 지나가던 사람이 일행을 쳐다보았다. 세령녀는 노인의 말을 전했다. 헤로디그만이 세령녀에게 바투 다가가 얼굴을 들이대자 세령녀가 뒷걸음질을 치며 카르모스를 올려다보았다. 카르모스는 노인이 거래한 상인을 찾아가보라는 말을 했다고 전했다. 헤로디그만의 눈이 튀어나올 듯했다.

헤로디그만은 벌떡 몸을 일으키더니 그 노인에게 가보자고 재촉했다. 지금쯤이면 그 노인도 오수에 빠져 있을 것이다. 카르모스가 그 말을 섣불리 할 수 없으리만치 헤로디그만은 서둘렀다.

카르모스와 헤로디그만은 두 번째 막다른 골목에 들어섰다. 예상했던 대로 노인은 깊은 잠에 빠져 있었다. 그늘에서 양피지를 싼 낙타 가죽 방석을 베개 삼아 잠든 노인을 깨운 것은 헤로디그만이었다. 이 데나리온을 움켜쥔 노인은 양피지를 헤로디그만의 코앞에 들이밀며 손가락으로 가리켰다.

요셉을 상대했다던 노예 상인은 멀지 않은 곳에 있었다. 그 상인역시 깊은 잠에 취해 있었다. 삼 데나리온에 상인의 잠을 깨울 수있었고, 오 데나리온에 자세한 이야기를 들을 수 있었다. 그 상인은 털북숭이 사내를 정확히 기억했다.

"서너 살이나 되었을까. 내가 노예 상인을 한 지 십 년쨀데 그런사람은 처음이었어요. 어떻게 그런 어린애를 노예로 팔아넘길 생각을 했는지. 그 사람은 몹시 흥분한 상태였어요. 입에서는 술 냄새가 진동했고요. 더 놀라운 것은 그 사람이 바로 아이의 아버지라는 점이었지요. 아이는 지 아비 눈치를 살피느라고 주눅이 잔뜩 들어서. 나 참."

상인이 혀를 찼다. 이제 겨우 말이나 할 아이를 노예로 팔아넘긴다는 것은 있을 수 없는 일이었지만 종종 형편이 너무 어려워서 자식을 팔아넘기는 일이 아주 없지는 않았다.

"아이를 어디에 팔아넘겼소?"

헤로디그만이 재우쳤다. 헤로디그만의 관심이 온통 아이에게 쏠려 있다는 것이 느껴졌다. 요셉이 목표 대상이라고 하지 않았던가. 카르모스는 납득이 가지 않았다.

"팔지 못했습니다. 다음 날 그 아이 어머니라는 여자가 찾아왔거든요."

"여자의 이름이 혹시 마리아 아니었소?"

헤로디그만이 물었다. 맞다, 마리아였다. 요셉 아내의 이름이. 잊고 있었던 여자의 이름이 그제야 떠올랐다.

"네, 맞아요. 여기 기록에 있습니다. 마리아가 다시 사 갔다고."

"그냥 넘겨줬을 리가 없을 텐데."

"그야 물론입죠. 그 집안 속내야 좀 안쓰럽긴 했지만 어쩌겠소? 나는 장사꾼이라오. 더군다나 사람을 사고파는 장사꾼. 막장 인생인 나 같은 사람에게 남는 것은 돈뿐이라오. 여인이 다급해하는 것 같아 과한 값을 불렀는데, 서슴없이 그 값의 대가를 지불하겠다고 하더이다."

"그 여인이 제 자식을 도로 사 가는 대가로 뭘 주던가?"

"아주 귀한 물건이었습니다. 구경 좀 시켜주리까?"

상인의 얼굴에는 그 물건을 자랑하고 싶어 하는 표정이 여실히 드러났다. 코는 벌름거리며 입꼬리가 저절로 올라갔다.

"두 개는 팔아넘겼지만 하나는 내가 기념으로 가지고 있다오."

상인이 자신의 천막 안으로 들어가 한눈에 보기에도 값이 제법 나갈 것 같은 옥합을 들고 나왔다. 헤로디그만은 손마디를 뚝뚝,

꺾었다. 그에게서 초조함이 느껴졌다.

상인이 옥합을 열었다. 헤로디그만과 카르모스는 목을 길게 빼고 안을 들여다보았다. 유향나무 진액을 말린 덩어리 몇 개가 쟁여 있었다. 딱딱한 고체였지만 그윽한 향내가 풍겼다. 예사롭지 않은 향내였다. 졸음이나 피로도 한순간에 씻겨나갈 정도였다. 팔레스타인에서 향유와 유향은 필수품이었다. 고온 건조한 팔레스타인은 비가 적어 물이 귀했다. 그런 까닭에 일반 사람들에게 목욕은 사치였다. 하루 일과를 끝내고 발을 씻는 것이 고작이었다. 하루 동안 머리카락과 몸에서 흘러나온 땀과 모래 먼지로 인한 냄새와 불쾌감을 제거하는 역할을 하는 것이 향유였다. 팔레스타인의 가장 흔한 올리브에서 채취한 값싼 향유부터 먼 타국에서 수입한 순전한 나드향유까지 그 종류도 다양했다.

유대 민족이 오랫동안 간절히 소망해온 메시아도 '기름 부은 자'라는 뜻이었다. 기름을 붓는 행위는 가족에게는 하루의 피로를 풀어주는 따뜻한 위로였고 손님에게는 접대의 의미이기도 했다. 또 머리에 기름을 붓는다는 것은 존귀한 자에게 하는 행위였다. 그러므로 메시아는 존귀한 자라는 말과 다르지 않았다.

"동방에서 건너온 유향이라고 합디다, 그 아낙 말이."

옥합에 든 말린 유향 덩어리는 역시 귀한 물건이었다.

"팔아치웠다는 물건은 무엇이었소?"

"황금과 몰약이었습니다."

몰약은 상처를 덧나지 않게 치료하는 것이었다. 그러니까 마리아라는 여자가 가지고 온 물건은 황금과 몰약과 유향이었다. 아이 한 명을 되돌려주는 것치고는 너무 과한 값이었다. 상인은 아이를 잃은 어미의 마음을 이용해서 제 이득을 취한 것이다. 상인의 반질반질한 이마와 콧날에서 닳고 닳은 사람이 가진 특유의 지독함이 엿보였다. 엄청난 값을 꿀꺽 받아 삼키고도 눈 하나 깜짝하지 않을 인사였다.

헤로디그만은 상인에게 꼬치꼬치 캐물었다. 마리아의 나이와 그 물건의 출처까지. 상인이 기억을 떠올리려고 흰자위 속 까만 눈동자를 이리저리 굴리며 대답했다. 스무 살도 되어 보이지 않았던 마리아는 자태가 꽤 고왔다고 했다. 물건의 출처에 대한 대답은 베들레헴 노파에게서 들었던 것과 일치했다. 동방의 학식 있는 사람들이 아이가 태어났을 때 준 선물이라고 했단다. 상인은 하도 허황된 말이어서 좀 정신이 나간 여자가 아닌가 하고 의심스러웠단다. 그런 선물을 받을 만큼 귀한 아이를 제 아비가 노예시장에 팔아넘긴 사실이 믿어지지 않아서였다. 게다가 아이 엄마의 행색도 고운 자태와는 달리 여간 초라해 보이지 않았더라고 덧붙였다.

헤로디그만은 상인을 붙들고 아이의 생김새를 자세히 물었다. 짙은 고동색 머리칼에 먹빛 눈동자를 가진 아이였다고 했다. 우물같이 깊은 눈동자는 겁에 질려 있긴 했지만 총명해 보였다고 했다. 달리 특별한 것 없는 외모였다. 팔레스타인 아이의 생김새가 다 그러하듯.

"아, 참. 내가 아이에게 말을 시켜보았소이다. 하도 처지가 딱해 보여서 자꾸 신경이 쓰여서요. 헤헤.”

처지가 딱한 모자에게 그런 어마어마한 값을 갈취할 수 있는 걸까? 카르모스는 상인을 곱지 않은 눈길로 바라보았다. 상인은 자기 딴에도 너무 과한 값을 가로챘다는 자책이 들었던지 비굴한 웃음을 흘렸다. 헤로디그만은 무슨 이야기를 했냐며 상인을 재촉했다.

“너를 팔았던 그 털북숭이 사내가 진짜 네 아비가 맞느냐고요.”

“그랬더니?”

“맞다고 합디다. 그런데 왜 아들인 너를 팔려고 한 것이냐 하고 물었죠. 그 아이 말이 참 재밌습디다.”

“아이가 뭐라고 했는데요?”

그때까지 잠자코 있던 카르모스가 끼어들었다. 한 번도 본 적 없는 아이였지만 측은한 마음이 들었다. 검투사 세계에도 불문율이 있었다. 열두 살 이하의 어린아이는 검투사가 될 수 없다는 것이다. 그것은 어린아이를 노예로 팔 수 없는 노예시장의 불문율과도 맞아떨어졌다. 그런데 어떻게 아비란 자가 제 자식을 노예로 팔아넘길 수 있단 말인가. 카르모스의 물음에 헤로디그만의 사각턱이 꿈틀댔다. 상인의 말은 재미있다기보다 황당했다. 아이는 자기가 그 아비의 자식이 아닐지도 모른다고 했단다. 상인의 말은 앞뒤가 맞지 않았다. 아까는 분명 그 아이의 아비가 맞다고 하지 않았던가. 상인의 말은 계속 이어졌다.

“평소에는 아비가 모자에게 그런대로 잘해주다가도 술만 취하면 어미에게 매질을 한다고 합디다. 어느 놈과 배가 맞아서 밴 새끼냐고."

　아비라는 작자가 아이 앞에서 할 소리는 아니었다. 요셉의 말대로라면 결국 마리아가 남편 몰래 부정을 저질러서 낳은 아이란 말이었다. 유대법에 의하면 돌로 쳐서 마땅히 벌을 받아야 하는 간음을 저지른 여인이었다. 그런 여인을 사 년 동안 아내로 데리고 사는 요셉이라는 사내도 이상했다. 당장 이혼을 하고 다른 여자와 결혼을 해도 유대법에 전혀 어긋나지 않았다. 그렇다면 요셉이란 작자는 주사가 심해 공연히 아내와 자식을 들볶는 쭉정이가 아닐까.

　"내가 보기에는 그런 엄청난 짓을 저지를 여자 같지는 않아 보이긴 했어요. 내가 그 여인을 두둔하는 것은 아니랍니다. 아무튼 이상한 점이 많은 사람들이었소."

　상인이 마지막으로 한 말이었다. 카르모스의 머리는 더 복잡해지고 의문의 골도 깊어졌다.

　"대체 우리가 찾는 사람은 누굽니까?"

　일행이 있는 천막으로 향하면서 카르모스가 헤로디그만에게 물었다. 무엇인가 골똘히 생각에 잠겨 있는 헤로디그만은 침묵으로 카르모스의 질문을 묵살했다. 카르모스는 투덜거렸다. 찾아야 할 대상조차 모르고 무슨 일을 할 수 있겠느냐고 말이다. 헤로디그만은 요셉이라고 하지 않았느냐고 대답했다. 그러나 그의 대답은 왠지 공허하게 들렸다.

　"제 자식을 노예시장에 팔아넘기고 아내에게 폭력이나 일삼는 그 쭉정이 늙은이 말입니까? 그런 작자가 뭐 그리 대단하다고 왕이 우리를 풀었답니까. 그런 엄청난 대가를 준다고 하면서까지 말이에요."

침묵이 돌아왔을 뿐이었다.

"끝내 나에게 언질을 해주지 않으면 나도 세령녀에게 확 불어버리는 수가 있습니다."

"뭘?"

"밀실 사내 말입니다."

헤로디그만이 걸음을 우뚝 멈추고 카르모스를 물끄러미 쳐다보았다.

4

○

검은 창문에 비친

5장과 6장에서 소설의 몸체가 서서히 드러나기 시작했다. 6장까지 읽은 주간은 두 손으로 내 손을 마주 잡았다. 이 소설 꼭 연재해보자. 주간의 꽉 쥔 손아귀는 그렇게 말하고 있었다. 주간실을 나오자 정 편집장이 나를 불렀다. 공연히 뒤가 켕겼다. 정이 나를 보는 눈이 곱지 않았다. 내가 도무지 발 뺄 궁리를 하지 않아서일 것이다. 정의 곱지 않은 눈길은 야근으로 이어졌다.

직원이 모두 퇴근한 사무실에서 내가 치는 키보드 소리는 정적을 깨뜨렸다. 나는 『암살자들』에 대한 독자 반응 기획서를 작성하고 있었다. 정이 나에게 맡긴 업무였다. 꼭 일이 아니더라도 나는될 수 있는 한 귀가 시간을 늦추는 편이었다. 목사와 부딪히지 않는 것이 내 하루 생활 패턴 중 하나였다.

키보드에서 손을 떼고 기지개를 켰다. 힐끗 돌아본 창밖은 어두워져 있었다. 어두운 창에 내 얼굴이 비쳤다. 서른 살의 낯선 사내가 거기에 있었다. 넌 누구니? 나를 낳아준 부모도 모른 채 서른 해를 살아왔다. 커가면서 누구를 닮았다는 소리를 한 번도 들어본 적이 없었다. 거울에 내 모습을 비춰 봐도 목사와 어머니, 어느 쪽도 닮지 않았다. 어머니에게 나는 친자식 이상이었다. 그만큼 내게 온 정성을 쏟았다. 단지 키운 정 때문이라고 하기에는 너무 과한 사랑이었다. 그렇다면 목사의 의심이 전혀 터무니없는 추측은 아니었던 걸까. 그 부분에 이르면 내 머리는 고장 난 기계가 되곤 했다. 내 발밑은 결국 허당이었다는 생각이 들었다. 뿌리도 없이 앙상한 가지만 뻗어 올라가서 종국에는 쓰러질지 모르는 위태한 나무에 지나지 않는.

부모를 일찍 여읜 친구가 있었다. 술만 취하면 부모님 얼굴이 너무 보고 싶어 미치겠다고 울었다. 술자리에서 다른 친구들은 그 친구를 이해한다고 위로했다. 하지만 나는 죽었다 깨어나도 그 친구를 이해할 수 없었다. 살아생전 어머니가 나에게 했던 헌신을 기억하고 감사는 하지만, 죽은 어머니가 미치도록 보고 싶은 적은 없었다. 나를 낳은 분이 아니라는 걸 알아서도 아니었다. 아주 어릴 적부터 그랬다. 학이지지의 정과 생이지지의 정은 몸이 아는 것이지 생각으로 알아지는 게 아닌 것 같았다. 피가 물보다 진하다는 말이 갖는 절대적인 통념에 대해 나는 영원히 동감하지 못할 것이다. 그렇다고 이제 와서 내가 맡겨졌다는 보육원을 찾아 뿌리를 찾고 싶다는 생각도 없다. 근원에 대한 그리움. 그것이 꼭 부모와 자식이라는 혈연에 대한 무엇이어야만 한다는 것에 나는 동의할 수 없다. 하지만 그 때문에 목사는 나와 어머니에게 그토록 가혹했던 것이다.

어두운 창문에는 고가도로에 길게 늘어선 자동차 헤드라이트 불빛과 내 얼굴이 뒤섞여 흐르고 있었다. 문이 열렸다. 정 편집장이었다.

"야식 배달이요!"

나는 움찔 놀라며 등을 돌렸다. 정이 내 자리로 걸어오면서 도시락 종이팩을 흔들어 보였다.

"아까 퇴근했잖아요."

퇴근 시간 임박했을 때 정이 인상을 구기면서 초조해했다. 작가와 연결이 쉽지 않은 모양이었다. 주간은 닦달을 해대지, 하고 있던 일도 마무리해야지, 정신이 없는 것 같았다.

"오리무중이야."

정은 그 말만 하면서 손가락으로 자기 머리칼을 엉클어뜨렸다. 정을 바라보다가 그녀와 눈이 마주쳤다. 나를 째려보는 정은 열 손가락을 들어 갈퀴를 만드는 시늉을 해 보였다. 뼈 있는 장난이었다. 나 역시 두 손으로 얼굴을 가리고 그녀를 피하는 척했다. 주간 앞에서 노이즈 효과까지 동원해 공연한 일을 만든 내가 꼴 보기 싫을 만도 했다.

퇴근 시간 무렵 정이 나를 불렀다. 내일 아침까지 네티즌 반응을 토씨 하나 빠뜨리지 말고 기획서를 작정해서 올리라고 했다. 내가 손가락으로 사무실 벽시계를 가리켰다. 퇴근 시간이 다 되었다는 뜻이었다.

"얄짤없어. 야근해!"

정이 매섭게 말했다. 상사의 명령을 어길 수는 없었다. 게다가 나는 그녀에게 미운털이었다. 나는 머리를 주억거리고 내 자리로 돌아와 컴퓨터를 켜는 걸로 순종의 뜻을 내비쳤다. 정은 신경질적으로 책상을 정리하고 내 뒤에서 찬바람을 일으키며 사무실을 나갔다.

정이 사 온 도시락을 풀었다. 저녁 생각이 없었는데 먹을 것을 보니 식욕이 돌았다. 정은 근처 약속이 있었단다. 그런데 지나다 보니까 편집실 창문에 불이 환해서 올라왔다고 했다. 그렇다고 도시락까지 사 온다? 기분 좋은 의문이 들었지만 굳이 묻지 않았다. 모른 척하고 넘어가는 게 나을 때도 있는 법이다. 더군다나 남녀관계에서는.

"이제 그만 털어놔라. 냄새가 나는데."

광어회 초밥을 막 입에 밀어 넣는데 정이 말했다. 밥알이 목구멍에 걸렸다. 잔기침이 터졌다.

"것 봐, 것 봐. 당황하는 걸 보니 뭐가 분명 있다니까."

정이 된장국이 든 플라스틱 용기를 들이밀었다. 이 여자가 왜 이러나. 인간 엑스레이에게 걸린 건가 싶어서 속으로 뜨끔했다.

"맞아요. 다 맞으니까, 됐지요?"

내가 된장국을 마시면서 손사래를 쳤다.

"뭐가 맞는데?"

나는 열심히 머리를 회전시키고 있었다. 정이 정말 물증까지 확보해서 빼도 박도 못할 정황을 포착한 걸까. 아니면 심증만으로 허를 찔러보는 걸까. 나는 한 템포 정도 쉬기로 했다. 그녀도 팔짱을 낀 채 나를 빤히 바라볼 뿐 말이 없었다. 자기가 물었으니까 이번에는 내가 대답할 차례라는 포즈였다. 나는 고개를 숙이고 초밥만 꾸역꾸역 입속으로 밀어 넣었다.

"주간한테 미끼 던진 거 조 팀장이지? 왜 이번 일 자처했어? 그것뿐이 아니야, 냄새 나는 게."

참다못한 정이 단도직입으로 밀고 들어왔다.

"또 뭐요?"

내가 눈을 동그랗게 떴다. 하긴 찔리는 게 어디 한두 개라야 말이지. 나는 잠깐 망설였다. 숫제 모든 걸 자백하고 광명을 찾는 게 낫지 않을까 싶었지만 끝까지 버텨야겠다는 생각으로 입을 꾹 다물었다. 정은 못내 못마땅한 표정으로 얼굴을 외로 꼬았다. 옆얼굴도 예쁘지만 나를 외면한 모습은 난감했다.

"5장과 6장을 어디서 구해서 주간한테 보냈어? 솔직하게 말해봐."

아하, 그거였군. 나는 속으로 안도했다. 뭐, 그 정도면 자수할걸. 정이 나한테 화가 난 것은 그 때문이었던 것이다.

작가를 찾아라. 주간이 정에게 준 1단계 미션이었다. 미션에 부제가 붙었다. 네티즌 열기가 채 식기 전에 연재를 다시 시작해야 한다는 것이다. 정은 나에게 발뺌을 하자고 했지만 주간이 호락호

락하지 않았고 나 또한 동조할 수 없는 일이었다. 내가 정에게 딴
마음을 품고 있더라도 공과 사는 구별할 줄 아는 사람이다.

정이 맡은 1단계 미션은 녹록지 않았다. 아까 퇴근 전에도 작가
의 흔적을 찾을 수 없어서 신경이 날카로워져 있던 정이었다. 이쯤
에서 정보 하나를 흘려도 될 시기였다. 나는 정에게 작가가 온라인
카페에서 활동했던 것을 알고 있느냐고 물었다. 정은 머리를 가로
저었다. '글잡' 카페가 파르헤지아의 온라인 활동 공간이었다고 말
해주었다. 문학에 대한 이력이 전무한 파르헤지아의 『암살자들』이
'글잡'이라는 소설 쓰기 동우회에서 연재되기 시작한 사실과 함께.

'글잡'은 인터넷의 수많은 온라인 글쓰기 카페 중 하나였다. 아마
추어 문청들이 습작을 올려서 서로 의견도 교환하고 합평도 해주
는 사이트였다. 내가 순박한 표정으로 더듬거리면서까지 소설을
다운받게 된 경위를 설명하자 정의 눈이 커졌다. 나는 정의 얼굴을
살피며 말을 계속했다. 가입은 까다롭지만 그곳에서 5장과 6장을
다운받을 수 있었다고.

"진즉에 나한테도 귀띔 좀 해주지. 조 팀장, 좀 서운하네."

정은 오해가 어느 정도 풀린 표정이었지만 목소리만은 여전히
토라진 채였다. 어쨌든 얼굴의 각도는 내 쪽을 향하고 있으니 다행
이었다.

"난 아는 줄 알았죠."

변명치고는 좀 궁색했다.

"가입 조건이 뭔데?"

정은 완전히 나한테 몸까지 기울이며 물었다. 그녀의 머리카락이 내 어깨에 닿았다. 공연히 기분이 이상해졌다. 나도 모르게 얼굴이 붉어졌는지 화끈거리는 게 느껴졌지만 시치미를 떼고, 본인이 쓴 단편소설 한 편을 올려야 회원 가입이 된다고 말했다.

"어머, 웃긴다! 습작 소설까지 올려야지 회원 가입을 시켜준다는 말이야?"

정은 몸을 뒤로 젖히고 다리를 꼬며 코웃음을 쳤다.

"그래도 어쩌겠어요. 아쉬운 놈이 샘 파는 수밖에."

"조 팀장, 습작 소설은 있었어?"

정의 눈동자에 호기심이 어렸다. 신학대를 졸업했지만 연극 동아리에서 술과 딴따라를 배웠고, 국문과 수업을 청강했던 대학 시절을 주저리주저리 읊어댔다. 이야기하는 중간에 내가 정에게 무슨 고백이라도 하고 있는 기분까지 들었다. 내 기분과는 달리 정은 내 이야기를 듣다 말고 벌떡 몸을 일으키고는 자기 책상에서 노트북을 가져왔다.

"그래서 가입을 하고 작가에 대한 정보는 좀 알아냈어?"

내가 채 대답을 하기도 전에 정은 노트북을 켜고 '글잡'을 검색했다. 정은 빠른 손놀림으로 등업 신청을 했다. 그러고 나서 문서파일을 뒤져 첨부파일 하나를 올리는 것 같았다. 국문과 출신이니습작한 단편소설 하나쯤은 있었던 모양이다. 카페지기의 수락이떨어져야 하므로 내일까지는 기다려야 할 것이다.

"조 팀장, 닉네임이 뭐야?"

정이 회원정보를 클릭하면서 물었다. 아직 정회원이 되지 않은 정은 다른 회원정보를 볼 권한이 없었다.

"난 5장과 6장만 다운받은 후 탈퇴해버렸어요."

정이 노트북 액정에서 얼굴을 들어 나를 쳐다보았다. 이유를 묻는 표정이었다.

"지금까지 연재했던 『암살자들』이 갑자기 다 삭제되었더라고요. 더 남아 있을 이유가 없잖아요. 우수회원이 되는 것도 꽤 까다롭고……."

내가 말끝을 흐렸다. 그녀는 계속 질문을 해댔다. 파르헤지아는 아직 회원으로 남아 있느냐부터 갑자기 연재를 중단했는데 거기 회원들 반응은 어땠느냐, 또 파르헤지아가 등단 작가냐 등등. 무분별했지만 당연히 의문을 품어야 할 질문들이었다. 나는 계속 머리를 내둘렀다.

"알았어. 오늘은 시간도 늦었고, 내가 그냥 봐준다. '글잠' 정보도 가르쳐줬으니까. 근데 다음에는 국물도 없다."

나에게서 딱히 대답을 원하지 않았는지 정은 포기가 빨랐다. 그녀는 노트북을 덮고 의자에서 일어났다. 우수회원이 되려면 카페도 자주 들락거려야 하고, 댓글이나 다른 회원 작품평도 해야 했다. 그녀가 우수회원이 되려면 적어도 사나흘은 걸릴 것이다. 그녀는 사무실 문을 열고 나가면서 말했다.

"기획서 제출 내일 아침까지다. 정보는 정보고, 일은 일이니까."

그러고는 덧붙인 말에 나는 웃음이 픽, 새 나왔다.

"7장부터 어떻게 이야기가 전개될까? 빨리 읽어보고 싶네."

처음에 그렇게 펄펄 뛰며 반대했던 사람이 맞나 싶어서 나는 우두커니 그녀의 뒷모습을 바라보다가 컴퓨터 화면으로 눈을 돌렸다. 정의 말대로 상사가 시킨 '일'을 하기 위해서였다. 모니터에 글자들이 꼬물거렸다. 커서는 맨 마지막 글자에서 깜빡거렸다. 4장까지의 네티즌 반응이었다. 조금씩 흥미를 느낀 네티즌 대부분은 다음 편을 기다린다는 내용이었다.

네티즌 각각의 반응을 살펴보는 것도 그 나름 재미있었다. 나는 정에게 올릴 기획서를 마무리하고 컴퓨터 전원을 껐다. 사무실 문쪽으로 가다가 정의 책상에서 멈췄다. 책상에 놓여 있는 손바닥만 한 크기의 사진 액자 속에서 정은 분홍색 잇바디를 드러내며 웃고 있었다. 주간한테 미끼 던진 게 조 팀장이지? 정의 말이 귓가에서 떠나지 않았다. 어떻게 알았을까? 한발 넘겨짚기 고수인 정이었다. 입사 초기에도 그랬다. 출판사 선배들이 내가 신학대학 졸업한 걸 궁금해하는 반면 정은 유독 무심했다. 그러다가 술자리에서 옆에 앉아 있던 정이 나에게 직격탄을 날렸다.

"조이삭 씨, 아버지랑 사이 별로지요?"

느닷없는 말이었지만 틀린 말이 아니었기에 뜨끔했다.

"팀장님이 어떻게 아셨어요?"

얼결에 대응한 말치고는 너무 솔직했다. 건너편에 앉은 선배가 중얼거렸다.

"투시녀, 오늘도 변함없이 한 건 했네. 혹자는 엑스레이녀라고도 부르지."

그가 맥주잔을 들어 내 잔에 부딪히며 말했다.

"이삭 씨, 조심해라. 정 팀장에게 내장까지 들킬라."

나는 사무실 문을 잠그고 출판사 건물을 나왔다. 가을밤 공기가 상쾌했다. 지하철을 타고 집으로 돌아왔다. 교회 마당으로 들어섰다. 이층은 교회였고, 아래층은 목사 사옥이다. 이곳으로 온 지 어느새 십 년째다. 아파트 상가 건물을 빌려 목회를 하다가 부지를 매입해서 이층짜리 건물을 지었다. 이층을 교회 본당으로 쓰고 아래층은 목회자 사옥과 교회 부속시설로 쓰고 있었다. 십 년 전까지만 해도 교회가 부흥이 잘되어 이곳으로 이전하는 데 별 무리가 없었다. 그러나 지금은 성도 수도 줄었고 재정도 예전만 못한 모양이다. 그사이 목사도 많이 늙었다.

이층을 올려다보았다. 목사의 거취를 확인하는 내 오랜 습관이었다. 예배실에 불이 켜 있다는 것은 목사가 아래층 사옥에 없다는 것이다. 그런 날은 현관문을 열고 들어가는 발걸음이 가벼웠다. 그런데 오늘은 교회 창문이 컴컴했다. 현관에 들어서자 안방 문틈으로 불빛이 새 나왔다. 안방에서 부스럭거리는 소리가 들렸다. 나의 인기척을 들었는지 소리가 딱 멈췄다. 이내 안방 문이 닫혔다. 목사가 안방에서 하는 일을 알면서도 모른 척했다. 어머니가 세상을 떠난 지 삼 년이나 된 마당에 목사가 불안해하는 것은 무엇일까.

안방의 빛이 차단되면서 거실이 어두워졌다. 안방 벽장에서 어머니의 흔적을 찾는 목사였다. 목사가 벽장을 뒤지기 시작한 지 두어 달 된 걸로 알고 있다. 거실을 지나 부엌으로 가다가 안방 문이 열려 있을 때 여러 번 목격했다.

목사는 무엇을 자꾸 확인하고 싶은 걸까? 나와 어머니를 겨냥한 의심의 촉은 시간이 흘러도 날카롭게 벼리어지기만 했다. 그는 아직도 우리에게 무엇인가 해답을 요구하고 있었다. 숨이 막혔다. 지금이라도 내가 목사가 원하는 길을 가겠다고 하면 모든 것이 무마될 수 있을까? 나를 향하고 있는 목사의 식지 않는 열정이 무섭다. 이제 포기할 만도 한데 그는 아직도 신의 이름으로 나를 조율할 수 있다고 믿는 것이다. 컴컴한 거실에 우두커니 서 있던 나는 조용히 혼잣말을 했다. 나는 누구인가. 목사가 생각하는 나는 누구이며, 어머니 가슴속의 나는 누구였던 걸까?

막 잠자리에 들었을 때 카톡이 날아왔다. 정이었다. 고마움을 전하는 이모티콘이 떴다. 그녀의 기분이 한결 나아진 것 같았다. 작가에게 연락할 수 있는 길을 찾았으니 그럴 수밖에. 정이 작가를 설득하리라는 걸 누구보다 내가 더 잘 알고 있었다. 출판사 온라인 연재는 내가 맡게 되었다. 주간에게 올려야 할 홍보 및 시안은 머릿속에 있는 걸 옮기면 될 터이다. 사무실을 나가면서 7장을 빨리 읽고 싶다던 정의 말이 생각났다. 처음에는 뜨악해하던 그녀도 '글잡' 카페 정보를 입수해서 그런지 기분이 나아졌다. 그녀가 맡았던 작가 섭외와 연재 청탁 건은 물 흐르듯 진행될 것이다. 느낌이 좋으면서도 썩 유쾌하지 않은 이 기분은 무엇일까. 나는 그녀에게 내일 보자는 카톡을 보내고는 이불 속으로 파고들었다.

분열

깊은 잠을 뚫고 한 가닥의 빛 같은 소리가 귓바퀴에서 맴을 돌았다. 그 소리는 차츰 카르모스의 심장을 긁어댔다. 온몸에 꼼지락거리던 수많은 벌레가 심장 한가운데로 몰려들었다가 배를 타고 사타구니로 내려가는 느낌이었다.

저절로 눈이 떠졌다. 카르모스 옆에는 헤로디그만이 세상모르고 깊은 잠에 빠져 있었다. 코 고는 소리가 천막을 들썩거릴 지경이었다. 처음에는 헤로디그만의 코골이에 잠을 설쳤지만 이제는 그 소리가 없으면 잠이 오지 않을 정도로 웬만큼 적응이 되었다.

예의 그 소리가 또 들리기 시작했다. 광야의 모래같이 부드럽고, 사막의 암컷 여우가 교태를 부리는 소리 같기도 한 그 소리는 분명 피리의 선율이었다. 사람의 마음을 쥐락펴락하는 열 손가락의 선연한 움직임이 눈앞에 어른거렸다.

세령녀의 피리 소리다. 한 번도 들어본 적이 없었지만 카르모스는 단정할 수 있었다. 카르모스는 몸을 일으켰다. 조금 더 가까이 들을 수 있다면 함몰된 기억이 복원될 것 같은 기분이었다. 언젠가 본 적이 있는 예루살렘의 성전 창문을 꾸몄던 색색의 유리 모자이크가 생각났다. 햇빛을 받은 정교한 모자이크 조각조각이 장신구처럼 아름다웠다. 멀리서 들리는 피리 소리를 듣고 있노라니 카르모스의 함몰된 기억도 성전 모자이크처럼 아름다울지 모른다는 생각이 들었다.

카르모스는 천막 밖으로 나왔다. 피리 소리의 진원지를 찾아야 했다. 세령녀의 피리 소리를 들으면 파편화된 기억이 의식 표면으로 떠오를지도 몰랐다. 카르모스는 천막을 나와 사방을 두리번거렸다. 세령녀가 눈에 띄지 않았다.

사막의 광야는 위험한 곳이다. 사나운 맹수가 나타날지도 모르고, 갑자기 모래바람이 불어 모래에 묻힐 수도 있었다. 피리 소리가 끊겼다. 카르모스는 심장이 뛰었다. 세령녀가 거처하고 있는 천막의 입구 덮개를 조심스럽게 들춰 보았다. 세령녀가 없었다. 그러고 보니 안디오도 보이지 않았다.

카르모스는 천막을 벗어나서 광야를 향해 걸음을 옮겼다. 까만 하늘 아래 회갈색 모래만이 끝없이 펼쳐졌다. 모래 능선과 계곡은 빛과 그림자를 만들어냈다. 달빛 아래 암갈색과 적갈색으로 펼쳐진 완만한 사막은 멀리 검푸른 하늘과 맞닿아 있었다. 모래바람이 카르모스의 얼굴을 때렸다. 바람 소리를 뚫고 어디선가 사람의 목소리와 인기척이 간간이 들렸다.

모래 능선 하나를 넘었을 때였다. 사람의 목소리가 조금 더 가까운 곳에서 들렸다. 귀를 기울여보니 안디오와 세령녀의 목소리가 뒤엉켜 들렸다. 세령녀의 피리가 구릉 아래 떨어져 있는 게 보였다. 엎드린 안디오의 등이 카르모스의 눈에 들어왔다.

처음에 카르모스는 자기 눈앞에 벌어지고 있는 상황을 바로 알아차리지 못했다. 안디오의 어깨 너머 허공을 향해 휘젓는 팔뚝이 보였다. 여자의 팔이었다. 카르모스의 머릿속에 섬광이 번뜩이며 지나갔다. 카르모스는 모래 더미를 지나 쏜살같이 뛰어가서 엎어진 안디오의 뒷덜미를 낚아챘다. 안디오의 아랫도리는 반쯤 벗겨진 상태였다. 그 밑에 깔려 있던 세령녀가 몸을 일으켰다. 세령녀는 양손으로 자신의 가슴을 가리고 흐트러진 머리카락을 쓸어 올렸다. 카르모스는 주먹을 아프도록 움켜쥐고는 안디오의 턱을 갈겼다. 안디오가 비명도 지르지 못하고 모래 위로 쓰러졌다. 카르모스는 안디오를 타고 올라앉아 주먹을 휘둘러댔다.

옷매무새를 갈무리한 세령녀가 카르모스의 팔을 잡았다. 안디오의 얼굴은 피투성이가 되었다. 안디오가 비척거리면서 상체를 일으켰다. 모랫바닥에 피가 섞인 침을 뱉으며 헐떡거렸다.

"짐승만도 못한 새끼 같으니라고."

카르모스가 안디오의 옆구리를 발길로 걷어찼다.

"사람을 이렇게 다짜고짜 패는 법이 어디 있어! 야만인 새끼 같으니라고."

안디오도 지지 않고 턱을 치켜세우며 말을 씹어 뱉었다.

"이 자식이 아직도 정신을 못 차리고 어디서 주둥아리를 놀리고 있어. 당장 대장한테 말해서 내쫓아버릴 테니까 아무 말 하지 마."

"웃기고 있네. 남자들만 있는 데 계집이 있다면 뻔한 거 아니겠어?"

안디오가 도망치면서 한 말이었다. 그 말을 듣는 순간 카르모스의 손이 아래로 툭 떨어졌다. 피리를 주워 품속에 넣으려는 세령녀도 피리를 떨어뜨렸다. 카르모스의 머릿속이 하얘지는 느낌이었다. 세령녀는 카르모스를 외면한 채 모래 구릉을 휘적휘적 걸어가고 있었다. 다른 어느 때보다도 세령녀의 몸피가 작아 보였다. 카르모스는 세령녀가 떨어뜨린 피리를 주웠다. 피리 구멍으로 들어간 모래가 서걱거렸다. 카르모스는 피리를 자신의 무릎에 툭툭 쳐서 모래를 털어냈다. 모래가 빠진 피리를 입에 대보았다. 세령녀의 숨결이 피리를 통해 전해지는 느낌이었다. 피리를 불 때의 세령녀를 한 번도 보지 못했다. 그녀의 손가락이 닿았던 자리에 카르모스는 손가락을 하나씩 대보았다. 그녀의 체온이 카르모스의 손가락 끝에 미세하게 묻어나는 것 같았다. 안디오가 세령녀를 두고 지껄인 말이 생각났다. 세령녀를 곁에 두고 그런 말이 오갔다는 것 자체만으로도 기분이 나빴다.

세령녀가 헤로디그만에게 까맣게 속고 있는 일 하나만으로도 카르모스는 세령녀의 얼굴을 똑바로 쳐다보기 힘들었다. 만약 안디오의 말이 사실이라면 아무리 헤로디그만이라도 용서할 수 없었다.

카르모스는 천막으로 돌아왔다. 세령녀의 천막은 조용했다. 안디오는 얼굴을 돌리고 누워 있었다. 카르모스는 헤로디그만을 깨우고 싶었지만 자리에 누웠다. 날이 밝은 후 따져도 늦지 않을 것이다.

이른 아침 세령녀는 아침 준비를 하고 있었다. 안디오의 얼굴은 퉁퉁 부어올랐다. 헤로디그만이 안디오에게 얼굴이 왜 그 모양이냐고 물었다. 안디오의 얼굴을 쳐다보는 헤로디그만은 못마땅한 기색이 역력했다. 카르모스도 안디오를 죽일 듯 쏘아보았다. 안디오는 두 팔을 엇갈리게 만들어 자기 얼굴을 가렸다. 그러면서 입술에 검지를 댔다. 헤로디그만에게는 말하지 말라는 행동이었다.

"어젯밤에 저잣거리에 나갔다가 패싸움이 붙는 바람에……."

안디오가 머리를 긁적거리며 중얼거렸다. 헤로디그만이 인상을 구겼다.

"큰일은 없었습니다. 싸움 말리려다가 몇 대 얻어터진 것뿐입니다요."

안디오가 풀기 없는 목소리로 변명을 했다. 헤로디그만이 별말 없이 혀만 찼다.

"어디를 가든지 각별히 몸을 사리도록 해라. 우리는 왕이 보낸 특사다. 그 점을 한시도 잊지 않길 바란다."

아침 식사 시간에 헤로디그만이 일행에게 한 말이었지만 안디오를 겨냥한 것이라는 걸 모르지 않았다. 세령녀는 한마디도 하지 않았다. 얼핏 본 세령녀의 눈두덩은 부어 있었다. 카르모스의 가슴 끝이 아팠다. 처음 느끼는 감정이었다. 카르모스에게 여자는 의미가 없어진 지 오래였다. 오 년 전부터 그랬다. 그즈음에 무슨 일이 있었는지, 카르모스의 기억은 하얗게 탈색되어 있었다. 그때 일을 떠올리려고 집중하면 머리가 깨질 듯 아팠다. 미망의 묘약 덕에 버텨온 오 년이었다. 요즘은 그 증상이 차츰 희미해졌다. 베들레헴에서 헤브론으로 오는 길에 세령녀는 카르모스에게 미망의 묘약을 피우지 말라고 했다. 파란 불꽃이 튀었던 그녀의 검은 눈동자가 그렇게 말하고 있었다. 카르모스는 미망의 묘약을 피우고 싶을 때마다 세령녀의 눈동자를 떠올렸다. 그렇게 미망의 묘약을 피우지 않은 지 여러 날이 흘렀고 이제는 견딜 만했다. 카르모스는 세령녀에게 향하는 자신이 낯설었지만 마음이 가는 것만은 어쩔 수 없었다.

카르모스는 안디오에게 다가갔다.

"잠깐 나 좀 보지."

"난 자네와 할 말 없어."

안디오의 얼굴에 공포가 스쳤다. 카르모스의 주먹맛에 단단히 질린 모양이었다. 카르모스는 안디오의 팔을 꺾었다. 안디오가 나지막한 신음을 냈다. 카르모스는 안디오를 천막에서 뚝 떨어진 곳까지 끌고 갔다. 카르모스는 안디오를 추궁해서 어제 한 말이 거짓이라는 자백을 받아내야 할 것 같았다. 그것만이 세령녀가 받은 치욕을 씻는 길이라는 생각이 들었다. 그러나 안디오는 끝까지 자신이 한 말을 취소하지 않았다. 카르모스는 안디오의 멱살을 틀어쥐었다. 카르모스는 헤로디그만도 아는 사실이냐고 안디오를 다그쳤다.

"헤로디그만 그자가 다 아는 건 아니야. 나도 그자 못지않다는 것만 알아둬. 어쩌면 헤로디그만 위에 있는 사람이 나일 수도 있어. 세령녀 그 계집은 이 일이 끝나면 어차피 죽을 목숨이잖아. 남편이 선대왕의 명령을 불복종했는데 그 계집이 살아남는 게 더 웃기는 거 아니야."

안디오의 해괴망측한 말을 들으면서 카르모스는 그대로 심장이 얼어붙었다. 안디오까지 알고 있었구나. 세령녀가 베들레헴 이야기를 했을 때 심상치 않은 눈빛으로 물었던 안디오가 생각났다. 다 알고 있으면서 딴청을 부린 것이었다.

"뭐 그렇다고 세령녀에게 딱히 그렇게 하라고 명령한 것은 아닐지도 모르고. 하지만 어제는 참 아까웠어."

안디오의 얼굴에 겸연쩍은 웃음이 번졌다. 카르모스는 안디오가 무슨 생각을 하면서 그런 웃음을 흘리는지 짐작하자 화가 났다. 카르모스는 안디오의 멱살을 잡았다.

"명령이라고? 누구한테 명령을 받는다는 거지?"

"누구겠어? 우리에게 명령을 내릴 수 있는 사람이. 저기 높은 자리에 있는 분 말고는."

목을 치켜세운 안디오의 입술이 비틀어졌다. 안디오의 얼굴 가득 비열한 웃음이 퍼졌다. 그의 손가락은 예루살렘을 가리켰다.

"여기까진 봐주지만 더 이상은 안 봐줘. 내 말 한마디면 너희는 당장이라도 사자 굴에 던져질 수 있다는 것을 명심해. 헤로디그만도 내 손바닥 안에 있어."

안디오가 카르모스의 손을 뿌리쳤다. 모든 사실을 알고 있는 안디오의 정체가 궁금했다. 안디오를 상대하다 보니 카르모스는 힘이 풀렸다. 해야 할 일은 그 실마리조차 보이지 않는데 서로에게 불신의 벽만 높아지고 있는 상황이었다. 안디오는 카르모스를 남겨놓고 천막을 향해 걸어갔다. 카르모스는 한동안 그 자리에 붙박여 멍하니 서 있었다. 세령녀가 카르모스 쪽으로 걸어오는 게 보였다.

"시에스타가 끝났어요. 저녁 먹어야지요."

세령녀가 고개를 외로 돌린 채 말했다. 카르모스가 아무 응답이 없자 세령녀가 주저하며 말을 했다.

"당신도 나를 그런 여자로 생각하시나요?"

카르모스는 세령녀의 옆얼굴을 멀거니 바라보았다.

"그게 무슨 말이오?"

"어젯밤 안디오가 했던 말이요."

눈을 감은 카르모스 입에서 가는 신음이 새 나왔다. 세령녀와 이런 대화를 주고받는 자체가 싫었다.

"어쩌면 그럴 수도 있겠구나 하는 생각이 들었어요. 겨우 빵이나 굽고 코올이나 끓이라고 나를 동참시킨 것은 아닐 테죠. 게다가 나만 여자고."

세령녀의 목소리는 이상하게 차분했다. 마치 안디오의 말을 그대로 받아들인다는 걸로 들렸다.

"시끄럽소이다. 잊었소? 세령녀가 이걸 불 수 있는 능력을 가졌다는 것을."

카르모스는 세령녀의 말을 무질렀다. 그러고는 자기 품에 간직하고 있던 피리를 꺼냈다. 세령녀가 카르모스의 손에 있는 피리를 망연히 내려다보았다. 새삼스러운 눈빛이었다. 카르모스가 세령녀에게 피리를 건네주자 그 자리에서 고개를 숙이며 어깨를 들썩였다. 카르모스의 손등이 축축하게 젖었다. 카르모스는 다른 손을 들었지만 세령녀의 어깨 근처에서 멈추고 말았다. 여자의 몸에 손을 댄다는 게 미묘하게 두려웠다.

"어제 일로 잠시 피리를 잊고 있었네요. 고맙습니다."

세령녀의 울음 섞인 목소리가 카르모스의 마음 깊은 곳을 적시고 있었다.

"멀리서 세령녀 당신의 피리 소리를 들었소이다. 사람의 흉금을 털어놓게 한다는 말이 틀리지 않다는 것을 어제 비로소 알았소이다. 나는 과거 기억을 잃어버린 사람이외다. 기억과 함께 내 자신도 잊어버린 사내라오. 그런데 당신의 피리 소리를 듣는 그 순간 내 잃어버린 기억이 복원될지 모른다는 희망이 들더이다. 당신은 그 능력으로 우리와 함께하는 사람이라는 걸 한시도 잊지 말길 바라오."

세령녀는 눈물을 그치고 피리를 자신의 튜닉 자락에 닦으며 말했다. 아버지의 피리라고 했다. 세령녀의 아버지는 악공이었고, 전쟁에 연루되는 바람에 악공에서 퇴출당했단다.

"아버지는 피리를 만들고 부는 능력 말고도 특별한 재능이 있었어요."

세령녀의 눈이 깊어졌다.

"아버지는 최면술에 능했답니다. 아버지의 최면에 걸린 사람은 피리 소리에 맞춰 모든 비밀을 털어놓고 말았지요."

세령녀는 아버지로부터 그 비법을 그대로 전수받은 것이다. 사람의 속내를 털어놓게 하는 비책이 피리만은 아니었다.

"깊이 감춘 속내를 털어놓는 자일수록 고통스러워하죠. 그 고통은 목숨이 위협받을 지경에 이르기도 해요."

그는 이 비책 때문에 이중첩자로 살아야 했다. 그것이 발각됐고 일가는 몰락했으며 세령녀도 먼 타국까지 팔려 온 것이다. 세령녀의 이야기는 마치 먼 나라 전설과도 같았다. 갑자기 머리 전체가 흔들렸다. 기억 저편에 희미하게 각인된 나신의 소녀가 애절한 눈빛으로 카르모스에게 호소하고 있었다. 내가 뭘 어쨌다고. 카르모스는 손가락으로 관자놀이를 지그시 눌렀다. 그제야 세령녀의 말소리가 귓전에서 들려왔다.

"남편은 좋은 사람이었어요. 노예로 나를 샀는데, 나와 결혼까지 했으니까요. 남편이 아니었다면 내 처지는 비참했을 거예요. 헤브론에서 외국인 노예를 보니까 새삼 남편 생각이 나더군요. 남편을 살리기 위해서라면 나는 어떤 일이라도 견뎌야겠지요."

세령녀의 검은 눈동자에 맺힌 눈물이 반짝 빛났다. 맑은 눈이었다. 세령녀가 남편 이야기를 하는 동안 카르모스는 양심의 가책이 느껴졌다. 붉은 머리칼 사내의 참혹한 형상이 떠올랐다. 차마 세령녀를 볼 수 없어서 서쪽으로 시선을 던졌다. 서녘 하늘에는 주황빛과 보랏빛이 엉킨 황혼이 펼쳐졌다.

"카르모스, 당신은 알고 있나요? 당신 앞에 서면 모든 걸 내려놓고 솔직해지고 싶어지는 마음이 든다는 걸. 그게 비록 부끄러운 치부일지라도 다 감싸줄 것 같다는 생각이 들게 해요."

그렇게 말하는 세령녀의 동공 속에 노을이 번지고 있었다. 카르모스는 머쓱해져서 두 손바닥으로 얼굴을 문질렀다.

저녁을 먹은 후 헤로디그만이 카르모스에게 잠깐 산책을 가자고 했다. 천막을 벗어나 두 사람은 한참을 걸었다. 안디오의 세모꼴 눈동자가 카르모스의 등을 집요하게 좇고 있다는 것이 느껴졌다. 헤로디그만이 카르모스에게 물었다. 카르모스, 자네 생각은 어때, 라고. 카르모스는 헤로디그만의 말을 귓등으로 듣고 있었다. 안디오와 세령녀가 함께 있는 게 신경이 쓰였다. 어두워지기 전까지 천막으로 돌아가야 한다는 생각뿐이었다. 헤로디그만이 성마르게 물었다. 카르모스는 정신이 들었다.

"무슨 말씀이십니까?"

"어디 정신이 팔려 있는 거야? 네 명이 한꺼번에 몰려다니는 게 좋은지에 대해서 물었잖아."

생각에 빠져 있느라고 헤로디그만의 말을 흘려들었던 것이다. 벌써 열흘이 흘렀다. 아무런 성과도 없이 흐른 시간이었다. 솔직히 무슨 일을 하고 있는지도 잊을 때가 많았다. 헤브론 노예시장에 오기 전 일 년 동안 숨어 다녔던 카르모스였다. 자신의 목숨을 노리는 발자국 소리에 잠조차 편안하게 잘 수 없었던 일 년이었다. 미망의 묘약으로 하루하루를 견디며 도망 다니던 그 시절로 돌아간 것 같은 착각에 빠질 때도 있었다.

"내 인생의 마지막 직무일지 모른다는 예감이 들어."

헤로디그만이 혼잣말처럼 내뱉었다. 특별히 속내를 털어놓고 싶은 날일지도 몰랐다. 오늘은 모두 카르모스에게 속마음을 드러내놓기로 작정한 날인 듯했다. 속내까지는 아니더라도 카르모스야말로 헤로디그만에게 해야 할 말과 의문이 한두 가지가 아니었다. 쌓여가는 의문이 풀리지 않은 채 또 다른 의문들이 자꾸 더해지고 있는 때다. 헤로디그만이 먼 곳에 시선을 던지며 말했다.

"나는 이번 일을 다른 어느 일보다 정말 완벽하게 해내고 말 거야. 그리고 명예롭게 이 일에서 해방되고 싶다."

카르모스는 잠자코 헤로디그만의 말을 듣기로 했다. 세령녀의 말처럼 카르모스 앞에서 사람들은 솔직해지는 걸까. 그리고 카르모스가 그 모든 걸 이해해주리라고 믿는 걸까.

헤로디그만은 청춘을 다 바쳐서 오랫동안 왕의 하수인으로 살았던 자신의 세월을 이야기하기 시작했다. 유대인에게도 추앙받지 못하는 유대왕을 섬기는 일이 쉽지만은 않았다고 했다. 자신은 철저히 유대인이었다고 말하는 헤로디그만의 얼굴에는 고뇌가 드리워졌다. 유대인의 피를 물려받았지만 유대인으로 살아오지 않은 카르모스는 헤로디그만의 심정을 이해하기 어려웠다. 헤로디그만은 부모에게 서너 살까지 탈무드 교육을 받았다고 했다. 말을 배우기 시작하면서 회당에 있는 '책의 집'인 '베이트 하 세펠(Beth Ha-Sepher)'에서 쉐마와 모세 오경인 토가를 공부했다. 그의 마음 중심에는 늘 여호와가 유일한 법이었고 진리였던 것이다. 헤로디그만은 나이가 차면서 '베이트 하 미드라쉬(Beth Ha-Midrash)'라고 명명하는 '연구의 집'에서 공부를 더해볼까도 고민했다.

"내가 만약 '연구의 집'에서 공부를 마쳤더라면 가난하지만 유대에서는 최고 존경받는 랍비가 되었을 수도 있었겠지."

그 말을 하는 헤로디그만의 입가에 쓸쓸한 웃음이 묻어났다. 그러나 헤로디그만의 부모는 그것을 원하지 않았다. 또 율법서를 달달

외우는 헤로디그만 안에 흐르는 피는 학문을 하기에는 너무 뜨겁고 강렬했다. 열두 살 성인식을 마치고 집으로 돌아오는 길에 헤로디그만은 아버지와 함께 예루살렘의 원형경기장에서 전차 경기를 관람하게 되었다. 헤로디그만은 심장이 무섭게 뛰고 있는 자신을 발견했다. 그곳은 뜨거운 피가 요동치는 사내들의 향연장이었다.

"내 심장은 가슴을 뚫고 튀어나올 듯 요동쳤고 몸 안에 돌고 있던 정맥과 동맥이 서로 엉켜 굽이치더군."

헤로디그만의 얼굴에 생기가 넘쳤다. 집으로 돌아오는 길에 헤로디그만은 아버지에게 말했다. 군인이 되고 싶다고. 헤로디그만은 로마의 폭정에 신음하는 유대인을 지키고 보호하는, 여호와의 부름을 받은 군인이 되겠다고 결심했다. 헤로디그만의 아버지는 아들의 머리를 쓰다듬었다. 여호와가 항상 너와 함께하시길 기도하마, 라고 말하는 아버지의 어조는 차분했지만 내심 흡족해하고 있었다. 헤로디그만의 아버지는 알고 있었다. 군인이 되면 식구들이 적어도 굶주리지 않을 것과 출세의 길도 열리리라는 것을. 로마의 귀족들도 군인으로서 사령관을 거치는 것이 출세의 지름길이었다. 로마의 속국인 유대 역시 그런 로마의 행정과 관습에서 자유로울 수는 없었던 것이다.

헤로디그만은 가족의 바람과 자신의 뜨거운 피가 이끄는 대로 군인이 되었다. 헤로디그만은 군인이 되기 위해 태어난 몸이었다. 헤로디그만이 자신의 팔뚝을 들어 보였다. 그의 뼈는 강철보다 견고했고 근육은 낙타 가죽보다 질겼으며, 힘은 골리앗 같았고 용맹은 날쌘 사자 같았다. 그가 선두에 서면 적은 맥을 못 추렸고 승리의 신은 항상 그의 편이었다. 왕의 신임을 얻었고 친위대 대장으로 발탁되었다. 핍박받는 유대인을 보호하고 지키고자 했던 헤로디그만은 로마에 아부하고 유대인을 학대하는 왕을 호위하는 사람이 되고 말았다.

"결국, 이 손으로 내가 지키고자 했던 유대인에게……."

헤로디그만은 갑자기 말을 멈췄다. 카르모스는 헤로디그만의 얼굴을 바라보았다. 어둠이 헤로디그만의 얼굴에 드리워졌다.

"이제 그만하고 싶다. 사실 이 일도 맡고 싶지 않았어. 그런데 안티파스가 나에게 새로운 제안을 했어. 뿌리치기 힘든 유혹이었지."

감정에 동요가 없던 헤로디그만의 사각턱이 움찔했다. 여태껏 살아왔던 인생의 모든 고뇌가 그의 사각턱을 스쳐가는 듯했다.

"이 일을 성공리에 완수하면 로마의 백부장이 되는 길을 주선해주겠다고 하더군. 재밌지 않나."

인생은 어느 면에서 지독한 모순투성이다. 카르모스는 잠깐 그런 생각을 했다. 자기가 찾고자 하는 목표를 위해 끊임없이 달려왔는데, 정작 자신이 바라고 원하는 목표의 정반대편에 서 있게 되는 것일지도 모른다.

로마의 백부장은 막강한 권력의 자리였다. 로마 귀족 대부분이 차지하는 군대 우두머리인 사령관은 명분만 있는 자리였지만 사실상 군대를 총지휘하는 핵심 장교는 백부장이었다. 죽을 때까지 명예와 부를 누릴 수 있는 백부장은 갑옷과 투구도 일반 군인과는 달랐다. 말총이나 새 깃털로 장식된 투구는 멀리서도 단연 돋보였다. 유대인 헤로디그만은 유대인을 핍박하는 왕의 친위대가 되어 양심의 가책을 느끼느니 차라리 로마인이 되어 유대의 일은 잊고 싶었다. 백부장은 로마시민권이 주어지는 자리였으므로.

카르모스가 결연한 목소리로 대꾸했다.

"두 팀으로 갈라서 찾아보도록 하죠."

카르모스는 헤로디그만이 정작 하고 싶은 말을 대신했을 뿐이었다. 지금 이 순간 카르모스가 헤로디그만에게 해줄 수 있는 가장 적절한 말이기도 했다. 카르모스를 돌아보는 헤로디그만의 표정에 복잡 미묘한 빛이 지나갔다. 그러나 이내 자신의 무거운 짐을 내려놓고 잠시 숨을 돌리는 표정으로 돌아와 있었다. 갑자기 헤로디그만의 나이가 십 년은 더 들어 보였다. 죽을힘을 다해 싸운 전장에서 지금 막 돌아온 군인처럼 지치고 힘든 기색이었다.

"카르모스, 네가 내 생각을 읽었구나."

헤로디그만이 체념 섞인 말투로 내뱉었다. 다행이라는 걸까, 아니면 자신의 치부를 드러낸 것에 대한 수치일까. 아무튼 헤로디그만과 격이 없어진 것만은 분명했다. 헤로디그만은 자신과 카르모스가 한 팀이 되는 게 어떠냐고 물었다. 헤로디그만이 카르모스에게 끈끈한 정을 내비치는 제안이었다.

"그건 절대 안 됩니다."

자기 입에서 나온 말이지만 자기 귀로 듣기에도 너무 강한 발언이었다. 두 사람이 한 팀이 된다면 안디오와 세령녀가 한 팀으로 묶이기 때문이었다.

"그 방법은 효율적이지 못하다고 생각합니다."

"효율적이지 않다? 왜지? 경박한 안디오를 현명한 세렁녀가 잘 조정할 수 있을 텐데. 우리보다는 두 사람이 저잣거리를 누비는 것이 훨씬 모양새도 나을 거 같은데."

"편이 기운다는 생각이 듭니다."

"어느 면에서?"

헤로디그만은 턱의 수염을 매만지며 물었다. 카르모스는 안디오가 영리하고 날쌔긴 하지만 힘이 부족한 사내가 아니냐고 했다. 그런 점에서 강도나 맹수를 만났을 때 대처하기가 역부족일 거라며 설명을 했다. 팔짱을 끼고 듣던 헤로디그만은 고개를 끄덕거렸다. 헤로디그만은 카르모스와 안디오가 한 팀을 하는 것은 어떠냐고 다시 제안을 했다. 카르모스는 그것도 반대했다. 안디오의 말이 생각났기 때문이었다. 일행에서 세렁녀만 유일한 여자였다. 헤로디그만도 사내의 본능에서 제외될 수 없었다. 카르모스는 자기가 세렁녀와 한 팀이 되겠다고 말했다. 헤로디그만이 카르모스를 뚫어지게 바라보았다. 카르모스가 생각해도 안디오와 헤로디그만은 안 되고 자신은 된다는 것이 앞뒤가 맞지 않는 제안이었다.

"제가 세렁녀와 한 팀이 되어 잘 보호하겠습니다."

"보호라니? 도대체 무슨 이야기를 하는 거야!"

헤로디그만이 소리를 지르자 카르모스는 입을 다물었다. 여차하면 안디오가 한 작태를 발설해야 할 시점이었다.

"어쨌든 안디오와도 의논해서 결정하도록 하지."

헤로디그만은 냉정한 모습으로 등을 돌리고 왔던 길을 되돌아섰다. 멀리 두 개의 천막에서 올리브유의 노란 불빛이 은은하고 배어나왔다.

"전적으로 믿지는 마십시오."

카르모스가 한참 망설이다가 꺼낸 말이었다.

"누구를?"

"안디오요."

헤로디그만이 걸음을 뚝 멈추고 카르모스를 돌아보았다. 헤로디그만의 눈빛이 카르모스에게 묻고 있었다. 뭘 알고 하는 말이야, 라고.

"그냥 느낌입니다."

"느낌? 너도 그렇게 느꼈군. 맞아, 속이 보이지 않는 작자야. 뭔가 감추는 것이 있는 눈빛이야."

천막으로 돌아온 헤로디그만이 그랄 계곡과 베르셰바 두 팀으로 가르자고 하자 안디오도 동의했다. 진즉 그렇게 했어야 했다면서 자기가 세령녀와 한 팀이 되겠다고 말했다. 아니나 다를까. 안디오는 속내를 드러냈다. 세령녀의 눈동자가 심하게 흔들렸다. 카르모스는 세령녀가 거부 의사를 분명하게 밝히길 바랐다. 그러나 세령녀는 눈을 몇 번 끔뻑거리면서 입술만 달싹거릴 뿐 아무 말도 하지 않았다.

언제부터인가 세령녀는 일행의 한 사람이기보다 일행의 수발을 드는 사람이 되어갔다. 세령녀가 안디오의 횡포를 순순히 받아들이는 생각을 하게 된 것도 그 때문일 것이다. 그러나 세령녀가 그런 허드렛일을 하는 것을 아무도 부당하게 생각하지 않았다. 팔레스타인의 관습 탓이었다. 여자에게는 교육도 시키지 않았고, 결혼 전에는 아비의 소유물이었다가 결혼 후에는 남편의 소유물이 되었다. 결혼 후에도 남자는 여자에게 이혼을 당당하게 청구할 수 있지만 여자는 남자에게 정식으로 이혼을 요구할 수 없었다. 남자가 이혼을 청구하는 사유는 전부 여자에게 불리한 것들이었다. 아내가 아침에 빵을 태웠거나 밑불을 제대로 관리하지 못해 꺼뜨린 사소한 일로도 이혼은 성립되었다. 남편이 마음에 드는 여자를 만나도 이혼은 가능했다. 그리고 아내가 성깔을 부려 남편의 말을 가로채는 것도 이혼의 정당한 사유였다. 그렇게 이혼당한 여자들이 생계를 유지하기 위한 길은 몸을 파는 일뿐이었다. 여자들은 거리에 넘쳐 났고 남자들은 여자의 몸을 사는 게 쉬웠다. 안디오가 세령녀에게 요구한 것도 그것이었고, 세령녀가 그 일에 대해 떳떳이 반박할 수 없었던 것도 그 때문이었다. 세령녀의 남편이 세령녀를 거두지 않았다면 그녀도 십중팔구 거리의 여자로 전락했을 것이다.

"아니다, 안디오. 너는 나와 한 팀으로 행동을 같이할 것이다."

가만히 있을 안디오가 아니었다.

"이런 경우가 어디 있습니까. 내 의견은 왜 물어보지도 않습니까."

"잊었나, 내 말은 곧 왕의 명령이라는 것을. 명령이다."

헤로디그만이 일갈했다.

"무조건적인 명령에 복종할 수 없는 일이죠. 아무리 대장이라고 해도."

안디오는 한 번 더 자신의 주장을 내세웠다. 카르모스가 주먹을 불끈 쥐었다. 여차하면 안디오의 턱을 한 대 치려고 할 때였다. 헤로디그만이 칼을 뽑아 들었다. 허공에서 칼날이 번쩍거렸다. 칼날이 안디오의 턱과 목 사이를 겨누었다.

"왕명을 받은 칼이다. 여기서 내 칼날에 네 피 맛을 보게 해야 직성이 풀리겠느냐! 아니면 내 말에 복종할 테냐!"

안디오의 눈동자가 희번덕거렸다.

"내 손가락 하나 다치게 해봐. 내가 누구인 줄 알고. 왕명은 대장만 받는 게 아니야. 대장이 내 목숨까지 쥐락펴락할 수는 없다는 걸 명심하라고! 나도 가만히 당하고 있진 않을 테니까. 내 말 한마디가 여러 명을 다치게 할 수도 있어!"

으름장을 놓는 안디오는 당당했다. 당당함 저변에는 약자의 비굴함이 깔려 있었지만, 단단히 믿는 데가 있는 말투였다. 글라디우스를 뽑아 든 헤로디그만의 팔목이 잠깐 움찔하자 시퍼런 날이 웡, 하고 우는 소리를 냈다. 헤로디그만의 서슬에 안디오도 조금 움찔했는지 잽싸게 꼬리를 내리는 척했다.

헤로디그만도 못 이기는 척하고 칼을 거두었다. 칼집에 글라디우스를 도로 꽂는 헤로디그만의 손아귀에 푸른 정맥이 튕겨져 나올 듯 곤두섰다. 누구 하나 기침 소리조차 내지 못했다. 그때 천막밖으로 그림자 몇 개가 얼비쳤다. 카르모스가 헤로디그만에게 눈짓을 했다. 헤로디그만이 쏜살같이 뛰어나갔다. 카르모스와 안디오도 헤로디그만을 쫓아 나갔다. 말을 탄 한 무리가 모래바람을 일으키며 저만치 멀어지고 있었다. 예닐곱 명 정도였다.

"거기 섰거라!"

헤로디그만이 소리를 질렀지만 그들은 이미 까만 점으로 사라졌다. 금방 달아난 자들은 누굴까? 저들은 무슨 이유로 이곳을 염탐한 것일까?

다음 날 카르모스는 세령녀와 한 팀이 되어 베르셰바 쪽으로 발길을 틀었다. 두 마리의 낙타는 양쪽으로 갈랐다. 발길을 돌리는 헤로디그만과 안디오의 등허리에 황혼이 깃들었다.

너를 죽이는 일이다

베르셰바에 들어서자 세령녀 얼굴에 조금씩 생기가 감돌았다. 모르긴 해도 안디오에게 벗어났기 때문일 것이다.

"고맙습니다. 안디오로부터 저를 구해주시고 인정해주셔서요."

"대장이 결정한 일이었소."

세령녀의 눈가가 설핏 붉어졌다. 카르모스는 먼 산으로 눈을 돌렸다.

"목수라고는 했지만, 석공이라는 것도 잊지 말아요."

카르모스는 어색한 분위기를 무마시키기 위해 일 이야기를 꺼냈다.

"요셉 말이오. 갈릴리에서 목수라는 직업으로 생계를 유지했다고 하지 않았소."

세령녀가 고개를 끄덕였다.

"그런데 헤브론에서 새로 얻은 정보로는 석공 일을 배우러 애급으로 간다고 했다지 않소. 그러니까 저잣거리에서 요셉을 물을 때 목수와 석공을 함께 물어보란 말이오."

"석공 일을 배우려면 왜 애급으로 가야 하는 건가요?"

세령녀가 눈을 깜박거리며 질문을 했다.

"석공업이 애급에서 가장 성행하기 때문이라오. 기술이 뛰어난 석공들이 가장 많이 모이는 곳이지."

"그럼 석공 기술은 거기서부터 시작된 것인가요? 유대도 석공술이 발달되었다고 들었어요. 선대왕이 건축물을 많이 세웠잖아요."

카르모스의 가슴 밑바닥에서 후끈한 열기가 올라오는 것 같았다. 손끝과 손마디에서 갈고 닦았던 돌들의 감촉도 살아났다. 자신의 근육과 뼈마디는 돌과 함께 굳어지고 탄탄해졌던 터였다. 돌 속에 자신의 인생을 묻으려고 했던 지난날들이 하나씩 되살아나기 시작했다.

유대 석공의 원조는 솔로몬 시대로 거슬러 올라간다. 솔로몬은 유대 전성기 시대의 왕이었다. 카르모스의 말에 세령녀가 눈을 반짝거렸다. 카르모스는 세령녀에게 유대의 석공 역사를 이야기해 주었다.

대성전을 축조하는 데 고도의 기술자가 필요했던 솔로몬은 두로의 왕에게 도움을 요청했다. 두로는 노아의 저주받은 아들 함의 자손이 세운 왕국이었다. 두로의 후람 왕은 솔로몬에게 히람 아비프라는 미장이를 보냈는데 그가 성전 건축의 책임자가 되었다. 미장이는 지금의 석공을 이르는 말이다.

수만 명의 석공들이 일을 했지만 히람 아비프는 성전 건축이 끝날 때까지 아무에게도 자신의 건축 비법을 알려주지 않았다. 심지어 지성소에서 함께 일하던 열다섯 명의 석공에게도 알려주지 않았다. 열다섯 명 중 세 명의 미장이가 히람을 위협해서 그 비법을 캐내기로 했다. 히람이 정오 때마다 매일 기도를 하는데 이들 세 명이 지키고 있다가 히람을 위협했다. 그러나 히람은 죽음을 불사하고 그 비법을 말하지 않았다. 그런 까닭에 히람은 석공들의 원조, 또는 영웅으로 그 이름을 남긴 것이다.

히람이 목숨과 바꾸면서까지 지킨 건축의 비법은 삼각형에 있다고 전해졌다. 애급의 피라미드에 그 비법이 고스란히 담겨져 있는 걸 보면 알 수 있었다. 카르모스도 자세한 공식이나 건축술에 대해서는 아는 바가 없었다. 전해지는 바로는 히람이 자기 자식 중 한 명에게만 전수했다는 설이 공공연하게 떠돌았다. 여태까지 그 비법으로 건축물이 축조되는 걸 보면 누군가는 전수받았다는 게 틀림없는 사실이었다.

카르모스는 수천 년 내려온 그 비법으로 건축물을 축조하는 자를 알고 있었다. 카르모스의 인생을 송두리째 망가뜨린 것도 모자라 카르모스의 목숨까지 위협했던 자이기도 했다. 그의 입에서 들어야 할 두 가지가 있었다. 카르모스를 죽이고자 한 이유가 그 첫 번째라면 두 번째는 건축 축조의 비법이었다. 석공이라면 누구나 알고 싶어 하는 그 비법이었다. 카르모스는 그것을 알아내서 이 시대 최고의 석공이 되고 싶었다.

"카르모스는 그런 일을 어찌 그렇게 잘 아십니까?"

석공 유래에 대한 이야기를 다 들은 세렁녀가 물었다.

"내가 바로 석공이었다오."

먼 산을 바라보며 무심하게 말을 했지만 카르모스의 가슴속에는 슬픔이 가득 차오르고 있었다.

듣던 대로 베르세바는 번화한 곳이었다. 남쪽으로 시므온이 있었고 더 남쪽으로 내려가면 선대 헤롯왕의 고향인 에돔 땅이었다. 남쪽에 위치한 곳이기 때문에 유대인이 말도 섞지 않는, 북쪽 끝 사마리아인의 모습은 찾기 힘들었다. 에돔과 인접한 탓인지 베르세바 곳곳에 우상을 숭배하는 제례들이 눈에 띄었다. 노예시장이 있던 헤브론 지역에서는 찾아볼 수 없는 진풍경이었다.

유대인이 사탄으로 치부하는 바알세불 동상도 길가에 버젓이 세워져 있었고, 부의 신이라고 칭함을 받는 맘몬 형상을 나무로 깎아서 시장에 팔기도 했다. 저잣거리는 활력이 넘쳐나고 사람들의 표정은 다채로워서 보는 것만으로도 흥겨웠다.

경건과 금욕과 절제에 묶인 사람의 영혼이 검은빛이라면 자유와 방종 속에서 사람의 영혼은 갖가지 빛깔로 나타나기 마련이었다.

베르셰바가 그랬다. 하나의 빛이 너무 강렬해서 모든 색깔을 일거에 흡수해버린 것과는 차원이 달랐다. 거리를 활보하는 사람들도 각양각색으로 자기의 색깔을 드러냈다.

세령녀도 갖가지 모양의 그림과 형상을 구경하며 작은 탄성을 질렀다. 화장품 가게에서는 눈길을 떼지 못하고 서성거렸다. 가게 주인이 잡아당기자 세령녀는 못 이기는 척하고 따라 들어갔다. 세령녀도 예쁜 것에 마음을 빼앗기는 여자였다. 난전에 펼쳐진 화장품은 검은색 액체부터 진홍빛 덩어리까지 다양했다. 카르모스도 세령녀의 화장한 모습이 궁금해졌다. 애급에서 화장한 여인을 본 적이 있는 카르모스였다. 카르모스는 주인에게 세령녀를 화장해달라고 말했다.

"동식물에서 추출한 재료랍니다. 그러니까 몸에는 전혀 해가 없습죠. 이건 진황토로 만든 볼연지고요, 이건 쥐똥나무 열매를 으깬 것인데 손톱과 발톱에 바르는 것이지요. 이건 눈에 바르는 고약인데 말린 풍뎅이와 나비가 재료랍니다. 햇빛을 막아주는 역할도 톡톡히 한답니다."

화장품을 하나씩 설명하는 상인은 꽤 수다스러웠다.

"가만 보자, 얼굴이 황색인 걸 보니 동양계 분이시로군요. 제 말이 맞죠?"

주인은 아는 척을 했다. 세령녀가 머리를 끄덕였다. 주인은 하얀 가루를 세령녀의 얼굴에 골고루 펴 바르기 시작했다. 세령녀의 얼굴이 하얗게 되었다. 순식간에 서양 여인의 피부색으로 바뀌는 게 신기했다. 카르모스는 딴청을 하는 척하면서 세령녀를 흘금거렸다.

"이것은 얼굴을 하얗게 해주는 백연이라는 물질이지요. 천연재료는 아니지만 피부를 희게 해주므로 애급 여인들이 즐겨 쓰는 것이랍니다."

세령녀의 눈 주위에 까만 테두리가 둘러졌다. 세령녀의 흰자위가 두드러지면서 검은 동공이 노루의 그것처럼 선명해졌다. 솔로몬이 술람미 여인에게 반해 지었다는 「아가서」 구절들이 카르모스의 입안에서 맴돌고 있었다. 저렇게 희고 창백한 얼굴을 본 기억이 있었다. 공포와 두려움과 슬픔에 눌려 있던 얼굴. 누구였더라? 생각이 나지 않았다.

"어때요. 부인이 훨씬 아름다워지셨지요."

주인은 뒷짐을 지고는 깊은 생각에 빠진 카르모스에게 넌지시 물었다. 두 사람의 얼굴이 동시에 붉어졌다. 주인이 진홍빛 액체가 담긴 단지를 들어 올렸다.

"입술에 칠하는 화장 액입니다. 여인의 붉은 입술을 마다할 사내는 없는 법이지요."

주인은 세령녀에게 눈을 찡긋해 보이면서 카르모스를 턱으로 가리켰다.

"바깥양반 인물이 참 좋습니다. 저런 사내를 옆에 꽉 잡아두려면 꼭 필요한 것이지요."

카르모스는 못 들은 척 헛기침을 했다. 세령녀의 입술에 진홍빛 액체가 칠해졌다. 카르모스는 화장을 마친 세령녀를 제대로 쳐다볼 수가 없었다. 꼭 다른 사람이 된 것 같았다. 카르모스는 가죽 주머니에서 일 데나리온을 꺼내 주인에게 건넸다. 주인의 입이 벙긋해졌다. 주인은 화장품 몇 가지를 가죽 자루에 담으려고 했다.

"그건 됐고요. 그 대신 말 좀 물어볼게요. 찾는 사람이 있습니다."

세령녀가 한 말이었다. 주인이 자루를 치우며 뭐든 물어보라는 눈빛으로 세령녀를 건너다보았다.

"가족을 찾습니다. 남자의 이름은 요셉이고 나이는 오십 중반입니다. 외모는 털북숭이에 대머리로 인물은 변변치 않습니다. 부인은 거의 남자의 딸 정도로 나이가 어리고 이름은 마리아라고 합니다. 자식도 하나 있습니다. 서너 살배기의 사내아이고 짙은 갈색의 머리칼에 검은 눈동자를 가졌답니다. 혹시 본 적이 있나요?"

세령녀는 요셉 일가 특징을 일목요연하게 꿰고 있었다. 카르모스는 세령녀가 새삼 다시 보였다. 주인이 머리를 휘휘 내저으며, 하나씩 다시 말해달라고 했다. 세령녀는 천천히 또박또박 앞서 했던 말을 반복했다. 주인은 그 사람들을 왜 찾느냐고 물었다. 혹시 몹쓸 짓을 하고 달아난 자들이라면, 공연히 일러주어서 봉변당하기 싫다며 손사래를 쳤다. 주인은 카르모스에게 받았던 일 데나리온을 돌려주겠다고 몸을 슬그머니 뺐다.

세령녀는 당황하지 않고 빙긋이 웃어 보였다.

"절대 아니랍니다. 그 털북숭이 양반이 저기 저 사람의 먼 일가 형님이랍니다. 형님이 여기로 석공 일을 배우러 왔다고 해서 우리도 일거리나 알아볼까 해서 그런 거랍니다."

"그런 거라면 뭐 그다지 위험할 것까지는 없겠네."

주인은 내밀었던 일 데나리온을 거두었다. 세령녀를 여자라고 얕보았는데 보통 수완이 아니었다. 세령녀는 그 사내가 석공 일을 배우러 오긴 했지만 원래의 직업은 목수였다고 했다. 갈릴리 지방에서 목수 일을 했는데 석공 일까지 배우면 돈벌이가 쏠쏠할 것 같다며 이곳으로 간다고 전해 들었다고 입에 침도 바르지 않고 술술 이야기를 풀어냈다. 세령녀의 화술에 카르모스도 저절로 입이 벌어졌다. 주인도 세령녀의 이야기를 의심 없이 받아들이면서 고개를 끄덕거리더니 무릎을 쳤다.

"목수라고요? 아, 얼마 전 저기 연장 파는 가게에 나무를 다루는 연장을 팔러 온 사람 이야기를 듣긴 했는데."

"형이 아예 목수 일을 그만두었나 보군요. 큰집 가업이거든요."

대대로 가업을 잇는 것이 팔레스타인의 오랜 풍습이었다.

"그러면 쓰나. 가업은 그렇게 한 번에 접는 게 아닌데."

주인이 혀를 찼다. 근처 어딘가에 목표물이 있다고 생각하자 카르모스의 피돌기가 빨라졌다. 카르모스는 세령녀와 함께 일러준 곳으로 갔다. 연장 가게는 화장품 가게에서 멀지 않았다. 갖가지 쇠붙이가 주렁주렁 매달려 있는 연장 가게 상인은 하품을 늘어지게 하며 카르모스를 맞이했다. 카르모스가 요셉에 대해 묻자 상인은 그를 정확히 기억하고 있었다. 털이 북실북실 난 사내라고 하며, 그가 맡기고 간 연장이 가게에 있다고 했다. 연장 가게 상인은 귀찮은 기색을 보이지 않고 요셉이 맡기고 간 무거운 연장통을 끌고 나왔다. 카르모스가 슬쩍 찔러준 일 데나리온 덕이었다. 상인이 가져온 연장들은 하나같이 손때가 묻은 것들이었다. 한눈에 보기에도 길이 아주 잘 든 물건이었다. 반질반질 윤이 도는 나무 자루에 맞춤하게 꿰어진 도끼머리며, 날카로운 톱은 이 하나 빠지지 않고 멀쩡했다. 그 밖에도 작은 끌과 뭉치도 있었다. 척 보기에도 전문적으로 나무일을 하는 목수의 물건이라는 것을 알 수 있었다. 상인은 묻지 않은 말까지 자세히 전했다. 행색이 몹시 초라한 요셉이 그것을 몹시 아까워하더라고 했다. 상인도 의심스러운 낯빛으로 물었다. 그 사람을 왜 찾느냐고. 죄인의 거처는 일러주지 않는 것이 이곳의 불문율인 것 같았다. 이유는 화장품 가게 주인과 똑같았다. 공연한 일로 나중에라도 해코지를 당하고 싶지 않다는 것이었다. 세령녀는 화장품 가게에서 했던 거짓말을 얼굴빛 하나 변하지 않고 했다. 화장품 가게에서보다 더 능란한 말솜씨였다. 상인은 세령녀의 말에 요셉이 석공 일을 배워보겠다고 했다며 맞장구를 치기까지 했다. 상인은 요셉의 속사정을 듣고 보니 참 안됐더라는 말을 설핏 비쳤다.

"속사정이 어땠는데요?"

카르모스가 상인의 말을 빠르게 낚아챘다. 세령녀가 상인이 눈치채지 못하게 카르모스의 옆구리를 찔렀다.

"아이, 참. 당신은 아주버님 속사정을 몰라서 물어요. 오죽하면 여기까지 오셨을까요."

카르모스는 아차, 했다. 세령녀가 제때 나서주지 않았다면 일을 그르칠 뻔했다.

"그래서 갈릴리로 돌아가지 못하고 타지에서 떠돈다고 하더라고요. 그 젊은 아내가 부정을 저질렀다면서요."

상인이 눈을 가늘게 뜨고는 입술에 침을 축이며 말했다. 카르모스는 그제야 헤브론의 노예 상인에게 들었던 말이 생각났다. 어린아이 스스로 자기는 아비의 친아들이 아니라고 했다. 그렇다면 그 아이의 아비가, 그들이 찾고 있는 요셉이라는 게 확실해진 셈이었다.

"우리 형님이 그런 이야기를 그렇게 쉽게 털어놓을 리가 없을 텐데. 또 우리 형수가 그런 여자는 아니랍니다. 순전히 형님의 오해죠."

카르모스도 제법 요량이 늘었다. 상인을 떠볼 심산으로 부정을 해보았다. 상인의 얼굴이 돌연 벌겋게 달아올랐다. 자기가 왜 공연한 말로 사람을 음해하겠냐는 것이다. 요셉이 자기 집에 한 번만 온 게 아니라고 했다. 연장을 맡겨놓고 몇 번을 왔다 갔다 하는 동안에 듣게 된 속사정이라고 화를 냈다. 처음에 두 번은 연장이 아직도 임자를 만나지 못했으면 도로 가져가겠다고 왔고 나중에는 빨리 연장을 처분해달라고 왔단다. 올 때마다 술이 취해 있긴 했지만 헛소리 같지는 않더라는 것이다. 요셉도 무척 괴로워하는 눈치였단다. 젊은 부인을 무척 좋아하는 것 같다며, 애증이 더 무서운 것 아니냐고 상인은 화를 누그러뜨렸다.

"우리 형님이 정말 그렇게 이야기했다면 내가 잘못 알고 있나 보군. 그렇다면 그 아이가 정말 우리 형님 아이가 아닐 수도 있겠네요."

카르모스는 상인의 말에 동조의 뜻을 내비쳤다.

"그렇다고 합디다. 유대 율법이 좀 엄격합니까. 지금 갈릴리에 가면 애 엄마는 죽은 목숨이나 진배없다면서 세월 가기만 기다린 다고 합디다. 먼 일가 형님이라면 당신들도 뭔가 아는 게 있을 거 아닙니까?"

상인이 의심스러운 어투로 말했다. 카르모스는 입을 다물었다. 섣불리 입을 열었다가는 일을 어그러뜨리기 십상이었다. 카르모스가 세령녀에게 눈짓을 했다.

"사실 소문이 돌긴 했어요. 집안에서는 부끄러운 일이지요. 이이는 형님이 오해하고 있다고 하지만 말이 많았어요. 그래서 아주버님이 배가 불러오는 아내를 데리고 베들레헴으로 호적을 올리러 가서 이렇게 소식을 뚝 끊었지 뭡니까. 사실 이이나 저나 석공 일은 핑계고 아주버님을 찾아 나선 길이랍니다."

세령녀의 능청은 극에 달했다.

"지금은 무슨 일로 생계를 연명한다고 합디까?"

카르모스도 궁금한 것을 바로 묻기 전 한 번 에둘러 가기로 했다.

"내 정신 좀 보게나. 얼른 형님을 찾고 싶을 텐데 말이 너무 많았소이다."

"아니에요. 우리도 오랜만에 아주버님을 아시는 분을 만나서 반가웠는걸요. 이제 곧 만나면 되지요."

"이걸 어쩌나. 난 그 양반 사는 곳까지는 모르는데."

낭패였다. 카르모스의 얼굴이 어두워졌다. 세령녀는 눈치 빠르게 상황을 수습했다.

"이이는, 참. 그렇다고 그렇게 금방 실망할 것은 또 뭐예요. 아주 버님이 여기를 가끔 들른다고 하시니, 만나는 거야 시간문제인데."

상인은 미안한 기색이었다.

"그래도 요셉이 무슨 일을 하는지는 내가 안답니다."

주인은 요셉이 포도밭 품삯꾼으로 일을 한다고 했다. 포도밭에서 일을 하는 덕에 포도주를 줄곧 마셔댄다고 했단다. 여기서도 요셉은 술꾼이었다. 카르모스가 포도밭의 위치를 물었다. 저잣거리만 지나면 전부 포도밭이라고 했다. 그 포도밭을 다 찾으려면 발품깨나 팔아야 할 거라며 주인이 미안한 표정을 지었다. 그러면서 상인은 자기한테도 가끔 들르라는 말을 했다. 요셉이 오면 동생이 왔다고 전해주겠다는 상인의 말에 카르모스는 가슴이 철렁했다. 지척에 있는 요셉을 만나는 것이 시간문제라면 놓치는 것도 간발의 차이였기 때문이었다. 세령녀도 이번에는 당황하는 표정이 역력했다. 요셉이 누군가 자신의 뒤를 밟는다는 것을 알아서 좋을 것은 없었다. 세령녀가 또 재기를 발휘했다. 혹시 요셉이 찾아오더라도 우리가 찾아왔다는 말을 하지 말아달라고, 우리가 왔다고 하면 요셉이 지레짐작으로 여기를 아예 떠나버릴 수도 있을 거라고 하자 상인은 고개를 끄덕거렸다. 두 사람이 가게를 나오려고 할 때였다. 상인이 입맛을 다시며 중얼거렸다.

"이걸 이야기해야 하나 어쩌나."

두 사람은 동시에 등을 돌렸다. 카르모스가 상인에게 다그쳤다. 무슨 말이든 상관없으니까 말해달라고. 이맛살을 구기는 상인의 표정은 무척이나 곤혹스러워 보였다.

"그게 아니고, 지금 생각해보니, 그때 왔던 사람들이 의심스러워서."

"그 사람들이라뇨?"

상인은 드디어 결심이 섰는지 입을 열었다. 며칠 전에도 요셉의 가족을 찾는 사람들이 찾아왔다고 했다. 카르모스는 정신이 혼미했다. 요셉을 누가 또 찾는단 말인가. 헤로디그만이 머릿속에 떠올랐다. 헤로디그만이 그랄 계곡을 다 뒤진 후에 벌써 베르셰바로 온 걸까. 원래 약속한 일정은 카르모스와 세령녀가 그랄 계곡으로 가기로 되어 있었다. 카르모스는 상인에게 헤로디그만과 안디오의 생김새를 말했다. 상인이 머리를 내저었다.

"아니에요. 그렇게 몸집이 크거나 아주 작은 사람들은 아니었어요. 그냥 보통 체격의 남자들이었지요. 그나저나 목수네 가족을 찾는 사람이 또 있단 말입니까? 참 도통 종잡을 수가 없네."

"사실 친척이 우리보다 먼저 찾으러 갔다는 소식을 들었거든요. 그 친척이 아니라면 누구였지요? 그 가족을 찾았던 사람이."

세령녀가 얼른 변명을 했다. 뒤이어 나온 상인의 말은 두 명이 아니라 세 명의 사내라고 했다. 상인의 입에서 나온 사실이 점점 더 믿어지지가 않았다. 그 사내들이 석공단체 사람들이라고 했다는 것이다. 상인은 요셉이 석공 일을 배우려고 한다는 말을 들은 터라 반가운 마음에 일러주었다고 했다. 그런데 그 사내들은 자기한테 신신당부를 했단다. 요셉이 나타나면 자기들이 찾고 있다는 말을 꼭 전해달라고. 요셉이 석공 일을 배우고 싶어 한다는 것을 어떻게 알고 석공단체에서 요셉을 찾으러 다니는 걸까. 아무리 생각해도 알 수 없는 일이었다. 상인도 그 점이 의심스럽다고 했다.

카르모스와 세령녀, 두 사람은 저잣거리를 빠져나왔다. 요셉 가족은 지척에서 금방 손아귀에 잡힐 듯하면서도 손가락 사이를 빠져나가는 모래알 같았다. 그들을 쫓는다는 석공단체 사람들은 누구일까. 무슨 일로 그들을 찾는 걸까. 석공단체 사람들이라면 카르모스도 안면이 있는 사람들인 걸까. 의문에 의문이 꼬리를 물고 이어졌다. 갑자기 헤로디그만의 목소리가 듣고 싶었다. 헤로디그만이라면 과감하게 어떤 결정을 내려줄 것 같았다. 갑자기 미망의 묘약이 간절해졌다. 길을 떠난 후 몇 번인가 미망의 묘약에 손을 대려고 한 적이 있었다. 그때마다 세령녀가 막아서 간신히 참아내고 있었다.

두 사람이 포도밭을 뒤지고 다닌 지 사흘째가 되었다. 요셉의 '요' 자도 종적을 감춘 듯 어디에서도 실마리를 잡을 수 없었다. 엎친 데 덮친 격으로 카르모스는 몸살이 났다. 밤낮없이 돌아다닌 탓이었다. 자리를 털고 무거운 몸을 일으키려는 카르모스를 세령녀가 말렸다. 대신 자신이 포도밭을 돌아다니겠다고 했다. 카르모스는 세령녀가 끓여놓은 코올 한 사발을 먹고는 잠이 들었다. 어느새 여관방 격자창으로 어둠이 스며들고 있었다. 세령녀가 돌아왔다. 세령녀는 카르모스의 이마를 짚으며 몸 상태를 물어보았다. 다른 때와 달리 세령녀의 목소리에 생기가 넘쳤다. 카르모스는 이제 좀 나아졌다고 말하고는 세령녀에게 오늘도 허탕이냐고 물었다.

"허탕까지는 아니었어요."

세령녀가 생글거렸다. 카르모스가 낙타 가죽을 몸에 두르고 일어나 앉았다. 마음이 급했다. 갑자기 기침이 쏟아졌다. 세령녀가 걱정스러운 얼굴로 쳐다보더니 저녁을 지었다. 세령녀에게 빨리 말을 듣고 싶었지만 카르모스의 배 속에서도 꼬르륵거리는 소리가 연신 들렸다.

세령녀는 손을 재게 놀렸다. 화덕에 불이 올라왔고 빵이 구워지는 냄새가 고소했다. 세령녀가 가죽 보퉁이를 풀었다. 빨간 생고기한 덩어리가 나왔다.

"웬 고기요?"

"샀어요."

"무리를 했군."

"몸 생각도 해야 하잖아요."

헤로디그만에게 얼마간의 비용을 받긴 했던 터였다. 카르모스는 그 일부분을 세령녀에게 주었다. 콩죽 속에 고기 익는 냄새가 위를 자극했다. 무교병에 찍어 먹는 고기 코올 맛은 기가 막히게 좋았다.

"그 아이가 학교를 다닌다고 하던데요"

세령녀가 식기를 치우며 입을 열었다.

"누가?"

"누구겠어요. 요셉이라는 사내의 아이죠."

학교라니, 참 뜬금없는 정보였다.

"무슨 학교를 다니겠소. 잘못 들은 걸 테지."

카르모스는 세령녀의 말을 무시했다. 세령녀는 카르모스에게 그 사람들이 에세네파 사람들이라는 것을 잊었느냐고 했다. 세령녀의 말처럼 정말 까맣게 잊고 있었던 터였다. 에세네파는 유대교의 교리와 계명과 율법을 철저히 지키는 당파였다. 헤로디그만도 에세네파라고 카르모스에게 고백했었다. 억압받는 대부분의 하층민 유대인은 에세네파였다. 그래도 카르모스는 믿어지지 않았다. 요셉의 아이는 겨우 서너 살배기에 지나지 않았다. '베이트 하 세펠'이라는 '책의 집'에 가긴 이른 나이였다. 헤로디그만에게 들어서 알게 된 사실이었다. 헤로디그만도 대여섯 살은 되어서 들어갔다고 했다. 그 전에는 가정에서 부모에게 탈무드 교육을 받는다고 했다. 카르모스가 그것을 이유로 들어서 아닐 거라고 했더니 세령녀가 설거지를 마친 손에서 물기를 털어내며 말했다. 아이가 워낙 총명한가 봐요. 카르모스도 지지 않고 세령녀의 말에 대거리를 했다. 요셉이 가는 곳마다 그 아이가 제 자식이 아니라고 떠벌리고 다니는데 행여나 그 아이를 학교에 넣었겠느냐고 말이다. 바닥 깔개의 보푸라기를 일일이 손바닥으로 훑어대던 세령녀가 카르모스를 물끄러미 쳐다보며 말했다.

"아이 엄마가 교육열이 대단한가 보던데요."

아이의 엄마라면 마리아라는 여인이다. 분명히 존재하는 여자였는데도 불구하고 카르모스는 그 여자를 의식 밖으로 밀어냈다는 생각이 들었다. 현재 스무 살도 채 되지 않았을 여자였다. 열서너 살 때 오십이 다 된 남자와 약혼을 한 여자는 어떤 심정이었을까. 에세네파였다면 필시 궁핍한 가정의 딸이었을 것이다. 늙은 요셉이 친정에 지참금을 넉넉히 챙겨줌으로써 약혼을 성사시켰을 것이다.

유대의 결혼법은 일 년의 약혼 기간이 있는 걸로 알고 있다. 그동안 약혼남이 아닌 어떤 남자와 눈이 맞았던 걸까? 여기까지 생각한 카르모스는 자신에게 놀랐다. 카르모스도 처음에는 공연히 젊은 아내를 의심하는 요셉을 쭉정이라고 여겼다. 그런데 이제 여자가 부정을 저질렀다는 것을 기정사실화하고 있는 게 아닌가. 혼전 임신은 유대 민족에게는 돌로 쳐 죽일 정도의 중죄였다. 더군다나 약혼한 남자의 아이도 아닌 상태라면 말이다. 요셉은 그 사실을 묵과한 채 배부른 약혼녀를 데리고 베들레헴까지 호적을 올리러 왔던 것이다. 여태까지의 정황을 살펴보면 헤브론에서 노예로 팔릴 뻔했던 아이는 요셉과 마리아의 아이가 분명했다. 자기 자식이 아닌 걸 진즉에 알아차린 요셉은 아내와 아이에게 걸핏하면 매질을 일삼았다고 했다. 젊은 아내에 대한 애증으로 번민하던 요셉은 아이를 노예시장에 끌고 와서 팔아버리려고 했다. 다음 날 노예시장에 아이를 찾으러 왔던 여자의 심정은 또 어떠했을까? 아이를 되찾기 위해 지불했던 몰약과 황금과 유향은 또 무엇이란 말인가? 그 말을 듣고 눈을 빛내던 헤로디그만이 생각났다. 학식이 깊어 보이던 사람들이 베들레헴 마구간에서 태어났다던 그 아이에게 주었다는 귀한 물건 또한 이해할 수 없는 점이었다.

"아이의 생김새가 일치했어요."

세령녀가 카르모스의 생각을 멈추게 했다. 짙은 갈색 머리칼과 새까만 눈동자. 그것이 그 아이를 가리키는 외양이었다. 그러나 사람의 생김새는 다 거기서 거기였다. 그러고 보면 여기 사람들 대부분도 세령녀와 같은 동양인과 비슷한 머리칼과 눈동자를 지녔다. 단지 이목구비가 서양인 쪽에 가깝고 피부색은 동양인보다 햇빛 아래 그을린 듯한 고동색을 띤다는 것이 차이가 있을 뿐이었다.

"여기도 회당이 있단 말이오?"

학교는 회당에서 운영되고 있음을 염두에 두고 한 말이었다.

"유대인들이 예배와 제사를 드리는 간이 회당이 있더라고요."

"내일은 거길 가봐야겠군."

카르모스가 중얼거리자 세령녀가 아랫입술을 윗니로 질겅거리며 눈을 깜박거렸다. 하고 싶은 말이 있을 때의 표정이었다. 남자의 시선을 머물게 하는 표정이기도 했다. 어디선가 저 모습을 본 것 같았다. 간절한 눈빛으로 입술을 잘근거리며 호소하던 여인의 모습 말이다. 카르모스는 기억의 끝자락을 애써 끌어당겨보았지만 끝내 놓치고 만다. 잊어버린 자신의 과거에 여자가 있었던가?

"카르모스!"

세령녀가 그를 불렀다. 카르모스는 머리를 흔들었다. 자기 눈앞에 세령녀가 있었다.

"무슨 생각에 빠져 있는 거예요?"

세령녀가 물었다. 카르모스가 고개를 저었다.

"그래서 말인데요, 제가 회당에 다니는 여자아이와 넌지시 이야기를 해봤어요."

세령녀는 괜히 어른이 아이를 찾으러 회당을 들락날락하면 랍비도 이상하게 생각할 것이고 아이 부모가 알게 되지 않겠느냐는 것이었다. 듣고 보니 일리 있는 말이었다. 세령녀는 자기가 알게 된 그 여자아이를 요셉의 아들에게 자연스럽게 접근시켜 집을 알아내는 것이 훨씬 나을 것이라고 말했다. 왕과 헤로디그만이 여자인 세령녀를 왜 이 일에 동참시켰는지 납득이 갔다. 안디오의 저열한 추측이 어긋났다는 생각이 들자 마음이 놓였다. 그와 더불어 헤로디그만은 카르모스가 알고 있는 것보다 훨씬 용의주도한 인물이라는 생각도 들었다. 어쨌든 이제 일이 거의 마무리가 되어가는 시점에 이르렀다. 그러면서 자연스럽게 고개를 치켜든 상념이 머리를 어지럽혔다. 임무를 성공리에 수행한 후 끝에는 무엇이 기다리고 있을까. 각자 원하는 대가를 받고 제 갈 길을 가는 걸까. 카르모스는 큰돈을 들고 애급으로 가서 잃어버린 과거를 찾게 될 것이다. 안디오도 부자가 되어 팔레스타인 남쪽 땅으로 돌아갈 것이고 헤로디그만 역시 로마의 백부장이 될 터였다. 그렇다면 이미 남편이 죽은 세령녀? 카르모스는 생각을 멈췄다. 너무 앞서 생각하는 것은 금물이다. 미래에 대한 지나친 걱정이 현재를 망칠 수도 있을 테니까.

그랄 계곡으로 떠난 헤로디그만 쪽으로 생각이 미쳤다. 그들은 아무 성과도 없이 계곡과 암벽을 타며 시간과 힘을 죽이고 있을 것이다. 어쨌든 요셉 일가가 베르셰바에 있다는 사실은 틀림없으니까.

이튿날 회당 수업이 끝날 무렵 세령녀가 그 여자아이를 만나러 나갔다. 한참 후에 세령녀가 돌아왔다. 나이가 서너 살 위인 그 아이는 요셉의 아들에게 친근한 누나로 접근한 모양이었다.

"집이 어디라고 합디까?"

카르모스가 급하게 물었다.

"오늘 겨우 얼굴을 알았을 뿐인데, 어떻게 집까지 물어볼 수 있겠어요."

세령녀가 밉지 않게 눈을 흘기며 카르모스를 나무랐다. 카르모스는 당장 내일이라도 회당 앞에서 기다리고 있다가 아이를 미행해야겠다고 했다. 카르모스의 마음은 저만큼 앞서 달리고 있었다. 요셉을 잡을 수 있는 미끼가 눈앞에 있는데 시간을 지체할 이유가 없었다. 간발의 차이로 그들의 흔적만 남아 있는 껍데기만 더듬은 적이 어디 한두 번이던가. 하루속히 일을 매듭짓고 싶었다. 카르모스의 속내가 세령녀에게 전달된 것일까.

"카르모스, 왜 그렇게 서두르는 거예요. 급히 넘기는 빵이 체하기 십상이라니까요. 그 아이 부모나 랍비, 또 이곳 사람들에게 섣불리 의심을 사면서까지 무리한 행동을 할 필요는 없다고 봐요."

카르모스의 속내를 알아차린 세령녀가 핀잔을 줬다. 듣고 보면 세령녀의 말은 하나도 틀린 것이 없었다. 카르모스가 차분하게 마음을 가라앉히는 걸 지켜보던 세령녀가 입을 열었다.

"이름을 알아냈다고 하더군요."

신중에 신중을 기하는 세령녀가 갑자기 사랑스럽게 느껴졌다.

"여호수아*라고 했어요."

여호수아. 카르모스는 그 이름을 되뇌었다. 히브리어로 여호와가 구원한다는 의미였다. 사생아에게 붙여진 이름치고는 너무 거창했다. 아이의 엄마한테 아이의 아빠는 특별한 남자였을지도 모른다.

"여호수아는 어떤 아이라고 합디까? 듣던 대로 영리한 아이라고 하던가?"

카르모스는 또 다그치기 시작했다. 세령녀는 잠깐 생각하는 특유의 영민한 표정을 지으면 눈동자를 굴렸다.

"영리한지 어쩐지는 잘 모르겠고, 마치 살쾡이 같다고 하더군요. 도둑 살쾡이. 그 여자아이 표현이 그랬어요. 회당 맨 구석에 고개를 푹 수그리고 앉아서 눈만 할끔거리더라고요. 옆에 가서 툭 치기만 해도 깜짝깜짝 놀라더래요."

세령녀의 이야기를 듣고 보니 미루어 짐작할 수 있는 일이었다. 요셉에게 여호수아는 노예시장에 팔아넘기고 싶을 만큼 미운털이 있었을 것이다. 그런 아비 밑에서 서너 살 아이가 받았을 상처는 뻔했다. 눈치꾸러기가 되었을 아이가 새삼스레 측은했다.

하루 이틀이 지나면서 그 여자아이와 여호수아가 친해져가는 눈치였다. 워낙 마음을 닫고 지낸 아이라서 처음에는 경계했지만 아이는 아이였다. 자기에게 관심을 가지고 다정하게 대하는 누나 같

---

* 여호수아(Yehoshua). '여호와께서 구원하신다'는 의미의 히브리어로 '승리를 가져올 자'와 같다. 지금의 '예수'라는 이름은 여호수아를 그리스어로 옮겨놓은 것이다.

은 아이에게 차츰 입과 마음을 열었다.

삼사일이 지나서 여호수아가 자기 아비 이야기를 했다고 했다. 포도밭 품삯꾼인데 늘 술에 절어 지낸다고. 그 아이가 집이 어디냐고 물은 말에 대한 대답이었단다. 그리고 그 아이가 알아낸 것은 또 있었다. 여호수아의 아버지 이름이 요셉이고, 엄마 이름은 마리아라고. 세령녀에게 그 아이의 말을 전해 들으면서 카르모스는 심장이 뛰었다.

이제 거의 다 왔다. 목표물은 손만 뻗치면 닿을 수 있는 곳에 있었다. 더 지켜보고 말 것도 없다. 당장 달려가 요셉을 포박하면 될 일이었다. 일이 여의치 않아 생포가 힘들 경우에는 그의 목숨을 끊어도 된다고 했다. 서로 편을 갈라 길을 떠나기 직전 헤로디그만이 지시했다.

"최악의 경우 요셉의 심장에 단도를 꽂아도 된다. 다만 아내와 아이만은 반드시 생포하라."

카르모스는 초조한 시간을 보냈다. 카르모스가 할 수 있는 일이 아무것도 없었다. 다섯째 날이었다. 여관 문을 박차고 들어오는 세령녀의 발걸음이 평소와 달랐다. 그렇지 않아도 다른 날보다 세령녀가 그 아이를 만나고 오는 시간이 지체되어 격자창을 연달아 넘겨보고 있는 중이었다.

"알아냈어요, 알아냈다고요. 여호수아 집을!"

볼이 발갛게 상기된 세령녀는 평소 그녀답지 않게 그렇게 외치며 뛰어 들어왔다.

"어디야? 당장 가봅시다."

"그 아이와 함께 여호수아 집에 다녀오는 길예요. 그 아이는 여호수아와 그 집에 들어갔고, 나는 먼발치에서 여호수아도 보고 마리아라는 여자도 보았어요."

"요셉이란 작자는?"

"집에 없대요. 품삯 일을 나갔다가 해가 기울어져야 돌아온다고 하더라고요."

카르모스는 허탈감이 밀려왔다. 집만 알아내면 당장 달려가 요셉을 요절내리라고 생각했었다. 그러나 정작 요셉은 집에 없다고 한다. 반나절을 더 기다려야 했다. 그자를 찾으려고 스무 날을 고생했는데 고작 반나절쯤이야 기다릴 수도 있었다. 그러나 이상하게 조급함이 밀려왔다.

헤로디그만과 안디오가 함께 있다면 얼싸안고 기뻐했을 것이다. 이슥한 밤에 급습해서 요셉만 처치하면 될 일이었다. 아무래도 요셉을 생포하기란 쉽지 않을 것이다. 여자와 아이만 포박해서 데리고 오면 되었다. 그 정도는 카르모스에게 일도 아니었다. 그리고 밤을 틈타 베르셰바를 빠져나가 헤로디그만을 만나기로 한 그랄 계곡으로 가면 모든 일이 끝난다.

이번에는 미망의 묘약 없이 해낼 수 있을 것 같은 생각이 들었다. 미망의 묘약은 오 년 전 어느 날부터 카르모스 수중에 있었다. 함몰된 기억의 한 부분일 것이다. 수중에 있기 전에 이미 그 연기에 취해 있었고, 수중에 있었기에 쉽게 끊기 어려웠다. 그러는 동안 그 가루는 카르모스의 몸과 정신 속에 시나브로 스며들었다. 여러 지역을 돌던 장사치의 경고를 듣고 카르모스는 이를 악물었다. 세 번 피울 것을 두 번과 한 번으로 줄여나갔다. 손이 떨리고 눈이 흐려지고 머리가 빠개지듯 아팠다. 금단 현상이 지나자 차츰 몸이 적응되었다. 어느 순간부터 머리가 맑아지고 숨이 덜 가빠졌다. 이제 거의 끊고 지내는 날이 많아졌다. 세령녀 덕분이었다. 미망의 묘약은 현실을 잊게 해주는 명약이 아니었다. 연기에 길들여지면 그 맛을 잊을 수 없어, 육체와 정신을 죽음의 늪으로 불러들이는 마귀의 혓바닥이었다.

"이제 다 온 것 같소이다."

카르모스가 두 손바닥으로 마른세수를 했다. 숨을 몰아쉬는 세령녀의 얼굴에 초조함이 스쳤다.

"마음에 걸리는 일이 있어요."

"마음에 걸리는 일이라니?"

"저번에 연장 가게에 왔다 갔다던 그 사람들 말이에요."

"그들이 찾기 전에 우리가 먼저 요셉을 찾으면 되잖소?"

세령녀의 미간에 잔주름이 잡혔다. 세령녀를 바라보는 카르모스의 마음에 앙금이 가라앉고 있었다. 이제 저 여자가 내디뎌야 할 인생의 발자국은? 이미 오래전에 쥐새끼들의 위장에서 묽은 액체가 되어버린 남편을 구해보겠다고 험한 길을 자처한 세령녀. 그녀에게 제시된 대가는 처음부터 없었다. 카르모스는 세령녀가 이 끔찍한 사실을 저들의 입을 통해 듣기 전에 자신이 이야기해줘야 할 것 같은 책임감으로 마음 한편이 무거웠다. 카르모스에게 남겨진 마지막 숙제였다.

어둠이 내렸다. 결전의 시간이다. 카르모스가 막 요셉의 집에 가려고 채비를 할 때였다. 문 두드리는 소리가 났다. 세령녀가 격자창을 넘겨보려고 뒤돌았다.

"누구시오?"

카르모스가 문 앞으로 나가 물었다.

"연장 가게 상인이오."

카르모스가 격자창을 내다보았다. 연장 가게 상인이 허리를 구부리고 서 있었다. 카르모스는 상인에게 자신들이 묵고 있는 여관을 일러둔 것이 생각났다. 세령녀가 채 뒤를 돌기도 전에 카르모스는 아무 생각 없이 문의 걸쇠를 풀었다. 무엇인가를 저지하려는 세령녀의 팔이 허공에서 멈칫거리는 걸 보았지만 이미 때가 늦었다. 사람들이 쏜살같이 튀어 들어왔다. 복면을 쓴 세 명의 사내들이었다. 그들은 세령녀와 카르모스를 단숨에 덮쳤다. 느닷없이 당한 일이라 카르모스도 미처 손쓸 사이가 없었다. 게다가 카르모스에게는 두 사람이 한꺼번에 덤벼들었다. 그들은 상인에게 미리 언질을 받고 온 것 같았다. 카르모스가 얼핏 본 격자창 밖으로 상인이 달아나는 게 보였다. 순식간에 일어난 일이었다.

연장 가게에서 요셉 가족을 찾았다던 사람들이 틀림없었다. 저녁 먹기 전 세령녀가 염려했던 일이 현실로 나타난 것이다. 카르모스는 자신의 경솔함을 뉘우쳤지만 이미 때는 늦었다. 상인은 복면 사내들에게 카르모스와 세령녀를 찾는 미끼가 된 것이다. 그들을 보는 순간 카르모스는 요셉이 석공 일을 배우고 싶어 하는 걸 알고 소개시켜주려는 차원의 거간꾼이 아니라는 생각이 미쳤다. 복면한 그들은 오 년 전 카르모스를 집요하게 추적했던 그 발자국들과 차림새가 흡사했다. 자신의 목숨을 위협한 자들이 요셉을 찾는 이유가 무엇일까. 한낱 부정한 여인을 데리고 살면서 폭행이나 일삼는 술주정뱅이 요셉이란 자가 누구길래 이토록 표적이 된단 말인가. 안티파스나 저들이 왜 하나같이 요셉을 추적하는 걸까.

카르모스는 세 명과 난투를 벌였다. 그들에게 쫓기기만 했던 예전의 카르모스가 아니었다. 검투사 사 년 동안 몸은 돌처럼 단단해졌다. 그들은 카르모스의 적수가 되지 못한다고 판단했는지 세령녀를 재빨리 낚아챘다. 세령녀의 두 팔을 꺾은 사내의 눈동자가 번뜩였다. 우두머리 같았다. 카르모스는 공격을 멈췄다. 세령녀가 그의 손에서 풀어졌다. 그들은 여관을 차례로 빠져나갔다. 마지막으로 남은 우두머리가 검은 복면 속에서 입술을 꿈틀거렸다.

"더 이상 요셉을 쫓지 마라. 너도 우리 손에 죽었어야 할 목숨이었다. 네가 계속 이 일에서 손을 떼지 않는다면 결국 너를 죽일 수도 있다는 것을 명심하라!"

카르모스는 머리를 세게 두들겨 맞은 느낌이었다. 요셉을 쫓지 말라는 경고는 새삼스러울 것이 없었다. 그들이 요셉을 찾고 있었다는 것을 알고 있었으므로. 비록 그 이유까지는 몰라도 말이다. 그러나 그의 다음 경고는 풀리지 않는 암호였다. 나를 죽이는 일이라니. 카르모스는 우두머리 사내의 갈매기 눈썹이 생각났다. 낯이 익었다. 어디서 본 듯한 눈매였다. 어디서 보았나? 카르모스가 채 생각을 정리할 사이도 없이 복면의 사내들은 바람같이 사라졌다.

그림자 같은 사내들이었다. 한바탕 꿈을 꾼 느낌이 들 정도였다. 카르모스의 귓가를 울리는 복면 사내의 마지막 경고가 귓가에서 떠나지 않았다. 결국 너를 죽이는 일일 수도 있다는 말. 카르모스는 그 말을 되새김질할 사이도 없이 세령녀를 앞장세우고 요셉의 집으로 향했다.

마침내 찾은 요셉의 집은 예상했던 대로 텅 비어 있었다. 카르모스는 그 자리에 털썩 주저앉았다. 세령녀도 이마에 손을 짚고 허탈한 표정으로 서 있었다. 복면의 사내들이 요셉 일가를 빼돌린 것이 분명했다.

"당신 때문이야! 일을 이따위로 그르치게 만든 게 다 당신 탓이라고! 이제 어쩔 거야?"

카르모스는 벌떡 몸을 일으키고는 세령녀의 양쪽 팔을 잡고 흔들었다. 멍한 눈빛의 세령녀도 카르모스가 흔드는 대로 흔들렸다.

"여자 따위를 신뢰한 내가 어리석었어. 여자 말을 듣다니. 내가 돌았지. 닷새 전, 아니 이틀 전에만 그 아이를 미행했더라도 요셉을 잡을 수 있었잖아!"

카르모스는 텅 빈 방 안을 돌며 미친 듯이 소리를 질렀다. 세령녀도 말없이 눈물을 흘렸다. 카르모스는 방 한가운데 서서 머리만 쥐어뜯었다.

5
○
논쟁

『암살자들』은 8장까지 연재를 이어나갔다. 처음 프로젝트를 기획한 날로부터 두 달이 가까워지면서 우여곡절이 있었지만 연재는 순탄한 편이었다. 정 편집장은 '글잡' 카페 우수회원이 되었다. 내가 예상했던 대로였다. '글잡'은 회원 수 오십여 명 남짓인 소규모 카페였다. 그중 우수회원은 이십여 명 안팎이었다. 정은 회원정보에서 파르헤지아를 발견했다. 정은 '회원소설' 게시판에서 『암살자들』을 연재했던 자취를 더듬었다. 당분간 연재를 하지 못할 것에 대해 양해를 구하는 글도 게재되어 있다고 했다. 철저하게 온라인으로만 운영된 카페여서 회원 간의 교류나 만남의 흔적은 찾기 어려웠다.

파르헤지아는 아직 우수회원으로 남아 있었다. 정은 파르헤지아에게 메일과 쪽지를 보냈다고 했다. 내용은 간단했지만 무명으로 소설을 써온 사람에게는 충분히 솔깃한 제안이었다. '우리 출판사는 파르헤지아, 당신 소설에 관심이 많다. 당신 소설이 독자와 만날 수 있는 방법을 모색 중이다. 연락 바란다.' 답장은 곧바로 왔다. 마치 그런 제안을 간절히 기다린 사람 같았다. 정은 답장 내용을 우리에게 공개했다. 작가는 미흡한 자신의 소설에 관심을 가져준 것에 대한 의례적인 감사의 말과 함께 『암살자들』을 연재할 수 있는 온라인상의 공간을 확보해달라고 했다. 파르헤지아는 우리 출판사가 온라인 소설 연재를 하고 있다는 것을 알고 있었던 것이다. 현재 진행되는 청소년 장편이 있긴 했지만 연재 사이트 하나 더 개설하는 것은 문제가 아니었다. 더군다나 주간이 사활을 걸고 있는 『암살자들』이었다. 곧바로 사이트가 개설되었고, 파르헤지아의 소설은 우리 출판사 이름을 걸고 온라인 연재를 시작했다. 비록 작가의 실체가 밝혀지진 않았지만 출판사로서는 소설 청탁과 연재 승낙을 받아낸 것만도 큰 소득이었다. 네티즌의 열기가 식기 전에 연재를 1장부터 다시 시작하게 된 것도 출판사로서는 큰 이점이었다. 우리의 예상은 적중했다. 연재가 회수를 넘어가면서 문제가 발생했다. 우려했던 점이기도 했지만 우리 모두 바라던 바이기도 했다.

"어떻게 이런 말도 안 되는 나부랭이를 소설이라고 할 수 있어?"

"아무리 쓸 게 없어도 그렇지. 이런 쓰레기를 연재하는 거야? 당장 연재 끊지 못해?"

"이건 있을 수도 없는 이야기야. 당신들 고발할 거야!"

뚜뚜뚜. 속사포 같은 말에 이어 일방적으로 전화는 끊어졌다. 내가 채 답변을 할 사이도 없었다. 하도 들어서 물릴 지경인 엄포성 발언들이었다. 나는 끊어진 전화기에 대고 중얼거렸다. 어디에다 고발을 한다는 겁니까, 당신이야말로 공갈협박죄로 고발해야겠군요, 라고.

『암살자들』 연재가 이어지면서 작가뿐 아니라 출판사에 대한 항의 전화는 예상보다 훨씬 극단적이고 과격했다. 목수 요셉이 술주정꾼으로 묘사된 것부터 어린 예수를 사생아로 버젓이 언급한 것에 이르자 조회수는 천 단위를 넘어 만에 육박했다. 댓글도 수백 건에 달했다.

처음에는 성경에 없는 이야기를 작가가 제멋대로 꾸몄다는 것에 화가 난다, 정도였다. 그에 대해서 네티즌 누군가가 출판사가 하고 싶은 말을 대신해주기도 했다.

연재가 횟수를 넘어가면서 예수를 모독한 죄에 대한 책임 운운에서 지옥 유황불에 던져질 것이라는 엄포성 댓글도 심심치 않았다. 대놓고 쌍욕을 하거나 작가를 향한 인신공격이 도배가 되기도 했다. 그것을 반격하는 반기독교적 댓글도 흥미로웠다. 예수가 요셉의 아들이 아니라면 사생아가 맞지 않느냐는 것이다. 동정녀가 임신했다는 것 자체가 모순이고 비과학적이라는 소설 외적인 문제까지 거론되었고 위험수위를 넘어가는 발언들이 넘쳐났다. 기독교적 종교관에 입각해서 볼 때 그것은 과학적이냐, 비과학적이냐는 것에서 진즉 비껴간 문제였다. 그 때문에 기독교적 가치관을 가진 네티즌은 사생결단으로 반박했다. 성령으로 인해 동정녀에게서 출생한 인물이 예수다. 그것은 기독교 가치관의 근간이므로 그걸 침범하는 것은 마귀의 짓이라는 것이다. 그것에 반대하거나 동조하는 댓글이 앞다투어 달렸다.

반대 측에서는 그것은 단지 성경에서 일반인의 출생과 변별을 둠으로써 예수를 신격화하는 동시에 마리아를 성스러운 위치에 올린 에피소드에 지나지 않는다, 팩트는 아무도 알 수 없는 것이라는 의견이었다. 그러자 기독교를 옹호하는 네티즌은 예수 출생은 예수 부활 사건과 같은 맥락에서 의심이나 반기는 허용할 수 없는 금기라고 못 박았다. 그러면서 이것은 기독교 교리에 정면으로 린치를 가하는 것이라며 울분을 토했다. 그 밑에 누군가 비웃듯 반론을 제시했다. 그렇게 따지자면 동서양을 막론해서 민족이나 종교의 시조가 된 인물 출생에 대한 예사롭지 않은 설화가 예수뿐이 아니다, 멀리 갈 것도 없이 우리나라 고대 시조도 그 근본은 하늘과 맞닿아 있고 출생 또한 범상치 않다, 그런 맥락에서 볼 때 예수 또한 픽션이 가미된 신화적 인물일 수도 있지 않느냐고 반박했다.

날이 갈수록 논쟁은 확산되어갔다. 기독교뿐만 아니라 가톨릭에서도 나서서 입을 모아 비난했다. 한 네티즌이 질문을 던졌다. 예수는 신화인가, 아니면 실존인가라고. 누군가가 예수는 역사가 증명하는 실존 인물이라며 여러 증거와 사실을 들어 보였다. 그러자 처음 화두를 던진 네티즌이 다시 질문을 던졌다. 그렇다면 탄생에서부터 비과학적인 요소가 내포된 예수는 신화적 인물일 수밖에 없다는 결론에 이른다고 설파했다. 신격화를 위한 예수의 비과학적인 출생을 전제로 한다면 그를 완전한 역사적 인물로 실존화하기에는 문제가 있지 않느냐, 결국 당신들의 주장은 역사와 실존을 완전히 휘발시킨 상태에서 예수를 역사적 인물이라고 우기고 있다, 이것은 자가당착이라고 빈정거렸다.

『암살자들』 자체보다 첨예한 댓글이 많아질수록 조회수는 거의 폭발적이었다. 그 중간에도 '파르헤지아'라는 작가 개인에 대한 궁금증을 드러내는 네티즌도 심심치 않게 눈에 띄었다. 정식 등단 코스를 밟은 작가인가에서부터 나이와 성별 및 종교관 등등. 그러나 작가는 모습을 드러내지 않고 있었다. 겨우 연재 원고만 메일로 보내고 있는 상태였다. 출판사에서도 작가에 대한 궁금증이 증폭되고 있었고, 우려의 목소리가 높아졌다. 만약 연재가 끝나도 작가가 끝내 모습을 드러내지 않으면 어떡하느냐는 것이다. 작가와의 합의를 거친 후 연재 청탁까지의 1단계 미션은 완수한 셈이지만 다음 단계가 문제였다. 그러나 지금은 그걸 걱정할 계제가 아니었다. 추이를 지켜보며 대처하는 것만으로도 급급했다.

고리타분한 종교계의 반발은 빗발쳤고 옹호하는 일반인도 하나둘씩 늘어나기 시작했다. 연재가 진행되는 동안 출판사는 양측 공방전이 첨예하게 대립되도록 가교 역할을 하는 것이 2단계와 3단계 미션이었다. 대립 양상이 정점에 치닫게 되면 종교와 전혀 상관없는 네티즌도 관심을 가질 터였다. 이 임무도 성공리 완수되고 있는 중이었다. 주간은 팔짱을 끼고 지켜보는 중이지만 입은 귀에 걸려 있었다.

주간이 다음 미션을 제시했다. 이래저래 관심이 최고조에 이르렀을 때 연재를 중단시키는 것이 4단계였다. 그 후 작가와의 합의를 거쳐 종이책 출간을 하자는 것이 마지막 미션이었다. 대대적인 홍보와 작가의 전면 등장을 이슈화하는 것은 말할 것도 없다. 출간 결과는? 이미 확산된 노이즈 효과로 어느 정도의 독자층이 확보된 상태인 데다가 중단된 소설의 끝을 보고 싶은 것은 독자의 당연한 욕구일 것이다.『암살자들』연재 이전에 작가가 밝힌 작품에 대한 소회, 즉 예수의 실존 모습을 그리고 싶었다는 것이 작품 말미에 드러날지에 대한 것도 논란을 뜨겁게 할 것이다. 출판사에서도 그 부분에 대해서는 충분히 여지를 남겨놓을 것이다.

밥줄이 위태했던 최악의 상황에서『암살자들』은 주간이 이 바닥에서 살아남을 수 있는 사냥감인 것만은 확실했다. 이제 정과 김도 두 팔을 걷어붙이고 나서는 판이었다. 출판사 사주와 출판계에서도 주목하고 있는 프로젝트로 급부상하는 중이니 말해서 무엇하겠는가. 출판사 사주는 종이책 출간이 십만 부를 넘겼을 때 우리에게 인센티브까지 약속했다. 정과 김도 작가를 빨리 보고 싶다는 말을 대놓고 했다.

14,289. 정이 확인한『암살자들』의 8회 조회수다. 저녁 여덟시 사십분 현재 스코어다. 자정을 넘기면 이만 명은 거뜬히 넘길 것이다. 직원들이 퇴근한 사무실은 썰렁했다. 정이 휘파람을 불며 내 자리로 왔다.

"예수는 진짜 누구 아들이지?"

팔짱을 낀 정이 나한테 물었다.

"하나님의 독생자죠."

"어련하실까. 누가 신학대 안 나왔다고 할까 봐."

정이 밉지 않게 눈을 흘겼다.

"『암살자들』에서 말이야."

"내가 어떻게 알아요. 작가가 결론을 내리겠죠."

내가 최대한 심드렁한 목소리로 말했다.

"조 팀장, 결론은 어때?"

이건 또 무슨 말인가. 난 잠깐 주춤했다. 소설 속 누군가가 떠올랐다. 피리로 최면을 걸어 타인의 속내를 밝히게 하는 능력이 있는 여자, 세령녀가 정에게 겹쳐졌다.

"혹시 〈그리스도 최후의 유혹〉이라는 영화 알아?"

정이 물었다. 갑자기 무슨 말일까. 내가 대답을 하기 전에 그녀는 말을 이어나갔다. 『그리스인 조르바』를 쓴 니코스 카잔차키스가 쓴 소설인데 영화화됐다고 했다. 나는 머리를 가로저었다. 니코스 카잔차키스와 『그리스인 조르바』는 알아도 '그리스도 최후의 유혹'이라는 소설과 영화는 몰랐다. 그녀는 제목처럼 예수 이야기라고 했다. 대학교 때 본 책과 영화였단다. 예수가 십자가에서 최후의 고통에 시달릴 때 환상과도 같은 유혹을 받는다고 했다. 여자와 결혼을 해서 아이를 낳고 범부로서 살아가는 예수의 인생이 환상으로 그려진 작품이라고 했다. 제자들은 평범하게 사는 예수를 찾아와 비난하면서 환상은 날아가고 십자가에 매달린 예수는 다 이루었다는 단말마를 외치고 절명한다고 했다. 예수의 인간적인 모습을 다룬 작품이었는데 가톨릭과 개신교에서 꽤 시끄러웠단다.

"1988년에 만들어진 영화인데, 우리나라에 바로 들어오지 못했어. 하긴 영화를 만든 미국에서도 '마귀의 필름'이라고 격렬한 반발이 있었으니까. 그러다가 우리나라에서는 2000년대 초반에 상영되었지. 난 원작을 읽은 터라 개봉하자마자 보러 갔거든. 스카라 극장이었어. 기독교의 거센 항의와 반발로 며칠 만에 조기 종영을 했지. 뭐랄까. 씁쓸한 기분이었어. 아, 참. 영화를 보러 간 날, 어처구니없는 일이 있었어. 예수와 여자가 정사를 나누는 장면이 있거든. 그런데 그 순간 스크린으로 칼이 날아왔어. 그 칼은 스크린에 닿기도 전 객석의 어느 사람 어깨에 스쳤고, 일대 소동이 일어났지. 그 칼이 지향한 것은 무엇이었을까. 기독교의 절대적인 교리였을까. 나는 아니라고 봐. 광신적인 독선에 불과하다는 생각만 들더라고. 그 칼끝에는 2,000년 전의 편협한 가치관이 가진 폭력과 억압에 항거했던 자유로운 영혼의 예수도, 사랑과 박애를 기본으로 하는 광의의 기독교도 없었어. 소통의 몰이해와 극단만 있을 뿐이었지. 참 우습지."

뭐가 우습다는 걸까. 그녀는 피식, 웃었고 나는 웃지 않았다. 그래서였을까. 정이 처음 『암살자들』 연재를 반대했던 것이. 기독교의 광신적인 독선에 맞서고 싶지 않아서?

"이삭 씨, 나 크리스천이다. 몰랐지."

"그때부터 교회를 다니기 시작했어요? 그 칼 때문에?"

내가 물었다. 몰이해와 극단이 빚은 기독교를 알아보기 위해서였냐는 의미가 담긴 질문이었다.

"아니, 교회는 안 다녀. 근데 크리스천이야. 오직 교회의 논리에만 충성하는 기독교인과 교회는 다니지 않지만 진정한 크리스천이 있는 거 몰랐지? 난 그 영화를 보면서 예수한테 반했거든. 그 책과 영화를 보고 비난의 칼을 던지는 사람이 있는가 하면 난 반대로 크리스천이 되었어. 한국 교회가 여러 가지 면에서 더할 수 없는 실망을 안겨주는데도 여전히 나는 내가 크리스천이라는 데 자긍심을 가져. 현재 기독교와 교회라는 종교 권력은 받아들이고 싶지 않지만 말이야. 그래도 이천 년 전 실제로 살았던 예수는 웃고 울고 신음하고 괴로워하는 약한 자의 편이었고 스스로도 약자였잖아. 하지만 잘못된 권력과 강자의 불의를 향해서는 굽히지 않았지. 그러고는 결국 스스로를 살신(殺身)함으로써 사랑과 박애를 실천한 예수에 대해서는 어떤 잣대도 들이대기 싫은 마음이 있어. 그냥 무작정 믿고 싶은 거라고 할까."

예상치 못한 대답을 하는 데 능수능란한 여자였다. 어느새 내 입가에도 저절로 웃음이 비어져 나왔다. 누군가는 그 작품을 접하면서 진정한 크리스천이 되었고 누군가는 그 작품을 향해 칼을 던졌다. 아이러니였다.

"이 작품, 우리 끝까지 해보자. 작가가 어떤 의도를 가지고 있는지는 아직 모르지만. 그런데 자꾸 애정이 생기네. 뭘까, 이 마음은?"

정이 의미심장한 미소를 던졌다. 예쁘다는 생각을 했다. 예쁜 여자는 모든 것을 무장해제시킨다. 고해성사를 하고 싶을 만큼. 그 여자가 내 여자가 될 확률이 0퍼센트에 가깝다고 할지라도. 아니다. 0일지 100일지는 아직 모른다. 그녀나 나나.

"다음 챕터 제목은 뭐지?"

정이 내 몽롱한 눈빛에 찬물을 끼얹었다. 9장 제목을 정말 몰라서 물어보는 것은 아닐 것이다.

"'세령녀의 피리'잖아요."

내가 듣기에도 내 목소리가 곱지 않았다. 정은 내 말에 뭐가 그렇게 우스운지 깔깔거렸다. 정은 자기 자리로 돌아갔고, 나는 컴퓨터 자판을 소리 나게 두들겼다.

세령녀의 피리

카르모스는 짐을 실은 낙타를 끌면서 북서쪽에 위치한 그랄 계곡으로 무거운 발걸음을 옮겼다. 자꾸 뒤처지는 세령녀 쪽은 돌아보지 않았다. 막달 임신부 배처럼 부풀어 오른 거대한 사막이 나타나면 모래를 맞았고, 자연의 비의를 품고 있는 듯한 암벽에 이르면 돌에 발을 내디뎠다. 가시덤불이 먼지처럼 굴러 돌아다니는 광야에서는 길을 잃곤 했다. 피곤함으로 몸이 지쳐갔지만 그게 문제가 아니었다.

날이 어두워지자 암벽 사이 움푹 파인 동굴에 모닥불을 피웠다. 어림잡아 내일이면 헤로디그만 일행과 만나기로 한 지점에 도착할 수 있을 것이다. 카르모스는 튜닉 깊숙이 찔러 넣었던 가죽 주머니를 끌렀다. 불그스름한 가루. 손끝으로 비벼보았다. 눅눅했다. 감람나무 잎사귀를 꺼냈다. 반이 찢겨져 나간 잎이었다. 카르모스는 가루를 털어 조심스럽게 잎사귀에 쌌다. 모로 누워 있던 세령녀가 상체를 돌려 카르모스를 바라보았다. 카르모스가 막 불을 붙일 때였다.

"그것만은 안 돼요!"

세령녀가 앙칼진 목소리로 소리쳤다. 베르세바를 떠난 후 카르모스에게 처음 말을 시킨 세령녀다. 카르모스는 세령녀의 말을 들은 척하지 않고 미망의 묘약을 입에 가져갔다. 이제 그녀의 말은 어떤 것도 듣고 싶지 않았다. 그때였다. 세령녀가 카르모스가 쥐고 있는 감람나무 잎을 가로챘다.

"이게 무슨 짓이오."

"나와 약속하지 않았습니까. 이젠 힙노스의 강을 피우지 않겠다고요."

힙노스의 강. 세령녀는 미망의 묘약을 그렇게 불렀다. 카르모스가 세령녀에게 장사치에게 들었던 이야기를 해준 적이 있었다. 그때부터 세령녀는 미망의 묘약을 말렸다.

"이거라도 한 모금 빨지 않으면 버티기 힘들어서 그래요."

카르모스는 세령녀 쪽을 바라보지 않고 말했다. 카르모스 딴에는 감정을 억누르면서 한 말이었다.

"안 돼요. 절대 안 된다니까요."

세령녀의 눈에 핏발이 섰다. 카르모스도 세령녀를 노려보았다. 목구멍에서 이게 모두 너 때문이라고 소리치고 싶은 걸 간신히 참고 있는 중이었다.

"차라리 나 때문이라고 화를 내세요. 나한테는 어떻게 해도 상관없어요. 그러나 힙노스의 강만은 안 돼요."

"이유가 뭐요?"

카르모스가 옆구리에 양손을 짚으며 물었다. 세령녀는 눈을 내리깔았지만 여전히 가루가 들어 있는 감람나무 잎만은 손에 움켜쥐고 있었다.

"카르모스, 당신이 폐인이 되는 것을 옆에서 지켜볼 수 없어요."

세령녀는 눈을 내리깔았다. 내가 폐인이 되든 말든 이 여자가 무슨 상관이기에 저렇게 화를 내는 걸까. 카르모스는 세령녀를 똑바로 응시했다.

"내가 원한다니까. 일개 노예였던 내가 폐인이 되든 부랑자가 되든 당신이 무슨 상관이야!"

카르모스는 주먹으로 자기 가슴을 치며 험악하게 인상을 썼다.

"내가 원하지 않는다고요! 내가 싫어요!"

세령녀가 카르모스를 올려다보며 울부짖고 있었다. 카르모스는 허탈했다. 물끄러미 세령녀를 내려다볼 뿐이었다. 세령녀 가슴속에 깊이 자리한 카르모스 자신을 보고 말았다. 이것은 아니다. 정말 이건 아니다. 카르모스는 머리를 세차게 좌우로 흔들었다.

"차라리 날 때리고 욕하고 비난하세요! 난 그런 대우를 받아도 마땅한 사람이니까요!"

세령녀의 검은 눈망울이 물기로 부풀어 올랐고 작은 입술이 붉어졌다. 카르모스는 자신이 여자를 안을 수 없다는 사실을 새까맣게 망각한 채 그녀를 안아보고 싶은 마음이 솟구쳤다.

"제발 그만해!"

카르모스는 이를 악물며 소리쳤다. 그러나 카르모스의 몸은 세령녀에게 다가가고 있었다. 카르모스의 입술이 일순간 그녀의 입술에 닿았다. 그와 동시에 카르모스의 격한 손이 그녀의 어깨를 거칠게 움켜쥐었다. 그 바람에 헐렁하게 매어 있던 세령녀의 튜닉 어깨 매듭이 풀렸다. 카르모스의 의도와 상관없이 세령녀의 어깨와 가슴이 드러났다. 크지 않았지만 아담한 젖가슴이 봉긋하게 솟아 있었다. 세령녀가 자신의 손바닥으로 가슴을 감싸 안긴 했지만 카르모스를 거부하는 몸짓은 아니었다. 흑갈색 유두가 세령녀의 손가락 사이에서 수줍게 비어져 나왔다. 세령녀가 등을 돌렸지만 튜닉은 이미 그녀의 몸을 타고 미끄러져 내릴 참이었다. 카르모스의 머리와 가슴은 곧 터져버릴 듯했지만 몸은 그대로였다. 카르모스가 눈을 감았다.

"세령녀, 이제 제발 그만합시다. 미안하오. 내가 잠시……. 내 맹세하리다. 다신 힙노스의 강에 손을 대지 않겠다고."

카르모스는 몸을 돌려 동굴을 나왔다. 동굴 안에서 세령녀가 튜닉을 입는 소리가 새 나왔다. 카르모스의 뜨겁게 달아올랐던 머리와 가슴이 서서히 식어가기 시작했다. 검푸른 하늘에 별들이 와르르 쏟아질 듯 제각기 빛을 뿜어냈다. 별 무리가 모였다 흩어지면서 어떤 형상이 그려졌다. 카르모스의 의식을 줄기차게 잡아당기는 여자의 나신이었다. 그 여자는 누굴까? 움푹 들어간 기억 속에서 자맥질하는 형상은 흐릿했다. 불쑥 올라왔다가는 가뭇없이 사라져서 실체를 알 길이 없었다. 나는 누구인가? 내 과거는? 카르모스는 머리를 쥐어뜯었다. 세렝녀를 안고 싶었다. 그러나 단지 품에 보듬고 싶을 뿐이었다. 오라비가 누이동생을 안듯 그렇게. 그 외에 카르모스가 세렝녀에게 해줄 수 있는 것은 아무것도 없었다. 그 순간 복면 사내의 목소리가 기억났다. 결국 너를 죽이는 일이라고 했던 경고의 말. 그들이 나를 죽이려고 한 까닭도 그 말과 관계가 있는 걸까. 복면 속 웅얼거리던 사내의 목소리를 가만히 되뇌어보니 분명 귀에 익은 목소리였다. 낯익은 그의 눈매도 기억의 표면 위로 천천히 올라오고 있었다. 튀어 오른 기억의 파편을 간신히 건져 올리려고 온 신경을 집중시켰다. 그러면 그럴수록 성긴 그물 속으로 들어온 잔챙이 물고기가 빠져나가듯 기억의 조각들은 허무하게 사라졌다.

뾰족한 정으로 돌을 쪼개고 무거운 돌덩이를 짊어졌던 어깨와 팔뚝의 근육만이 과거의 자신을 나타내는 흔적이었다. 오 년 전 애급에서 무슨 일이 있었던 걸까? 어째서 그 부분이 통째로 결락되어 있는 걸까? 애급에서 자신을 쫓던 발자국을 피해서 헤브론까지 어떻게 몸을 숨겼는지 도무지 기억에 없다.

　동굴로 돌아왔다. 세령녀가 잔뜩 몸을 움츠리고 누워 있었다. 잠이 든 것 같지는 않았다. 카르모스는 모르는 체했다. 한쪽 편에 낙타 가죽이 깔려 있었다. 세령녀가 카르모스의 잠자리를 보아둔 모양이었다. 카르모스는 나뭇가지를 모닥불에 던졌다. 사위어가던 모닥불이 기세 좋게 타올랐다. 동굴 안은 금세 따뜻해졌다. 이내 세령녀도 잠이 든 것 같았다. 카르모스는 낙타 가죽 위에 몸을 뉘었다. 쉽게 잠이 들 것 같지 않았다. 내일이면 헤로디그만을 볼 수 있을 것이다. 새삼 헤로디그만의 얼굴 생김새가 하나하나 선명하게 떠올랐다. 동굴 어디선가 물 떨어지는 소리가 간헐적으로 들렸다. 카르모스도 천천히 잠에 빠져들었다.

　이른 아침 눈을 떴다. 카르모스는 서둘러서 짐을 꾸렸다. 세령녀는 카르모스의 눈을 피하는 눈치였다. 지난밤 일이 여자인 세령녀에게는 치욕이었을 것이다. 세령녀를 욕보이려고 한 안디오를 때려눕힌 손으로 그와 똑같은 일을 저지르려했던 것이 부끄러웠다. 한 가지 위안을 삼는다면 세령녀가 카르모스를 거부하지 않았다는 것이다. 카르모스도 알고 있었다. 세령녀 또한 자신에게 마음을 주고 있다는 것을.

　"어젯밤 일은 없었던 일로 합시다. 미안하오. 다 내 못난 탓이라오. 솔직히 말하면 나는 당신이 싫지 않소. 아니, 당신을 좋아하게 된 것 같소이다. 언제 기회가 되면 말해주리다. 그러나, 내 몸이……."

　카르모스는 얼굴이 화끈거림을 느꼈다. 좋아하는 사람 앞에서 정말 하기 싫은 말을 꺼내는 자신이 못 견디게 싫었다. 카르모스는 남성의 기능을 상실한 지 오래였다. 원래 그렇게 태어난 것은 아니었다. 어느 순간 남성이 말을 듣지 않았다. 그 또한 결락된 기억 속에 깊이 감추어진 비밀이었다. 세령녀의 입술이 살짝 벌어졌다. 세령녀도 카르모스의 가슴속에 자리하게 된 자신을 본 탓일까. 세령녀의 검은 눈이 깊어졌다. 말없이 고개를 끄덕거리는 세령녀의 볼은 발갛게 상기되었다. 카르모스는 그 순간 정말 아무 생각 없이 세령녀를 안고 싶었다. 하지만 스스로를 다스려야 했다. 그녀에게 더 이상 마음의 갈등을 줄 순 없는 일이다.

베르셰바 사건 이후로 서먹했던 카르모스와 세령녀의 관계는 다시 본래대로 회복되었다.

"저기 능선 하나만 넘으면 다 왔소이다."

카르모스가 손가락으로 모래 능선 하나를 가리켰다. 카르모스와 세령녀는 능선 아래로 뛰어 내려갔다. 무릎까지 모래에 푹푹 빠졌다. 능선 아래 이르렀을 때였다. 헤로디그만이 복면 쓴 사내의 무리에게 둘러싸여 있는 게 보였다. 저들이 여기까지 손을 뻗쳐 헤로디그만을 공격하고 있다니. 전혀 예상치 못한 일이었다. 참으로 끈질긴 무리다. 안디오는 보이지 않았다.

카르모스는 단도를 움켜쥐었다. 차라리 저들이 금품이나 노리는 강도인 게 백번 나을 듯했다. 광야에서 도적 떼나 강도를 만나는 것은 흔한 일이었다. 그러나 정체를 알 수 없는 적들을 상대한다는 것이 더 미칠 노릇이었다. 카르모스는 세령녀에게 모래 능선 뒤에 숨어 있으라고 이른 후 내려갔다. 카르모스는 헤로디그만을 걷어 차는 놈의 등에 올라타서 단도로 찔렀다. 놈은 비명을 내지르며 바닥에 나동그라졌다. 카르모스의 얼굴을 확인한 헤로디그만의 표정이 환해졌다. 카르모스는 헤로디그만의 손을 잡아 일으켰다. 그순간 두 놈이 한꺼번에 카르모스에게 달려들었다.

카르모스는 양팔을 휘두르며 두 놈의 가슴을 강타했다. 헤로디그만도 한 놈을 번쩍 들어 바닥에 메다꽂았다. 헤로디그만이 놈의 면상을 막 후려치려고 할 때였다. 카르모스에게 가슴을 얻어맞았던 한 놈이 헤로디그만의 정수리에 돌멩이를 조준하고 있었다. 잽싸게 몸을 일으킨 카르모스가 놈의 허벅지에 칼을 꽂았다. 헤로디그만과 카르모스는 닥치는 대로 놈들을 처치했다. 놈들은 생각보다 날렵하지도 민첩하지도 않았다. 칼을 쓰는 손놀림도 어설펐다. 놈들은 하나둘씩 나자빠졌다. 무기를 잃은 나머지 놈들은 달아났다.

칼에 찔린 허벅지를 부여잡은 놈은 바닥에 고꾸라져 엉금엉금 기고 있었다. 헤로디그만이 그를 향해 재빨리 칼을 빼 들었다. 헤로디그만은 아예 놈의 목숨 줄을 끊으려는 것 같았다. 카르모스가 헤로디그만을 제지했다.

"대장, 잠깐만요. 사로잡읍시다."

"이자는 적이야. 적을 살려줘서 어쩌려고?"

"이유는 알아야 하지 않습니까."

카르모스 말에 헤로디그만이 천천히 칼을 거두었다.

"죽이시오!"

그때 놈이 눈을 홉뜨며 외쳤다. 헤로디그만이 놈의 복면을 벗겼다. 악의라고는 찾아볼 수 없는 순박한 얼굴이었다. 척 보기에도 강도나 도둑의 험상궂은 모습이 아니었다. 놈은 얼굴을 일그러뜨리며 신음을 내뱉으면서도 얼굴을 수그렸다. 놈의 허벅지에서 많은 양의 피가 흘렀다.

"우선 치료부터 해줍시다."

어느새 세령녀도 곁에 서 있었다. 세령녀가 짐을 끌러 천을 찢었다. 세령녀가 놈의 피를 닦고는 상처 부위를 힘껏 동여맸다.

"안디오는요?"

카르모스가 물었다.

"도망쳤어."

헤로디그만이 이마의 땀을 닦으며 말했다. 카르모스와 세령녀는 놀란 얼굴로 헤로디그만을 쳐다보았다. 헤로디그만도 더 이상 안디오에 대해 말하지 않았다. 헤로디그만과 카르모스는 놈을 끌고 천막으로 왔다. 카르모스가 놈을 한쪽에다 묶어두었다. 놈도 기진맥진해 보였다.

"성과는 있었나?"

헤로디그만이 물었다.

"대장은요?"

헤로디그만이 머리를 가로저었다.

"우리는 코앞에서 놓쳤습니다."

헤로디그만의 눈이 커졌다. 놈이 이쪽 대화를 듣고 있다는 게 느껴졌다. 카르모스는 안 보는 척하면서 놈을 살폈다.

"서두르지 마십시오. 이야기가 아주 기니까."

두 사람의 대화를 듣고 있던 세령녀의 어깨가 움찔했다. 자기가 일을 그르쳤다는 자책감 때문일 것이다.

"우선 저놈부터 족치는 것이 일의 순서일 것 같습니다."

카르모스가 놈의 옆구리를 발로 걸어찼다. 놈은 신음 소리를 삼켰다.

"우리를 노리는 이유가 무엇이냐? 너희 정체를 밝혀라!"

헤로디그만은 옆에서 팔짱을 끼고 카르모스가 하는 양을 지켜보고 있었다. 놈은 카르모스를 노려볼 뿐 입을 굳게 다물고 열지 않았다. 카르모스가 단도를 꺼내 들었다. 놈의 턱 밑으로 단도의 날을 들이밀었다. 조금만 힘을 주면 단도가 놈의 목울대를 파고들 것이다. 놈의 눈동자가 공포로 흔들렸다.

"이래도 말을 하지 않겠느냐?"

놈은 차라리 자기를 죽이라는 말을 씹어 뱉더니 눈을 꽉 감고 단도에 제 목을 바투 들이댔다. 단도에 스친 목에서 금이 그어지면서 피가 배어 나왔다. 오히려 카르모스가 단도를 놈의 목에서 떼내야 했다. 죽기를 각오한 사람의 살벌함이 놈에게서 뿜어져 나왔다.

"내가 한 번 해보면 안 될까요?"

세령녀가 나섰다.

"너의 피리가 감당할 수 있는 일이겠느냐?"

헤로디그만이 세령녀에게 물었다.

"두 분은 잠깐 나가 계시지요."

헤로디그만이 카르모스에게 나오라는 눈짓을 보냈다. 카르모스는 마치 홀린 기분으로 그 자리를 빠져나왔다.

"피리로 무엇을 하겠다는 말입니까?"

카르모스가 천막을 빠져나오자마자 헤로디그만에게 물었다.

"자네 또 잊어버렸군. 세령녀의 피리 소리가 사람의 흉금을 털어 놓게 한다는 것을."

카르모스도 익히 알고 있었던 이야기다. 그러나 막상 그 일이 현실로 나타난다고 생각하니 믿을 수가 없었다. 그녀가 낯설어 보였다.

천막 안에서는 피리 소리가 나지막이 새 나오기 시작했다. 안디오가 세령녀의 몸을 덮치려고 한 날 꿈결에서 들었던 그 음률이다. 사람의 심장을 쥐락펴락하다가도 흐트러진 사람의 마음을 다독거리는 음률이 맴돌았다. 피리의 선율은 광야의 능선과 모래알 하나까지도 부드럽게 쓰다듬고 있는 듯했다. 바람과 햇살도 그대로 멈추어 피리 소리에 몸을 맡기는 것 같았다. 최면에 걸린 놈의 더듬거리는 목소리가 가늘게 흘러나왔다. 표독스러웠던 아까와는 달리 순한 목소리에 흐느낌도 배어 있었다. 그러나 그것은 잠시였다. 곧 고통의 울부짖음이 들렸다. 그 순간 세령녀의 피리 소리가 뚝 멈췄다. 곧이어 세령녀의 비명이 들렸다. 두 사람은 동시에 일어나 천막 속으로 뛰어 들어갔다. 피리는 바닥에 떨어져 있었다. 세령녀는 두 손으로 얼굴을 가리고 천막을 뛰어나갔다. 눈을 홉뜬 놈의 입에서는 피가 흘러내렸다. 헤로디그만이 놈의 입을 벌려 보았다.

이 사이에 시뻘건 덩어리가 물려 있었다. 놈의 혀였다. 카르모스는 놈의 턱 밑에 엄지와 검지를 얹어보았다. 팔딱거려야 할 곳에는 움직임이 멈춰 있었다. 놈은 세령녀의 최면에 자기 속내를 털어놓다가 스스로의 입이 두려워 자살을 한 것 같았다.

시신 처리가 시급했다. 헤로디그만과 카르모스는 시신을 들어냈다. 멀찍한 곳까지 가서 시신을 처리하고 오니 한밤중이었다. 돌아오는 길에 카르모스는 헤로디그만에게 베르셰바에서 있었던 일을 이야기했다.

"아이 이름이 여호수아라고? 여호수아라면, 구원이라……."

헤로디그만이 아이 이름을 재차 확인했다. 세령녀가 일을 미루는 바람에 실패했다는 말은 하지 않았다. 다행히 헤로디그만도 왜 바로 그 집을 덮치지 않았느냐고 질책하지 않았다.

"그날 밤 우리를 덮쳤던 놈들과 똑같은 복면을 하고 있었어요. 그래서 내가 죽이지 못하게 한 겁니다."

헤로디그만은 턱을 쓰다듬으며 생각에 잠긴 얼굴이었다.

"우리 말고 또 그 아이를 쫓는 자가 있단 말이지."

"아이라고요?"

카르모스가 되물었다. 끊임없이 의심해왔던 부분이었다. 헤로디그만은 무표정한 얼굴로 입을 다물었다. 카르모스는 헤로디그만에게 다른 말을 시켰다. 그의 굳은 입을 열기 위해서는 다른 말이 효과가 있다는 것을 터득한 터였다.

"처음에는 그자들이 대장과 안디오라고 생각했습니다. 그런데

참 이상한 점이 있었어요."

"뭐가?"

헤로디그만은 즉각적인 반응을 보였다.

"그자들이 왠지 요셉 가족을 보호하고 있다는 느낌이 들었습니다."

"보호?"

두 사람이 천막에 돌아오자 세령녀가 헤로디그만과 카르모스에게 향유를 뿌려주었다. 하루의 피로가 한꺼번에 씻기는 기분이었다. 드러내놓고 말은 하지 않았지만 헤로디그만도 흡족해했다. 카르모스도 기분이 한결 나아졌다.

"이게 어디서 났소?"

카르모스가 물었다.

"집을 나올 때 가져왔는데, 아껴두었어요."

세령녀는 남은 향유의 마개를 닫고 다소곳이 앉았다. 헤로디그만은 세령녀에게 놈이 죽기 전에 한 말을 재촉했다.

"제린이라는 사람이 보냈다고 했어요."

카르모스가 익히 알고 있던 이름이었다. 그는 석공 단체의 우두머리였다. 세령녀가 카르모스의 옆얼굴을 훔쳐보며 말을 이어가기를 주저했다. 그 이름이 자신의 딱딱하게 굳어버린 뇌관을 톡톡 두드리고 있다는 게 느껴졌다.

"제린이라고? 제린이란 작자가 누군데?"

헤로디그만은 세령녀를 추궁하듯 성마르게 재촉했다.

"석공 단체의 수장이라고 했습니다."

다시 한 번 세령녀가 조심스럽게 카르모스를 쳐다보았다. 세령녀는 카르모스가 과거 석공이었다는 것을 알고 있기에 카르모스의 눈치를 살피는 거였다.

"석공 단체라면 애급에 그 원조가 있는 걸로 알고 있는데."

헤로디그만은 사각턱에 돋아난 수염을 매만졌다. 카르모스는 머리가 텅 비어져 어떤 생각도 나지 않았다.

"그자가 왜 우리 뒤를 쫓아다니며 훼방을 놓는 거지? 어디 우리 뒤뿐인가. 바엘세바에서는 요셉 가족도 쫓아다녔다며?"

"그 말을 물어보려는데 그자가 혀를 깨물었어요. 마지막 숨이 끊어지기 직전에 한 말이 있는데, 이해할 수가 없더라고요."

헤로디그만이 머리를 주억거렸다. 세령녀가 계속 말을 이어나갔다.

"그 가족을 더 이상 쫓지 말라고 하더군요. 우리 목숨이 위태로울 거라고……."

세령녀가 말끝을 흐렸다. 세령녀도 기억하고 있을 것이다. 베르셰바의 여관에서 카르모스에게 경고했던 복면 사내의 말을. 세령녀는 헤로디그만에게 그 말은 하지 않았다.

헤로디그만은 머리를 움켜쥐면서 입술을 깨물었다. 그의 입에서 우리 목숨이 왜 위태로운 거지, 라는 말이 흘러나왔다.

"아, 참. 내 정신 좀 봐. 잊은 게 있네요."

세령녀가 손바닥을 치면서 입을 열었다. 헤로디그만과 카르모스는 세령녀를 동시에 쳐다보았다.

"그 사람, 마지막 숨을 거두면서 유대의 신을 부르더군요."

"유대의 신이라면, 여호와 말인가?"

"네, 맞아요. 여호와를 외쳤어요. 이제 곧 창과 칼을 든 메시아가 곧 유대를 구해낼 거라는 말도 했어요."

"필시 젤롯당이야."

헤로디그만이 작게 중얼거렸다. 카르모스는 세령녀의 말에 또 하나의 의문이 더해졌을 뿐이다. 제린이 젤롯당과 무슨 관계란 말인가? 애굽 석공 단체 사람들이 왜 요셉의 가족을 보호하려는 걸까?

난데없이 등장한 복면을 쓴 무리의 정체에 대해 끄나풀이라도 잡을 수 있었던 것은 세령녀의 최면술 덕분이었다. 세령녀를 여자라고 얕잡던 안디오의 말들은 헛소리였던 것이다.

카르모스가 세령녀를 조용히 불러냈다. 피리의 효험을 눈으로 확인하는 순간 그녀에게 부탁해볼 참이었다. 카르모스 자신조차 모르는 자신의 과거에 대한 복원. 세령녀의 피리라면 가능할지 모른다는 기대감은 일종의 예감 같은 거였다. 카르모스 안에 잠들어 있던 스스로를 끄집어내야만 했다. 카르모스는 세령녀에게 더듬거리며 잃어버린 기억에 대해 말했다. 천막 안에서는 헤로디그만의 코 고는 소리가 들렸다. 세령녀는 아무 말도 하지 않고 앞서 걸어갔다. 달빛을 받은 그녀의 흐릿한 그림자가 카르모스를 잡아끄는 것 같았다. 카르모스는 무엇에 홀린 듯 세령녀의 그림자를 허위허위 쫓아갔다. 청아한 달빛 아래 굽이치는 모래 능선은 거대한 짐승의 등을 닮았다. 표면에 은빛 가루를 뒤집어쓴 반짝거리는 모래 언덕은 완만한 곡선을 이루었다. 잊어버린 기억 속에서 카르모스의 과거도 모래의 저 사금처럼 빛나길 고대해보고 싶은 밤이었다. 어디선가 불어오는 싸늘한 바람이 카르모스의 가슴에 밀려오고 있었다. 싫지 않은 느낌이었다.

"여기쯤이 적당하겠지요."

문득 걸음을 멈춘 세령녀가 피리를 꺼내 들었다. 피리를 가로잡은 세령녀의 손가락 마디가 희다 못해 파랬다. 피리에 입술을 붙인 세령녀는 살포시 눈을 감았다. 길지 않은 세령녀의 눈썹 끝을 살짝 스치는 바람이 보였다. 그와 동시에 파르르 떨리는 그녀의 눈썹이 카르모스의 마음 깊이 아로새겨졌다. 그녀의 눈썹 끝에 머물다가 사라져도 좋을 것 같다는 기분이 들었다.

이윽고 피리의 선율이 울렸다. 검푸른 하늘이 깊은 동굴처럼 아득해졌다. 사막 표면은 커다란 융단을 깔아놓은 듯 보였다. 능선과 협곡 굽이굽이를 피리의 음률이 서서히 쓰다듬고 있었다. 피리에서 들리는 음률은 미처 언어가 되지 못한 비의로 읊조리고 있는 듯했다. 그 음률이 카르모스에게 나긋나긋 묻고 있었다. 네 안에 있는 너의 모습이 보이냐고. 열서너 살쯤 된 의문의 여자가 떠올랐다. 수줍은 얼굴은 겁에 질려 있었지만 지상의 것이 아닌 기품이 서려 있었다. 감히 범접치 못할 기운이었다. 나는 너를 품어야 하느니라. 카르모스의 입술이 달싹였다. 당신이 나를 가진다면 힘없는 내가 어찌 피하고 도망칠 수 있겠습니까? 당신이 내 안에서 생명을 짓고 자라게 할지라도 그것은 이미 당신 것이 아니지요. 낮고 조용한 목소리가 소녀의 온몸에서 울리고 있었다. 너는 누구냐?

카르모스가 물었다. 내가 누구인지 당신이 알아야 할 이유는 없습니다. 당신은 당신이고, 나는 나일 뿐입니다. 당신이 나를 여자로 품는 순간 당신은 영원히 남자일 수 없습니다. 그게 무슨 말이냐? 여호와의 뜻입니다. 알 수 없는 질문과 답변이 이어졌다. 카르모스의 가슴이 뜨거워지고 숨통이 막혀왔다.

"아악!"

카르모스가 선혈을 토하듯 비명을 질렀다. 가슴에 불덩어리가 치미는 것 같은 고통이 엄습해서 도저히 견딜 수가 없었다. 카르모스의 머릿속 의문의 소녀가 신기루처럼 사라졌다. 카르모스는 그 자리에서 고꾸라졌다. 그와 동시에 피리의 선율도 멈췄다.

"계속하라고! 피리를 불어! 왜 멈추는 거야!"

카르모스는 두 손으로 가슴을 움켜쥐며 소리쳤다. 세령녀가 천천히 머리를 가로저었다.

"이쯤에서 멈춰야 해요. 당신 안의 당신을 더 들여다보다가는 스스로 자멸하는 수가 있어요. 당신 안에 가득한 어떤 것이 당신의 생명을 누르는 기운이 느껴졌어요. 나는 두려워요. 아까 그 사내처럼 당신도 자살할까 봐."

세령녀의 눈동자가 코발트빛의 지중해보다 더 깊고 맑았다. 카르모스는 간신히 숨을 쉴 수 있었다. 뼈에서 살을 발라내는 듯한 고통도 시나브로 잦아들었지만 의문은 여전히 풀리지 않았다. 소녀는 누구인가? 그녀가 누구이기에 내가 여자로 품어야 했던가? 나의 남성적 불능의 연유는 소녀의 완강한 기운에서 비롯된 것일까? 카르모스가 머리를 처박고 꿇어앉아 있는 동안, 세령녀는 다리 없이 물속을 부유하는 생명체처럼 모래를 시적시적 헤치고 가 버렸다.

안디오의 죽음

"안디오가 돌아왔어요."

그 말을 전하는 세령녀의 목소리가 떨렸다. 세령녀의 말이 마치기 무섭게 능선 옆 암벽 사이로 검은 그림자가 보였다. 열 개의 손가락에 쇠 골무를 붙이고 능란하게 암벽으로 넘어오고 있는 그림자는 분명 안디오였다. 안디오는 벽에 매달린 큰 거미 같았다. 베들레헴 마을에서 젤롯 당원을 쫓을 때가 생각났다. 네발 짐승과 같은 모양새로 땅에 착지한 다음 잠시 숨을 몰아쉬었다. 안디오는 헤벌쭉 웃으며 카르모스에게 눈인사를 했다. 손가락 끝에 낀 쇠 골무를 하나씩 빼 가죽 주머니에 담는 안디오의 손놀림은 놀라울 정도로 빨랐다.

"어딜 다녀온 게야. 위험에 처한 대장을 혼자 놔두고."

카르모스는 안디오를 힐난했다. 헤로디그만은 그를 못 본 척했다.

"헤헤, 볼일이 좀 있어서. 대장은 무사한데, 뭘. 갑자기 도적 떼가 들이닥치니 무서워서 그랬지. 난 싸움은 딱 질색이라서. 힘도 없고. 사실 싸움은 내 전문이 아니거든."

안디오는 복면 쓴 무리를 도적 떼라고 불렀다. 그의 말을 아무도 정정해주지 않았다.

"자네 전문은 도대체 뭔가?"

"첫째는 도망치는 놈을 열심히 쫓아 뒷덜미를 낚아 오는 것이고, 둘째는 위험한 상황에서 누구보다 빨리 도망쳐서 그 상황을 보고하는 것. 아니야, 보고는 아니고."

안디오는 자기 입을 손으로 막았다. 저만치 물러나 있던 헤로디그만이 고개를 홱 돌리면서 안디오를 노려보았다.

"누구한테 보고를 하는데?"

카르모스가 안디오의 말꼬리를 붙들고 늘어졌다. 아무리 생각해도 한두 가지 수상한 게 아니었다. 이참에 안디오의 정체를 밝혀보고 싶었다.

"일테면 그렇다는 거지. 전쟁에서는 보병도 기마병도 필요하지만 연락병도 있어야 하는 것처럼."

"그럼 안디오 자네가 연락병이란 말인가?"

카르모스는 의표를 찔렀다.

"아니라니까 그러네. 이 친구가 베르셰바에서 못 볼 꼴을 보고 왔나. 왜 이렇게 끈질겨, 끈질기긴. 딴소리하지 말고 나한테 보고해봐. 베르셰바에서 무슨 일이 있었는지."

안디오는 딴청을 했다.

"대장을 버리고 달아나는 일 같은 사건이야 어디 있었겠는가."

카르모스는 빈정거리면서 쐐기를 박았다. 안디오는 아랑곳하지 않고 새끼손가락을 세우며 카르모스에게 귀엣말을 했다.

"얼른 말해봐. 저 계집과 재미 좀 봤지? 나를 억지로 떼어내고 자네가 굳이 계집을 데리고 간다고 우길 때 알아봤다니까."

"이 자식이 아직도 정신을 못 차렸나."

카르모스가 안디오의 멱살을 움켜쥐었다. 안디오가 캑캑거리면서 두 손을 맞대 비는 시늉을 해 보였다. 그때 세령녀의 저녁 먹으라는 소리가 들렸다. 카르모스가 안디오의 멱살을 놓았다. 카르모스는 안디오에게 눈을 부라리며 경고했다.

"조심해라, 그 주둥이."

음식을 가운데 놓고 둥글게 둘러앉은 틈새로 안디오가 비집고 들어왔다.

"대장님, 죄송했습니다."

안디오가 뒤통수를 긁적대며 헤로디그만을 향해 한 말이었다. 곧이어 세령녀에게도 알은척을 하며 너스레를 떨었다. 아무도 상대해주지 않는데도 안디오는 개의치 않았다. 헤로디그만과 카르모스는 식사 도중 간간이 베르셰바 일을 이야기했다. 안디오는 입으로 음식을 쓸어 넣으면서도 두 사람의 대화에 귀를 세웠다. 요셉 아들 이야기가 나왔을 때였다. 그 아이 이름이 혹시 기름 부은 자가 아니냐고 안디오가 나섰다. 세 사람이 동시에 안디오를 쳐다보았다. 헤로디그만의 굵은 눈썹이 꿈틀거리는 것을 카르모스는 놓치지 않았다. 세령녀는 아이의 이름이 여호수아였다고 정정해주었다.

"여호수아라고? 어쨌든 눈앞에서 그 아이를 놓쳤단 말이야?"

안디오는 혀를 찼다. 수상한 점이 한두 가지가 아니었다. 전에는 요셉의 아이에게 관심조차 없었던 안디오였다. 그런데 줄행랑을 치고 돌아온 후부터 부쩍 요셉의 아들에게 관심을 드러내고 있었다.

"이상하지 않아요? 우리가 찾아야 할 자가 도대체 누구죠?"

헤로디그만과 안디오가 자리를 비우자 세령녀가 작은 목소리로 카르모스에게 귀엣말을 했다.

"요셉……."

카르모스는 말끝을 흐렸다. 세령녀가 머리를 절레절레 흔들었다. 카르모스의 고개도 자연스럽게 끄덕거려졌다.

"그럼 누구지?"

"요셉의 아들이라는 생각이 들어요. 사 년 전 베들레헴에서도 두 살 아래의 사내아이를 죽이라고 했던 것과 맞물리기도 하고요."

세령녀의 목소리가 더 작아졌지만 눈동자는 빛이 났다.

"헤로디그만은 처음부터 알고 있었고, 안디오도 얼마 전에 안 것 같아요. 낌새가 그렇지 않나요?"

헤로디그만은 총지휘관이니까 당연하다고 해도 맨 나중에 합류한 안디오가 알고 있다는 것은 수상했다. 세령녀는 카르모스에게 귀엣말로 안디오의 정체를 헤로디그만이 눈치챈 것 같다고 말했다. 세령녀에게 몹쓸 짓을 하려고 했던 날, 안디오가 알 듯 모를 듯한 말을 했던 것이 기억났다. 마치 안디오가 헤로디그만의 생사여

탈도 쥐고 있다는 투였다.

날이 이슥해져서 자리를 펴고 눕자 헤로디그만이 카르모스의 옆구리를 툭 쳤다. 카르모스가 헤로디그만을 돌아보았다. 헤로디그만이 양가죽 부대 주둥이를 따고 있었다. 어딜 갔는지 안디오는 아직 돌아오지 않았다.

"마셔."

헤로디그만이 카르모스에게 양가죽 부대를 넘겨주었다. 부대에서 포도주 냄새가 솔솔 났다. 카르모스는 헤로디그만이 시키는 대로 부대의 주둥이에 입을 대고 몇 모금 들이켰다. 목젖을 타고 흐르는 포도주가 위벽을 훑었다. 카르모스가 부대를 헤로디그만에게 건넸지만 헤로디그만은 받지 않고 더 마시라고만 말했다. 카르모스는 헤로디그만에게 묻고 싶은 말이 많았다. 그러나 헤로디그만은 틈을 주지 않았다. 카르모스는 아예 술 부대를 입에 대고 거꾸로 들이부었다. 포도주가 쏟아지는 부대에서 쿨렁, 하는 소리가 났다. 카르모스가 헤로디그만에게 술 부대를 건넬 때마다 헤로디그만은 더 마시라고 권했다. 그러고는 결국 다 마시라고 했다. 술을 강요하는 듯한 얼굴이었다. 잠깐 이상하다는 생각이 들었지만 카르모스의 정신은 흐릿해지고 있었다. 헤로디그만의 얼굴이 두 개에서 세 개로 갈라졌다가 하나로 합쳐졌다.

"취했으면 자."

헤로디그만이 명령하듯 말했다. 카르모스는 헤로디그만의 말이 신호라도 되는 듯 그 자리에서 쓰러졌다. 천막 덮개를 열고 밖으로 나가는 헤로디그만의 뒷모습이 얼핏 보였다. 헤로디그만의 손에는 긴 칼이 들려 있었다. 그 순간 카르모스는 술이 번쩍 깨는 듯싶었다. 그러나 눈꺼풀이 감겨오는 것을 막기 힘들었다. 헤로디그만이 왜 나한테 술을 먹인 걸까. 그 생각이 끈질기게 뒷덜미를 잡아당기며 가수면 상태에 있을 때였다. 두 사람의 말소리가 어렴풋하게 들렸다. 귓속에 양털이 꽉 들어찬 듯 먹먹했다. 잠 속으로 까무룩 잦아드는 찰나였다. 긴 비명이 먹먹한 귀를 뚫고 들렸다. 꿈인지 생시인지 가물거렸다. 카르모스는 그 소리를 잊은 채 깊은 잠에 빠져들었다.

자네 임무는 거기서 끝이었어. 더 이상 무모한 짓은 하지 말게나. 복면 쓴 갈매기 눈썹의 사내가 말한다. 자네는 누구지? 카르모스가 입을 움직이지 않고 묻는다. 나? 자네는 자네 자신을 잊었지만 나는 자네를 알고 있는 사람이지. 그가 웃는다. 웃음소리가 기괴하다. 내가 누군데? 자네는 카르모스지. 그럼 자네는? 오르무스. 그가 대답한다. 오르무스라면? 카르모스의 머리가 쪼개질 듯했다. 수십 마리의 새가 머리를 쪼아 머리통을 완전히 부수어버릴 듯한 두통이다. 카르모스가 머리를 감싸 안는다. 사내는 복면 속에서 기괴한 웃음을 흘린다. 카르모스가 사내의 얼굴에서 복면을 벗기려하자 사내는 저만치 멀어져간다. 마치 순간 이동을 하는 사람처럼. 카르모스가 익히 알고 있던 자다. 카르모스의 석공 동료였던 자다. 오르무스, 자네는 제린과 결탁해서 내 뒤통수를 쳤지. 자네의 배반으로 내 인생은 엉망이 되었어. 내 목숨을 노린 이유가 뭐지? 오르무스가 머리를 가로젓는다. 난 자네를 배반한 적이 없어. 내 임무를 다했을 뿐이지. 배반한 적이 없다고? 임무 때문이었다고? 내가 누구 때문에 석공 단체에서 버림을 받았는데! 카르모스가 소리를 지른다. 카르모스는 오르무스의 뺨이라도 기세 좋게 올려붙이고 싶었지만 손이 말을 듣지 않는다. 카르모스는 오르무스를 향해 절규하듯 울부짖는다. 나를 석공 단체에서 몰아내는 것으로도 모자라 내 목숨까지 노리지 않았는가? 그런데 지금에 와서 날 배반한 적이 없다고? 오르무스가 카르모스를 외면한다. 대의를 위해서 소의는 희생했어야 했네. 단지 자네가 적임자였을 뿐이야. 점점 알 수 없는 말을 지껄이는 오르무스다. 대의는 뭐고 소의는 무엇인가? 자네는 유대인이었다네. 뜬금없는 말이었다. 아니야, 나는 애급에서 어린 시절을 보냈고 석공이 된 애급 사람이야. 아니야, 카르모스. 자네에게는 유대인의 피가 흐르고 있어. 그러니 제발 여기서 멈추게. 오르무스의 말에는 애원이 섞여 있다. 뭘 멈추라는 거지? 자네와 제린에 대한 복수를? 아니면 요셉을 쫓는 일을? 카르모스의 물음에 오르무스는 손가락 두 개를 들어 보인다. 두 가지 다라네. 결국 자네를 죽이는 일일 뿐이라네. 오르무스의 모습이 홀연히 보이지 않는다. 카르모스가 그를 찾기 위해 두리번거리며 발을 옮긴다. 그러나 다리가 말을 듣지 않는다. 마치 땅 전체가 빨판 같았다. 카르모스는 발바닥을 붙들고 놓아주지 않는 바닥에 무너지고 만다. 오르무스! 오르무스! 카르모스는 목이 터져라 외친다. 어디선가 홀연히 피리 소리가 들렸다. 다시금 머리가 깨질 듯 아파왔다.

눈을 떴다. 피리를 불고 있는 세령녀가 보였다. 이마에 식은땀이 흘렀다. 지독한 꿈을 꾼 것이다. 카르모스는 얼굴을 쓸어내렸다. 등허리가 축축했다.

"나한테 뭘 한 거요?"

카르모스가 물었다. 세령녀가 피리 불기를 멈추고 눈을 내리깔았다.

"어젯밤 일이 궁금해서……. 미안합니다. 그런데 다른 말씀만 하시더라고요."

세령녀가 카르모스에게 피리로 최면을 걸었던 것이다. 입안이 바짝바짝 타들어갔다. 머리도 계속 지끈거렸다. 카르모스는 세령녀가 준 물을 단숨에 들이켰다. 세령녀가 말했다.

"두 사람이 없어졌어요."

그 두 사람이라면 대장과 안디오를 말하는 것이다.

어젯밤, 헤로디그만과 안디오가 옥신각신하며 말다툼하는 소리를 들었던 기억이 어렴풋하게 떠올랐다. 카르모스는 세령녀에게 최면술로 두 사람의 일을 알아냈느냐고 물었다. 세령녀가 머리를 가로저었다.

"애급에서의 일만 이야기하더라고요. 당신은 애급에서 무슨 일이 있었던 게 분명해요."

카르모스는 완강하게 부정했다.

"모르오. 나는 정말 모르는 일이오. 그나저나 어젯밤 대장과 안디오에게 무슨 일이 있었던 거요?"

카르모스가 부스스한 머리를 넘기며 세령녀에게 물었다.

"내가 당신에게 묻고 싶은 말이에요. 혹시 비명 소리를 듣지 못했나요?"

세령녀가 목소리를 한껏 죽이며 물었다. 세령녀의 얼굴에 난감한 기색이 흘렀다. 양털 뭉치로 귀를 틀어막은 먹먹함 속에서 가늘고 길게 들렸던 외침이 생각났다. 어제 두 사람 사이에 무슨 일이 있었던 걸까? 짐작하는 것이 현실이 아니길 바랄 뿐이었다. 그녀의 얼굴에 공포감이 스치고 지나갔다.

"저는 두려워요."

그 말을 하는 세령녀의 어깨가 바르르 떨렸다.

헤로디그만은 카르모스에게 작정하고 술을 먹였던 것이다. 헤로디그만은 어디를 갔는지 눈에 보이지 않았다. 카르모스가 몸을 일으켜 천막을 나왔다. 어젯밤 두 사람이 옥신각신하던 곳을 향해 걸어갔다. 세령녀도 카르모스를 쫓아왔다. 카르모스의 등 뒤에서 세령녀가 먼저 신음을 내뱉었다. 바위와 모래더미에 거무스레한 핏자국이 묻어 있었다. 앙상한 올리브 나무에도 피가 맺혀 있었다. 헤로디그만이 칼을 가지고 나갔던 뒷모습이 떠올랐다. 왜 이제야 모든 게 또렷이 기억나는 걸까. 세령녀가 바닥에서 무엇인가를 주웠다. 작은 가죽 주머니였다. 눈에 익은 물건이었다. 안디오가 쇠골무를 보관했던 그것이다. 손때가 묻어 네 귀퉁이가 까맣게 그을린 것처럼 닳아 있었다. 카르모스는 끈을 풀어 주머니를 뒤집었다.

찰그랑거리는 소리와 함께 골무들이 쏟아졌다. 안디오가 열 손가락에 끼웠던 골무는 단지 열 개뿐이 아니었다. 족히 수십 개는 되는 양이었다. 그것들은 유리 조각처럼 빛을 냈다. 카르모스가 하나를 집어 손바닥에 올려보았다. 얼핏 보기만 했을 뿐 자세히 들여다보기는 처음이었다. 앞부분은 뾰족한 갈고리 모양이었다. 벽을 움켜쥐기에 맞춤해 보였다. 그 반대쪽은 손가락이 들어가도록 길게 만들어져 있었다. 카르모스는 골무에 검지를 넣어보았다. 손가락은 쉽게 빠져나오지 않았다.

안디오는 헤로디그만에게 살해당한 것이다. 하루 사이에 두 사람이 죽었다. 한 사람은 적이었지만 안디오는 한편이었다. 그렇게 간단하게 사람을 처치하는 헤로디그만이 다른 동료를 죽이지 않으리란 법은 없을 것이다. 세령녀의 두려움도 그것이다. 안디오를 처단한 칼끝이 나머지 두 사람의 심장을 찌르지 않으리란 보장은 없다. 최종 목표인 요셉도 생포하라고 했다가 여의치 않을 경우에는 죽이라고 했다. 어쩔 수 없이 군인아 된 헤로디그만은 자기 손에 묻힌 피를 괴로워했던 자였다. 그런 모습 때문에 카르모스는 무작정 헤로디그만을 신뢰해왔다. 하지만 그것이 헤로디그만의 진정한 본모습이 아니었던 것이다. 자기편으로 끌어들이기 위한 위선에 지나지 않았다. 헤로디그만도 안티파스와 다를 바 없는 인물이었다.

카르모스도 안디오를 죽이고 싶었던 적이 있었다. 세령녀를 덮쳤던 그날이었다. 세령녀도 그랬을 것이다. 안디오가 나타났을 때,

헤로디그만에게 그를 향한 살기는 느껴지지 않았다. 카르모스는 저녁 식사 시간의 일들을 하나씩 곱씹어보았다. 안디오를 따돌리는 분위기였지만 살벌하진 않았다. 헤로디그만이 안디오를 죽인 이유가 무엇일까?

안디오는 이번 일만 성공하면 자기 고장으로 돌아가 자기를 업신여기던 자들 앞에서 보란 듯이 으스댈 꿈에 부풀었다. 돈만 있으면 작은 키에 볼품없는 외모도 문제 될 게 없다고 믿는 인간이었다. 해안가의 남쪽에서 척박한 여기까지 어떤 경로로 왔는지 듣지 못했다. 다만 그의 인생도 순탄치만은 않았으리라고 짐작할 뿐이다.

카르모스와 세령녀는 헤로디그만을 기다렸다. 해가 중천에 뜨자 광야 쪽에서 먼지가 일었다. 낙타를 탄 헤로디그만이 오고 있었다. 멀리서도 헤로디그만의 몸에서 시취가 풍기는 것 같았다. 안디오의 마지막 냄새. 이방의 땅에서 태어난 안디오는 자신을 경멸하는 유대 사막의 고온 건조한 바람 속에서 빠르게 썩어갈 것이다. 그 전에 이미 맹수와 새 떼에게 갈가리 뜯길 테지만.

세령녀가 향유를 꺼냈다. 세령녀는 헤로디그만의 머리와 몸에 향유를 뿌리려고 했지만, 헤로디그만은 손을 들어 세령녀를 제지했다. 헤로디그만의 얼굴은 초췌했다. 움푹 들어간 눈에도 핏줄이 곤두서 있었고 수염에는 모래가 듬성듬성 박혀 있었다.

카르모스가 헤로디그만을 막아서며 주먹을 불끈 쥐었다.

"죽이더라도 우리에게 이유는 말해줘야 하는 것 아닙니까?"

카르모스의 말에 헤로디그만은 손을 내저었다. 카르모스가 길을 터주자 천막 안으로 들어가서 그대로 엎어졌다. 곧이어 코 고는 소리가 울렸다.

시에스타가 되었을 때 헤로디그만은 천막을 나왔다. 세령녀가 헤로디그만 몫으로 남겨놓은 식사를 순식간에 먹어치웠다. 그러고는 염소젖 한 잔을 다 마시고는 길게 트림을 했다.

"안티파스가 보낸 감시자였다."

안디오가 왕이 보낸 감시자였다니. 충격이었다. 안디오는 우리를 감시하라는 왕의 명령을 따로 받은 작자였다. 왕이 두려워하는 것은 무엇일까. 왕명을 받아 일을 수행하는 특사인 우리에게 따로 감시자를 둘 만큼 못 미더운 것이 무엇일까. 안디오는 놈들의 습격 때도 몸을 피해 예루살렘에 보고를 하러 다녀온 것이었다. 그리고 어떤 정보를 듣고 온 게 틀림없었다.

"세령녀에 대해서도 해괴망측한 말을 했다."

헤로디그만이 말을 멈췄지만 카르모스와 세령녀는 알고 있었다. 안디오는 헤로디그만에게도 똑같이 주둥이를 나불댔을 것이다. 남자들의 성욕을 풀어주기 위해 세령녀가 있는 게 아니냐는 그 말 앞에는 왕명을 내세웠을 것이 뻔했다.

"왕의 첩자를 처치했다면, 큰일이 아닙니까?"

"첩자가 없어진 마당에 왕에게 전할 사람이 누가 있지?"

헤로디그만이 카르모스의 눈을 정면으로 응시하며 물었다. 이번에는 네놈이 왕에게 밀고를 할 텐가, 하는 눈빛이었다.

"나중에 실족사로 죽었다고 하면 그뿐이야. 짐승의 먹이가 되고, 바람에 사라진 안디오의 혀가 지껄일 수는 없을 테니까. 왕의 감시자를 옆에 끼고 일을 도모할 순 없어. 어차피 안디오는 왕에게 중요한 사람도 아니야. 안디오가 사고로 목숨을 잃었다고 해서 눈 하나 깜짝할 왕이 아니니까."

카르모스는 베들레헴에서 군인에게 위해를 가한 사람을 잡았던 것은 안디오였으니 그도 공을 세운 게 아니냐고 궁색한 변호를 했다.

"공은 공이고 내 법은 법이야. 한낱 하급자의 공이 상급자의 법을 꺾을 순 없어. 다신 내 앞에서 안디오를 거론하지 마. 상급자로서의 명령이야."

헤로디그만은 그 어느 때보다 단호했다.

"내일 아침 가데스 바네아로 출발할 것이다."

가데스 바네아라면 유대 땅에서 멀찍이 떨어져 있는 이교도 땅이었다. 그곳으로 요셉 가족이 떠났다는 정보를 입수했단다. 그 정보가 어디서 나왔는지 카르모스는 알고 있었다. 분명 왕과 연락을 취하고 온 안디오에게 들은 정보일 것이다. 사람을 죽이고 정보만 취한 헤로디그만이 사람처럼 보이지 않았다.

"죽은 자도 임무를 완수할 의무가 있다는 게 내 법이다."

헤로디그만은 아무렇지 않게 그 말을 했다.

카르모스도 하루빨리 그랄 계곡을 떠나고 싶은 심정이었다. 두 사람의 피울음이 바람을 타고 들려오는 듯한 음산한 기분을 떨치기 어려웠다. 사람 죽이는 일을 예사로 해왔지만 마음이 불편했다.

미망의 묘약을 끊어서 더 견디기 힘들었다. 사막에서 주검으로 뒹굴고 있을 두 사람에 대한 기억이 너무 선명했다. 세령녀도 마음이 불편했는지 얼굴에 그늘이 드리워졌다.

6

○

어머니의 벽장

창문에서 아침 햇살이 비쳤다. 눈이 떠지지 않았다. 피로로 온몸이 묵직했다. 토요일인 어제까지 특근을 한 탓이었다. 10장까지 겨우 마무리해서 넘기고 밤늦게 귀가했다.

이불 속으로 파고드는데 노크도 없이 방문이 벌컥 열렸다. 나는 이불을 머리끝까지 뒤집어썼다.

"주일이다!"

내 방에 무단 침입한 목사의 입에서 나온 말이었다. 이불 속에서 나는 중얼거렸다. 주일이면 뭐, 어쩌라고. 그러면서도 몸을 일으켰다. 사소한 일로 목사와 부딪히고 싶지 않았다. 출타하지 않는 일요일이면 예배 시간은 지켜왔다. 목사와 한 지붕 아래 사는 동안 최소한으로 지켜온 나의 생활 수칙이었다. 정 편집장의 말이 생각났다. 오직 교회의 논리에만 충성하는 기독교인과 교회를 다니지 않는 진정한 크리스천이 있다고 했다. 정이 나에게 물었다. 조 팀장은 어느 쪽이냐고. 나는 대답을 하지 못했다. 교회 맨 구석 자리에서 교인 머릿수나 채우는 나는 그녀의 당당함이 부러웠다. 교회에는 출석하지만 교회의 논리를 싫어하는 신학대학 출신의 나야말로 모호하고 애매한 사람이다.

삐죽삐죽 솟은 머리칼을 물로 대충 매만지고 예배실로 올라갔다. 예배 시간에 늦어 교인들의 주목을 받고 싶지 않았다.『암살자들』에 문제를 제기했던 집사의 눈에는 더더욱 띄고 싶지 않았다. 준비 찬송이 울려 퍼지고 있었다.

"어서 돌아오오. 어서 돌아만 오오. 지은 죄가 아무리 무겁고 크기로 주 어찌 못 담당하고 못 받으시리오."

준비 찬송치고는 너무 늘어진다는 생각이 들었다. 나는 예배실 맨 구석 자리에 털썩 주저앉았다. 아니나 다를까. 앞에서 찬송을 인도하던 그 집사의 시선이 나에게 꽂히는 게 느껴졌다. 온라인상 게재된 소설 연재는 벌써 9회째 이르고 있었다. 말도 많고 탈도 많아 꽤 시끄러운 소설이라 신학대 다닌다는 집사의 딸이 모를 리 없다. 나를 주시하는 집사의 눈빛도 그걸 말해주고 있었다. 온라인 연재이긴 하지만 우리 출판사라는 것은 누구나 다 아는 사실이었다. 또 내가 그 출판사에 다닌다는 것을 교회에서 모르는 사람은 없었다. 하지만 아직 목사 귀에 들어가지 않은 게 분명했다. 컴퓨터에 문외한인 목사가 스스로 알아낼 수 없는 일이었다. 목사와 친분이 있는 다른 교회 목회자들은 내가 다니는 출판사를 모를 수도 있었다.

찬송은 반복되었다. 마이크를 잡은 집사는 우렁차게 찬송을 부르고 있었다.

"우리 주는 날마다 기다리신다오. 우리 주의 넓은 품으로 어서 돌아오오, 어서."

마치 자신이 하나님의 전언을 나에게 전달해야 하는 사명을 띤 사람처럼 목소리가 애절했다. 『암살자들』의 작가는 제쳐두고 우리 출판사와 나를 싸잡아서 하나님의 품으로 돌아와야 할 죄인이라고 질타하는 것 같았다.

한 시간이 지나자 예배가 끝났다. 곤혹스럽고 지루한 시간이었다. 목사는 아무 기미도 느끼지 못한 것 같다. 언젠가는 터질 일이었다. 아드레날린이 분비되는 긴장 속에서 나는 카운트다운을 세고 있었는지도 모른다.

축도가 끝나자 나는 제일 먼저 자리에서 일어났다. 막 교회를 나서려는데 그 집사가 나를 쫓아왔다. 0.5초라도 빨리 움직이지 못한 게 후회스러웠지만 이미 그 집사는 내 앞을 막아섰다. 나는 그 집사를 상대할 마음이 추호도 없었지만 집사의 표정은 결연했다.

"이삭 형제, 나 좀 봅시다."

그의 얼굴을 빤히 쳐다봤다. 보자고 하니 볼 수밖에.

"지금이라도 막는 게 좋을 거야."

나는 아무 말도 하지 않고 집사의 얼굴을 뚫어지게 바라보기만 했다. 뭘 막으라는 걸까. 이 사람은 내가 출판사 사주라도 되는 줄

아나 보다.

"목사님이 아시면 불호령이 떨어질 텐데, 젊은 사람이 이 사태를 어떻게 감당하려고 그래. 응?"

내가 대응하지 않자 집사는 눈을 한껏 뜨고 꾸짖듯이 말했다. 그런데도 내가 아무 반응을 보이지 않자 집사는 웅얼거렸다.

"이삭 형제가 출판사에 잘 이야기해서 최대한으로 힘 좀 써봐요."

꼬리를 내린 말투였다.

"제 담당이 아닙니다. 저는 출판사에 그럴 만한 힘이 없습니다."

나는 예의 바르게 대답하는 걸로 그 자리를 빠져나왔다. 내 등 뒤에서 집사의 혀 차는 소리가 들렸다. 집사를 둘러싸고 몇몇 교인이 수군덕거렸다. 나는 모르는 척 재빨리 이층 사옥으로 올라갔다. 목사는 오후예배 준비로 교회에 남아 있을 시간이다.

안방 문이 비긋이 열려 있었다. 어머니의 장례식을 치른 후 안방 출입은 자연 끊어졌다. 이제 목사만의 공간이 된 지 삼 년째다. 시간이 날 때마다 목사가 저 공간에서 어머니의 흔적을 찾고 있다는 걸 나는 알고 있었다. 안방에서 목사가 이 잡듯 뒤지면서 찾는 그것은 애초에 없는 물건일 가능성이 컸다. 만약 여태까지 남아 있어서 어떤 단서로 제공될 물건이라면 안방에 보관되어 있을 리 없다. 그럼에도 목사가 미련을 버리지 못하고 어머니의 과거를 헤집는 것은 용서할 수 없는 일이었다. 목사가 안방에서 내내 그런 짓을 한다면 내 입장에서 완전히 무관심할 수만은 없었다. 그 때문이라도 오늘 나는 내 손으로 어머니의 흔적을 찾아야만 했다. 안방 문을 밀었다. 문이 소리 없이 열렸다. 얼핏 보아서는 어머니가 살아 있을 때와 별반 달라진 게 없었다. 앉은뱅이 화장대가 텅 빈 것 말고는. 방 안으로 한 발을 내디뎠다. 장롱 맞은편에 있는 작은 벽장이 눈에 들어왔다. 어머니 살아생전에도 잡동사니가 보관되어 있던 공간이다. 목사가 등을 보이며 뒤지는 곳이기도 하다. 어머니를 화장시키면서 어머니의 물건은 거의 다 태운 걸로 알고 있다. 하지만 목사가 그곳을 뒤진다는 것은 어머니의 유품이 아직 남아 있다는 것을 의미한다. 나도 몇 번인가 벽장을 무심히 열어본 적이 있었다. 어머니가 젊었을 때 사용했던 재봉틀과 어머니의 처녀 시절 추억이 담긴 사진첩과 졸업앨범, 빛 바랜 책과 몇 권의 공책들이었다. 어머니의 과거와 문득 만나게 될 물건들이었다. 어쩌면 청춘의 추억이 고스란히 담겨진 일기장 같은 것을 발견할지도 모른다. 목사의 생각도 그에 미쳤던 것이다.

벽장을 열었다. 나무로 된 문이 작은 마찰음을 내면서 열렸다. 소음인데도 마음 한끝이 살짝 떨렸다. 관음증의 그것과 같은 마음이 들었다. 예상한 대로다. 다른 누군가의 손을 탔다는 느낌이 왔다. 가지런히 정리되었어야 하는 물건들이 어딘지 어수선해 보였고 뒤죽박죽이었다. 예상한 대로 목사는 어머니의 유품을 다 태운 것이 아니었다. 어머니의 벽장 물건은 고스란히 보관되어 있었다. 도대체 목사는 여기서 무엇을 찾고 있었던 걸까. 젊은 시절의 내밀한 한 페이지였을 어머니의 추억과 기억을 찾아서 어쩌자는 것일까. 나는 들쭉날쭉한 책과 공책들을 빼내어 훑어보았다. 세계문

학전집 몇 권과 에세이류였다. 양장본의 두툼한 노트 한 권이 책들 사이에 끼어 있었다. 나는 그 노트를 향해 손을 뻗쳤다. 어머니가 살아 있을 때 내가 보았을지도 모르는 노트였다. 하지만 그때는 무심히 보아 넘겼던 물건이었을 것이다.

책장을 넘기는 손끝이 떨렸다. 불에 그슬린 자국처럼 누렇게 변색된 종이 끝이 부스러질 듯했다. 나는 검지로 책장을 조심스럽게 넘겼다. 마음 깊은 곳에서 파문이 일었다. 목사가 벽장 속 물건을 태우지 않았던 이유를 조금은 알 듯했다.

노트에는 1968년부터 1972년 사이의 시간들이 고여 있었다. 어머니의 스무 살 안팎 시절이었다. 딱히 일기장이라고 할 수는 없었다. 어머니가 결혼하기 전 자잘한 일상과 메모를 연도와 날짜별로 기록해놓은 다이어리 정도라고 해야 할 것이다. 검은 볼펜 자국이 세월로 인해 보랏빛으로 번져 있었다. 바삐 흘려 쓴 것이 대부분이어서 내용 자체를 면밀히 확인하려면 고도의 집중력이 필요할 듯싶었다. 굳이 집중력을 동원해서 자세히 읽어보고 싶은 마음까지는 없었다. 나는 몇 장을 휘리릭, 넘겨보았다. 현관문이 열리는 소리가 났다. 도둑질을 하다 들킨 사람처럼 허둥거렸다. 내가 서둘러 노트를 제자리에 꽂고 벽장을 채 닫기 전이었다.

"너도 이걸 찾고 있었던 게냐?"

내 등을 향해 들리는 목사의 목소리였다. 흰 와이셔츠 차림의 그는 손에 무엇인가를 들고 있었다. 작은 엽서 한 장이었다. 슬쩍 보기에도 빛이 바랜 그것은 벽장 속 어느 갈피엔가 끼어 있었을 법한 물건이었다. 목사가 엽서를 나에게 내밀었다. 나는 얼른 받지 못했다. 받는 순간 목사의 지독한 올가미에 걸려들지 모른다는 예감이 스치고 지나갔다. 나는 목사의 불신과 의혹의 마법에 걸려들고 싶지 않았다. 하지만 그런 생각과는 달리 내 손은 마법을 향해 손을 뻗치고 있었다. 엽서 역시 보랏빛으로 번진 글씨들이 꼬물거렸다. 어머니의 필체는 아니었다. 내용을 확인하기 위해 엽서를 들여다보았다. 미세한 바람이 느껴졌다. 목사가 방을 나가는 인기척이었다. 목사는 내가 그 내용을 확인하는 것을 지켜보기 싫었던 것 같았다. 밖에서는 청년부 교인들의 재깔거림이 희미하게 들렸다. 층계를 내려가는 목사의 둔탁한 발자국 소리는 그 소음에 묻혔다.

나는 엽서를 더 가까이 들여다보았다. 'To'라는 단어 옆에 어머니의 이름이 선명했다. 어머니가 누군가로부터 받은 엽서였다. 활달한 필체였다. 여자의 필체가 아니었다.

나는 당신의 선택을 받아들이기로 결심했습니다. 오랫동안 방황할 테지만, 이조차 당신을 사랑했던 마음의 일부분이라고 생각하면 기꺼이 감수할 수 있습니다. 한편으로는 그런 생각을 해봅니다. 내가 만약 문학을 버린다면, 그리고 당신의 부모님이 그토록 추앙하는 기독교를 받아들이는 척이라도 한다면. 아닙니다. 내 가치관이 그렇게 하지 못하리란 것을 누구보다 내가 더 잘 알고 있습니다. 안녕히 가세요. 그리고 행복하세요. 하지만 우리가 사랑했던 순간은 가끔 기억해주길 바랍니다.

엽서 말미에는 날짜와 'From'이라는 단어 뒤에 두 글자의 남자 이름이 쓰여 있었다. 날짜는 목사와 어머니의 결혼식 며칠 전이었다. 누가 보더라도 그것은 어머니의 과거 남자가 보낸 엽서였다. 그것을 나에게 건네는 목사의 표정은 어두웠다. 평생 어머니를 의심했던 목사였다. 단서라면 단서일 수 있는 물증을 발견했는데 그의 표정은 왜 그랬을까. 득의에 차 있어야 마땅한 게 아닐까. 목사는 어머니의 가슴에 선명한 주홍 글씨를 새기려고 안간힘을 썼던 사람이었다. 그것으로 나에게도 자유로울 수 없게 족쇄를 채우려고 했다.

목사가 나가지 않았더라면 내가 먼저 그를 향해 따져 물었을지도 몰랐다. 나에게 이 엽서를 내미는 이유가 뭐냐고. 이제 어머니는 이 세상 사람도 아니지 않느냐고. 하지만 나는 안다. 내가 목사에게 그것을 결코 묻지 않으리라는 것을. 목사 또한 내 앞에서 정면으로 그것을 기정사실화하지 않으리라는 것을. 앞으로도 우리는 이 일에 대해 영원히 침묵할 것이다. 우리 두 사람 사이에서 늘 어머니만 괴로워했던 날들은 아직도 현재진행형이었다. 절대적인 신 앞에 우리는 어쩔 수 없는 약한 인간이었다. 인간적 고뇌에서 완전히 자유로울 수 없는 연약하기 짝이 없는 피조물이었다.

신의 세계가 아무리 크고 원대할지라도 인간의 눈으로 바라보면 인간의 시야 안에 갇히고 마는 것이다. 인간이 결코 알 수 없는 신의 궁극은 그 자체로 범접할 수 없는 것이다. 한낱 엽서 한 장으로 목사와 내가 죽은 어머니의 과거를 추정할 수 없는 것처럼. 인간이

타인의 인생을 재단하고 평가한다는 것만큼 위험한 일이 있을까.

　나는 벽장을 열었다. 양장본의 노트. 그 중간에 엽서를 끼어 넣었다. 그러고는 그것을 들고 내 방으로 돌아왔다. 목사의 손을 탄 벽장은 더 이상 어머니의 추억이 편안하게 깃들 수 없는 곳이다. 나는 책상의 맨 아래 서랍을 열었다. 잠금 장치가 되어 있는 서랍이었다. 아마도 목사는 엽서와 대조하며 양장본 다이어리에서 어머니와 엽서에 남겨진 남자의 흔적을 살폈을 것이다. 모호하고 감상적인 문구를 읽을 때마다 질투로 온몸을 떨며 이를 갈았을지도 모른다.

　나는 그것을 서랍에 넣고 잠갔다. 죽은 사람의 과거는 깔끔하게 봉인되어야 한다. 살아 있는 자에게 쓸데없는 고뇌와 아픔을 환기시키는 궤적이라면 더더욱.

　나는 책상에 앉아 노트북을 켰다. 파란 화면이 내 눈앞에 펼쳐졌다. 그곳에 내가 가야 할 길이 보이는 것 같았다. 정으로부터 메일이 도착해 있었다. 첨부파일을 열자 다음 주에 편집해야 할 소설 분량이 떴다. 11장 제목이 눈에 들어왔다. '요셉의 아들은 누구인가'였다. 나는 그 제목을 가만히 되뇌었다. 바꾸어 말하면 여호수아는 누구의 아들인가, 라고 되물어야 할 제목이었다. 내가 누구의 아들인지 모르는 것처럼 말이다. 어머니의 죽음과 함께 나의 출생을 봉인시키고 싶듯이 예수의 출생도 종교라는 명분 속에 영원히 봉인되어야 마땅한 것일까. 나는 머리를 절레절레 흔들었다.

요셉의 아들은 누구인가

가데스 바네아는 베르세바 남쪽에 위치한 에돔과 인접한 땅이었다. 애굽으로 가는 길목이기도 했다. 예루살렘 성전 왕좌에 앉은 안티파스가 사람을 놓아 알아낸 것을 안디오를 통해 알게 된 곳이다. 선대왕의 고향 땅인 에돔에 안티파스가 닿을 수 있는 측근이 있었는가 보다. 예루살렘에 앉아서 에돔과 인접한 가데스 바네아까지 아우르는 걸 보면 말이다.

카르모스는 시간이 지나 자기 아내의 부정을 유대 사람들이 까맣게 잊길 바라는 요셉의 심리가 느껴졌다. 아내의 부정을 그토록 끔찍하게 싫어하면서도 아내를 보호하고자 하는 이율배반적인 요셉의 행동을 이해할 수 없었다.

가데스 바네아로 들어서자 카르모스만 빼고 두 사람의 입은 딱 벌어졌다. 사방이 돌 천지였다. 사람 주먹만 한 돌부터 집채 크기의 돌들은 일대 장관이었다. 바퀴 달린 거대한 판자에 실은 돌들의 행렬은 끝없이 이어졌다. 근육질 사내들은 자기네가 다루는 돌처럼 몸이 단단해 보였다. 쉴 새 없이 흐르는 땀과 먼지로 사내들의 몸은 고동색으로 반질거렸다. 카르모스의 뜨거운 피가 요동치고 있었다. 오랫동안 웅크리고 있던 근육에 힘이 차올랐고 심장이 거세게 뛰기 시작했다. 코끝에서 알큰한 돌가루 냄새가 맡아졌다.

요셉이 석공 일을 배우러 갔다는 말은 틀리지 않았다. 왕이 알아낸 석공 무역의 거점인 가데스 바네아와 묘하게 맞아떨어지고 있는 걸 보면 말이다.

돌이 부딪히는 꿩음과 사내들의 고함이 뒤엉켰다. 헤로디그만도 어디서부터 일을 진행해야 할지 갈피를 잡기 어려운 모양이었다.

"여기 석공 일을 알선해주는 곳이 어딥니까?"

카르모스가 돌을 잔뜩 짊어지고 걸어가는 사내 한 명을 붙들었다. 사내는 카르모스의 입에 귀를 바짝 들이댔다. 카르모스가 목에 핏대를 세우며 큰 소리로 다시 물었다. 사방 천지에 돌들이 부딪히는 꿩음으로 사람들이 악을 쓰고 있었다. 사내는 나무토막같이 굵은 팔을 쫙 펴더니 동서쪽을 가리켰다. 사내가 가리킨 곳에 돌 더미가 쌓여 있었다. 더 물어도 가르쳐주지 않을 성싶었다. 사내는 바쁜 걸음으로 자기 갈 길을 가버렸다. 일행은 사내가 가리킨 방향으로 무작정 발걸음을 옮겼다. 돌무더기 아래 작은 천막이 있었다. 카르모스가 천막 안을 들여다보았다. 천막 안에서 쇳소리를 긁어내는 듯한 목소리가 들렸다.

"오늘은 일 끝났소이다."

헤로디그만이 데나리온 두 개를 천막 안으로 재빨리 던졌다. 자그마한 체구의 사내가 동전을 어금니로 깨물며 천막에서 나왔다. 체구와 달리 사내의 이목구비는 큼직큼직했다.

"무슨 일이오?"

"사람을 찾습니다. 석공 일을 배우러 이곳에 온 사람입니다. 나이는 오십 중반의 사내로 대머리에 턱수염이 아주 많은……."

"그 사람에게 서너 살 먹은 아이가 있소이다."

카르모스가 사내에게 요셉의 외모를 다 말하기 전에 헤로디그만이 끼어들었다. 카르모스가 헤로디그만의 옆얼굴을 물끄러미 쳐다보았다.

"아이라고요?"

사내가 반문했다. 아이를 왜 여기서 찾느냐는 투였다.

"네, 서너 살이면 키가 한 요만하겠군요. 아, 그리고 짙은 갈색 머리칼에 눈동자 색깔이 아주 까맣……"

헤로디그만은 사내의 반응을 무시하고 손짓을 동원해서 열심히 설명을 하다가 말을 멈췄다.

"아, 참. 그 아이를 직접 본 여자가 여기 있소이다."

헤로디그만은 그렇게 말하면서 세령녀를 불렀다. 세령녀가 놀란 표정으로 헤로디그만과 카르모스를 번갈아 쳐다보았다. 세령녀가 마지못해 입을 열었다.

"귀여운 아이였어요. 사실 아이의 머리카락은 갈색은 아니었어요. 검정색에 가까웠지요. 또 눈동자도 단순히 까맣다기보다 회색이 많이 섞인 까만색이었고요. 아, 그리고 코끝이 살짝 굽었……"

"그만해! 세령녀."

카르모스가 헤로디그만의 가슴을 밀치며 세령녀의 팔을 잡아당겼다.

"지금 뭐하자는 겁니까?"

카르모스가 헤로디그만에게 따지듯 물었다.

"계속해라, 세령녀."

헤로디그만은 카르모스의 말을 무시하고 세령녀에게 명령했다. 카르모스가 세령녀의 팔을 잡아끌자 헤로디그만도 세령녀의 다른 한 팔을 끌어당겼다. 결국 요셉이 아니라 요셉의 아들을 찾고 있었던 것이다. 열두 살 아래의 아이는 노예로 팔아서도 안 되고 목숨을 빼앗아서도 안 되는 법이었다. 여차하면 죽여도 상관없는 목표가 바로 서너 살 아이였던 것이다. 그리고 무엇보다도 그것을 감추는 헤로디그만이 더 싫었다.

"정말 이 사람들이. 뭐하자는 거요. 사람 불러놓고 싸움질을 하고 있으니. 옜소, 이 돈 안 받겠소이다."

두 사람의 실랑이를 지켜보던 천막의 사내는 동전을 헤로디그만의 손에 쥐여주고는 천막 안으로 들어가버렸다. 헤로디그만은 카르모스를 향해 눈을 부라렸고 카르모스는 주먹을 꽉 쥐었다.

마을에 여관방을 잡았으나 헤로디그만과 카르모스 사이에는 냉랭한 기운이 감돌았다. 그 중간에서 세령녀만 자기 일을 묵묵히 하고 있었다. 참다못한 카르모스가 헤로디그만에게 이유가 뭐냐고 다그쳤지만 헤로디그만은 입을 굳게 다물었다. 다른 때 같으면 슬쩍 다른 이야기를 해서 어색함을 무마시켰을 카르모스였다. 그러나 지금은 물러설 때가 아니었다. 카르모스는 요셉을 제치고 요셉의 아들에 대해 물어보는 이유가 뭐냐고 물었다.

"요셉이 아니라 요셉 아들이 맞습니까?"

카르모스의 재우침에 헤로디그만이 머리를 끄덕거렸다. 그 순간 카르모스의 주먹이 헤로디그만의 턱을 향해 솟구쳐 올랐다. 픽, 소리와 함께 사 규빗 반이 넘는 장신의 헤로디그만이 옆으로 쓰러졌다. 카르모스가 두 번째 주먹을 날리려는 순간이었다. 어느새 몸을 일으킨 헤로디그만이 카르모스의 손목을 잡아챘다. 헤로디그만의 악력은 그 손 크기만큼이나 대단했다. 주먹을 꽉 쥐고 있던 손목에 금세 힘이 풀렸다. 손목 근처가 저릿저릿해왔다. 헤로디그만의 주먹이 카르모스의 가슴을 강타했다. 숨이 턱 막혔다. 겨우 숨을 쉰 카르모스가 헤로디그만의 다리를 걸려는 순간이었다. 헤로디그만의 두 번째 주먹이 콧잔등으로 날아왔다. 눈앞이 온통 보랏빛이었다. 아픔을 느낄 사이도 없었다. 입술로 찝찔한 피 맛이 스몄다. 카르모스도 온몸으로 헤로디그만에게 돌진했다. 쿵! 소리와 함께 헤로디그만이 뒤로 벌렁 나자빠졌다. 그와 동시에 요란스러운 소리가 들렸다. 헤로디그만의 등 뒤에 있던 집기들이 깨지고 부서졌다.

두 사내는 성난 짐승처럼 엉겨 붙었다. 헤로디그만에게 힘이 부치는 카르모스는 이빨을 곤두세우고 물어뜯기 시작했다. 기합 소리와 비명 소리와 가쁜 숨소리만 한데 뒤섞였다. 카르모스의 머릿속은 온통 암흑이었다. 처음 싸움의 발단이 무엇이었는지, 언제 싸움을 멈춰야 하는지도 가늠할 수가 없었다. 카르모스 자신이 상대하는 사람이 누군지조차도 잊어버렸다. 눈동자가 흐려지면서 정신도 혼미해졌다. 흐릿한 망막으로 세령녀가 뛰어 들어오는 게 보였다. 세령녀가 무엇인가를 번쩍 치켜들었다. 헤로디그만의 머리와 등으로 도기 파편이 쏟아졌다. 카르모스도 나자빠지고 말았다. 세령녀가 양손을 허리에 걸쳐 놓고 씩씩거리고 있었다. 성난 두 사내의 싸움을 멈추게 하려고 세령녀가 항아리를 던진 것이다.

신음 소리가 헤로디그만의 입에서 새 나왔다. 누워서 휘 둘러본 여관방은 난장판이었다. 여관 주인이 알게 된다면 당장 내쫓길 판이었다.

세령녀는 허리를 굽혀 흩어진 파편을 주웠다. 세령녀의 발가락 사이에서 피가 흘렀다. 도기 조각에 찔린 것이다. 세령녀는 잠깐 주저앉아 발가락을 헝겊 쪼가리로 싸매고는 방 안을 치웠다. 세령녀는 헤로디그만과 카르모스를 번갈아가며 피를 닦아주고 상처를 싸매주었다.

"여차하면 목표의 목숨을 끊으라고 하지 않았습니까? 요셉의 아들이 목표였다면 그 아이의 목숨도 끊으라는 말과 다르지 않을 테지요."

카르모스는 터진 입술을 비틀며 추궁했다. 카르모스의 찢어진 눈가에 올리브유를 바르던 세령녀의 손이 멈췄다. 멈춘 손이 미세하게 떨리고 있음이 느껴졌다. 헤로디그만은 말이 없었다.

"아무리 우리가 왕의 명령으로, 사람을 죽이는 암살자지만 목에 칼이 들어와도 지켜야 하는 법은 있는 겁니다."

"그래서 하지 않겠다는 것이냐?"

"이유를 묻는 것입니다. 요셉의 아들이 목표가 된 이유를."

"내 명령이다. 내 명령은 곧 왕의 명령이기도 하다."

힘을 뺀 목소리로 말을 한 헤로디그만은 눈을 감아버렸다.

"왕의 명령이라면 따르는 도리 외에 무슨 이유가 있을 수 있겠습니까. 우리 남편도 그 왕명이 무서워서 사 년 전에 태아를 죽였던 것이고요.”

세령녀의 목소리가 냉랭했다. 카르모스는 어렴풋하던 모든 것이 차츰 선명해지는 기분이었다.

“카르모스, 당신도 기억하죠. 지난번 베들레헴 사람들이 사 년 전 그 일에 대해 진저리를 쳤던 일이요. 대장님도 그 일에 참여했을 겁니다. 누군들 그 일을 하고 싶었을까요. 왕명이니까 어쩔 수 없었던 거죠.”

헤로디그만은 몸을 일으켰다. 그의 손에 수없이 죽어갔던 생명들은 유대의 아이들이었다. 카르모스는 헤로디그만이 자기 손을 쳐다보며 자조했던 말이 생각났다. 헤로디그만도 체념한 표정이었다.

“내 남편이 살해한 그 아이가 왕의 공포를 잠재우지 못했던 건가요?”

세령녀가 헤로디그만을 정면으로 바라보며 물었다. 또렷한 눈동자와는 달리 눈 밑은 바르르 떨리고 있었다.

“선대왕은 그 아이라고 믿었어. 금실이 둘러쳐진 강보가 예사롭지 않았거든.”

도대체 그 아이를 왜 그렇게 찾는 걸까? 그렇다면 우리가 쫓는 아이가 결국 요셉의 아들, 여호수아인 것이다. 카르모스는 확인하고 싶은 말이 너무 많았지만 두 사람의 대화를 잠자코 듣기만 했다.

"그런데요? 믿었으면 되는 거 아닌가요. 그때 우리는 다행이라고 생각했어요. 헤롯왕의 미친 짓이 이제 끝났구나, 안도하면서요. 그런데 새삼스레 안티파스가 그 아이를 다시 찾아 나선 이유가 뭐죠?"

헤로디그만은 모든 것을 털어놓았다. 별이 떴다고 했다. 안티파스는 처음에 길성이라고 생각했다. 그러나 그 별이 헤브론 쪽에서 떠 예루살렘 성전을 위협했다는 것이다. 안티파스 왕이 괴이쩍어하면서 흉성이라고 단정했던 것이다. 별과 아이가 무슨 상관이란 말인가. 카르모스의 머릿속에 의문이 떠올랐다. 헤로디그만의 이야기는 계속 이어졌다. 선대왕 때도 그와 같은 별이 떴다고 했다. 그때는 베들레헴 쪽에서 뜨는 바람에 욕창으로 만신창이가 된 선대왕의 목을 조였단다. 왜 왕들은 하나같이 별에 민감한 걸까. 선지자들 예언에 따르면 별의 징조는 메시아의 탄생을 의미한다고 했다. 메시아는 기름 부은 자라는 존귀한 자의 명칭이자 유대왕의 다른 이름이었다. 유대 왕조에서 탄생하지 않은 메시아는 왕들에게 위협적인 존재일 수밖에 없었다.

"기름 부은 자는 존귀한 사람을 뜻하지. 유대에서 가장 존귀하다는 자는 권좌를 차지한 왕이라는 말과 다르지 않다. 대제사장들이 입을 모아 예언서의 말을 떠들어댔지. 선대왕은 두려웠던 거야. 로마로부터 유대를 구할 왕이 태어난다면, 자기 자리가 위태로울 테니까. 태어나자마자 싹수를 없애버리는 것이 자기나 자기 후대가 편안할 것이라고 판단했던 거지."

"그래서 그랬던 건가요. 베들레헴의 두 살 아래 남자아이를 모두 죽이라고 명령했던 것이."

세령녀는 두 손으로 얼굴을 감쌌다.

"안티파스를 위협하는 그 별은 메시아가 아직 살아 있다는 증거였지. 대제사장은 이번에도 이사야 선지자의 예언서 구절을 하나하나 읊어대며 메시아 출현을 안티파스에게 고했어."

"선대왕의 명령을 거짓 수행한 것이 발각되어 남편이 끌려갈 수밖에 없었던 거로군요. 그런데 왜 제 남편만……."

세령녀는 무슨 말인가 더 하고 싶은 듯 입술을 달싹거렸지만, 입을 다물었다. 그녀의 얼굴은 돌처럼 굳어졌다.

"그러니까 그 메시아란 아이가 바로 요셉의 아들 여호수아란 말입니까?"

카르모스가 처음으로 입을 열었다. 헤로디그만과 세령녀가 고개를 끄덕거렸다.

"하하하! 전부 다 미쳤어. 왕도 미치고 대장 당신도 미쳤어. 모두가 미친 게 분명해!"

카르모스는 웃음을 터뜨렸다. 미쳐 돌아가는 판에 끼어든 자신도 미친 사람이었다. 헤로디그만과 세령녀는 아무 말도 하지 않았다. 일개 목수의 아들이 유대를 구원할 메시아라니. 그게 말이 되는 걸까? 유대의 권력층인 사두개파와 바리새파 자식도 아닌 제일 열세에 있는 에세네파 자식이 어떻게 메시아가 될 수 있는가 말이다. 카르모스도 알고 있었다. 유대 민족이 수천 년 동안 얼마나 메시아를 갈망해왔는지. 목마른 갈망이 망상을 만든 격이었다. 게다가 여호수아는 요셉의 아들도 아니었다. 어느 놈의 씨인 줄도 모르는 사생아가 여호와가 선택한 민족의 메시아라니. 지나가는 노새도 콧방귀를 뀔 일이었다.

"그래서 자네는 이 일에서 발을 빼겠다는 말인가?"

헤로디그만이 당황한 목소리로 물었다.

"내 손에 피만 묻히지 않으면 상관없는 일 아니겠습니까. 그 여호수아라는 아이를 반드시 생포하겠습니다. 그래서 안티파스 앞에 대령하면 되는 일 아닌가요. 이왕 여기까지 온 것이니만큼 끝까지 가봅시다. 나도 여태 고생했는데, 본전 생각이 나서라도 발은 못 빼겠습니다. 내가 반드시 그 아이를 찾아낼 것입니다. 그리고 물어볼 것입니다. 네가 바로 그 메시아냐고. 아무리 어린애라고 할지라도 자기 자신은 알 것 아닙니까. 자기가 메시아인지, 사생아인지."

카르모스는 입을 실기죽거렸다. 자신이 무슨 이야기를 하는지도 몰랐다. 세상을 향해 마구 빈정거리고 싶은 마음뿐이었다. 그렇게 한참 떠들고 나니 비로소 가슴속이 뻥 뚫리는 기분이었다. 몇 꺼풀 베일에 싸여 있던 실체가 그 모습을 드러낸 때문일지도 몰랐다.

카르모스는 바람도 쐴 겸 밖으로 나왔다. 천막 안이 답답해서 견딜 수가 없었다. 천막을 나온 세령녀가 카르모스 옆에서 나란히 걷고 있었다. 아랫입술을 잘근거리는 걸 보니 카르모스에게 꼭 할 말이 있는 것 같았다.

"여호수아 말이에요. 그 아이의 모습이……."

또 그 아이 이야기인가. 카르모스는 세령녀의 다음 말을 기다렸다. 그러나 세령녀는 카르모스를 뚫어지게 쳐다보기만 했다. 마치 카르모스의 이목구비를 처음 대하는 사람의 눈빛 같았다. 카르모스는 머쓱해져서 얼굴을 외로 꼬았다.

"무슨 말이 하고 싶은 거요?"

카르모스가 퉁명스럽게 물었다. 세령녀의 대답은 너무 허황되어 마치 꿈같았다. 몽롱하고 축축한 목소리는 그녀의 애잔한 피리 선율이 환기되는 언어들이었다. 그녀에게서 이상한 마력이 느껴졌다. 카르모스는 혀가 말리고 머리가 어지러웠다. 카르모스는 여호수아의 어미라는 여자, 마리아가 문득 궁금해졌다. 세령녀가 먼발치에서 마리아도 보았다고 했었다. 카르모스가 마리아의 모습은 어땠냐고 물었다. 세령녀가 아득한 눈빛으로 중얼거렸다.

"아주 예뻤어요."

예쁘다, 예쁘다. 카르모스는 그 말을 두어 번 반복하다가 다시 물었다.

"얼굴 색깔은?"

"하얀 얼굴이었어요. 눈도 흐린 갈색이었고요. 뾰족한 콧날에 입술은 도톰했어요."

카르모스는 갑자기 숨이 턱 막혔다.

예언의 아이

이튿날 이른 새벽 카르모스는 여관을 나왔다. 목표 대상도 확실해지고 정황도 파악한 마당에 더 이상 시간을 지체하고 싶지 않았다. 카르모스에게 최종 목표가 정해졌다. 안티파스와 헤로디그만과는 전혀 다른 목표였다. 광란의 놀이판의 막을 내리고 자신의 과거를 복원해서 문제의 핵심을 확인해야 했다. 광란의 놀이판을 접으려면 광란의 질주는 불가피한 법이었다. 속단과 속전과 속결만이 전술이자 전략이다.

돌 더미 아래 천막의 사내는 아직 깊은 잠에 빠져 있었다. 카르모스는 그 사내를 무작정 깨워서 석공 단체의 핵심부를 물었다. 졸린 눈을 비비며 겨우 잠이 깬 사내에게 자기도 예전에 석공 단체 일원이었다고 솔직히 털어놓았다. 사내는 핵심부가 근거지를 삼는 곳과 거처를 일러주었다.

카르모스는 여관으로 돌아와서 헤로디그만에게 노새 한 마리를 빌려 타고 다녀올 곳이 있다고 말했다. 세령녀가 급히 가죽 주머니에 요깃거리를 챙겼다. 보리빵과 말린 무화과 열매였다. 카르모스는 세령녀가 준 가죽 주머니를 들고 여관을 나섰다. 카르모스는 사내가 일러준 곳까지 노새를 타고 갔다. 멀지 않은 곳이었다. 석공의 거점인 가데스 바네아에 핵심부가 있는 것은 자명한 일이었다. 그곳에 혹시 카르모스가 아는 얼굴이 있을지도 몰랐다. 오히려 잘된 일일 수도 있었다. 결락된 기억의 한 조각과 만날 수 있을지도 몰랐다.

 가데스 바네아의 석공 단체 핵심부는 중앙에 위치하고 있었다. 서너 개의 낙타 가죽 천막 사이로 연기가 피어올랐다. 식사 준비를 하는 모양이었다. 카르모스는 천막 앞에서 늘어지게 기지개를 펴는 청년에게 다가갔다. 카르모스가 이곳이 석공 단체 핵심부냐고 물으며 사람을 찾는다고 했다. 졸음기가 가시지 않은 청년의 얼굴이 경계심으로 날카로워졌다. 카르모스는 청년을 아래위로 훑으며 자신도 예전에 이 단체의 핵심부였다고 되받아쳤다. 카르모스가 핵심부였다는 것은 거짓이었다. 애급과 근동에 핵심부가 깔려 있다는 것만 귀동냥으로 들어왔었다. 여전히 의심하는 눈빛이었지만 청년의 태도는 달라졌다. 카르모스에게 따라오라며 건너편 큰 천막으로 발걸음을 옮겼다.

 카르모스는 청년이 안내한 큰 천막 안으로 들어섰다. 천막 안은 생각보다 환했다. 등잔불이 천막을 밝히고 있었다. 상단에 한 사내가 비스듬히 누워 있었다. 한눈에 보기에도 힘깨나 쓸 상체를 가진 사내였다. 다부진 몸 때문인지 사내의 나이는 가늠하기 어려웠다. 몸은 장년인데, 햇볕에 그을린 얼굴은 중년이었다. 청년은 사내에게 읍하는 자세로 카르모스를 소개했다. 예전에 석공 단체에 몸을 담았다는데 수상해서 데리고 왔다는 말을 하고는 청년은 천막을 나갔다. 청년의 공손한 태도로 보아 사내는 핵심부 수장인 듯했다.

 수장은 낯선 사내였다. 사내는 여전히 비스듬히 누운 자세로 코를 후볐다. 카르모스를 건너다보는 눈이 몽롱했다. 여기는 왜 기웃거렸는지 빨리 말하고 어서 꺼지라는 낯빛이었다.

"예전 석공이었다면, 일자리를 구하러 온 거야? 그런 일이라면 알선해주는 곳이 따로 있는데. 여기까지 찾아온 이유가 뭔가?"

수장은 귀찮아 죽겠다는 목소리로 말했다.

"사람을 찾습니다. 나이는 오십이 넘었고……."

"젤롯 당원을 찾는 거야?"

카르모스가 채 말을 꺼내기도 전에 수장이 툭 던진 말이었다.

"젤롯 당원이라뇨?"

카르모스가 되물어야 했다. 젤롯당이라면 유대의 열혈당파였다. 석공 단체와 열혈당원이 모종의 관련이 있다는 것은 세령녀가 복면 사내를 심문하는 과정에서 드러난 사실이었다. 그들이 손을 잡고 도모하는 일이 무엇일까?

"핵심부에 있었다며?"

카르모스는 순간적으로 아차, 했다. 거짓말을 한 것이 들통나면 끝이었다. 그때였다. 횡 하는 소리와 함께 카르모스 귓가를 스치는 무엇이 있었다. 곧이어 탁, 하고 뾰족한 것이 카르모스 머리 뒤로 꽂히는 소리가 났다. 카르모스의 관자놀이를 타고 식은땀 한 줄기가 흘렀다. 숨이 헉, 하고 막혔다. 검은 눈자위를 돌려 곁눈질을 해보았다. 카르모스 옆에 바투 있던 나무 기둥에 작고 예리한 단도 자루가 부르르 몸을 떨고 있었다. 수장의 손에서 재빠르게 튕겨져 나간 물건이었다. 수장의 자세는 조금도 바뀌지 않았지만 카르모스를 노려보는 눈빛만은 아까와 달리 그가 던진 단도 끝처럼 날카로웠다.

"뭐 하는 놈이냐? 뭘 염문하러 이곳에 왔느냐?"

목소리는 작았지만 매서운 성깔이 그대로 묻어났다.

"용서하십시오. 핵심부였다는 말은 거짓이었습니다. 그러나 석공의 일원이기는 했습니다."

카르모스는 섣부른 거짓이 통할 것 같지 않아서 솔직하게 말했다. 수장의 질문들이 날아오기 시작했다. 석공 용어와 돌을 다루는 기술들에 대해서였다. 카르모스가 정말 석공이었는지에 대한 일련의 확인 절차였다. 카르모스에게 결락된 기억이 정신적인 것이라면 석공 일은 몸의 기억이었다. 몸의 기억은 정신의 기억보다 적나라한 법이다. 카르모스는 주저하지 않고 수장의 질문에 즉각적으로 대답했다. 돌과 돌을 다루는 기술을 읊어대는 카르모스의 말씨는 자연스러웠고 한 치의 오차도 없이 정확했다. 수장의 얼굴에 의심이 사라졌다.

"그런데 사람을 찾는다고?"

확인 절차가 끝나자 수장은 본론을 끄집어냈다.

"네, 이름이 요셉이라고 합니다."

"요셉이라면 예언의 아이를 보호하는 자를 말하는 거군."

수장의 입에서 예사롭게 툭 튀어나온 예언의 아이. 요셉에게 아이는 여호수아 한 명뿐이다. 그렇다면 수장은 여호수아를 예언의 아이라고 명명한 것이다. 더군다나 요셉의 아들이라고 하지 않고 보호한다는 말을 썼다. 뭔가 있다는 예감이 들었다. 카르모스는 얼른 대답을 못 하고 잠시 주춤했다. 느긋한 목소리로 수장이 물었다. 그 사람을 왜 찾느냐고.

"요셉은 나에게 먼 친척 형입니다. 갈릴리의 나사렛에서 형에 관한 불미스러운 소문이 돌아 여기저기로 옮겨 다니고 있습니다. 그런데 이제 그 소문이 꼬리를 감추고 있으니, 이제 고향으로 돌아오라는 말을 전하기 위해서입니다."

카르모스의 등에 식은땀이 흘렀다. 세령녀가 꾸며낸 이야기를 이렇게 써먹을 줄은 몰랐다.

"불미스러운 소문이라니?"

수장이 호기심을 드러냈다.

"집안 사정이라서 말씀드리기가 곤란합니다."

수장의 얼굴이 금세 심드렁해졌다. 단도를 던지던 경계심은 완전히 풀린 낯빛이었다.

"그 사람, 지금은 여기 없어."

수장이 코딱지를 손가락으로 튕기며 무심히 말했다.

"지금 여기 없다는 말씀은 여기 있기는 했다는 것이로군요."

"여기서 석공 기술을 배웠어. 애급으로 간다고 들었어."

"고맙습니다."

카르모스는 허리를 굽혀 인사를 했다. 절이라도 하고 싶은 심정이었다. 막 천막을 빠져나오려고 하자 수장이 카르모스를 불러 세웠다.

"요셉이 형이라면, 혹시 자네는 뭘 좀 아는 게 있겠군."

카르모스는 몸을 돌려 수장을 보았다.

"예언의 아이 친부에 대한 소문 말이야."

카르모스는 일순간 눈을 꽉 감았다. 여기서도 역시 여호수아의 친부에 대해 말이 많았던 게 분명했다.

"모르는가?"

"아닙니다. 실은 아까 말씀드린 나사렛에서의 불미스러운 일이 바로 그것입니다. 형이 워낙 의심이 많아서……."

카르모스는 제 감정을 간신히 누르고 슬쩍 허를 찔러보았다.

"의심?"

수장의 눈빛이 가늘어졌다.

"아니, 의심이 아니고 나이 어린 형수를 아끼는 마음이 지나쳐서요."

카르모스는 머리를 절레절레 흔들며 손사래를 쳤다.

"그으래."

수장은 말을 길게 끌며 석연치 않은 낯빛으로 코를 매만졌다.

"어르신은 아는 게 있습니까? 아이의 친부에 대해서."

"나도 정확한 건 몰라. 그러니까 자네한테 물어본 거지."

카르모스가 막 천막을 빠져나오려고 할 때였다. 석공 단체 마스터 메이슨이었던 히람 후손의 씨라는 소문이 돌긴 했어, 라고 수장이 중얼거리는 소리가 들렸다. 카르모스는 하마터면 그 자리에서 무릎이 푹 꺾일 뻔했다. 예상치 못했던 새로운 소식에서 오는 충격과 함께 그 소식으로 인해 가슴을 쓸어내리는 안도감 때문이었다.

마스터 메이슨 히람은 수천 년 전 솔로몬 시대의 유명한 석공이었다. 솔로몬의 화려한 성전 건축을 축조하기 위하여 유대 땅에 온 히람의 후손이라면? 카르모스는 머릿속이 온통 하얗게 바래지고 있었다. 갑자기 그의 이름이 떠오르지 않았다. 너무 충격이 커서 잠시 정신이 혼미한 상태였다. 카르모스의 의식 속에 오래된 화석으로 찍힌 그였다. 카르모스의 최종 목표이기도 한 자였다. 그자에게 쫓겨 여기까지 온 카르모스였다. 석공 시절 카르모스에게는 신과 같은 자였다. 히람이 알고 있던 건축의 모든 비법과 설계에 능통한 자이기도 했다. 카르모스가 간신히 정신을 수습하자 그의 이름이 의식의 수면 위로 서서히 올라왔다. 제린이었다. 애굽의 피라미드 석조 기술은 히람의 자손들에 의해 부서지고 세워졌다고 해도 과언이 아니었다. 제린도 그중 한 명이었다.

카르모스는 기둥을 의지해서 한참을 그렇게 서 있었다. 차라리 다행인 걸까. 세령녀에게 들은 아이의 모습으로 불안함을 깨끗이 떨칠 수 있는 결정적인 말을 이곳에서 들었으니 말이다.

그런데도 문득 그 아이가 궁금해졌다. 검은색 머리카락에 회색빛이 스민 검은 눈동자의 아이. 베들레헴 영아 대학살에서도 살아남은 아이. 폭군 헤롯왕이 보낸 자객의 시퍼런 칼날 끝에서도 목숨을 건진 아이. 고작 목수의 자식이었던 그 아이의 근본은 사생아에 지나지 않았다. 이제 그 아이는 히람의 피를 물려받은 아이가 되어 카르모스 앞에 어른거리고 있었다. 그 아이를 부르는 명칭도 가지각색이었다. 기름 부음을 받은 자라는 메시아에서부터 구원이라는 그 아이의 본래 이름까지. 그리고 수장은 예언의 아이라는 새로운 이름으로 그 아이를 부르고 있었다. 도대체 그 아이는 누구일까? 또 그 아이의 어미가 카르모스 명치끝에 무거운 추처럼 매달린 까닭은 무엇일까?

"괜찮소이까? 얼굴이 너무 창백하오."

누군가 카르모스의 어깨에 손을 올리며 물었다. 아까 그 청년이었다. 카르모스는 괜찮다고 했다. 청년이 물었다. 찾는 사람은 수장한테 물어보았느냐고. 카르모스는 말할 기운이 없어서 단지 고개만 주억거렸다. 청년은 호기심 어린 눈으로 물었다. 그 사람이 누구냐고. 카르모스가 요셉이라고 대답했다. 청년이 눈을 빛내며 요셉을 안다고 했다. 요셉이라면 자기한테 물어봤어도 되는 일이었다며, 그에게 석공 기술을 가르친 사람이 자기라고 으스댔다.

"여기 없다면서요?"

"조금 늦게 왔소이다. 이틀 전에만 오셨어도 만날 수 있었을 텐데."

"애급으로 떠났다고 하던데요."

"아직 애급까지는 당도하지 못했을 거요. 홀몸이 아니라 아내와 아들이 딸린 사람이라서 말이오. 지금쯤 바란 광야를 지나고 있지 않을까 싶네요. 얼른 쫓아가면 만날 수 있을지도 모르겠소."

카르모스는 청년과 대화를 나누는 동안 정신을 차릴 수 있었다. 카르모스는 비척거리는 걸음으로 노새에 올랐다.

카르모스가 노새를 타고 일행이 있는 마을의 초입에 들어섰을 때는 시에스타였다. 마을 전체가 조용했다. 뜨거운 햇빛이 카르모스 정수리에 내리꽂혔다. 현기증이 일었다. 배에서 꼬르륵, 소리가 들렸다. 허리띠에 매달린 주머니가 그제야 생각났다. 세령녀가 싸준 요깃거리를 손도 대지 않았던 것이다.

카르모스가 노새를 돌려주고 와서 여관 문을 열었다. 헤로디그만이 카르모스를 맞았다. 아침에 어디 가느냐고 묻지 않았지만 헤로디그만은 하루 종일 카르모스를 몹시 기다리고 있었던 것이 분명했다. 카르모스는 헤로디그만에게 석공 단체 핵심부에 다녀오는 길이라고 보고했다. 헤로디그만은 그곳이 뭐 하는 곳이냐고 묻지 않았다. 카르모스도 그에 대한 말은 하고 싶지 않았다. 그런 말을 하게 되면 자연히 자기의 과거까지 언급해야 하는데, 굳이 그렇게 하고 싶지 않았다. 헤로디그만은 무엇을 알아냈느냐는 말만 했을 뿐이었다. 카르모스는 그곳에서 요셉이 석공 기술을 익혔다는 것과 이틀 전 애급으로 출발했고 지금은 바란 광야에 있을 거라는 말을 했다. 요셉의 아들 여호수아를 예언의 아이라고 하더라는 말을 전하면서 아이의 아버지는 히람 후손이라는 소문이 있다고도 했다. 물론 그 히람 후손이 혀를 물고 자결했던 복면 사내가 언급한 제린이라는 것이나 그 제린을 카르모스도 익히 아는 사람이라는 말은 언급하지 않았다. 그 역시 자신의 과거와 관련한 것들이었기 때문이었다. 자신도 모르는 과거에 대해 누군가에게 어떤 말을 섣불리 한다는 것 자체가 꺼려졌다. 다만 그 아이를 빨리 찾아야겠다는 조급증이 밀려왔다. 임무 수행과는 별개였다. 여러 가지 이유로 그 아이의 얼굴을 하루속히 대면해야 할 것 같은 생각이 카르모스의 머리를 지배했다. 헤로디그만이 카르모스에게 쉬라고 했다.

그러나 카르모스는 지금 바로 떠나지 않으면 놓칠 수도 있다고 우 겼다. 카르모스는 곧바로 짐을 쌌다. 세령녀도 만류했지만 카르모 스는 마음이 급했다. 헤로디그만과 세령녀도 카르모스의 고집을 꺾을 수 없는지 서둘러서 짐을 꾸리고 바란 광야를 향해 출발했다.

날이 이슥해질 무렵 일행은 바란 광야 초입에 들어섰다. 바란 광 야는 모래바람이 휘몰아치고 있었다. 눈에 보이는 것이라고는 모 래뿐이었다. 아무리 둘러보아도 사람 그림자도 찾을 수 없었다. 바 란 광야에 어둠이 깔렸다.

어둠 속에서도 카르모스는 길을 재촉했다. 카르모스는 광야 어 딘가에 반드시 요셉 일가가 있을 것 같은 마음이 들어 조급했다. 헤로디그만이 가던 걸음을 멈췄다. 밤을 지내고 가자는 신호였다. 카르모스는 밤을 새워서라도 길을 재촉하자고 우겼다.

"광야 한가운데 쓰러져 우리 모두 짐승의 밥이 되고 싶은 것이냐?" 헤로디그만이 소리를 질렀다.

"그러면 대장과 세령녀는 여기서 쉬도록 하십시오. 나라도 갈 길 을 가도록 하겠습니다."

카르모스가 모래를 헤치고 앞으로 나아갔다. 헤로디그만이 뛰어 와서 카르모스 앞을 가로막으며 모래에 칼을 꽂았다.

"명령이다. 여기서 한 발자국만 떼면 네 목숨은 이 칼에 달려 있 다."

카르모스도 더 이상 자기 고집을 내세울 수만은 없었다. 천막을 치고 잠자리에 들었다. 카르모스는 머리를 바닥에 붙이자마자 혼곤한 잠이 밀려왔다. 온몸이 낱낱이 흩어져 따뜻한 물속에 깊이 잠기는 느낌이었다.

"카르모스, 어서 일어나!"

깊은 잠을 비집고 들린 소리였다. 카르모스가 간신히 눈을 떴다.

"수상쩍은 놈들이 근처에 있는 것 같아."

헤로디그만이 카르모스 귓가에 대고 속삭인 말이었다. 다른 천막에서 자고 있던 세령녀도 낌새가 이상했던지 짐을 챙겼다. 누군가가 염탐하는 걸 헤로디그만이 알아차린 것이었다.

세 사람은 낙타를 버리고 길을 떠났다. 광야 끄트머리까지는 가야 했다. 그곳에 가면 몸을 숨길 만한 암벽이 있을 것이다. 광야의 밤 추위는 살을 에는 듯했다. 멀리 암벽이 보였다. 그때 광야 능선 너머 몇 개의 그림자가 이쪽을 향해 오고 있었다. 그들은 모두 낙타를 타고 있었다. 빨리 뛰어! 헤로디그만이 소리쳤다. 카르모스는 세령녀의 손을 잡고 달리기 시작했다. 이쪽을 향해 오는 검은 그림자 무리는 어림잡아도 수십 명에 이르렀다. 어두워서 자세히 보이지는 않았지만 복면을 쓴 놈들이 틀림없었다. 열 명 안팎 정도만 되어도 대적해볼 만한 숫자였다. 헤로디그만과 카르모스가 힘을 합친다면 승산이 없지도 않을 것이다. 그러나 저들을 상대하느라고 기운과 시간을 뺏겨 대사를 그르칠 수 없었다. 현재로서는 요셉의 일가를 찾는 것이 급선무이므로 몸을 피하는 것이 최선이었다.

세령녀가 자꾸 뒤처지고 있었다. 카르모스는 앞서 뛰어가면서도 세령녀를 돌아보았다. 광야의 어둠을 가르는 굉음이 귓가를 스쳤다. 놈들이 이쪽을 향해 무엇인가를 던지고 있었다. 아무리 달려도 몸을 숨길 암벽은 가까워지지 않았다. 금방 손에 잡힐 듯 가까이 있는 것 같으면서도 저만치 멀어져 있었다. 숨이 턱까지 차올랐다. 맨 뒤에서 따라오는 세령녀 발밑으로 놈들이 던진 무엇이 모래에 박히면서 파편으로 튀었다.

암벽 초입에 간신히 들어섰다. 카르모스가 뛰면서 막 뒤를 돌아보았을 때였다. 세령녀가 풀썩, 넘어졌다. 놈들이 던진 그것이 세령녀의 발목에 꽂힌 듯했다. 세령녀가 미간을 찌푸리며 신음을 뱉고 쓰러졌다. 헤로디그만이 세령녀의 팔 한쪽을 부축했다. 카르모스도 세령녀의 다른 쪽 겨드랑이에 팔을 끼었다. 세령녀의 발목에서 피가 흘렀다. 세령녀가 이를 악물었다. 아직 놈들과는 거리가 있었지만 지체할 시간은 없었다. 곧 놈들이 숨 막히게 몰아붙일 것이다.

암벽이 일행 앞을 우뚝 막아섰다. 뒤에서 쫓아오는 적과의 거리는 지척에 불과했다. 카르모스는 불현듯 안디오가 생각났다. 카르모스는 튜닉 허리춤에 매달고 있었던 가죽 주머니를 열었다. 가죽 주머니 안에 쇠 골무 수십 개가 달그락거렸다. 개수는 충분했다. 카르모스가 손을 재빨리 놀려 헤로디그만과 세령녀에게 골무를 나눠주었다. 헤로디그만과 세령녀도 상황을 알아차리고 안디오의 골무를 받았다. 세 사람은 각자 골무를 착용했다. 이제 놈들은 코앞에서 달려오고 있었다. 수십 개가 한꺼번에 날아들던 파편도 더이상 날아오지 않았다. 동이 난 게 분명했다. 헤로디그만과 카르모스는 세령녀의 양쪽 팔죽지를 부축했다.

골무는 가파른 암벽의 틈새를 움켜쥐기에 적합했다. 맨손으로 오르는 것보다 수월하긴 했지만 중심을 잡아야 했고 적당하게 움켜쥘 수 있는 틈새도 빨리 간파해야 했다. 안디오가 쉽게 벽을 타던 것과는 사뭇 달랐다. 샌들이 벗겨져서 발바닥에는 피가 맺혔다. 두 남자 팔뚝에 매달린 세령녀도 암벽에 착 달라붙어 두 손을 버르적거렸다.

어느새 암벽 아래까지 온 놈들도 낙타에서 내려 몇 명이 암벽을 기어올랐다. 하지만 금방 나동그라져서 발만 동동 굴렀다. 그들 중 한 명이 손나팔을 하고 이쪽을 향해 무슨 말인가 외쳤지만 바람 소리에 묻혀 잘 들리지 않았다. 그들은 등을 돌리고 돌아갔다. 그들의 모습이 드넓은 광야에서 몇 개의 점이 될 때까지 세 사람은 암벽에 붙어 있어야만 했다.

세 사람은 다시 가파른 절벽을 기어올랐다. 간신히 절벽을 올라 평평한 곳에 이르렀다. 암벽 사이 작은 동굴이 눈에 띄었다. 일행은 동굴 안으로 들어갔다. 돌바닥에 쓰러지듯 누운 세령녀는 종아리를 부여잡고 비명을 질렀다. 참고 참았던 아픔이 한꺼번에 터진 것이었다. 이마에 땀방울이 맺힌 세령녀의 얼굴은 창백했다. 질끈 감은 눈꺼풀에도 잔주름이 깊이 새겨졌다. 고통이 극에 달한 표정이었다. 헤로디그만이 세령녀의 다리를 곧게 폈다. 발목 전체 살갗이 보랏빛과 파란빛으로 죽어가고 있었다. 복사뼈에 삐죽이 올라온 파편이 보였다. 독침이었다. 카르모스가 칼날을 곧추세워서 독침을 뺐다. 독침이 꽂혀 있던 자리에서 검은 피가 왈칵 쏟아졌다. 헤로디그만이 입을 대고 상처를 빨았다. 헤로디그만이 바닥에 뱉은 것은 붉은 피가 섞인 침이었다. 수차례에 걸쳐 독을 빼냈지만 세령녀의 얼굴은 점점 더 파리해졌다. 헤로디그만도 땀이 범벅이었다.

"늦었어. 이미 독이 발목에 다 퍼진 것 같아. 독이 계속 진행되는 것을 막아야 해."

헤로디그만은 입술에 묻은 피를 닦으며 말했다. 헤로디그만의 말대로 독이 몸 안에 퍼지면 생명이 위험할 것이다. 그때까지 칼을 쥐고 있던 카르모스의 손은 마구 떨렸다.

"네가 할 텐가? 아니면 내가 할까?"

헤로디그만의 말에 감정의 동요는 없었다. 세령녀는 실신 상태였다. 검은 동공이 넘어가면서 흰자위만 보였다. 헤로디그만이 카르모스의 손에서 칼을 낚아챘다. 헤로디그만은 재고의 여지도 없이 칼날을 치켜세웠다. 그 순간 카르모스는 눈을 감았다. 세령녀의 비명과 동시에 카르모스의 얼굴로 뜨거운 혈흔이 튀었다. 카르모스는 피를 닦을 수도, 눈을 뜰 수도 없었다. 카르모스의 글라디우스 아래 두개골이 깨지고 내장이 비어져 나온 사람은 한둘이 아니었다. 온몸에 퍼질 독을 제거하기 위해 사람의 발목 하나 자르는 것쯤은 일도 아니다. 만약 세령녀가 아닌 다른 사람이었다면 카르모스도 이토록 고통스럽지는 않았을 것이다. 카르모스는 눈을 떴다. 새까맣게 죽은 세령녀의 발이 먼저 눈에 들어왔다. 작은 짐승의 사체 같았다. 끊어진 발목에서는 선지피가 울컥울컥 쏟아지고 있었다. 피비린내가 났다.

"서둘러! 독이 아닌 과다출혈로 죽게 하고 싶지 않다면."

헤로디그만이 소리를 질렀다. 헤로디그만은 튜닉 자락을 칼로 끊어내고 있었다. 단도 끝에서 튜닉이 길게 잘라졌다. 그제야 카르모스도 정신이 번쩍 들었다. 세령녀의 끊어진 발목에서 출혈을 멈추게 해야 한다. 자칫 감염의 위험으로 번질 수 있었다. 카르모스는 짐 꾸러미에서 양가죽 부대를 꺼냈다. 조금 전까지와는 달리 이상하게 차분해졌다. 묵직한 가죽 부대 안의 포도주를 세령녀 발목에 쏟아부었다. 헤로디그만은 긴 천 자락으로 세령녀의 발목을 단단히 싸맸다. 급한 대로 응급처지는 끝냈다. 세령녀의 창백한 낯빛에 낙타 꼬리만 한 홍조가 비쳤다. 코끝에서도 더운 김이 새 나왔다. 헤로디그만이 깊은 숨을 몰아쉬었다. 카르모스는 세령녀의 흐트러진 머리칼을 가만히 쓸어 넘겼다. 식은땀으로 머리칼이 젖어 있었다. 세령녀를 가운데 두고 두 사람은 벽에 기대어 그대로 잠이 들었다. 밤새 세령녀의 신음 소리가 간헐적으로 들렸다.

이튿날 헤로디그만이 짐을 챙겼다. 한시가 급하다며 세령녀를 동굴에 놔두고 길을 떠나자는 것이었다. 카르모스는 세령녀의 곁을 떠날 수 없다고 버텼다. 두 사람은 팽팽히 맞서며 싸움 직전까지 갔지만 세령녀가 기력을 회복할 때까지만 동굴에서 머물기로 합의했다. 밤이 되면 세령녀의 몸은 신열로 들끓었고 동여맨 발목이 열로 화끈거렸지만 차츰 회복해갔다. 바짝 마른 입술에 묽은 코올을 받아먹는 세령녀는 불구자가 된 현실을 담담히 받아들였다.

세령녀가 조금씩 거동을 하기 시작했다. 카르모스는 가늘지만 튼튼한 나뭇가지로 버팀목을 만들어주었다. 세령녀는 그것에 의지하여 몇 발자국 걷기도 했다. 처음에는 기우뚱거리다 넘어지기 일쑤였지만 차츰 익숙해졌다.

며칠 만에 세 사람이 동굴 밖으로 나왔다. 헤로디그만이 양가죽 부대를 꺼냈다. 세령녀의 상처를 소독하고 남은 포도주였다. 헤로디그만이 마개를 따서 먼저 들이켰다. 카르모스는 헤로디그만이 내미는 포도주 부대를 받았다. 식도를 넘어가는 술기운이 빈속을 훑었다. 카르모스가 마개를 닫고 헤로디그만에게 도로 건네려고 할 때였다. 바위에 앉아 있던 세령녀가 팔을 뻗었다.

"나도 한 모금 줘요."

세령녀의 목소리에는 물기가 없었다. 모래알들이 버석거리는 메마른 말투였다. 카르모스는 마개를 열어 세령녀 쪽으로 가죽 부대를 내밀었다. 포도주를 넘기는 세령녀의 가는 목덜미가 꿈틀거렸다. 세령녀의 얼굴이 금방 붉게 달아올랐다. 귓불과 목덜미까지 불그스름했다. 세령녀는 손으로 이마를 짚으며 거칠게 숨을 내뱉었다. 취기가 오르는 모양이었다. 세령녀가 다시 포도주 부대를 입으로 가져가려고 했다. 카르모스가 세령녀의 손에서 포도주 부대를 빼앗았다. 카르모스는 세령녀에게 상처에 해롭다고 말했다.

"해로우면 얼마나 해롭겠어요. 멀쩡한 발목도 잘라낸 마당에. 내 기분을 알기나 해요. 내 왼발이 없는 줄 번연히 아는데도 그쪽 발이 마구 가렵고 저린 기분 말이에요. 이제 나는 거리의 여자로도 살 수 없어요. 불구자와 문둥병자는 짐승과 다를 바 없다고요. 난 이제 끝났어요."

세령녀가 처음으로 자기 속을 거침없이 털어놓았다. 차라리 울기라도 했다면 나았을 것이다. 세령녀는 핏발 선 눈으로 독기를 내뱉고 있었다. 세령녀가 비척거리며 몸을 일으켰다. 카르모스가 부축하려고 하자 세령녀는 카르모스의 손을 치우라는 시늉을 했다. 세령녀는 바위에 앉아 있는 헤로디그만 앞으로 절뚝거리며 걸어갔다. 차라리 자신을 죽게 내버려두지 그랬냐고 싸늘하게 말했다.

"꼴도 보기 싫어요. 날 이용한 왕도, 당신들도."

세령녀는 목에 핏대를 세웠다. 카르모스가 세령녀의 어깨를 잡았다.

"세령녀, 진정해요. 당신은 지금 제정신이 아니오. 제발 흥분을 가라앉혀요."

세령녀는 몸을 흔들어 카르모스의 손을 떨어냈다.

"대장! 당신은 무서운 사람이야! 난 그걸 알아. 우리 남편만 선대 왕의 명령을 어긴 게 아니었지? 그때 당신도 우리 남편과 함께 있었어. 그런데 왜 우리 남편만 감옥에 갇혀 있고 당신은 멀쩡한 거지? 야비한 인간 같으니라고. 우리 모두는 결국 당신 손에 죽고 말 거야. 안디오도 죽고 나도 병신이 되었잖아. 이건 불길한 징조야. 복면 쓴 무리가 아닌 유대의 신이 우리를 죽이고 말 거라고! 유대 신이 내린 메시아를 없애려는 우리는 천벌을 받을 거라고!"

세령녀는 큰 소리로 웃었다. 미친 여자 같았다.

"세령녀 네 말이 맞아. 네 남편은 옥에 갇혔고 나는 멀쩡해. 그러니까 왕이 나를 믿지 못해 안디오를 첩자로 보낸 거 아니겠어. 네가 그걸 안다는 사실은 그렇게 중요하지 않아. 지금 중요한 것은 네 남편의 안전이지. 네가 구해주길 기다리면서 예루살렘 감옥에서 하루하루를 기다리는 남편 말이야."

카르모스는 두 사람의 대화를 들으면서 머리가 혼란스러웠다. 선대왕의 명령을 어긴 것으로 치자면 헤로디그만도 밀실의 사내처럼 죽었어야 하는 사람이다. 헤로디그만이 높낮이 없는 억양으로 말했고, 세령녀는 웃음이 그치지 않았다.

"세령녀, 잊은 거야? 네 나라와 부모도 너를 팔아버렸다는 사실을. 네 남편이 아니었다면 네 처지가 어떻게 되었을까. 짐승만도 못한 대접을 받는 노예가 되었거나 거리의 여자로 전락했을걸. 아니, 이미 오래전에 짐승의 먹이가 되었을지도 몰라. 남편이 이방인인 너를 정식 아내로 삼았기에 여태껏 사람처럼 살 수 있었던 거야. 그런데 그런 남편을 배반하겠다는 것이냐?"

입술을 거의 움직이지 않고 쏟아내는 헤로디그만의 말 한 마디 한 마디는 잔인했다. 냉혈한 같은 인간이었다. 카르모스는 헤로디그만을 쏘아보았다. 거짓으로 세령녀의 덜미를 잡은 것도 모자라서 자신의 죄를 숨긴 헤로디그만의 멱살을 잡고 한바탕하고 싶었다. 세령녀가 귀를 틀어막으며 몸을 바닥에 마구 뒹굴었다. 카르모스는 미망의 묘약을 싼 감람나무 잎에 불을 붙였다. 소량의 연기는

흥분을 가라앉히고 망각과 평온을 가져다주기도 했다. 카르모스
는 세령녀의 어깨를 부축하고는 입가에 나뭇잎 끄트머리를 물게
했다.

"숨을 깊이 들이마셔요. 천천히."

세령녀는 잎사귀를 빨아들였다. 곧이어 세령녀의 입에서 기침이
쏟아졌다.

"다시 한 번 해봐요."

세령녀가 기침이 멎자 다시 연기를 들이마시게 했다. 세령녀는
카르모스가 시키는 대로 고분고분 따랐다.

"옳지. 그렇게, 이제 됐어요."

세령녀의 작은 어깨가 카르모스의 손에서 가냘프게 떨렸다. 세
령녀의 동공이 서서히 풀리기 시작했다. 카르모스의 허벅지로 세
령녀의 팔이 축 늘어졌다. 카르모스는 짐 보퉁이를 끌어다가 세령
녀의 머리에 대주었다.

"하늘이 빙글빙글 도네. 내 몸이 왜 이렇게 붕 뜨는 거지. 이상하
게 기분이 좋아요."

세령녀가 중얼거리며 피식피식 웃음을 흘리다 잠에 빠져들었다.

세 사람은 암벽에서 하루를 더 보냈다. 때가 되어도 누구 하나
배고프다는 사람이 없었다. 세 사람은 누가 먼저랄 것도 없이 약속
이나 한 듯 일렬로 서서 암벽을 내려와 바란 광야에 이르렀다. 세
령녀는 급격히 말이 줄었고 두 남자의 도움을 거부하거나 신경질
을 내지 않았다.

웬만해선 식사 준비를 거르지 않던 세령녀가 멍하니 앉아 있기 일 쑤였다. 남편이 느닷없이 끌려간 일은 그녀에게 불행의 시작이었다. 광야에서 안디오의 폭행에 이어 복면 쓴 사내가 혀를 끊고 자결했던 순간도 눈앞에서 목격했던 세령녀였다. 이제 불의의 사고로 불구의 몸까지 된 그녀였다. 카르모스는 그녀의 마음을 이해할 수는 있었지만 황폐해진 그녀의 마음을 다독거릴 방법은 알지 못했다.

헤로디그만은 예전의 모습을 빠르게 되찾아갔다.

"아무래도 핵심부 수장의 말이 수상해. 그 사람을 만났던 이야기를 다시 한 번 해봐."

예리한 눈빛을 빛내며 헤로디그만이 물었다. 이번에는 카르모스가 침묵으로 대답을 대신했다. 카르모스도 세령녀와 동일한 심정이었다. 이제 정말 벗어나고 싶은 마음밖에는 없었다. 지난 오 년 동안 벼리고 벼린 오르무스와 제린에 대한 복수의 칼날도 무디어진 지 오래였다.

"자네가 요셉을 물었을 때 제롯 당원을 찾느냐고 했다며? 세령녀가 그놈한테 알아낸 사실과도 일치하고."

딱히 카르모스에게 대답을 요구하는 질문이 아니었다. 자기가 묻고 자기가 대답을 하는 양을 보아 지금까지의 상황을 정리하려는 의도 같았다.

"석공 단체와 젤롯당이 손을 잡았다 이거지."

헤로디그만은 턱의 수염을 매만졌다. 골똘한 생각에 잠기면 나오는 헤로디그만 특유의 버릇이었다.

"돈이 많은 석공 단체가 곤경에 처한 젤롯당을 어떤 식으로든 계속 보호했다는 뜻은 아닐까?"

헤로디그만은 카르모스를 넘겨보며 묻고 있었다. 석공 단체가 경제적 기반이 탄탄하다는 것은 이미 다 알고 있는 사실이었다. 그런 이유로 카르모스도 석공으로 성공하고 싶었던 것이다. 헤로디그만은 생각을 정리하려는 듯 혼잣말을 했다. 헤로디그만의 말인즉 젤롯당이 에세네파와 한통속이 돼가고 있는 형국은 어제오늘 일이 아니라고 했다. 정확히 언제부터였는지는 모르지만 헤롯1세 때부터 그 움직임이 있었을 것이다. 헤롯1세의 가혹한 정치에 신물이 난 에세네파가 젤롯당에게 희망을 거는 것은 당연한 일이었다. 베들레헴에서도 유대 군인을 찌른 젤롯 당원을 대놓고 보호하는 분위기였던 것만 봐도 그랬다.

"석공 단체와 젤롯당과 에세네파라. 참 기묘하군."

헤로디그만의 눈동자가 다시 깊어졌다.

"아, 참. 그 수장이라는 작자가 여호수아를 뭐라고 불렀다고 했지? 예언의 아이라고 했다지?"

헤로디그만이 이번에는 손가락을 튕겼다. 카르모스는 헤로디그만의 말이 하나도 귀에 들리지 않았다. 헤로디그만에게 하고 싶은 말이 아까부터 혀끝에서 맴돌고 있는 때문이었다.

"그런데 그 아이가 석공 원조인 히람의 자손이라는 소문이 돈다는 거지. 옳거니……."

바닥까지 깊어지던 헤로디그만의 눈동자에서는 광채가 뿜어져 나왔다.

"보내줍시다."

카르모스는 혀끝에서 맴돌던 말을 툭 던졌다.

"옳거니. 그들이 여호수아를 예언의 아이니 뭐니 하는 걸 보니 뭔가 낌새가 있어. 작당을 한 거야. 에세네파, 젤롯당, 그리고 석공 단체까지."

"보내주자니까요!"

카르모스가 소리를 질렀다. 마침 세령녀는 나무 지팡이를 의지해서 근처로 걸음마 연습을 하러 나간 참이었다. 그동안 카르모스도 헤로디그만과 담판을 지으려고 기회만 엿보았다. 헤로디그만이 깊은 수렁에서 깨어난 듯 카르모스를 멀뚱히 바라보았다. 너 지금 나한테 무슨 말했니, 라는 표정이었다.

"그렇지. 카르모스, 자네 말대로 보낸 걸 거야. 히람의 자손이라는 석공의 마스터 메이슨에게 보내야 했을 거야. 여호수아의 어미를 말이야. 그녀의 몸에 아이를 만들어야 했으니까. 어쨌든 여호수아는 요셉의 아들이 아니라고 하니까 말이야. 그 작자가 누굴까? 여호수아의 친부 말이야. 그때 복면의 사내가 세령녀에게 말한 그 남자, 바로 석공 단체의 수장이라는 제린이 아닐까? 그렇다면 제린이 바로 히람의 후손?"

헤로디그만의 유추는 정확했다. 혼잣말을 계속하는 그는 꼭 미친 사람 같았다.

"그러고는 자기네가 짠 각본대로 여호수아를 메시아니 예언의 아이니 하면서 떠벌리는 것일 게야. 틀림없어. 안 그런가?"

"대장, 세령녀를 예루살렘의 자기 집으로 보내줍시다. 내가 잠깐 데려다주고 오면 되니까요. 이왕 지체한 시간이잖아요. 그녀를 위해 시간을 조금만 할애합시다."

카르모스는 애원조로 다시 말을 꺼냈다.

"누구를 보내자고?"

그제야 헤로디그만이 카르모스에게 대꾸했다. 한참 꿈속을 헤맨 사람 같았다.

"세령녀요."

"잊었어? 그녀는 남편 대신 일을 수행해야 할 사람이야."

"그녀의 남편은 죽었잖아요."

"그 입 다물지 못하겠어!"

"우리 둘이 합시다. 걸핏하면 놈들이 공격하는 마당에 몸까지 불편한 세령녀는 성가시기만 할 뿐이라고요."

세령녀의 발목이 절단된 것만으로도 끔찍했다. 카르모스는 눈앞에서 또다시 세령녀가 쓰러지는 꼴을 더 이상 보고 싶지 않았다. 자칫하다간 세령녀의 목숨마저 위태로울 수 있었다.

"세령녀도 이 일에 꼭 필요한 사람이야."

"어째서죠? 서너 살 아이 하나를 생포하는 일에 우리 두 사람이면 충분하지 않나요?"

"이제 여호수아가 문제가 아니야. 정말 모르겠나?"

이제 와서 여호수아가 문제가 아니라니. 카르모스는 헤로디그만이 도대체 무슨 말을 하는지 알아들을 수가 없었다.

"새로운 싸움이 시작된 거야."

"새로운 싸움이라뇨? 누구와 싸운다는 거죠?"

"누구겠어? 여호수아라는 신화를 조작한 실체지."

"우라질, 결국 그 실체가 걸핏하면 우리를 궁지에 빠뜨리는 복면 쓴 놈들 아닌가요? 그래요, 좋아요. 내 이야기도 바로 그거예요. 그 놈들을 잡는 데 세령녀가 방해만 될 뿐이라니까요."

"피리는 세령녀만이 불 수 있는 물건이야. 잊었나? 복면 쓴 놈들 이 바로 석공 단체라는 걸 어떻게 알아냈지? 세령녀의 최면술 덕 분이었어. 그리고 우리 중에 유일하게 여호수아의 얼굴을 아는 사 람이 누구지? 바로 세령녀야."

모두 상심에 빠져 있는 동안에도 헤로디그만의 머리는 일을 수 행하기 위해 쉬지 않았던 것이다. 헤로디그만의 형형한 눈빛 속에 들어차 있는 올가미에서는 누구도 자유로울 수 없었다. 카르모스 는 온몸에 소름이 돋았다. 헤로디그만은 일의 성공을 위해서라면 일행 중 누구라도 주저 없이 칼로 베고도 남을 자였다. 그에게 두 얼굴이 보였다. 목숨이 경각에 달렸던 세령녀의 독을 빼내기 위해 혼신을 다했던 헤로디그만의 모습은 지금 어디에도 없었다. 카르 모스는 오직 한곳만을 응시하는 헤로디그만이 한없이 낯설게 느 껴졌다. 헤로디그만이 응시하는 곳은 어디일까? 문득 안티파스에 게 로마 백부장 자리를 약속받았다는 말이 떠올랐다. 게다가 헤로 디그만은 선대왕의 명령을 어긴 죄까지 있는 자였다. 이번 일을 성공시키지 못한다면 죽은 목숨이 자명했다. 피의 대가로 권력을 손에 쥐어본 자만이 아는 것일까. 누리고 있는 순간 더 큰 갈증으로 솟아나는 것이 권력이 지닌 속성이라는 것을. 한 번도 권력을 맛보지 못한 카르모스는 영원히 헤로디그만을 이해할 수 없을지도 모른다는 생각을 했다. 아니, 이해하고 싶지도 않았다. 하지만 카르모스가 이 일에 대가로 손에 쥐려고 하는 것은 애초에 무엇이었을까. 권력의 또 다른 형태인 부(富)였다는 생각이 떠올랐다. 석공으로 성공해서 부를 획득하면 나 또한 저런 모습이 될까. 결국 권력이나 부는 다 같은 속성의 괴물인 것이다. 모든 것이 부질없다는 생각이 들었다. 지금은 카르모스의 가슴 저 밑바닥에서 솟구쳐 오르는 의문들을 하나씩 꺼내어 실체를 확인해야 할 때였다.

"대장, 내가 대장에게 가졌던 의문들이 하나씩 사라지고 있소이다. 밀실에서 죽은 사내가 세령녀의 남편이라는 사실에서부터 우리가 찾는 목표가 요셉이 아니라 여호수아라는 사실까지. 또 여호수아가 어떤 아이라는 것도 말이오. 이제 여호수아를 메시아 신화로 조작한 배후가 젤롯당과 석공 단체라는 것도 다 알게 되었소이다. 그런데⋯⋯."

카르모스는 잠시 숨을 골랐다.

"그런데?"

헤로디그만이 카르모스의 마지막 말을 받았다.

"그런데도 내 안에는 풀리지 않는 의문들이 떠돌아다니고 있소이다."

"무엇이 궁금한 거지?"

"날 선택한 이유가 뭐요. 내가 노예 검투사로 전투에서 우승을 했다는 조건만으로는 석연치가 않소이다."

노예 검투사 중 카르모스만 한 인물은 차고도 넘쳤다. 그런데 하필이면 왜 카르모스가 선택된 것일까. 처음에는 오직 큰돈을 거머쥐면 자신의 과거를 복원할 수 있다는 생각에 미처 인식하지 못했던 점이었다. 일이 진행되면서, 어쩌면 어떤 필연에 의해서 카르모스가 선택되었을지도 모른다.

"몰라서 묻나. 이쯤이면 알아챌 만할 텐데."

"혹시 내가 예전에 애급의 석공이었다는 것을 알고 있었던 거요?"

카르모스가 조심스럽게 물었다. 자신이 석공이었다는 것을 알고 있는 사람은 세렁녀뿐이었다. 그러나 카르모스가 가데스 바네아의 석공 단체 핵심부에 다녀왔을 때도 헤로디그만은 묻지 않았다. 석공 단체 내에 핵심부가 있는 줄 어떻게 알았느냐고 말이다. 자신의 과거를 말하기 싫었던 카르모스도 굳이 변명하지 않았지만 이상한 점이었다.

"큰 별이 뜬 헤브론은 애급으로 향하는 곳이지. 정확하게 말하자면 석공이 필요했던 게 아니었어. 애급의 풍토와 지리에 능통한 자가 필요했을 뿐이지. 나중에 요셉이 석공 기술을 배운다는 말을 들었을 때 석공이었던 자네를 선택한 것이 득이 된 줄 알았던 거야."

헤로디그만은 말을 듣는 동안 자신의 판단이 절묘하게 맞아떨어졌다는 생각이 들었다.

"그게 다인가?"

"아뇨, 또 하나가 있습니다. 이건 사실 내 의문은 아닙니다. 안티파스와 대장의 마지막 숙제에 대해 궁금한 점이 있습니다."

"왕과 나의 마지막 숙제라고?"

"이 일을 성공리에 마쳤을 때 약속을 지켜주시리라 믿어 의심치 않습니다."

"물론이다."

"나를 자유의 몸으로 풀어주는 것 외에도 나에게 약속하신 금액을 잊지 않으셨겠지요."

"안티파스도 잊지 않았을 거야."

"그럼 나는 그렇다 치고 세령녀와의 약속은 어떻게 지키시렵니까?"

카르모스가 헤로디그만을 쏘아보며 물었다. 팔짱을 끼고 있던 헤로디그만이 별안간 웃음을 터뜨렸다. 그의 웃음소리가 천막을 찢고 나가 바란 광야를 휘돌아 다시 메아리쳐 들리는 것 같았다. 카르모스는 혹시라도 세령녀가 돌아올까 봐 조바심이 났지만 내색하지 않았다. 오늘 끝장을 봐야 할 일이었다.

"네가 피워왔다던 미망의 묘약은, 잊을 수 없는 연기로 사람의 뇌를 갉아먹게 하는 망각의 물건이로군. 자네는 종종 잊어버리는 게 탈이야. 똑똑히 기억하게. 세령녀는 죄인의 아내야. 그것도 지금 헤로디온에 묻혀 있는 선대왕의 명령을 거짓으로 수행한 중죄인이야! 그 사실을 잊지 말라고."

헤로디그만이 중지를 들어 카르모스의 미간을 눌렀다. 카르모스가 헤로디그만의 손가락을 툭 쳤다. 그렇게 따지자면 헤로디그만도 선대왕의 명령을 거짓으로 수행한 죄에서 자유로울 수 없는 게 아닌가. 하지만 카르모스는 굳이 따지지 않기로 했다.

"그러나 약속하지 않으셨습니까? 이 일을 성공리에 끝내면, 즉 여호수아라는 아이를 찾으면 세령녀의 남편을 감옥에서 풀어주겠다고."

카르모스도 중지를 들어 허공에 향해 콕콕 눌러대며 말했다. 성질 같아서는 헤로디그만의 입을 주먹으로 한 대 치고 싶었다.

"세령녀는 진즉에 죽었어야 하는 계집이야."

헤로디그만의 말은 계속 이어지고 있었다.

"이제 그 계집에게 왕을 대신해서 내 권한을 행사해보려고 해. 그 계집이 어떤 선택을 했을 때 결정되는 것이 계집의 운명일 수 있다는 점에서 내 죄도 어느 정도 상쇄되지 않을까 싶기도 하고……."

그때 천막 멀리서 세령녀 특유의 발자국 소리가 들려왔다. 나무 지팡이와 오른발의 엇박자 걸음걸이였다. 헤로디그만은 밖의 소리에 신경 쓰지 않는 표정이었다. 헤로디그만은 평소 목소리로 빠르지도 않고 느리지도 않게 말을 계속했다. 그것은 세령녀의 선택과 카르모스의 결정권에 대해서였다. 헤로디그만의 말소리가 카르모스의 귓가에서 맴돌다가 머리 전체를 뒤흔들어놓고 있었다.

7

○

평행선

『암살자들』의 12장인 '예언의 아이'가 온라인에 게재되자 어김없이 댓글이 앞다투어 달렸다. 『암살자들』의 반응은 나날이 뜨거워지고 있었다. 출판사에 걸려오는 전화도 강도가 점점 심해졌다. 하루에 열 통 이상씩은 『암살자들』에 관한 전화였다. 항의와 욕설이 삼십 프로였고 십 프로는 작가 개인에 대한 궁금증과 호기심이었다. 나머지 육십 프로는 책 출간을 기다린다고 했다. 썩 괜찮은 반응이다. 주간은 더 이상 미션 과제를 내주지 않았다. 뒤에서 추이만 지켜볼 뿐 어떤 지시를 내리지 않았다. 정과 김도 야근을 하면서 『암살자들』 편집과 감수에 온힘을 기울였다.

13장 원고를 검토하는데 휴대폰 전화벨이 울렸다. 목사였다. 목사가 나에게 전화를 하는 일은 드물었다. 마침내 목사가 뭔가를 알게 된 모양이다. 올 것이 왔다는 예감이 들었다. 내가 기다린 것이 정작 이런 것이었나. 구체적으로 생각해보지 않아서 잘 모르겠다. 나는 우선 전화를 받았다.

"너 도대체 뭐 하고 다니는 거냐?"

목사는 다짜고짜 소리부터 질렀다. 마귀 새끼라는 말을 참고 있을 목사의 얼굴이 떠올랐다. 전화선을 타고 전해지는 목소리에는 흥분이 억눌려 있었다. 난 침묵으로 응수했다. 딱히 할 말도 없었다. 내가 아무런 말이 없자 목사는 내 이름을 연속으로 두 번이나 불렀다. 나를 확인해야 직성이 풀리는 것 같았다.

"말씀하세요."

나는 차분한 목소리로 말했다. 아버지라는 호칭을 생략한 지 오래였다. 꼭 그렇게 해야겠다고 마음을 먹은 것은 아니었다. 그러나 어느 순간 그 말은 내 가슴속에서 화석이 되어 입 밖으로 나오지 않았다.

"당장 들어와라. 안 들어오면 내가 너한테 갈 거다."

대번 으름장이다. 목사는 한다면 하는 사람이었다. 나는 알았다고 대답했다. 목사는 스스로의 감정을 제어하지 못하는 사람이었다. 자신의 화가 칼날이 되어 누군가의 목숨을 줄게 할 수 있다는 생각에까지 미치지 못했다. 성직자의 길을 택했으면서도 타고난 성정은 고치지 못했다. 십 년 동안 아이가 없었는데도 목사는 왜 병원에 가지 않고 기도만 했던 걸까. 현대 의학의 힘을 빌린다는 것이 신의 사제로서 자존심이 상했던 걸까. 아니다, 다 아니었다.

어머니와 내가 입 밖으로 내뱉지 않았지만 우리는 알고 있었다. 목사는 자신의 남성성이 훼손된 증거가 드러나는 것을 두려워했던 사내였을 뿐이었다. 게다가 의처증까지 있는 쭉정이 사내에 불과했다. 삼십 년 동안 끊임없이 어머니를 의심했던 목사였다.

그날 이후 목사는 엽서에 대해 거론하지 않았다. 목사는 어머니의 결혼 전 과거에 대한 증거를 입 밖에 내놓기도 싫은 거였다. 어머니가 엽서의 그 사람과 결혼 후에도 부적절한 만남을 가졌을지 모른다는 의혹이 이제 목사의 가슴속에 확산으로 자리 잡혀 있을 것이다.

미주알에 힘까지 줘가면서 대거리를 한 적이 있었다. 어머니의 장례식이 끝나고 집에 돌아왔을 때였다.

"엄마를 죽인 건 내가 아니라 당신이에요!"

억울함, 분노, 슬픔이 응축되어 있다가 터졌다. 목사는 내 따귀를 수차례 갈기는 걸로 내 말을 부정했다.

"아비한테 당신이라고? 너는 어쨌든 내 자식이다. 너의 몸속에는 더러운 피가 흐르지만, 나는 하나님의 능력으로 그 피를 순결하게 할 책임이 있다."

나를 자기 자식이라고 못 박는 목사가 불쌍해 보였다. 그는 나를 어머니가 낳은 자식이라고 치부해왔다. 어머니가 입양을 강력히 주장하며 보육원 원아 중에서 특별히 나를 고집한 이유가 있을 것이라고 확신했다. 나를 입양하기 이 년 전, 목사는 일 년 육 개월 동안 동남아 선교 목사로 파견된 적이 있었다. 어머니와 떨어져 지

냈던 공백의 시간들. 목사는 그 시간들을 의심했던 것이다. 차라리 어머니가 살아 있을 때 유전자 검사라도 의뢰해서 확인을 했다면 간단한 일이었다. 하지만 그것을 하지 않고 삼십 년 동안 어머니와 나를 괴롭힌 목사였다. 의심의 어둠 속에서 스스로를 할퀴고 어머니를 목 조르는 것으로 자기 치부를 감추었던 것이다. 여차하면 자신이 믿는 신 등 뒤에 숨어서 인간적인 허물을 감추기에 급급했다. 인근 주민이나 교인 누구도 모르는 일이지만 어머니는 목사에게 몇 차례 맞기도 했다. 어머니의 팔뚝과 눈두덩에 남아 있는 보랏빛과 파란색의 멍들과 어머니의 풀린 눈동자가 이를 증명했지만 어머니와 나는 그 문제를 발설치 않았다. 목사는 근엄한 얼굴을 내세워 가정폭력을 교묘하게 감추고 살아온 위선자였다. 어머니가 죽고 나서도 목사의 의혹은 사그라지지 않았다. 어머니 유품을 일일이 뒤져가며 의심을 사실로 확인하기 위해 발버둥을 쳤다. 마침내 찾아낸 엽서 한 장으로 목사는 어머니뿐 아니라 나의 가슴에도 '마귀 새끼'라는 주홍글씨를 새긴 것이다.

어머니의 죽음 이후 나는 더 이상 목사가 두렵지 않았다. 그날 목사의 손바닥이 내 뺨을 불처럼 지나갔지만 견딜 만했다. 내 눈은 목사를 피하지 않았고 목사의 눈에는 파란 불꽃이 튀었다. 그러나 그건 분노라기보다 두려움의 색깔이었다. 그날 이후 내 속에서는 목사에 대한 두려움이 휘발되고 분노가 쟁여졌다. 목사는 늙어가면서 살쾡이가 되어갔다. 내 모습에서 어머니를 찾았고, 그러면서도 내가 자신의 길을 가길 바랐다. 목사가 또다시 분노하고 있었다. 그러나 내 앞에서 똘똘 뭉친 열등감이 두려움으로 바뀌는 것은 시간문제일 뿐이었다.

목사는 집에 없었다. 나는 교회로 들어섰다. 목사는 십자가 앞에서 무릎을 꿇고 기도하는 중이었다. 울부짖음인지 중얼거림인지 목사의 기도는 질척거리는 액체 같았다. 삼십 분이 흘렀다. 나는 의자에 앉아 잠자코 기다렸다. 이윽고 목사가 강대상 뒤에서 모습을 드러냈다. 붉은 얼굴과 흐트러진 머리카락. 목사가 티슈를 뽑아 얼굴을 닦고 코를 풀었다. 어둠 속에서 내 실루엣을 발견하고는 아무 말 없이 통로를 나와 출입문 쪽으로 걸어갔다. 나도 그의 뒤를 따랐다.

아래층 사택으로 내려온 목사는 서재에서 신문을 가지고 나와 내 앞에 던졌다. 목사가 보는 기독교 신문이었다. 헤드라인이 눈에 들어왔다.

예수 출생을 형상화한 소설. 온라인 연재로 인터넷 뜨겁게 달궈. 신성모독으로 예수 신성성 훼손…… 기독교 가치관에 크게 위배…….

노이즈 효과가 제대로 나타난 것이다. 출판사도 이니셜이 아닌 우리 출판사로 명명되어 있었다. 나는 그 순간 내 안에 소용돌이치는 쾌감을 온몸으로 느끼고 있었다.

"발뺌할 생각은 추호도 하지 마라!"

나한테 뭘 발뺌하지 말라는 것인가. 나는 목사를 올려다보았다.

어릴 적에는 뼈대가 굵고 어깨가 떡 벌어진 목사의 몸체에 주눅이 들었다. 그 앞에만 서면 어깨가 움츠러들었고 목소리가 떨렸다. 나를 바라보는 목사의 눈은 언제나 냉랭했다. 골격은 여전하지만 목사도 많이 늙었다. 흰머리는 반백을 넘었고 어깨뼈는 작아졌으며 뱃살도 출렁거렸다.

"네가 다니는 출판사에서 벌인 짓이더구나."

"네."

"네? 네라고? 그뿐이냐? 어떻게 네가 나한테 이럴 수 있냐? 네 놈이 발 벗고 말렸어야지. 이건 안 되는 일이라고. 게다가 너는 신학대까지 나온 놈이 아니냐. 하나님께는 큰 죄를 짓는 것이다. 알고는 있냐?"

"큰 죄를 짓는지 어쩐지는 잘 모르겠습니다. 미처 모르시는 사실이 있는 것 같은데, 제가 말씀드리려도 되겠습니까?"

"내가 모르는 무슨 일이 또 있다는 게냐?"

목사의 시뻘건 눈이 튀어나올 듯 부풀어 올랐다.

"그 소설, 사실은 제가 기획한 일입니다. 제 담당입니다."

"이런 마귀 새끼 같으니라고!"

목사는 결국 그 말을 뱉어냈다. 일순간 내 얼굴이 휙 돌아가면서 번쩍했다. 목사의 주먹은 아직 건재했지만, 나는 이제 목사보다 강한 사내가 되어 있었다. 나는 꼿꼿한 자세로 목사를 응시했다. 목사의 주먹이 허공에서 떨고 있었다.

"당장 그만두지 못해!"

"그만 못 둡니다. 제 일입니다."

나는 자리를 박차고 일어났다. 목사가 순간 휘청거렸다.

"난 목사로서 끝장이다. 네놈이, 내가 키운 네놈이 나한테 결국 칼을 꽂다니."

목사가 무릎을 꺾었다. 난 알고 있었다. 자기네 종교관이 무너진 것처럼 광기와 독선의 칼을 던지는 사람들에게 어떤 일도 일어나지 않을 것이라는 것을. 나는 목사의 과민한 반응이 가소롭다. 그리고 중요한 것은 여기가 끝이 아니라는 것이다. 나는 정말 누구일까? 목사의 의혹대로 어머니 남자의 자식일까? 아니면 정말 마귀 새끼일까? 그럴지도 모른다는 생각이 들었다.

순간 『암살자들』의 13장 제목인 '카르모스의 선택'이 떠올랐다. 소설 속 주인공에게만 선택이 주어진 것이 아니다. 나에게 주어진 선택과 그 시간들이 시시각각 다가오고 있었다. 이상하게 마음이 차분해졌다.

카르모스의 선택

눈에 보이는 것이라고는 모래 능선뿐이었다. 아무리 나아가도 끝이 보이지 않았다. 그러다가 문득 신기루처럼 눈앞을 막아서는 것은 석회암 절벽이 다였다. 한낮 동안은 작열하는 태양에 온몸이 녹아내렸고 해가 지면 혹한으로 심장까지 얼어붙는 것 같았다. 사람뿐 아니라 짐을 실은 두 마리 낙타도 지쳐 보였다.

바란 광야에 와야 하는 이유조차 까마득했다. 모래와 석회암 속에서 무엇을 찾는다는 것조차 불가능해 보였다. 왔던 길을 되돌아가는 길조차 영원히 잊어버린 것 같았다.

카르모스의 머릿속이 부유스레했다. 헤로디그만이 끝까지 힘주어 이야기하던 말들이 뿌옇 머릿속을 어지럽혔다. 헤로디그만은 세령녀의 남은 인생이 마치 카르모스의 선택과 결정에 달려 있는 것처럼 협박 아닌 협박을 했지만 그것은 아니었다. 헤로디그만이 원래 짜놓은 각본에 의해 맞춰지고 있을 뿐이었다. 헤로디그만을 두고 무서운 사람이라고 했던 세령녀의 말이 틀리지 않았다.

어쩌면 누구의 입장에서나 그다지 나쁜 각본이 아닐지도 몰랐다. 하지만 카르모스로서는 흔쾌히 받아들일 수 없는 문제였다. 그러니까 어차피 카르모스의 의견 따위는 없는 헤로디그만의 단독 결정이었던 것이다. 헤로디그만이 카르모스에게 세령녀의 남편 일을 다시는 발설하지 못하도록 먹이 하나를 던진 셈일 수도 있었다. 어쨌든 세령녀는 알고 있어야 하지 않을까. 어쩔 수 없이 결정된 상황에 머리를 끄덕거릴 수만은 없었다. 카르모스는 하루에도 열 번씩 생각을 세웠다 부수길 반복했다.

헤로디그만의 코 고는 소리가 천막 지붕을 들썩거리게 했다. 한 번 잠들면 천둥 번개가 쳐도 눈을 뜨는 법이 없는 헤로디그만이었다. 카르모스가 몸을 일으켜서 천막을 빠져나와 건너편 천막으로 걸어갔다. 카르모스가 세령녀를 조용히 불렀다. 아직 잠들기 전인지 세령녀는 머리를 매만지며 나왔다.

"할 말이 있소."

카르모스가 낮은 목소리로 말했다. 세령녀는 튜닉 위에 가죽 외투를 단단히 여미고는 절뚝거리며 카르모스를 따라나섰다. 카르모스는 천막에서 조금 떨어진 곳까지 갔다. 모래바람이 카르모스의 얼굴을 할퀴며 지나갔다. 이쯤에서라면 혹여 세령녀가 울음을 터뜨리더라도, 그 소리가 천막에 미치지는 못할 거리였다. 야트막한 바위에 자리를 잡고 앉은 세령녀가 카르모스를 말끄러미 보았다. 천막 모닥불의 빛으로 겨우 상대방의 얼굴만 알아볼 정도였다. 멀리 모래 능선은 검은 하늘과 맞닿아 경계가 흐릿했다. 카르모스는 선뜻 입이 떨어지지 않았다. 어디서부터 무슨 말을 먼저 해야 할지 막막했다.

"세령녀, 당신 남편 말이오."

카르모스는 겨우 말문을 열었다. 어둠 속에서도 세령녀의 얼굴이 딱딱하게 굳어지는 게 느껴졌다. 달빛을 받은 하얀 모래에 반사된 세령녀의 얼굴이 푸르스름해 보였다. 카르모스는 눈을 감았다. 그녀의 얼굴을 정면으로 바라보며 말을 하기가 곤혹스러웠다. 카르모스의 머릿속에서 그 일들이 하나씩 되살아났다. 쥐 떼에게 살과 피와 내장이 먹혀 공중에 대롱대롱 매달려 있던 남자의 비명도 귓가에 쟁쟁했다.

카르모스의 입을 통해 흘러나온 말들이 모래알이 되어 석회암 절벽에 흩뿌려지고 있었다. 세령녀는 미동도 하지 않고 앉아 있었다.

"내 말의 요지는, 당신에게 대가는 처음부터 없는 거나 마찬가지라는 거요. 그러니까 당신이 원한다면 더 이상 이 일을 하지 않아도 된다는 거요."

세령녀는 미동도 하지 않았다.

"예루살렘의 당신 집으로 돌아가요. 내가 당신을 바래다줄 테니까. 차후 일은 대장과 내가 맡을 거요."

세령녀는 표정이나 몸짓 하나 흐트러지지 않은 채였다. 내 말을 듣긴 들은 것인가? 아니면 내 말을 믿지 못하는 걸까? 카르모스는 세령녀를 물끄러미 쳐다보았다.

"듣고 있소? 내가 거짓말을 한 것 같소? 사실이오. 내가 직접 보고 들은 일이오. 안티파스 왕이나 헤로디그만 모두 당신 남편을 미끼로 당신을 이용했던 거요."

"그런데도 불구하고 날 안지 못했던 이유가 뭔가요? 그 소녀 때문인가요?"

이 여자는 뜬금없이 무슨 말을 하고 있는 것일까? 자기 남편이 죽었다고 하는데 피리의 최면술로 카르모스가 발설했던 지난 기억을 들이대고 있었다. 세령녀는 그 소녀로 인해 카르모스가 더 이상 남자일 수 없는 것까지 알아내지는 못한 걸까?

"대체 지금 무슨 말을 하고 있는 거요? 당신 남편이 죽었다지 않소. 혹시 알고 있었소?"

카르모스가 세령녀의 눈을 똑바로 응시했다.

"그날, 우연히 들었어요."

세령녀가 카르모스의 눈길을 피하며 말했다. 그날이라면? 카르모스의 뇌리에 섬광이 스쳤다. 그날 헤로디그만은 세령녀가 돌아오는 기척이 들리는데도 자기 할 말을 끝까지 했다. 카르모스는 허공으로 멍한 시선을 던졌다.

"그런데도 날 안지 못한 이유가 뭔가요?"

세령녀의 재우침이 카르모스의 귓가에 울렸다. 그 말은 그날 헤로디그만이 자신에게 던진 제안과 크게 다르지 않았다.

헤로디그만은 세령녀가 선택할 수 있는 길은 두 가지라고 했다. 세령녀가 남편을 따르는 것이 첫 번째였다. 남편의 죽음에 충격을 받은 세령녀에게 죽음을 강요하는 것은 너무 가혹한 처사였다. 두 번째는 카르모스를 따르는 것이었다. 두 사람 사이에 오가던 호감의 눈빛이 연모가 아니었느냐고 헤로디그만이 되물었다. 헤로디그만의 물음에 카르모스는 부정하지 못했다. 하긴 이 조건은 먼저 너의 결정이 우선되어야 한다는 전제하에서다, 라고 헤로디그만은 카르모스에게 못을 박았다. 카르모스가 세령녀를 받아들인다면 세령녀는 죽음이 아니라 삶을 선택할 수 있는 것이다.

"어쩌면 그 이전부터 알고 있었던 것일지도 모르죠. 무의식적으로는 알고 있었지만 의식적으로 모른다고 부정했는지도 몰라요."

세령녀는 말간 얼굴로 이야기를 계속했다.

"선대왕의 명령을 거짓 수행한 남편이 지금까지 살아 있다는 게 더 이상한 일이겠죠? 하긴 똑같은 죄를 짓고도 버젓이 살아 있는 사람도 있지만요."

세령녀는 조소를 머금었다. 카르모스는 세령녀의 말을 이해할 수 없을 뿐 아니라 그녀의 생각 또한 간파할 수 없었다. 남편의 죽음을 미루어 짐작하고 있던 세령녀였다. 그럼에도 남편을 구하는 일이 지상 최대 목표인 것처럼 행동하지 않았던가.

"현실은 엄연히 그랬는데도 내가 그렇게 믿고 싶었던 구실이 필요했던 것일지도 몰라요."

카르모스의 얼굴에 스친 의아심을 세령녀가 꿰뚫어본 걸까. 스스로를 속이면서까지 구실을 만들어야 했던 이유는?

"그래요. 카르모스, 당신 때문이었어요. 믿지 못하시겠어요? 난 뒤늦게 깨달았어요. 남편에 대한 죄책감 내지 고마움은 사랑이 아니었다는 것을. 그것은 어떤 미안함에서 오는 도의심이었어요. 당신을 보면서 그걸 깨닫게 되었지요. 사람을 좋아한다는 것은 죄책감이나 도의심에서 나오는 게 아니라는 것을. 그냥 내 마음이 그 사람에게로 무작정 다가가는 거더라고요."

베르셰바 동굴에서 카르모스가 돌발 행동을 했을 때도 거부하지 않던 세령녀가 떠올랐다. 아니, 그녀는 카르모스에게 스스로를 내어주길 원했는지도 몰랐다. 카르모스는 머리를 강하게 내저었다. 그때 알았어야 했다. 세령녀에게 남편이란 존재는 잊힌 사람이라는 것을. 이 세상 사람이 아니든지, 감옥에서 세령녀를 기다리든지 그것은 세령녀에게 하등 중요한 일이 아니었다. 그러므로 남편의 죽음은 세령녀에게 새삼스럽게 절체절명의 사건이나 슬픔이 될 수 없었던 것이다.

"내 선택은 두 번째입니다. 이제 당신의 결정권만 남았어요. 날 거두어주세요. 난 갈 곳도, 의지할 사람도 없는 여자랍니다. 아시 지 않습니까. 불구까지 된 내 몸을."

카르모스는 세령녀의 시선을 외면했다. 이 자리를 피하고 싶은 심정이었다.

"카르모스, 당신도 날 좋아했잖아요? 아닌가요?"

세령녀의 눈동자에 달이 떴다. 하얀 달 속에 카르모스가 서 있 었다. 어떻게 말을 해야 자신도 납득할 수 없는 상황을 세령녀에 게 이해시킬 수 있을까. 결락된 기억은 깊고 아득했다. 그 부분 어 딘가가 부서져서 박살 난 기억의 조각들을 꿰맞출수록 자꾸 어긋 나고 튕겨져 나갔다. 조각나고 깨진 기억 속에는 얼굴 없는 나신의 여자가 있었다. 어둠 속에서 투명하게 빛나던 여자의 육체는 너무 여리고 가녀려서 곧 부서져버릴 것 같았다. 그녀를 욕망했던가. 그 부분에 이르면 카르모스의 온몸은 바늘에 찔린 듯 고통스러웠다. 그녀가 누구였는지, 왜 카르모스의 기억 속에 발가벗겨진 채 각인 되어 있는지, 그녀를 중심으로 펼쳐 있을 일련의 일들이 왜 기억에 서 삭제되어 있는지 알 길이 없었다. 그 여자와 연루되어 카르모스 가 석공 단체에서 버림을 받은 것만은 분명했다. 그 일의 주동자가 오르무스라는 것과 그 뒤에는 제린이 있다는 것만 어렴풋하게 추 측할 수 있을 뿐이다. 함몰된 기억 속에 의식은 고스란히 남겨둔 채 간신히 몸만 빠져나온 카르모스는 남성을 상실한 상태였다. 소 녀는 카르모스에게 당신이 나를 여자로 품는 순간 당신은 영원히 남성성을 상실할 거라고 경고했다. 그 말이 주술이 되어 카르모스의 남성을 결박하고 있는 걸까.

세령녀와 동고동락하면서 그녀에게 향한 마음은 거짓이 아니었다. 하지만 그녀를 안을 수가 없었다. 그녀를 욕망하는 마음과 달리 몸이 반응하지 않았다. 세령녀가 원하는 것은 남자인 카르모스일 것이다. 카르모스는 두려웠다. 자신의 발가벗겨진 실체가 드러남과 동시에 세령녀에게 외로움과 절망을 준다는 사실이.

"아니요. 세, 세령녀 다, 당신이 트, 틀렸소이다. 나는 당신을 여자로 생각하지 않소이다. 그래요, 당신 말대로 나에게는 그 소녀가 전부요."

카르모스 입에서 엉겁결에 튀어나온 말이었다. 자신이 한 말이 그녀의 가슴속에 비수가 된다는 생각은 미처 하지 못했다. 카르모스의 의식 끄트머리에 늘 자리 잡고 있었던 나신의 여자 탓인지도 몰랐다. 세령녀의 검은 눈동자에 짙은 그늘이 드리워졌다. 세령녀가 무슨 말을 하려고 막 입술을 달싹거릴 때였다. 카르모스는 몸을 일으켰다. 그리고 그녀에게 등을 돌렸다.

이틀 후 일이 터졌다. 카르모스가 비터호(湖)에서 물을 길어 왔을 때였다. 세령녀가 보이지 않았다. 땀과 먼지로 얼룩진 헤로디그만의 낯빛이 심상치 않았다. 카르모스가 헤로디그만에게 세령녀가 어디 갔느냐고 물었다. 헤로디그만은 카르모스의 시선을 외면했다. 헤로디그만에게서 나온 말은 간단명료했다. 떠났다는 것이다.

이틀 전 카르모스와 세령녀가 그렇게 대화를 끝낸 이후 세령녀가 예사로웠던 것은 아니었다. 원래도 말수가 적었던 세령녀는 아예 입을 닫아버렸다. 카르모스는 그런 그녀의 태도에서 체념을 읽었다. 그러나 얼핏 본 세령녀의 눈빛은 그것과는 거리가 있어 보이긴 했다. 이상한 빛이 까만 동공에서 번뜩거렸다. 마지막 먹잇감을 놓고 적에게 빼앗기지 않으려는 맹수의 그것을 닮았다. 혹은 막 새끼를 낳은 어미가 제 새끼를 지키려는 본능의 기운이 뿜어져 나왔다. 그 눈빛에 질려 카르모스는 몸을 사렸다. 이틀 동안 세령녀가 보여줬던 그 기운들. 그것이 떠나기 위한 마음의 준비였던 걸까.

"떠나다니요?"

"보내버리라고 하지 않았느냐?"

"절대 보낼 수 없다고 한 사람은 대장이었습니다. 게다가 그 몸으로 혼자 광야와 사막을 지나간다는 것은 무리입니다."

먼 곳으로 시선을 돌리려던 헤로디그만을 카르모스가 정면으로 쏘아보며 대응했다. 손으로 이마를 짚은 헤로디그만이 길게 심호흡을 했다. 두 사람 사이에 침묵이 무겁게 내려앉았다. 조용히 자기 자리를 지켰던 세령녀의 존재가 새삼 커다랗게 다가왔다. 금방이라도 어디선가 보일 듯 말 듯한 미소를 머금고 슬며시 나타날 것 같은 착각이 들었다.

"세령녀는 다 알고 있었다."

헤로디그만이 입을 열었다.

"그날 대장이 세령녀가 들으라고 부러 저한테 그 말을 한 게 아닙니까?"

헤로디그만이 계획한 일이었다면 적중한 것이다.

"그럴 의도는 없었다, 결단코. 다시 반복해서 말하지만 나는 세령녀가 떠나길 원하지는 않았다."

"그런데 왜 보내셨습니까?"

"지금 나한테 따지는 것이냐? 내가 정말 세령녀를 내쳤다고 생각하는 것이냐?"

카르모스는 멈칫했다. 심연에 뾰족한 바늘 하나가 깊숙이 박히고 있었다. 카르모스는 튕기듯 걸어가 헤로디그만의 팔을 잡았다.

"어디로 갔습니까? 아직 멀리는 가지 못했을 것 아닙니까? 내가 쫓아가서 데리고 오겠습니다. 몸이 불편한 여자 혼자 빠져나가기는 힘든 곳입니다. 보내더라도 여기서는 안 됩니다."

헤로디그만은 세령녀를 거론하지 말라고 못을 박았다. 카르모스는 사방을 둘러보았다. 절뚝거리는 여자 걸음으로 가보았자 얼마 가지 못했을 것이다. 천막 기둥에 매어 있던 낙타를 끌러서 등에 올라탔다. 헤로디그만은 말리지 않았다. 낙타 등에 앉은 카르모스는 큰 소리로 세령녀를 불렀다. 세령녀를 볼 수 없으리란 생각은 단 한 번도 해보지 않았다. 카르모스의 목소리가 메아리쳐 돌아왔다. 카르모스의 생각 속에 요셉과 여호수아는 가뭇없이 사라진 지 오래였다. 마치 처음부터 카르모스가 찾아야 할 대상은 세령녀였다는 착각이 들었다. 그만큼 카르모스는 간절했다.

카르모스는 바란 광야를 헤맸다. 세령녀의 모습은 보이지 않았다. 세령녀가 카르모스 앞에 나타나준다면 그녀 앞에 무릎이라도 꿇고 싶은 심정이었다. 내가 다 잘못했노라고. 소녀를 핑계 댄 나를 용서하라고. 당신을 죽는 날까지 보호하겠다고. 당신의 남자로 살지 않더라도 상관없다고, 그저 당신의 하인으로 살아가겠다고.

갈증으로 식도는 타들어갔고 땀은 비 오듯 쏟아졌다. 날이 어두워지자 살을 에는 찬 기운이 카르모스의 뼛속까지 파고들었다. 사위는 앞이 보이지 않을 만큼 캄캄했다. 낙타도 길을 잃고 비척거렸다. 카르모스는 어둠을 뚫고 천막으로 돌아와야 했다. 카르모스는 세령녀가 머물렀던 천막을 들여다보았다. 세령녀의 짐은 보이지 않았다. 천막 한가운데 놓여 있는 피리가 눈에 띄었다. 카르모스는 세령녀의 분신인 피리를 집어 들었다. 짐을 챙기다가 빠뜨리고 간 것이 분명했다. 카르모스는 피리를 가슴속에 품었다. 세령녀는 피리도 챙기지 않고 어디로 간 걸까? 카르모스는 생각이 정리되지 않았다. 헤로디그만이 세령녀가 사라진 내막을 알고 있을 터였다. 카르모스에게 던진 물음으로 대략 짐작할 수는 있지만 굳이 입을 다문 이유가 무엇일까? 카르모스는 생각의 갈피를 헤매다 까무룩 잠이 들었다. 카르모스를 깨우는 헤로디그만의 목소리가 들렸다. 여러 가지 생각으로 늦게까지 뒤척이다 늦잠이 들었던 모양이었다. 눈을 뜨자마자 가장 먼저 떠오른 사람은 세령녀였다. 카르모스는 세령녀의 피리를 손에 쥐고 있었다.

카르모스는 밖으로 나왔다. 헤로디그만이 천막의 기둥을 뽑고 있었다. 어디선가 보리빵 굽는 냄새가 났다. 그녀가 돌아왔구나! 카르모스는 세령녀를 부르며 냄새가 나는 쪽으로 뛰어갔다. 세령녀의 뒷모습이 보였다. 카르모스는 코끝이 찡했다. 카르모스가 세령녀를 불렀다. 무연한 눈빛으로 돌아보는 세령녀는 하룻밤 사이에 얼굴이 반쪽이 된 듯했다.

"어딜 다녀온 거요?"

마음과 달리 목소리가 퉁명스럽게 비어져 나왔다.

"나 같은 계집이 사라지든 말든 무슨 상관이세요."

세령녀는 냉랭했다. 카르모스는 머쓱해져서 그녀에게서 떨어져 나와 천막을 걷는 헤로디그만에게 갔다.

"솔직하게 말해주십시오. 어제 내가 없는 사이에 무슨 일이 있었던 겁니까?"

카르모스가 목소리를 높였다. 헤로디그만은 하던 일만 묵묵히 했다. 카르모스가 헤로디그만의 어깨를 움켜잡았다. 헤로디그만이 카르모스의 얼굴을 정면으로 응시했다. 그 순간 뜬금없이 두 사람 머리 위로 새 한 마리가 기분 나쁜 소리로 울부짖으며 높이 맴돌았다. 새는 큰 날개를 곧게 펴고는 유유히 날아갔다. 나무 하나 풀 한 포기 찾기 어려운 모래 광야에 난데없는 새라니. 불길했다. 카르모스는 머리를 흔들었다. 헤로디그만은 새 따위에는 전혀 관심이 없어 보였다.

"더 이상 세령녀를 자극하지 마. 살아서 돌아온 것만도 다행이라고 생각해."

헤로디그만이 딱딱하게 말했다. 카르모스는 침을 삼키고 헤로디그만의 다음 말을 기다렸다. 잠시 흔들리던 헤로디그만의 동공이 또렷해졌다. 그의 얼굴이 바윗덩이처럼 견고해졌다. 어디선가 불어온 바람으로 카르모스의 머리칼이 흩날렸다.

"세령녀가 어떤 결정을 하든지 그건 다 너로부터 비롯된 일이라는 것만 알아둬."

뱀이 제 꼬리를 삼키는 것과 다르지 않은 대답이었다. 세령녀가 사라진 이유가 카르모스에게 비롯된 것이라니.

"내가 제안했던 일을 잊은 것은 아니지? 세령녀에게는 오직 두 가지 길밖에는 없다는 걸 잊은 게 아니겠지. 그중 두 번째는 네 결정이 우선 전제된 것이어야 했잖아. 그런데 네가 그녀를 받아들이지 않겠다고 했다며?"

헤로디그만이 담담한 어조로 말했다. 세령녀의 선택? 카르모스는 그 말을 입속으로 되새김질했다. 세령녀에게 주어진 두 가지 선택이 떠올랐다. 죽음과 삶의 선택이었다. 삶을 선택함에 있어서는 카르모스의 절대적인 결정권이 전제되어야 했다. 카르모스가 거부했을 경우 세령녀에게 주어진 나머지 길은? 거기에 생각이 미치자 카르모스의 머릿속이 온통 새까맸다. 거기까지 생각을 안 해본 것은 아니었다. 다만 아직 시간이 남았다고 여겼을 뿐이다. 세령녀의 선택은 맡겨진 일을 성공리에 수행한 후 다시 거론되어도 늦지 않을 것이라고 생각했다. 카르모스의 손이 떨렸다. 캄캄한 의식 밑바닥에 엎드린 단어가 머리를 치켜세웠다. 차마 입 밖으로 낼 수 없는 말이 혓바닥을 마구 찔렀다.

"스스로 목숨을……."

카르모스는 힘겹게 그 말을 꺼냈다. 생각조차 하기 싫은 말이 자신의 입을 통해 자신의 귀로 들린다는 사실을 믿을 수 없었다. 수염이 덮인 헤로디그만의 턱이 끄덕였다.

"그래, 세령녀는 어쩔 수 없이 첫 번째 길을 가야만 했던 거야. 세령녀의 결심이 그렇게 섰는데, 내가 굳이 막을 이유는 없었어."

헤로디그만은 차가운 피가 흐르는 자였다. 세령녀가 스스로 목숨을 끊었어도 상관없다는 말이었다. 세령녀의 심경에 어떤 변화가 있어서 돌아왔기 망정이지 만약 싸늘한 시신이 되어 광야 어딘가에 나뒹굴었다면? 생각하는 것만으로도 끔찍했다. 헤로디그만은 기어이 또 하지 말아야 할 말을 무심히 하고 말았다. 일을 마치고 예루살렘에 돌아간다 해도 세령녀는 어차피 죽은 목숨이야, 라고. 그 말을 듣는 카르모스의 손발에 힘이 빠졌지만 피는 얼굴로 확 몰리는 것 같았다. 카르모스가 단도를 빼 들었다. 왕이 세령녀에게 남편 죗값을 묻기 전에 헤로디그만은 자신의 죄를 알고 있는 세령녀를 먼저 죽일 수 있는 인간이라는 생각이 들었다.

"지금 뭐 하는 짓이냐?"

칼을 겨누는 카르모스를 보고 헤로디그만의 눈이 커졌다.

"당신은 살인마야! 안디오를 죽일 때 알아봤어야 했어. 아니, 세령녀의 남편을 끌고 와서 쥐 떼에게 던질 때부터 알아봤어."

"그래서? 지금 나를 찌르기라도 하겠단 거야? 친위대 대장인 나를 죽인다면 왕이 너를 살려두지 않을 텐데."

두 사내는 눈빛을 번뜩거렸다.

"왕이나 당신이나 다 같은 종류의 인간이야. 자기 목표를 위해서는 언제 어느 때라도 가차 없이 사람을 죽여 없애버리는 인간들이라고. 인간에 대한 예의나 신뢰 따위는 개한테 던져버릴 종자들이라고. 내가 여호수아를 찾아서 왕 앞에 대령하면, 당신이란 존재는 왕의 안중에도 없을걸. 아, 그러면 되겠군. 당신이 했던 말 기억하지? 안디오가 사고로 실족사해서 짐승의 먹이가 되었다고 핑계를 댈 거라고 했던가? 어차피 사막 한가운데서 일어난 일을 누가 알겠어."

카르모스의 심장은 마구 뛰었고 혓바닥은 꼬였으며 입술은 실기죽거렸다. 그때였다. 단도 자루를 움켜쥔 카르모스의 손목을 헤로디그만이 날쌔게 낚아챘다. 카르모스가 재빨리 다른 손으로 헤로디그만의 목을 휘감았다. 그러나 카르모스보다 사람 머리통 하나만큼 키가 큰 헤로디그만을 제압하는 것이 쉬운 일은 아니었다. 카르모스는 단도로 헤로디그만의 어깨를 찌르려고 했지만 힘이 빠져서 단도를 떨어뜨리고 말았다. 카르모스가 손을 뻗으려 하자, 헤로디그만이 한발 빨랐다. 헤로디그만의 발에 걸어차인 단도가 저만치로 날아갔다.

두 사람의 몸싸움은 격렬했다. 지난번 천막에서 붙은 싸움과는 달랐다. 그때는 서로의 목숨을 담보로 하지 않았다. 상대를 죽이지 않으면 내가 죽을 수 있다는 지금의 싸움은 물고 뜯는 짐승의 그것과 다르지 않았다. 시간이 지날수록 카르모스는 기운이 달렸다.

어디선가 빵 타는 냄새가 났다. 얼굴이 빨갛게 된 세령녀는 빵이 새까맣게 타는 줄도 모르고 두 사람의 싸움을 발을 동동거리며 지켜보고 있었다.

헤로디그만이 카르모스의 목을 누른 채 단도를 집어 들었다. 예리한 칼날이 햇빛에 반사되어 반짝거렸다. 카르모스는 눈이 부셨다. 자신의 손에서 자유자재로 움직이던 단도가 이제 자신의 목을 노리고 있었다.

"나한테 덤빈 게 이번이 벌써 두 번째다. 내가 분명히 경고했을 텐데. 한 번은 봐주지만 두 번은 봐주지 않는다고. 네 목숨으로 그 죄를 물을 것이다."

헤로디그만이 그런 경고를 했었던가. 카르모스는 생각이 나지 않았다. 헤로디그만의 시뻘건 눈이 곧 튀어나올 듯 희번덕거렸다.

"이것이 결국 왕과 당신의 법이로군. 목표를 위해서라면 사람의 목숨 따위는 안중에도 두지 않는 것 말이야."

"말이 많구나. 네까짓 게 감히 왕의 법을 운운하다니. 네 영혼이 여호와 앞에서 심판받기를."

단도가 허공을 향해 솟아올랐다. 카르모스는 눈을 감았다. 많은 생각이 교차했지만 제일 걱정되는 것이 세령녀였다. 칼날이 카르모스의 심장을 겨냥하여 내리꽂힐 순간이었다. 바란 광야에 비명이 울려 퍼졌다. 카르모스 옆으로 커다란 바윗덩어리 같은 헤로디그만의 몸체가 쿵, 하고 무너졌다. 곧이어 헤로디그만의 입에서 고통의 신음소리가 들려왔다. 카르모스의 시야에 세령녀가 들어왔다. 새파랗게 질려 금방이라도 울음을 터뜨릴 것 같은 얼굴이었다.

헤로디그만의 오른편 어깨에 칼 한 자루가 꽂혀 있었다. 세령녀가 요리할 때마다 요긴하게 쓰던 칼이었다. 헤로디그만이 재빨리 팔을 꺾어 자신의 어깨에서 칼을 빼냈다. 살 속 깊이 박힌 칼날이 빠져나왔다. 헤로디그만이 왼쪽 손으로 오른쪽 어깨를 감싸며 허리를 구부렸다.

두 사람의 싸움은 끝이 났다. 치료는 세령녀의 몫이었다. 헤로디그만을 치료하는 세령녀에게 카르모스가 어떻게 마음을 고쳐먹고 돌아올 생각을 했느냐고 물었다. 세령녀가 피리 때문이었다고 대답했다. 카르모스도 세령녀의 천막에서 피리를 발견했던 순간이 생각났다. 카르모스는 자신의 품에 간직하고 있었던 피리를 세령녀에게 건넸다. 악공이었던 세령녀의 아비가 최면술을 전수하면서 준 물건이었다. 세령녀가 마지막 결정을 유보할 수밖에 없었던 아비의 피리였다. 세령녀를 먼 이국땅에 팔았던 아비였지만 피리를 통해 딸의 목숨을 지켜주고 싶은 마음이 여기에 미친 것일지도 몰랐다. 부모와 자식의 인연은 무엇일까. 한 번도 자식을 가져보지 못한 카르모스 심연 한가운데 이상한 기운이 꿈틀거렸다. 자신도 아비가 되면 어떤 상황에서라도 자식을 지켜주고 보호할 수 있을까? 부질없는 생각이었다. 남성의 기능을 상실한 자신에게는 가당치 않은 일이었다.

카르모스는 세령녀에게 다시 그런 어리석은 생각으로 무모한 행동을 했다가는 자신이 그녀를 용서하지 않겠다고 못을 박았다. 카르모스는 과거의 기억이 복원된 후에 결정해도 늦지 않을 것이라고 덧붙였다.

"당신이 그렇게 가고 싶어 하던 애급으로 가요. 이제 그들이 갈 곳은 그곳밖에 없잖아요."

카르모스의 말을 조용히 듣고 있던 세렁녀가 말했다.

나는 누구인가

세 사람은 애급 땅에 들어섰다. 카르모스로서는 멀리 돌아온 길이었다. 카르모스는 애급의 공기를 한껏 들이마셨다. 애급에서 석공으로 안락한 삶을 누리고자 했던 카르모스였다. 박살 난 꿈은 어디서부터 잘못되었던 걸까?

멀리 거대한 사각뿔 모양의 피라미드가 보였다. 카르모스의 심장이 빠르게 뛰고 있었다. 무작정 발길이 닿는 대로 걸었지만 어디서 요셉 일가를 찾아야 할지 막막했다. 애급 지형을 잘 아는 카르모스가 나서야 했다. 카르모스는 제린과 오르무스를 수소문했다. 그동안의 정황으로 보아 요셉 일가가 그들과 어떤 식으로든 밀착되어 있을 거라는 판단에서였다.

여관에 며칠 머무르고 있을 때였다. 여관 주인이 문을 두드렸다. 어떤 사내가 찾아왔다고 했다. 여관 주인이 한 조각의 양피지 조각을 내밀었다. 사내가 전해주라고 했단다. 거기에는 간략한 약도가 그려져 있었다. 제린이 보낸 자가 틀림없었다. 헤로디그만과 카르모스의 눈이 마주쳤다. 저쪽에서는 대담하게도 카르모스 일행을 유인하고 있었다. 카르모스가 눈으로 헤로디그만에게 물었다. 가도 괜찮겠습니까?

"다른 방도는 없다. 가는 수밖에."

헤로디그만의 대답은 비장했다.

세 사람은 약도를 따라 마을로 들어섰다. 카르모스가 익히 알고 있던 길이었다. 오 년의 세월이 흘렀지만 집과 거리가 변한 것은 없었다. 양피지에 표시된 석조 건물은 아담했다. 건물 안으로 들어가자 지하로 이어지는 계단이 나타났다. 나선형 돌계단이었다. 돌계단은 좁고 가팔랐다. 계단 벽에는 간간이 횃불이 꽂혀 있었지만 지하로 내려갈수록 어둠이 한층 깊었다. 세 사람은 잠시 주춤했다. 여기서 발길을 돌려야 하는 걸까? 저 아래 무엇이 있는지 예측조차 할 수 없었다. 번연히 덫인 줄 알면서도 저벅저벅 걸어갈 수 없는 법이었다. 그때 계단 아래서 인기척이 들렸다. 누군가가 계단 아래 있는 게 느껴졌다.

"카르모스, 기다리고 있었다."

낮고 차분한 목소리였다. 어떤 위협도 느껴지지 않았다. 오랜만에 옛 동료를 대하는 듯 무심히 말하는 목소리는 귀에 익었다. 베르셰바에서 요셉과 여호수아를 눈앞에서 놓치게 했던 갈매기 눈매의 사내였다. 카르모스 자신을 죽이는 일이라고 경고했던 오르무스, 그자였다. 카르모스의 인생을 송두리째 망가뜨린 자이기도 했다. 검투사 노예로 개만도 못하게 살면서 무수한 목숨을 죽여야 했던 것도 다 오르무스 탓이었다. 단도 자루를 움켜쥐는 카르모스의 손에 경련이 일어났다. 여기서 저자의 심장에 단도를 꽂고 싶었다. 카르모스의 심장은 터질 듯이 부풀어 올랐다. 하지만 그 전에 알아야 할 일이 있다. 카르모스 자신을 이렇게 만든 이유를 반드시 밝혀야 했다. 그러므로 섣불리 행동할 수는 없었다. 게다가 여기는 적진이다. 신중해야 한다. 잘못하다가는 카르모스가 저들의 칼날 아래 먼저 죽을 수도 있었다. 카르모스가 헤로디그만을 쳐다보았다. 헤로디그만은 고개를 끄덕거렸다. 더 내려가보자는 신호였다.

세 사람은 목소리 들리는 쪽으로 조심스럽게 더 걸어 내려갔다. 갑자기 통로가 열렸고 꽤 널찍한 공간이 펼쳐졌다. 오르무스는 그 중앙에 서 있었다. 복면을 벗은 오르무스의 얼굴이 횃불 아래 드러났다. 갈매기 눈썹 아래 드러난 오르무스의 이목구비는 전체적으로 동글동글했다. 함몰된 기억으로 불쑥불쑥 돋을새김되는 오르무스의 표정들이 스쳤다. 웃고, 떠들고, 찡그리고, 화내던 일련의 모습들이었다. 그 일이 있기 전 오르무스는 카르모스에게 어떤 동료였던 걸까?

"오르무스, 바로 너로구나!"

카르모스가 외치자 오르무스의 갈매기 눈썹이 꿈틀거렸다. 카르모스 뒤에서 헤로디그만과 세령녀는 경계심 어린 표정으로 사방을 살폈다.

"기억이 돌아온 것이냐, 카르모스?"

오르무스가 긴장한 목소리로 말했다.

"애급의 석공이었던 나를 몰락시키고도 모자라 너는 내 목숨까지 노렸다. 이유가 뭐냐? 너희는 피도 눈물도 없는 자들이다. 어떠한 명분으로 너희의 일을 내세운다고 하더라도 나는 너희를 절대 용서할 수 없다."

오르무스 입가에 차디찬 미소가 감돌았다.

"대의를 위해 희생된 자들은 부지기수다. 그 한 명 한 명을 지키면서 대의를 완성할 수는 없는 일이다. 카르모스, 한낱 인간인 네가 용서하고 말고의 문제가 아니다. 너야말로 여호수아를 죽이려는 죄는 여호와께도 용서받을 수 없을 것이다. 여호수아를 쫓지 말라고 내가 분명 경고하지 않았더냐?"

"시끄럽다. 내가 너 따위의 말을 들을 성싶으냐? 요셉 일가가 여기 있다면 당장 내어놓아라!"

카르모스는 이곳이 적진이라는 생각을 잠시 잊고 소리를 질렀다. 헤로디그만과 세령녀는 두 사람의 대화를 들으면서 상황을 지켜보고 있었다.

"카르모스, 너는 참으로 어리석은 사람이로구나. 우리가 너에게 준 미망의 묘약으로 기억만 잃은 게 아니었구나. 네 심장과 피와 살과 뼈까지 모두 팔아넘기고 말았구나."

오르무스는 혀를 찼다. 미망의 묘약을 저들이 나한테 먹였단 말인가. 그래서 내 기억이 결락되었던 것인가. 그 말을 듣는 순간 카르모스는 정신이 없었다. 그다음 말은 귀에 들어오지 않았다. 카르모스는 기회를 엿보고 있었다. 튜닉 아래 허리춤에 손을 넣었다.

단도 자루가 손아귀에 잡혔다. 아직 그 어떤 것도 알아내지 못했다. 카르모스는 잠시 망설였다. 그때였다. 헤로디그만이 카르모스를 제치고 앞으로 썩 나섰다.

"오르무스, 너는 알고 있지? 여호수아의 실체가 무엇인지를. 우리가 가는 곳마다 그 아이를 부르는 이름이 달랐다. 기름 부은 자라고도 했고 예언의 아이라고도 했다. 그 아이의 정체가 무엇이냐? 또 너희가 보호하는 이유는 무엇이냐? 유대왕의 이름으로 명령한다. 지금 당장 우리에게 그 아이를 넘겨라. 그것이 우리가 지켜야 할 유대의 대의다!"

헤로디그만도 시간을 끌면서 탐색할 요량으로 물어본 것이다.

"유대의 대의라고? 로마에게 아부하는 인간들에게 대의란 없다. 유대 역사를 망치는 개인의 영달만이 있을 뿐이지. 그 아이야말로 유대 민족을 구원할 아이다. 에세네파에서 내려온 쿰란의 예언을 받들 아이다. 너희가 진정한 유대인이라면 그 대의를 받아들여야 마땅할 것이다."

오르무스의 말은 암호와도 같았다. 헤로디그만이 짧게 헛웃음을 터뜨렸다.

"너도 알고 있겠지? 요셉은 그 아이가 자기 아이가 아니라며 떠벌리고 다닌다. 그러니까 그 아이는 고작 사생아일 뿐이다. 고작 사생아에게 그런 존귀한 이름을 붙이며 악착같이 따라붙는 이유가 무엇인가?"

"그렇다면 너희는 왜 그런 아이를 쫓는 것이냐? 여호수아가 한

낱 인간인 요셉의 아이가 아니라는 것을 알고 없애려 하는 것이 아
니냐? 그는 여호와의 아들인 동시에 유대 민족을 구원할 메시아
다. 유대왕이 두려워하는 것도 바로 그것이 아니더냐?"

　카르모스의 귀에는 오르무스의 말이 공허하게 들렸다. 카르모스
는 단도 자루를 슬며시 움켜쥔 채 웃음을 터뜨렸다. 요셉과 약혼한
여자가 외간 남자와 부정한 짓을 저질러 낳은 아이가 유대 유일신
여호와의 아들인 동시에 메시아라니. 오르무스는 힘찬 목소리로
덧붙였다. 그 아이는 여호와의 아들이지만, 아브라함과 모세와 다
윗의 피를 물려받은 유대의 아들이기도 하다는 것이다. 오르무스
는 무슨 말도 안 되는 이야기를 지껄이고 있는 것일까. 저들은 파
라오의 자식도 여호와의 아들이라고 우길 작자들이었다. 히람의
자손 제린의 씨라는 소문이 파다한데, 또 다른 억지를 부리고 있었
다. 그렇게 본다면 예루살렘의 권좌에 있는 안티파스도 저들과 조
금도 다를 바 없었다. 메시아라는 환영의 공포에서 벗어나지 못해
이런 어처구니없는 일을 꾀한 것이다. 어리석은 싸움에 지나지 않
았다. 정치적인 인간들이 만들어낸 허상에 불과한 것이라는 생각
밖에 들지 않았다.

　"유대의 아들? 그래서 그 아이는 단지 유대민만을 구원하는가?"

　헤로디그만이 빈정거렸다.

　"그렇다."

　"여호와는 유대만의 신인가?"

　"그렇다."

"너는 누구냐? 젤롯당이냐, 에세네파냐, 아니면 석공 단체 일원일 뿐이냐?"

"각각이기도 하고, 셋 다이기도 하다."

오르무스의 목소리에는 비장함이 배어났다.

"말 같지 않은 소리 집어치워라. 너희의 그 독선에 우리가 설득당할 성싶으냐."

"좋다. 너희가 결국 그렇게까지 포기하지 못하겠다면, 여호수아를 직접 보고 결정하라. 카르모스 너도 똑똑히 보거라. 네가 보호하고 지켜야 할 대상이 정작 누구인지 말이다."

오르무스가 손바닥을 두어 번 쳤다. 돌문이 스르르 열렸다. 통로에서 그림자가 얼비쳤다. 세 사람의 시선이 일제히 그쪽으로 쏠렸다. 오르무스가 여호수아를 불렀다. 곧이어 작은 몸집의 아이가 나타났다. 카르모스는 일순 호흡을 멈췄다. 헤로디그만이 튜닉 아래서 손을 미세하게 움직이는 것이 느껴졌다. 독침, 아니면 창일 것이다. 헤로디그만의 눈동자가 흔들리지 않고 정면을 주시하고 있었다. 카르모스의 목덜미로 땀이 흘렀다. 여호수아와 두 번째 만남인 세령녀도 긴장하긴 마찬가지였는지 미동도 하지 않았다. 세령녀가 먼발치에서 보았던 그 아이는 고동색 웨이브 진 머리칼이 이마를 덮고 있었고 그 아래 까만 눈동자는 총기로 반짝였다. 무엇보다도 살짝 휘어진 콧날이 눈에 띄었다. 누군가의 입에서 아, 하는 신음이 터졌다. 첫눈에 봐도 낯설지 않은 아이였다. 카르모스의 심장은 차갑게 얼어붙었지만 온몸은 신열이 끓는 듯 뜨거웠다. 그런데도 이상하게 머릿속은 투명하게 맑아지고 있었다. 얼마 전 세령녀가 카르모스의 얼굴을 뚫어지게 바라보며 했던 말이 사실로 확인되는 순간이었다. 여호수아 그 아이 얼굴에 카르모스 당신이 있었어요. 지금 당신의 얼굴에 그 아이가 있는 것처럼. 카르모스는 말도 되지 않는 소리 하지 말라며 완강히 부정했었다. 뒤이어 세령녀가 마리아의 외모를 말할 때는 가슴으로 돌 한 덩어리가 쿵, 하고 떨어졌었다.

카르모스가 예측했던 두 가지 경우를 생각할 때마다 그는 끊임없이 고뇌하고 번민해야 했다. 만에 하나, 여호수아가 카르모스의 아들이라면 아비인 자신이 아들을 죽이려고 쫓아다닌 셈이었다. 아들은 아비의 분신일진대, 오르무스 말대로 결국 카르모스가 자신의 분신을 죽이고자 혈안이 되었던 것이다. 또 다른 한 가지는 여호수아가 석공 단체 수장인 제린의 아들일지 모른다는 추측이었다. 그것이 사실이라면 저들 또한 죽음을 불사해서라도 더더욱 여호수아를 지켜야 했을 것이다. 두 가지 경우 모두를 비추어볼 때 명백한 사실은 무서운 진실을 맞닥뜨려야 한다는 것이다. 바로 메시아 조작이다. 헤로디그만도 이미 짐작한 바 있었다. 그것이 사실이라면 유대교 근간이 흔들리는 것은 물론이거니와 여호와를 모욕하는 두려운 일이었다. 진정 저들이 작당하여 그것을 꾀한 것일까? 그런데 지금 여호수아의 모습을 확인하는 순간 카르모스뿐 아니라 헤로디그만과 세령녀도 깨달았던 것이다. 조작이나 왜곡의 진위를 따지기 이전에 눈앞에 보이는 아이의 모습에 그 누구도 부정할 수 없는 사실이 드러난 셈이다.

오르무스 옆으로 걸어온 여호수아는 무연한 눈빛으로 세 사람을 바라보았다. 지상의 그 어떤 아이도 지닐 수 없는, 청신하고 무구한 낯빛을 가진 여호수아에게 범접할 수 없는 기운이 번져 나왔다. 카르모스는 그 아이를 차마 똑바로 대면할 수 없었다.

"자, 카르모스 똑바로 쳐다보아라. 네가 잃어버린 기억의 실체가 바로 저 아이다. 네 족보를 잊지 않았겠지?

"내 족보라고?"

카르모스의 캄캄한 머릿속으로 희미한 빛 한 줄기가 지나쳤다. 카르모스의 혀가 꿈틀대며 입술이 저절로 열렸다. 아브라함이 이삭을 낳고, 이삭은 야곱을 낳고, 야곱은 유다와 그의 형제들을 낳고, 유다는 다말에게서 베레스와 세라를 낳고…… 스룹바벨은 아비훗을 낳고, 아비훗은 에리아김을 낳고, 에리아김은 아소르를 낳고, 낳고, 낳고…… 카르모스를 낳았느니라.

오랫동안 잊어버리고 있었던 기억의 한 자락이었다. 애급에서 마지막 숨을 거둔 아비가 어린 카르모스에게 누누이 외게 했던 유대의 족보였다. 카르모스는 까마득히 잊고 살았다. 애급의 석공을 지낼 때 지나가는 말로 오르무스에게 말했던 적이 있었다. 어렸을 적에 외운 유대 족보는 잊히지도 않는다며 주저리주저리 읊어댔던 유대 조상들의 연보.

"그래, 맞아. 너는 유대 선조의 피를 이어받은 자손이었어. 그것도 적통이었지."

"내가 유대의 적통인 게 저 아이와 무슨 상관이 있는 거냐?"

"그 때문에 너는 영원히 사라져야 했어. 제린의 말이 맞았다. 세상 끝까지 쫓아가서라도 너를 처치했어야 했다. 미망의 묘약으로 기억을 지우고 도망친 네가 스스로 노예가 될 줄은 꿈에도 몰랐어."

오르무스는 후회하는 낯빛으로 혀를 찼고, 카르모스는 더 캐묻지 않았다. 자신이 추측했던 것과 하나씩 맞아떨어지고 있는 지금의 현실이 두려웠다. 카르모스의 머릿속은 명징하게 밝아졌다. 그리고 선명하게 떠오르는 것은 오직 하나였다. 자신의 생명을 바쳐서라도 끝까지 저 아이만은 지켜야 한다는 것. 이제 저들뿐 아니라 카르모스 자신도 어떤 이유를 불문하고 저 아이를 살려야 하는 순간이었다. 정치적 목적으로 유대의 숙원을 이루고자 조작한 메시아를 지키는 것이 저들의 의무라면, 카르모스가 저 아이를 지켜야 할 명분은 단 하나였다. 뼈와 피와 살을 준 아비로서의 역할이었다. 그 순간 피융, 하고 날카로운 굉음이 지하 광장에 울렸다. 헤로디그만이 아이를 향해 던진 창이었다. 오르무스가 여호수아를 감싸 안으며 쓰러졌다. 창을 대신 맞은 오르무스가 어깨에 피를 흘리며 소리쳤다.

"여호수아를 보호하라!"

오르무스의 말이 신호라도 되는 듯이 둥근 지하 광장에 빙 둘러 있던 돌문들이 일제히 열리면서 대여섯 명이 우르르 나왔다. 복면쓴 사내들은 등을 돌려 오르무스와 여호수아를 감싸며 창과 칼을 들이댔다. 상황이 여의치 않을 때 카르모스 일행을 죽이려고 준비

된 자들이 분명했다. 어느새 칼을 뽑아 든 헤로디그만이 무리를 향해 몸을 움직였다. 카르모스가 헤로디그만을 완강하게 막아섰다.

"비키지 못하겠느냐? 눈앞에 우리의 목표가 있다. 우리는 저 아이를 잡기 위해서 조직된 왕의 특사임을 잊지 말아라. 네가 나를 끝까지 가로막는다면 너부터 벨 것이다."

헤로디그만은 상기된 얼굴로 소리쳤다. 헤로디그만이라면 저들을 무찌르고 여호수아를 죽일지도 몰랐다. 아니, 저들의 칼 아래 죽음을 당하더라도 목표인 여호수아는 끝내 처치할 자였다. 카르모스는 튜닉 아래 단도를 바로 잡았다. 헤로디그만이 카르모스를 막 밀치려고 하자, 카르모스가 헤로디그만의 갈비뼈 사이에 단도를 깊숙이 박았다. 윽! 헤로디그만의 머리가 카르모스 어깨로 툭 떨어졌다. 눈을 동그랗게 뜬 세령녀가 두 손으로 입을 가리고 그 자리에 주저앉아버렸다. 헤로디그만의 다리로 검붉은 피가 주르륵 흘렀다. 카르모스는 단도 자루에 힘을 가해 헤로디그만의 복부를 서너 번 더 찔렀다. 마지막 숨이 끊어지는 소리와 함께 헤로디그만의 목구멍에서 피가 분사되었다. 그러는 사이 복면을 쓴 사내 한 명이 여호수아를 재빨리 피신시켰다. 상처 입은 팔을 다른 손으로 감싸 안은 오르무스가 지하 광장이 쩌렁쩌렁 울리도록 큰소리로 외쳤다.

"인간이 범접해서는 안 되는 게 있다. 여호와의 뜻이 그것이다. 카르모스, 명심하라. 여호와의 비의는 무섭고도 두려운 전언이다. 만약 그것을 듣고 보고 느낀 자가 있다면 그의 귀와 눈과 심장을 도려내는 한이 있더라도 반드시 침묵으로 지켜내야 할 것이다. 그것이 네가 지금껏 여호수아를 쫓은 것에 대해 치르는 값이니라! 그 값을 치르고 다시 돌아오라. 네가 마땅히 다음에 해야 할 일이 너를 기다리고 있을 것이다."

의미심장한 말이었다. 카르모스의 눈이 오르무스와 마주쳤다. 오르무스가 복면 쓴 사내들에게 명령했다.

"두 사람이 나갈 수 있도록 길을 열어줘라"

카르모스는 헤로디그만의 시신을 넘어 세령녀를 부축하고 층계에 발을 내디뎠다. 세령녀의 작은 몸은 떨고 있었다. 밖으로 나오자 눈부신 태양이 정수리를 찍어 눌렀다. 무슨 정신으로 지하를 빠져나왔는지 아득했다. 한바탕 악몽을 꾼 것 같았다. 그러나 카르모스의 튜닉 자락에 묻은 헤로디그만의 피가 조금 전 상황이 꿈이 아니었다는 것을 말해주고 있었다.

여관으로 돌아온 두 사람은 기진맥진한 채 한참 멍하게 앉아 있어야 했다. 여호와의 비의를 침묵으로 지켜야 한다는 오르무스의 말과 청신하고 무구했던 여호수아의 눈동자가 겹쳤다. 구원이라는 이름의 아이가 짊어져야 할 절체절명의 운명에 대해서도 생각했다. 카르모스는 침통한 마음으로 세령녀를 바라보았다. 여호와의 비의를 알게 된 자는, 그 때문에 귀와 눈과 심장이 도려내어져야 마땅하다는 오르무스의 전언이 귓바퀴에 맴돌았다. 그 또한 여호와의 거룩한 뜻이었다.

"난 그곳으로 다시 돌아가야 하오. 그곳에서 내가 치러야 할 일이 기다리고 있을 것이오."

카르모스가 무겁게 입을 열자 세령녀가 말없이 고개를 끄덕거렸다. 핏기가 가신 얼굴이 평온해 보였다. 카르모스의 눈가에 눈물이 차올랐다.

"당신이 생각한 바대로 하세요. 저는 진즉에 죽었어야 할 사람이니까요. 자식을 지키는 것은 어버이가 지켜야 할 마땅한 도리일 테니까요."

세령녀는 피리를 꺼내서 불었다. 이전에 들었던 음률과 전혀 다른 소리가 흘러나왔다. 카르모스 가슴속에 오직 하나의 빛만이 비쳐들었다. 자신이 해야만 하는 단 한 가지 일이 어지러운 머릿속을 뚫고 선명하게 올라왔다. 카르모스가 단도를 칼집에서 뽑아 세령녀에게 건넸다. 세령녀가 단도를 받으면서 피리 불기를 멈췄다. 세령녀가 천천히 튜닉을 벗었다. 그녀의 알몸이 드러났다. 세령녀는 칼끝을 자기 심장 부근에 겨눈 채 칼자루를 카르모스 손에 쥐여주었다.

"자, 단 한 번만 나를 안아주세요. 아주 꽉!"

세령녀는 이가 드러나도록 환하게 웃어 보였다. 웃음 어디에도 슬픔은 없었다. 여호와의 비의를 침묵으로 끌어안고 가는 자에게서 느껴지는 충일감이 그녀의 얼굴에 넘쳐났다. 카르모스는 눈을 질끈 감았다. 그러고는 세령녀를 와락 끌어안았다. 그녀 말대로 아주 꽉. 카르모스 귓불 근처에서 그녀의 숨결이 물결치다가 이내 멈췄다. 그녀의 젖가슴 사이로 붉은 피가 샘솟았다. 카르모스는 눈을 뜨지 않은 채 그녀에게서 흐르는 피를 온몸으로 느꼈다. 서서히 경직되는 그녀의 몸을 한참 동안 품에서 놓지 않았다. 그때야 비로소 세령녀에게 꼭 듣고 싶었던 말이 있다는 것이 기억났다. 이제 영영 그녀의 입을 통해서는 듣지 못할 말이었다. 세령녀의 나라였다. 그녀를 팔아버린 부모와 함께 살았던 나라의 이름도 그녀의 이름처럼 청명하고 예뻤을까. 카르모스의 가슴이 사무쳤다.

카르모스는 여관을 나와 석조 건물로 향했다. 층계를 내려가자 지하 광장이 나타났다. 스무 명 남짓의 사람들이 죄다 엎드려 있었다. 그들이 읊어대는 웅얼거림이 돌 천장과 벽을 울렸다. 카르모스를 발견한 오르무스가 조용히 몸을 일으켰다. 그가 검지를 입술 중간에 댔다. 쉿! 기도 중이니까 조용히 해. 입 모양이 그랬다. 카르모스의 등 뒤에 꽂히는 눈길이 느껴졌다. 카르모스가 뒤를 돌아보려 하자 오르무스가 제지했다.

"요셉과 마리아야."

오르무스가 귀엣말을 했다. 카르모스의 입에서 작은 신음이 새 나왔다. 뒤를 돌아보는 순간 소금 기둥이 될 것 같은 두려움이 엄습했다. 그들과 카르모스는 단 한 번의 눈빛도 교환해서는 안 되는 사람들이었다. 침묵 속에 영원히 봉인되어야 하는 인연이었다.

두 사람은 발소리를 죽이며 그곳을 빠져나왔다. 오르무스가 물었다.

"그녀는?"

카르모스가 피에 젖은 옷자락을 보여주었다. 오르무스는 고개를 끄덕거렸다. 측면을 돌자 작은 통로가 길게 이어져 있었다. 엎드려야만 들어갈 수 있을 만큼 좁고 얕았다. 통로를 지나자 또 하나의 방이 나왔다. 미로를 통과한 기분이었다. 오르무스가 먼저 방으로 들어갔다. 한참의 시간이 지났다. 방을 나온 오르무스의 얼굴이 어두웠다. 오르무스가 카르모스의 귀에 속삭였다.

"들어가봐."

카르모스는 혼자 방에 들어섰다. 스무 명 남짓의 사람들이 기도했던 방보다는 훨씬 작은 방이었다. 불빛이 없어 캄캄했지만 매캐한 연기가 자욱하다는 것은 느낄 수 있었다. 그 연기 탓인지 정신이 혼미하고 몽롱했다.

"왔느냐."

모습은 보이지 않고 목소리만 나지막하게 울렸다. 카르모스는 눈을 끔벅거렸다. 불빛 하나가 동심원으로 밝아졌다. 횃불 아래 건장한 사내의 모습이 드러났다.

"카르모스, 결국 우리가 다시 만나게 되었군."

"당신은 제린?"

"맞아. 내가 제린이다."

카르모스는 제린을 응시했다. 석공 시절에도 멀리서 우러러만 봤던 히람의 자손 제린이었다. 차라리 그가 여호수아의 친부이기를 바라는 마음이 간절했던 순간도 있었다. 근육질의 제린은 우락부락한 체격과는 달리 온화한 표정을 짓고 있었다.

"이걸 마셔라."

제린이 둥근 잔을 내밀었다. 카르모스는 주저하지 않고 그 잔을 받았다.

"미망의 묘약 해독제다. 이걸 마시면 잃어버린 너의 기억이 빠짐없이 복원될 것이다."

카르모스는 홀린 기분으로 그 잔을 받아 마셨다. 아무 맛이 느껴지지 않았다. 그러나 곧 잠이 쏟아졌다. 그리고 잠이 깼을 때 제린은 여전히 카르모스 앞에 앉아 있었다. 다른 어느 때보다 머리가 맑았다.

"이제 곧 해독제가 효험을 발휘할 것이다. 마음을 편히 가져라. 너의 기억이 하나씩 살아날 것이다."

제린은 입술을 움직이지 않고 말했다. 오 년 전 기억이 모자이크 조각처럼 하나씩 맞춰졌다. 카르모스의 머릿속에 흐릿했던 실루엣이 선명하게 돋을새김되고 있었다. 검푸른 나일강이 굽이쳤고 파라오의 무덤인 사각뿔 피라미드는 위용을 자랑하듯 하늘을 향해 우뚝우뚝 솟아 있다. 죽은 자들의 권위를 위해 산 자들의 땀과 피로 얼룩진 축조물이었다.

먼지와 모래바람이 일었고 그 사이로 흰색 면박을 쓰고 낙타에 몸을 싣고 있는 소녀와 초로의 사내가 보인다. 가까이 다가가자 소녀가 두려움으로 시선 둘 곳을 찾지 못해 불안해하는 게 느껴진다. 바람에 면박이 휘날리자 소녀의 얼굴이 드러난다. 한밤중 달빛보다 더 창백한 소녀의 낯빛은 잔뜩 겁에 질려 있다. 소녀가 낙타의 끈을 잡아끄는 초로의 사내를 내려다본다. 나사렛으로 돌아가

자고 간절하게 애원하는 소녀의 쌍꺼풀진 커다란 눈망울에 눈물이 차오른다. 땅바닥에 집요하리만치 고개를 처박고 걷던 소녀의 아비가 낙타와 연결된 줄을 힘껏 잡아당긴다. 아비의 꾸짖음이 들린다. 허튼소리 마라. 이제 다 왔다. 저들 앞에서 또 그 거짓 망언을 지껄였다가는 너 죽고 나 죽는 날이다. 사내가 소녀를 올려다보며 입을 실기죽거린다. 소녀의 목소리는 되알졌다. 이건 옳지 않은 일이에요. 저에게 임하신 성령을 더럽히는 일이고, 요셉에게도 못할 짓이라니까요. 무엇보다 제 안에 깃들 생명에게 더할 수 없는 죄를 짓는 일이에요. 아비는 소녀를 다시 윽박지른다. 내가 저들한테 받은 착수금이 얼마인 줄 알면서 그러느냐? 넌 가난이 지겹지도 않니. 그 돈이면 우리 집 형편이 핀다는 걸 모르느냐? 조금만 견디면 된다. 곧 요셉과 혼인할 테니까 누구도 의심하지 않을 거다. 소녀가 몸을 떤다. 두려워하지 마라. 네가 목숨처럼 섬겨온 여호와가 이미 오래전에 계획하신 일이라고 했잖니. 그분이 너의 안위를 지켜주실 거다. 확신에 찬 말과는 달리 아비의 목소리는 떨리고 있다. 카르모스는 다가오는 부녀를 주시하다가 앞으로 나가 목례한다. 소녀의 아비가 카르모스를 보고 움찔한다. 카르모스는 제린의 심부름꾼이었다. 제린이 카르모스에게 부녀를 정중히 모셔 오라고 시켰다.

제린이 있는 건물 지하로 부녀를 안내한다. 제린이 소녀를 일별한다. 소녀는 제린의 눈길을 피해 가녀린 어깨를 떨며 살짝 머리를 외로 튼다. 면박 밑으로 소녀의 입술이 달싹거린다. 아비가 소녀의 어깨를 지그시 누르며 소녀를 향해 엄한 눈길을 보낸다. 제린이 아비 쪽을 바라보며 가볍게 묻는다. 이 아이입니까? 천상의 환영을 보았다던……. 제린이 묻는다. 네, 제 여식이 맞습니다. 요즘은 천사의 음성도 들린다고 합니다. 약속하신 나머지 금액은 언제 주실지……. 말끝을 흐리는 아비의 얼굴에 비굴한 웃음이 배어 나온다. 일이 끝나면 그때 지불하겠소. 발설치 않겠다는 약속은 꼭 지켜주시오. 제린이 못을 박는다. 여부가 있겠습니까. 아비가 두 손바닥을 맞잡고 비비며 머리를 조아린다.

소녀의 아비가 돌아가자 제린이 카르모스를 따로 부른다. 유대 적통의 피가 흐르는 네가 할 일이 있다. 카르모스는 어리둥절하며 제린을 쳐다본다. 카르모스 앞에 돌돌 말린 감람나무 잎에서 연기가 피어오르고 있다. 그것을 피워라. 너는 위대한 과업의 기초를 마련할 자이니라. 그 순간 제린의 눈빛이 결연했다. 그의 말은 곧 법이다. 카르모스는 감람나무 잎사귀를 입으로 가져가 피웠다. 연거푸 서너 대를 피우자 핏줄이 서서히 팽창하면서 혼곤함이 밀려왔다. 난생처음 느끼는 안락감이었다.

카르모스는 나신의 소녀가 기억났다. 제린이 말했다.

"이제 소녀가 기억나는가? 그 소녀와 통정한 사내는, 바로 카르모스 너였다."

제린의 말에 카르모스는 긍정도 부정도 할 수 없었다. 그 부분이 아직도 하얗게 바래어진 까닭이다. 나신의 소녀. 열서너 살이나 되었을까. 그 소녀의 태에 카르모스의 씨를 뿌리는 것이 카르모스에게 맡겨진 절체절명의 임무였다. 몽롱한 의식으로 보냈던 시간들이었다. 감람나무 잎사귀는 미망의 묘약이었다. 환각 상태에서 그 소녀와 잠자리를 했다. 그러나 그 여인의 몸속으로 들어갔던 기억이 없다. 쾌락으로 남아 있어야 할 몸의 기억, 그조차도 없다. 어떤 느낌이었는지, 어떤 감촉이었는지, 전혀 생각이 나지 않는다. 모든 기억이 복원되었는데도 그 소녀가 끝내 스스로의 몸을 카르모스에게 열었던 기억은 하얗다.

"그러니까 카르모스 너는 그 시간들의 기억을 지니고 있으면 안 되는 사람이었다. 메시아는 동정녀의 몸을 빌려 성령으로 잉태할 여호와의 아들이어야만 했으니까. 이제 모든 기억을 회복했으니, 정말 살아 있으면 안 되는 사람이겠지."

제린의 말이 희미했다. 그가 카르모스에게 둥근 잔을 내밀었다. 이번에는 해독제가 아닐 것이다. 제린의 말처럼 카르모스는 결코 살아 있으면 안 되는 사람일 테니까. 이 잔이 무엇을 의미하는지 모르지 않았다. 카르모스는 잠시 눈을 감았다. 천진무구했던 여호수아의 얼굴이 떠올랐다. 손 한번 잡아보지 못한 아이였다. 그 아이를 생각하자 마음 깊은 곳에서 뜨거움이 치밀었다. 마지막으로 그 아이를 보고 싶소이다. 카르모스가 애원했다. 제린이 보일 듯 말 듯 고개를 끄덕거렸다. 카르모스는 심호흡을 내뱉고는 둥근 잔을 들어 단숨에 들이켰다. 잔의 물은 혀끝을 쏘듯이 썼다. 숨이 막혔고 심장이 오그라지는 기분이었다. 온몸은 바늘에 찔리듯 쑤셔왔고, 정신은 깊은 나락으로 정처 없이 굴러떨어졌다.

8

○

파르헤지아

소설은 이제 막바지를 향해 치닫고 있었다. 두 주에 걸쳐 13장과 14장 챕터의 교정을 보았다. 온라인 연재를 계속할지 말지에 대한 결정은 유보되어 있는 상태였다. 인기 있는 소설의 온라인 연재를 중간에 끊어서, 뒷이야기를 궁금해하는 독자들에게 단행본을 사보게 하는 것이 주간이 우리에게 맡긴 마지막 미션이었다. 차후의 일은 편집회의를 거친 후에 결정될 것이다.

나는 자리를 정리하고 퇴근을 서둘렀다. 정 편집장이 주간 방을 나오다가 나를 불렀다. 한발 늦었다. 주간이 나를 찾는다며 들어가보라고 했다. 나는 그녀의 눈을 피해 주간 방으로 들어갔다. 주간 옆에 김도 앉아 있었다.

"들었지?"

김이 호들갑이다. 주간도 기쁨을 감추지 못해 흥분하는 기색이 역력했다. 주간이 나를 보자마자 소리를 질렀다.

　"드디어 파르헤지아를 찾았다며? 정 편집장에게 만나자는 메일이 왔다고 하지."

　"결국 전화번호는 못 땄잖아요."

　김이 구시렁거렸다. 그동안 정이 파르헤지아에게 여러 번 연락처를 물었지만 아무런 답이 없었다고 했다. 계속 만나자는 메일을 보내도 묵묵부답이었다. 나는 머리를 숙이고 발끝만 바라보았다.

　"약속을 따냈으니까 됐어. 전화번호야 만나서 물어보면 되는 거고."

　주간이 김에게 통을 주었다.

　"주간님, 저는 못 가겠는데요."

　내가 머리를 들고 말했다.

　"뭐라고?"

　두 사람이 동시에 말했다.

　"못 가겠다고요."

　"왜?"

　"개인적인 일이 있습니다. 죄송합니다."

　김이 먼저 혀를 찼다. 뒤이어 주간도 못마땅한 낯빛으로 콧잔등을 긁었다.

　"이삭 씨, 지금 개인적인 일이 그렇게 중요해? 가기 싫으면 가지 마. 하긴 여러 명이 우르르 몰려가는 것도 작가한테 예의는 아니겠죠, 주간님?"

김이 나를 향해 노골적으로 혀를 차며 서둘러 윗도리를 챙겼다. 주간이 떨떠름한 표정으로 나에게 고개를 끄덕이고는 김을 돌아보았다.

"김 편집장도 빠지지."

"네?"

김은 금세 당황한 표정이었다.

"우르르 몰려가는 것도 예의가 아니라며?"

"아이 참, 주간님 왜 이러시나. 여럿이 몰려가는 게 좋을 수도 있어요. 우리 출판사가 자기에게 관심을 보이고 있다는 증거가 되지 않을까요. 그러니까 저도 좀 끼워주세요."

김이 코맹맹이 소리를 해가며 주간과 정을 따라붙었다. 그들이 사무실을 나간 후에 나는 느긋한 마음으로 천천히 출판사 건물을 나왔다. 어둠이 내리기 시작한 거리는 성큼 다가온 겨울을 실감하듯 바람이 제법 차가웠다. 시월 중순부터 시작한 『암살자들』 연재가 석 달을 지나고 있었다. 일주일에 한 회씩 연재하는 동안 시간은 벌써 그렇게 흘렀던 것이다. 13장과 14장은 아직 온라인 연재에 올리지 않았다. 절정을 치닫고 있는 장면이기 때문이었다. 이제는 연재를 중단하고 종이책 출간에 대한 구체적인 논의가 진행되어야 할 시점이었다.

횡단보도에 초록불이 켜졌다. 두 손을 코트 주머니에 넣고 길을 건넜다. 약속 장소인 카페가 보였다. 창에 김이 서린 카페는 사

람들로 북적거렸다. 테이크아웃 커피 전문점으로 하는 게 아니었
군. 나는 중얼거리면서 잠깐 주춤거리다 문을 열고 카페로 들어섰
다. 벽면 쪽 테이블에 나란히 앉은 세 사람이 눈에 들어왔다. 주간
과 정과 김이다. 나를 발견한 김의 눈이 휘둥그레졌다. 나는 그 사
람들 앞으로 저벅저벅 걸어갔다. 정이 무슨 말인가 하려고 막 입을
벌릴 순간이었다. 내가 먼저 선수를 쳤다.

"그동안 죄송했습니다. 본의 아니게 여기까지 와버렸습니다."

일순간 세 사람 표정이 각기 다른 양상을 띠었다. 하얗게 바랜
주간 얼굴에는 금방 핏기가 돌았다. 역시 수습이 빠른 양반이었다.
김은 어리둥절한 얼굴로 이 사람 저 사람 얼굴을 차례로 훑어보았
다. 정은 이내 무표정한 얼굴로 머그잔에 가득 들어 있던 커피를
한 모금 마셨을 뿐이었다. 지극히 그녀다웠다. 저 여자를 정말 사
랑하게 될지 모른다는 묘한 예감이 들었다. 짧은 순간에 든 생각치
고는 참 강렬한 느낌이었다.

"지금 이 상황은 뭐야? 누가 설명 좀 해봐."

커피를 머금어서 볼록해진 정의 입술을 내가 훔쳐보느라 잠시
멍해져 있는 틈을 비집고 김이 다소 큰 목소리로 말했다.

"뭐라뇨? 김 편집장은 아직도 이 상황을 모르시겠어요."

정이 차분한 음성으로 말했고 주간이 나에게 악수를 청했다. 내
가 두 손으로 주간의 손을 맞잡았다. 주간은 나에게 손을 내밀고
있었지만 얼굴은 정을 향하고 있었다.

"정 편집장은 알고 있었다는 표정이네. 하여튼 날카로워. 언제부

터 안 거야?"

나도 그게 궁금했다. 정은 모르는 척하며 입을 다물었다. 그 또한 그녀의 매력이었다. 알면서도 속는 척해왔던 정에게 고맙다고 해야 하는 걸까. 아니면 그만큼 나한테 개인적인 감정이 없었다는 것에 서운해하는 걸까. 나는 잠시 헷갈렸다.

"어쨌든 대단해! 어떡해? 전면적으로 나설 거지?"

주간은 엄지를 곧추세우고는 나에게 물었다. 나는 머리를 끄덕거렸다. 생각보다 상황이 시시해서 살짝 김이 빠지는 중이었다. 무엇보다도 정의 반응에 잔뜩 기대를 했던 게 솔직한 내 심정이다. 김은 아직도 알 수 없다는 듯 혀를 찼다가 나를 노려보는 행동을 반복했다.

"살다 살다가 내 이런 배신감은 또 처음이네."

나는 고개 숙여 사과했다. 나에게 묻고 싶은 말이 한두 가지가 아닐 것이다. 나는 작가로서의 입장 외에 개인적인 사항들은 생략할 요량이었다. 그러나 세 사람 누구도 내가 곤란할 만큼 질문 공세는 하지 않았다. 주간은 나에게 굳이 자신을 숨긴 이유가 뭐였냐고 물었다. 처음부터 내가 『암살자들』의 작가였다면 여기까지 진행되었을 리 없지 않겠느냐고 대답했다. 내 말에 아무도 토를 달지 않았다.

맥줏집으로 자리를 옮겼다. 우리는 무척 목이 말랐던 사람들처럼 맥주잔을 허겁지겁 기울여댔다. 세 사람 누구도 질문은 하지 않았지만 내 입만 바라보는 게 느껴졌다. 나는 느리지도 빠르지도 않게 작가로서의 변을 풀어냈다. 내가 살아온 과정이나 목사와 상관없는 평소 내 생각이었다. 아니, 아주 상관없을 수야 없겠지만 굳이 그것까지 밝힐 필요는 없었다. 소설을 통해서 내가 하고 싶었던 주장은 현재 네티즌 사이에서 뜨겁게 논란이 되는 문제의 연장선이기도 했다. 기독교 핵심 교리에 정면으로 도전하고자 하는 의도는 없었다고 말문을 열었다. 다만 예수가 허구의 인물이 아닌 역사의 흐름 속에서 피와 뼈와 살을 가진 실존 인물이라는 데 초점을 맞추고 싶었을 뿐이다, 라고 말했다.

정은 머리를 갸웃거리며 생각에 잠긴 얼굴이었다. 그녀는 손가락으로 탁자를 두드리더니 나를 정면으로 주시하며 입을 열었다. 우리가 이 소설이 연재되는 동안 지켜본 바로는, 책을 출간했을 때 파장이 만만치 않을 것이다, 그에 대한 작가의 반론 내지 주체적인 견해를 제시할 수 있겠냐고 나에게 물었다. 나는 남아 있던 맥주를 한 번에 들이켰다. 성경을 근거로 한 예수 일대기를 논픽션화했다면 매도당해도 할 말이 없다. 하지만 나는 소설을 쓴 것이다. 문학이라는 프리즘을 통해 예수를 형상화할 때 소설 속 의미망이 구축되었다면 그 자체로 인정해줘야 하는 것이 아니냐고 말했다. 내 말에 김도 적극 동의했다. 시대와 맞물려 끊임없이 변주되어 형상화된 역사적 인물은 비단 예수만이 아니다. 그 시대에서 실존했던 예수라는 인물을 통해 예측 가능한 이야기로 형상화하는 데 이 소설은 전혀 무리가 없다고 외친 사람은 주간이었다. 서로 침을 튀기며 설왕설래하는 우리의 대화는 앞다퉈 설전을 벌이던 네티즌 댓글과 다를 바 없었다.

우리는 빠르게 맥주잔을 비워냈다. 나는 동어반복적인 말을 하고 있는 내 자신을 발견했다. 예수의 신성성을 모독하거나 폄하해서 그가 이룩한 종교적 가치와 업적을 깎아내리려는 의도는 없다고 거듭 어필했다. 단순히 술기운 탓은 아니었다. 나는 연습을 하고 있는 것인지도 몰랐다. 나를 지지하는 이 사람들과 반대편 입장에서 공격해올 사람들을 상대하기 위한 워밍업 같은 것이었다. 내가 현장에서 부딪혀야 할 최종 상대는 성경 지식을 잣대로 들이밀며 내 소설에 무자비하게 칼질을 할 사람들일 테니까. 어쩌면 나도 그들과 별반 다르지 않았다. 그럴싸한 이론으로 무장해서 내 소설을 변론하고 있었지만 나는 알고 있었다. 내 속에 잠재된 욕망은 지극히 개인적이고 근원을 향한 목마름이라는 것을. 내 인생에서 한 번은 넘어서야 할 벽이 있다면 그것은 목사와의 정면 대결이었다. 목사와 나 사이에 지속되어온 갈등에는 두 개의 난제가 있었다. 죽은 어머니와 예수였다. 때문에 목사와 나는 첨예하게 대결할 수도 없었고 화해할 수도 없었던 것이다. 목사와 내가 목표로하고 추구해왔던 것은 같은 지점이었으면서도 서로 등을 돌리고 외면했던 것일지도 모른다. 소설『암살자들』의 인물들처럼.

우리는 술집을 나왔다. 집 방향이 같은 주간과 김이 택시에 동승했다. 정과 내가 거리에 남았다.

"아버지는 어떻게 할 거야?

"작가가 나인 줄 언제부터 알았어요?"

정과 나는 동시에 서로에게 질문을 던졌다. 참을성 없는 내가 먼저 대답했다. 생각과는 전혀 다른 말이 불쑥 튀어나왔다.

"그 양반이 어떻게 나올지 나도 내심 기대하고 있는 중이랍니다. 그 양반, 완전 폭발물이거든요."

"폭발물?"

정이 킥, 웃었다. 내가 눈에 힘을 주고 그녀를 보았다. 이제 당신 차례라는 무언의 제스처였다.

"조 팀장, 몰랐구나. 내가 세령녀잖아. 조 팀장 정신없을 때 최면을 좀 걸었지."

그녀가 히, 하고 웃었다. 그녀에게서 나는 술 냄새가 싫지 않았다.

내가 눈에 한 번 더 힘을 주고는 장난스럽게 감자주먹을 쥐어 보였다. 정이 두 팔을 들어 손바닥을 들어 보였다.

"아, 알았어. 자기가 작가인지 언제부터 알았느냐고? 대답해줄게. 이젠 엄연히 우리 출판사 작가님인데, 잘 알아 모셔야죠. 제가 괜히 투시녀겠습니까요. '글잡' 카페를 누가 가르쳐줬나요?"

아하, 그거였구나. 해답은 의외로 어렵지 않았다. 정은 뒤이어 말했다. 5회와 6회 연재분을 주간에게 먼저 가져다준 것도 수상했다고. 나중에 찾아봤지만 그 챕터는 인터넷에 유포된 적이 없었더라고 했다. 그때부터 내가 혹시 그 소설의 작가가 아닐까 하는 의심이 들기 시작했단다.

나는 정과 헤어져서 집으로 향하는 지하철에 올랐다. 이제 나머지 두 장만 남겨놓고 있었다. '글잡'에 가입하기 전에 초고는 완성한 상태였다. 자료 조사와 구성 및 자잘한 에피소드는 대학 다닐 때부터 써왔다. 소설을 쓰기 위해 도서관에서 자료를 찾는 동안 나는 그 시대와 호흡했다. 허구를 창조하면서 실재의 예수와 대면하고 있는 기분이었다. 피와 땀이 흐르고 살과 뼈로 육신을 지탱했던 예수는 이천 년 세월이 흐르면서 시나브로 신이 되어버렸다. 그도 자신이 진정 누구의 아들이었을까 하는 정체성의 문제로 나만큼 혼란스러웠을까. 나는 그에게 깊은 연민이 느껴졌다. 이천 년 전 세상에 첫 울음을 터뜨렸을 예수는 나와 똑같이 인간적 고뇌로 번민했을 것이다. 소설을 탈고한 날, 나는 결심했다. 목회자의 길을 가지 않겠다고. 외부적인 어떤 것과도 상관없는 나의 선택이었다.

소설을 퇴고하면서 내가 활동하던 '글잡' 카페에 소설을 올리기 시작했다. 처음 써본 소설이기에 문학적 평가를 받고 싶었던 게 순수한 목적이었다. 목사와 정면 대결을 해보려는 생각은 없었다. 그런데 예상보다 파장이 너무 컸고, 죽은 어머니를 향한 목사의 집요함에 질리면서 목사에게 훅을 날리고 싶은 마음이 들었다. 목사와 한국 기독교를 부정하지만 내 인생에서 예수는 커다란 축이었다. 나에게 그는 종교가 아니었다. 이천 년 전에 살과 피와 뼈를 가진 서른세 살의 청년이었고 고뇌와 고통을 가진 인간이었다. 나는 그를 연민하고 그리워했다. 예수를 통해 나는 소설가라는 이름으로 다시 태어나는 셈이다. 허구의 세계에서 나만의 방식으로 그려낸 예수를 통해 뿌리 없이 살아온 내 인생을 가늠하고 싶었는지도 몰랐다.

주간의 계획된 미션에 따라 연재는 중단될 것이다. 독자들이 몸이 달았을 즈음, 내 얼굴과 프로필이 공개될 것이다. 그간의 관심으로 미루어 짐작하건대 인터뷰도 쇄도할 것이고 세간의 이목도 집중될 것이다. 목사도 머지않아 모든 것을 알게 될 것이며 그에 따른 나와의 마찰과 충돌도 거의 메가톤급에 이를 것이다. 어떤 것도 미리 예상하지 않기로 했다. 집을 나와야 할지도 모르고 목사와 영영 인연을 끊을지도 모른다. 처음부터 각오한 일이었고 이제 홀가분하기까지 했다.

어느새 집 앞이다. 교회 창문으로 희미한 불빛이 새 나왔다. 나는 아래층 사옥 현관으로 들어섰다. 내 방에 들어와서 컴퓨터를 켰다. 두 챕터가 모니터에 떴다. 15장과 16장이다. 나는 마지막 퇴고를 하기 위해 키보드 위에 손가락을 올렸다.

죽음

서서히 다가오는 죽음의 그림자는 카르모스의 몸과 의식을 송두리째 집어삼키고 있다. 몇 번인가 눈을 뜨기도 했다. 몽롱한 의식 가운데로 슬쩍 비치는 얼굴은 카르모스가 믿어 의심치 않는 자신의 어린 시절 모습이다. 짙은 다갈색 머리카락과 먹빛과 잿빛이 섞인 눈동자의 아이. 그 아이의 모습이 카르모스에게 고스란히 겹쳐졌다.

이제 그만 육신의 잠에서 걸어 나오세요. 어린 시절의 카르모스와 닮았다고 믿는 아이가 말을 한다. 몸은 작지만 범접치 못할 기운이 흐르는 아이다. 아이의 입술이 전혀 움직이지 않는다. 넌 누구니? 카르모스가 묻는다. 당신의 아들이기 이전에 여호와의 아들입니다. 카르모스의 혼미한 정신이 맑아진다. 서너 살 아이가 카르모스를 말끄러미 내려다본다. 먹빛 눈망울에 스미는 청신한 빛은 지중해 빛깔보다 더 깊고 아득하다. 카르모스는 타는 듯이 목이 말랐지만 입 밖으로 말이 되어 나오지 않는다. 어떻게 안 걸까? 아이가 잔 하나를 두 손에 받쳐 들고 와서 카르모스에게 내민다. 내가 주는 이 물을 마시는 자는 영원히 목마르지 아니할 것입니다. 나를 통한 이 물은 영생하도록 솟아나는 샘물이 될 것입니다. 카르모스의 영혼을 뚫고 아이의 목소리 들린다. 카르모스는 아이를 쳐다본다. 아이의 입은 굳게 다문 채다. 카르모스는 아이에게 잔을 받아 물을 들이켠다. 물은 달고 시원하다.

　모든 일이 꿈처럼 아득하다. 밀실에서 죽어간 사내. 안티파스 왕과 헤로디그만의 만남. 그리고 세령녀와 안디오. 한바탕 꿈을 꾼 걸까. 제린의 말들이 하나씩 또렷해진다. 꿈이 아니었다.

　"유대 민족은 오랜 세월 목마르게 메시아를 기다려왔지. 수천 년이 흘러 로마의 폭정에 시달리고 있는데도 메시아는 나타나지 않았어. 유대왕들도 로마황제에게 아부하는 데 힘을 쓰느라고 유대인을 이용하기만 했지. 유대 민족은 여호와를 붙들고 기도하고 또 기도했어. 돌아오는 것은 벽과 같은 견고한 침묵이었지. 더 이상

기다릴 수도, 길을 찾을 수도 없었어. 에세네파 사람인 마리아의 아비가 열혈당인 제롯 당원에게 찾아와서 말했어. 제 여식이 바로 메시아를 잉태할 파르테노스입니다. 그런데 마리아는 요셉과 이미 정혼한 여자였어. 마리아는 젊고 아름다웠지만 요셉은 술주정뀐에 추한 늙은이였지. 요셉 같은 자에게서 유대 민족을 구원할 메시아가 나올 수는 없는 일이었어. 더군다나 선지자 예언서에서라면 메시아를 태에 품은 여인은 파르테노스, 즉 처녀여야 했거든. 남자의 손이 닿지 않은 처녀, 마리아는 반드시 성령으로 잉태해서 메시아를 이 땅에 태어나게 해야 할 임무가 주어진 여인이었지. 하지만 남자 없는 임신은 태고 아래 불가능한 법이 아닌가. 우리 손으로 메시아의 신화를 만들어야 했어. 우리가 천국 문에 이르렀을 때 여호와께 받을 상급이 비록 불같은 진노일지라도 말이야. 우리가 이 땅에 살아 있는 한은 유대의 해방이 가장 시급한 문제였으니까.

유대 적통의 피를 가진 카르모스 네가 적임자였다. 네가 품은 나신의 여인이 바로 그 마리아였어. 너에게 미안하긴 했지만 너를 살려둘 수 없었단다. 메시아 신화를 완성하기 위해서 너는 영원히 은폐시켜야 할 사람이었거든. 비록 묘약으로 너의 정신을 미망의 상태로 만들긴 했지만 마음을 놓을 수가 없었지. 그래서 죽이기로 결정을 했는데, 너는 우리의 칼을 피해 유대로 넘어가 노예로 몸을 숨겼던 거지. 그런데 네가 안티파스의 명을 받아 너의 살과 피를 받은 여호수아를 찾을 줄은 꿈에도 생각 못 한 일이야. 네가 너의 씨를 받은 메시아를 죽이려는 암살자가 되어 나타난 걸 보면, 인생은 정말 모를 일이야."

모든 것을 남김없이 털어놓은 제린은 감회에 젖은 표정이었다.

"당신들의 정치적 욕망으로 신을 조작해낸 것이로군요. 하늘의 섭리와 신의 뜻을 인간이 재단하고 계획할 수는 없는 것입니다. 여호와의 진노가 무섭지 않습니까?"

카르모스는 마지막 힘을 짜내듯 말했다.

"이 땅에서의 공로와 사후에 받을 벌의 간격은 너무 멀어. 오늘을 살아내지 못하면 우리에게 사후는 무의미할 뿐이지. 지금 목이 말라 한 모금의 물이 간절한데, 훗날 금은보화는 부질없는 약속이야."

제린의 표정이 덤덤했다.

"당신은 여호와를 부정하는군요."

카르모스가 고통으로 일그러진 채 내뱉은 말이다. 제린은 말이 없다. 카르모스는 쥐어짜듯 다시 물었다.

"석공 단체가 왜 유대를 돕습니까?"

제린의 이마에 굵은 주름이 잡혔다.

"오랜 역사를 통해 우리는 하나였어. 솔로몬 시대부터. 여호와의 큰 뜻은 인간이 추측할 수도, 재단할 수도 없는 범주라네."

카르모스는 숨이 끊어질 듯 괴로웠다. 기억은 복원되었지만 복원된 진실은 비수가 되어 카르모스의 목을 겨누고 있었다. 기꺼운 마음으로 깊이 찔림을 받아야 하는 칼날이었다.

"네 어미는 누구냐?"

카르모스가 아이에게 묻는다.

"내 어미는 부정을 저지른 여자랍니다."

"네 아비가 요셉이냐?"

"아니요. 그 사람은 나를 사생아 새끼라고 부릅니다."

"이름이 무엇이냐?"

"여호수아입니다."

"여호와가 너를 통해 구원한다는 뜻이로구나. 네가 바로 기름 부은 자, 메시아이며, 예언의 아이더냐?"

머리를 가로젓는 여호수아의 회색이 스민 먹빛 눈에서는 금방이라도 눈물이 쏟아질 듯하다. 카르모스의 숨이 가쁘다.

"바로 너여야만 한다. 꼭 너여야 한다."

"당신은 누구죠? 내 아비인가요?"

가슴이 찢어질 듯 아프다. 카르모스는 기침을 토한다. 카르모스의 목을 타고 뜨거운 것이 올라온다. 비릿한 핏덩이다. 쇠붙이에서나는 피비린내가 입안 가득 고인다. 카르모스가 손바닥으로 입을막는다. 손가락 사이로 검은 피가 뚝뚝 떨어진다. 여호수아의 눈이둥그렇게 커진다. 카르모스는 혼신의 힘을 다한다.

"아니란다. 나는 네 아비가 아니다. 너는 인간의 아들이 아니다. 오직 여호와의 아들일 뿐이다."

카르모스의 심장이 곧 터질 것 같다. 여호수아의 눈동자에 물기가 어린다.

"난 아니에요. 난 그런 거 몰라요. 난, 그냥 평범한 아이로 사는게 더 좋아요. 그렇게 살고 싶어요."

카르모스가 머리를 강하게 가로저으며, 여호수아의 작은 손을 꼭 잡는다. 아이의 여린 손이 따뜻하다.

"명심해라. 너는 유대 민족뿐 아니라 세상 끝 날까지, 전 인류를 구원할 메시아다. 너는 그렇게 살아야 할 운명으로 이 세상에 온 거룩하고 존귀한 자다."

카르모스의 입으로 다시 선혈이 울컥 쏟아진다. 눈앞이 캄캄하다. 암흑 사이로 스미는 찬란한 빛. 카르모스는 그 빛을 바라보며 서서히 눈을 감는다.

스러지지 않는 별빛

> 새 하늘과 새 땅을 보니 처음 하늘과 처음 땅이 없어졌고
> 바다도 다시 있지 않더라
> —「요한계시록」21장 1절

이제 별빛이 그 광채를 다하고 있다. 안티파스는 가슴을 쓸어내리며 시간이 흐르기를 기다린다. 별빛이 완전히 어둠 속에 잠기길. 이십팔 년을 기다려온 일이다. 선친인 헤롯왕을 거쳐 안티파스의 목을 조여왔던 메시아라는 저 증험의 별빛. 삼십삼 년 전, 선친이 실패했고 자신도 끝내 칼로 처단하지 못했다.

메시아인 여호수아를 죽이기 위해 암살자들을 보냈고, 안티파스는 잊었다. 죽은 줄 알았기에 잊을 수 있었다. 암살자들은 그때 모

두 죽었고, 그들 각자 목숨을 다하면서 여호수아도 처단했다는 보고를 받았다. 그러나 선지자 요한이 자기 뒤에 오는 그는 자기보다 훌륭한 사람이며 성령과 불로 세례를 베풀 것이라는 요설을 퍼뜨리고 다니자 오금이 저렸다. 요한이 말한 그자가 또 다른 메시아일지 모른다는 생각이 안티파스의 목울대를 다시 조여왔다. 요한이 그 사람에게 물로 세례를 주었다는 풍문도 들려왔다. 그 순간 이십팔 년 전 여호수아를 자신이 직접 처단하지 못했다는 사실이 새삼 두려움으로 다가왔다. 요한을 따르는 무리가 많았고 그는 눈엣가시였다. 자신의 재혼에 대해 비판한 일을 계기로 요한을 옥에 가두고 목을 베었다. 은 소반에 덩그렇게 놓여 있던 요한의 모가지. 목 둘레에 엉겨 붙어 있던 핏줄 위로 부릅뜬 눈동자가 안티파스를 노려보던 걸 잊을 수 없다.

안티파스가 모르는 사이 여호수아라는 아이는 자라서 청년이 되었던 것이다. 명령을 수행하지 않은 헤로디그만과 암살자들에게 그 죄를 물어야 했지만 그들은 이미 죽은 지 오래다.

여호수아는 유대의 시정잡배들을 몰고 다닌다고 했다. 세리와 창녀와 문둥이와 같은 쓰레기들에게 랍비라는 칭송을 받는단다. 그러면 그렇지. 여호수아, 제까짓 게 무슨 메시아겠어. 안티파스는 적이 마음을 놓았다. 이방인들에게까지 야훼의 율법과 사랑을 전한다는 말에는 조소가 새 나왔다. 여간 미친놈이 아니라고 생각했다. 하지만 그 미친놈이 마법사와 같은 기적을 일으킨다는 소문이 들리자 다시 조바심이 났다. 앉은뱅이를 걷게 하고 문둥이의 썩은 살에 새살을 돋게 한단다. 귀신 들린 자를 회복케 하고 죽은 자를 살린단다. 헛소문일 뿐이야. 미친것들. 안티파스는 끌끌거리며 싸잡아 욕을 했다. 그러면서도 마음 깊은 곳에서 오한이 났고 등줄기로 식은땀이 배어 나왔다. 만약에, 그 소문이 사실이라면 로마로부터 유대를 구원할 메시아일 수도 있지 않을까. 유대가 그토록 기다려온 메시아가 정말 여호수아란 말인가.

여호수아는 무뢰배와 어울리는 걸로 그치지 않았다. 공권력까지 그 마수를 뻗쳤다. 유대율법을 마구잡이로 훼손하고 바리새인, 사두개인, 서기관과 대제사장을 싸잡아서 외식(外飾)하는 눈먼 자들이라고 비방하기에 이르렀다. 옳거니! 안티파스는 뒤에서 느긋하게 팔짱을 꼈다. 내로라하는 유대 종교지도자들이 여호수아에게 시비를 걸어 싸움을 시작했다. 그들도 여호수아가 미웠던 것이다. 여호수아는 간특한 말솜씨로 순간순간 교묘하게 빠져나갔지만 얼마 전 유월절을 앞두고 성전에서 벌인 만행은 더 이상 묵과할 수 없는 일이었다. 성전을 두고 자기 집이라고 일컬었다고 했다. 이런 신성모독이 어디에 있는가. 기도하는 자기 집을 강도의 집으로 만들었다고 호통까지 치며 장사치들과 환전하는 자들의 전을 뒤집어엎었단다. 게다가 성전을 허물어 사흘 만에 다시 짓는다는 망언까지 발설했단다. 가만히 좌시하고 있을 종교 지도자들이 아니다. 신성모독과 혹세무민이 여호수아의 죄명이었다.

옳거니! 여호수아가 체포되어 본디오 빌라도에게로 넘겨졌다는 소식에 안티파스는 자기 무릎을 쳤다. 삼십 년 가까이 꽉 막혀 있던 체증이 한꺼번에 뚫리는 기분이었다. 여호수아는 극형에 해당하는 십자가형을 언도받고 겟세마네에서 못 박혔다. 이제 그의 목숨은 경각이 달렸을 것이다. 핏방울이 다 빠져나가 형장의 이슬로 사라질 시점이다. 그렇다. 간신히 명멸하며 숨을 할딱거리는 저 별빛도 깜깜한 어둠 속에서 영원히 그 빛을 잃을 것이다.

돌연 천지가 깜깜해지면서 하늘에서 뇌성벽력이 쳤다.

"왕이시여!"

그 순간 시종이 큰 소리로 부르짖으며 문을 열었다.

"어떻게 되었느냐?"

"절명했다고 하옵니다."

"별다른 일은 없었더냐?"

시종이 머뭇거렸다.

"숨김없이 아뢰라!"

"성소의 휘장 한가운데가 찢어졌다고 하더이다."

"음, 되었다. 시신은?"

"아리마대 요셉이라는 자가 자신의 새 무덤에 장사 지내겠다고 하더이다."

시종이 물러났다. 그때까지도 뇌성벽력으로 천지가 진동했다. 안티파스는 창으로 갔다. 하늘이 보랏빛과 진홍빛으로 번쩍거렸다. 머리털이 곤두서는 두려움이 안티파스에게 엄습했다. 한참 요동치던 하늘이 잠잠해지더니 겟세마네 쪽에서 휘황한 광채가 뿜어져 나왔다. 무슨 연고인가? 안티파스는 창을 열었다. 검푸른 하늘

언저리에 별빛이 번뜩였다. 죽어도 죽지 않는 저 빛의 정체는 도대체 무엇이란 말인가. 안티파스는 옥죄는 가슴을 두 손으로 감쌌다. 영롱한 그 빛은 예루살렘 도성을 감싸고 남을 만큼 황홀했다.

작가의 말

한때 나는 내가 이야기를 잘 꾸민다고 생각한 적이 있었다. 그것이 착오였다는 것을 깨닫는 순간, 내가 정말 소설을 잘 쓸 수 있는지에 대한 회의와 절망에 부딪혔다. 아이러니하게도 그즈음 나는 작가가 되었다. 그리고 지금은 그럴듯하게 '설(說)'을 풀어내는 이야기꾼이 되기를 소망하며 살고 있다. 하지만 아직도 나는 그 착오에서 벗어나지 못하고 있다. 진실이라고 믿고 있는 가치에 대해 의문을 던지는 소설적 재능이 나한테 있는가, 하고 끊임없이 되묻고 있으니까.

어쩌면 『신의 마지막 아이』도 그러한 맥락에서 출발했는지도 모른다. 이 소설은 내 세 번째 이야기다. 그것도 초고를 가장 길게 쓴 장편소설이다. 탈고하고 다듬고 정리하는 과정을 통해 지금의 분량으로 탄생했지만 여러 면에서 우여곡절이 많았던 소설이다. 착오이든 재능의 한계에서의 엄살이든 더 이상 쓸 수 없을지도 모른다고 자책하면서도 어쨌든 쓰고 또 썼다.

나의 성경적 의문은 예수의 탄생에서부터 시작되었다. 그가 이천 년 전 팔레스타인의 어느 마구간에서 태어나는 순간 운명이 결정되었다면, 그의 인생을 더듬는 이 이야기 또한 그때로부터 시작되는 것이 마땅하지 않을까. 그렇기 때문에 이 소설의 시발점도 여기서부터 잡은 것인지 모른다. 아무래도 나는 예수에게 관심이 많았나 보다. 나는 종교와 관계없이 그를 좋아했다. 내가 처음 그를 알게 된 날부터 지금까지 말이다. 그가 멋진 청년이었다는 생각에는 지금도 변함이 없다.

조금 비장해지는 기분이다. 모든 책은 제각기 자신의 운명을 가지고 있다는 진부한 말이 생각나는 순간이기도 하다. 책을 몇 권이나 출간해야 이런 기분에서 완전히 벗어나 산뜻해질 수 있을까. 그런 날이 오기는 올까.

이제 더 이상 엄살 따위는 부리지 않을 것이다. 책이 각각의 운명을 갖고 있듯이, 내 이야기의 어미[母]로 사는 것이 나의 운명일 수도 있을 테니까. 또 내가 만든 허구의 세상을 통해서 진실이라고 믿어왔던 사실에 한번쯤 의문을 던지는 것도 작가로서 역할이라 생각한다.

출간되기까지 고마운 분들이 여럿이다. 일일이 열거하기도 힘들 만큼. 앞으로도 나는 그분들께 소설 빚을 질 것이다.

부모님과 가족들 고맙습니다. 조동선 선생님, 사랑합니다. 장편반 작가들, 건승을 기원합니다. 힘들지만 이분들과 함께 가는 길이 외롭지 않아서 행복합니다. 어려운 상황 속에서도 내 소설이 세상에 나올 수 있게 힘을 기울여준 출판사 자음과모음에도 감사드립니다.

2015년 가을을 스치면서
이선영

신의 마지막 아이

© 이선영, 2015

초판 1쇄 인쇄일   2015년 11월 9일
초판 1쇄 발행일   2015년 11월 12일

지은이   이선영
펴낸이   정은영
책임편집   김보미

펴낸곳   (주)자음과모음
출판등록   2001년 11월 28일 제313-2001-259호
주소   04083 서울시 마포구 성지길 54
전화   편집부 (02)324-2347, 경영지원부 (02)325-6047
팩스   편집부 (02)324-2348, 경영지원부 (02)2648-1311
이메일   munhak@jamobook.com
커뮤니티   cafe.naver.com/cafejamo

ISBN 978-89-544-3195-8 (03810)

이 도서의 국립중앙도서관 출판시도서목록(CIP)은 서지정보유통지원시스템 홈페이지
(http://seoji.nl.go.kr)와 국가자료공동목록시스템(http://www.nl.go.kr/kolisnet)에서
이용하실 수 있습니다.(CIP제어번호: CIP2015029192)